花の旅 夜の旅
聖女の島

皆川博子

日下三蔵 編

皆川博子
長篇推理
コレクション
4

柏書房

目次

花の旅　夜の旅――3

聖女の島――165

付録① 文庫・ノベルス版解説

解説（講談社文庫『聖女の島』）　綾辻行人　322

解説（講談社ノベルス『聖女の島』）　恩田陸　328

付録② インタビュー集

華麗で懐かしい怪異　聞き手・東雅夫　332

皆川博子インタビュー　聞き手・千街晶之　345

ロング・インタビュー　聞き手・日下三蔵　357

ぶつかりインタビュー　定綱が訊く　聞き手・佐佐木定綱　376

『夜のアポロン』インタビュー　聞き手・朝宮運河　390

あとがき　397

編者解説／日下三蔵　401

装丁　柳川貴代
装画　合田ノブヨ

花の旅　夜の旅

第一話　平戸

人形が堕ちた。沓脱ぎの石にあたって一つ大きくはね、地に落ちたときは頭が砕けていた。糠雨がこわれた人形をしずかに濡らしていった。

†

カメラマンはファインダーをのぞいた。ツツジの群落にかこまれて、若い男と少女がいた。カメラマンは、たてつづけにシャッターをきった。

しあわせ、と少女は思った。職業的な被写体であることを忘れていた。

彼女ともう一人のモデルである若い男をとりまくツツジはこの島の特産で、種類は三百にも及ぶ。花弁のさしわたしが十五センチ以上もある巨大輪は、ほかのところでは見られない。色は赤、と一口にいっても、さまざまな諧調がある。朱に近い赤、紫がかった赤、鮮やかな紅、淡紅、濃い桃色、白に近い淡いピンク、オレンジ、斑入り。花弁も、切先のように鋭いもの、丸みをおびたもの、へりが波打ったもの。

しあわせ、と少女は思い、だけど怖い、と心の中でつけ加えた。なぜ怖いのか、彼女にはわからなかった。

†

その陶器の人形は、わたしのものではなかった。

持主は一つ年下の従妹であった。背丈は三十センチほどで、青いシャツにタータンチェックの半ズボンを履いていた。服は着せかえることができた。半ズボンとお揃いのチェックの帽子の下から、明るい麦藁色の巻毛がこぼれていた。細い眉の下の眼は、アーモンド型にくりぬかれ、眼球がはめこんであった。仰向けに倒すと、碧い虹彩を描いた眼球がくるっとひっくり返り、肌色に塗られた部分があらわれる。そうすると、人形の持主である従妹は「眠ったわ」と言うのだが、わたしは、人形が眠ったというふうに想像することができなかった。

　わたしは空想好きな子供であった。たとえば、ドアの金属製の把手。何かの影が歪んでうつる。そこに陽の光があたり、すると、光と影の微妙な交錯は、女の顔になる。石だたみのくぼみに溜まった雨水に指をひたし、濡れた指先でほんのちょっと描き加えると、小さい水たまりは疾走する馬になり石だたみの上を走りはじめる。

　しかし、肌色の眼になった人形は、どんなに想像力を働かせても、眠っているというふうには思えない。その部分は眼球であって、決して上瞼ではないのだ。

「ベッドに寝せてやらなくちゃ」従妹が言う。

「ああ、わかったわ。この子は盲になったのよ」そう思いあたり、疑問が氷解して晴れ晴れとわたしが言うと、

「そんなこと言うもんじゃないわ。いじわるね」癇の強い従妹はわめいた。

「だって、目が見えなくなっちゃったのよ」

「ばかね。ちゃんと眠ってるんじゃないのさ。だめよ、起こしちゃ」

ほら、こうやると眠るんですよ、と大人が教えてくれたことを、従妹は鵜呑みにしているのだ。どっちが、ばかか。

　二人は、かなり長い間言い争った。従妹がむきになるのに、わたしは余裕をもってからかってやった。からかわれているのはわかるから、従妹はいっそう真剣にくってかかり、少年の姿をした人形が盲では

なく、眠っているのだということをわたしに認めさせようとする。

　わたしも、この美しい少年が眠るとき肌色の目になるとはどうしても信じられないから、からかいながらも真剣なのだ。

「だって、この子はあたしの子供なんですからね」

従妹は叫びだした。

「あんたの子じゃありませんからね。このうちのもの、みんな、あんたのじゃありませんからね」

　そうして、彼女は、まわりの大人たちが思いやり深く、決してわたしの耳にはいれようとしない言葉を投げつけた。

「あんた、居候（いそうろう）なんですからね」

　隣室にいた祖父が、それを聞きつけた。襖（ふすま）をひきあけて入ってくると、おそろしい顔で従妹の耳をなぐった。悲鳴をききつけて、従妹の母――つまりわたしの叔母（おば）――が走りこみ、従妹を抱きかかえて、

「おじいちゃま、何てことをなさるんですか」祖父をにらみつけた。

「居候などという言葉を誰がトシコに吹きこんだのだ。この小さい子が、そんな言葉を知っているわけがないではないか、誰かが教えこまなければ」

「あたくしが吹きこんだっておっしゃるんですか、おじいちゃま。今はテレビというものがありますのよ」

「聞きなさい」祖父はわたしと従妹に言う。「このうちには、居候なんてものは一人もおらん。トシコのお父さんも、フミコのお母さんも、このおじいちゃんの子供だ。トシコもフミコも、おじいちゃんのかわいい孫だ。みんな同じだ。わかったね」

「今の喧嘩（けんか）は」と、従妹の母は言いつのる。

「フミちゃんが悪いんですわ。身びいきで言うんじゃありません。大事にしている人形を盲だなんて言われたら、トシコだって本気で腹をたてますわ。それにしても、何て子供らしくないことを考えるんでしょう、フミちゃんは。盲だなんて」

「それはたしかに、フミコもよくない」と、祖父の口調が弱くなる。

「だが、アヤさん、あんたの実家のお母さんも考えなしではないか」祖父は再び攻撃にかかった。「そりゃあ、あんたのお母さんにとって、トシコは血のつながった孫だ。どんなにか可愛かろう。だが、一つ家に同じ年ごろの女の子が二人いるのだ。そうして、一方は父親がいない。母親が外で働いて生計をたてている状態だ。このうちに同居しているから家賃はただといっても、高価な外国製の人形を買ってやれるような境遇ではない。そこへ、あんたの実家のお母さんが、ヨーロッパ旅行の土産（みやげ）だといって、こんなりっぱな人形をとどけに来る。フミコが、盲だの何だのとこの人形の悪口を言いたくなる気持もわかるだろうに」

　悪口？　わたしはめんくらった。誰が、これほど美しい少年の悪口を言うだろう。

　従妹は、祖父にやりこめられている母親の加勢をしようと、いっそう、正直なことを言ってしまう。

「フミちゃんのママ、出戻りだものね。だから、フミちゃんはパパがいないんだよね、ママ」

　祖父が叱（しか）りつける前に、叔母はトシコの口のはたをつねり上げ、家中にけたたましい泣き声がひびいた。

　わたしは、小さい木のベッドに仰向けになった少年の肌色の目をぬすみ見た。碧（あお）い冴え冴（さざ）えとした眸（ひとみ）を見開いてほしくなった。抱き起こしてやりさえすればよいのだ。

　のばして抱き上げた手の甲を、従妹は薄い鋭い爪（つめ）でひっかき、人形を奪いかえした。人形の無表情な碧い眸に陽光がきらめいた。

†

「もうちょっと、リラックスして」カメラマンがどなった。「ほほえんで。ほら、たのしい気分なんだ。しあわせなんだよ。しあわせそうにほほえんで」

　しあわせなときは、ほほえむものなのかしらと少女は思った。わたしは今、とてもしあわせなのに、怖い。胸の奥が重い。

　モデルの若者は、たくみに微笑し、さあ、いっしょにと誘いかけるように少女の顔をのぞきこんだ。
カメラマンの傍に立っていたアシスタントが走ってきて、モデルの若者に知恵をさずけ、また走り戻った。モデルの若者は、アシスタントに言われたとおり、ツツジの花を一つ摘みとって、花芯に近い部分を口に含んだ。もう一つ摘んで少女に手渡した。まねて花を含むと、仄かな蜜の甘さが舌にひろがった。

少女は思わず微笑した。

アシスタントが「お疲れさん」と終了の声をかけると、モデルの若者の表情から微笑がぬぐい去られ、気むずかしいたて皺が薄く眉間に浮かんだ。

写真は、この島の観光ポスターに使う予定であった。ツツジの群れ咲く公園は高台にあり、入江が見下ろせた。まひる、海は凪いでいた。白いフェリー・ボートが桟橋を離れるところであった。多島海を経めぐって、ほんの一時間ほどの観光航路に、まるで遠洋航海の船出をことほぐような五色のテープが舞う。

カメラマンは、先に立って歩きだした。背が低く、船乗りのように脚が彎曲したカメラマンは、肩の肉が盛り上がり、猫背にみえた。

ゆるやかな坂をのぼりつめると、切りひらいた平地に出る。高い台座の上に石の女人像が立っている。その傍に螺旋階段を持った展望台がそびえていた。

女人像の台座に、垢抜けた服装の女が退屈そうにもたれ、ホルダーにはさんだ煙草をくゆらしていた。黒と白のストライプのブラウスにスカートも黒、衿もとからわずかにのぞかせたスカーフは真紅。

「待ちくたびれたわ」と女は抑揚のない声で言った。カメラマンの妻である。カメラマンは言葉を返さなかった。

「あなた、昼食はホテルに戻っていっしょにするとおっしゃったから。女中さんが、もう運んでいいでしょうかと、何度ものぞきにくるのよ」

ホテルといっても、和洋折衷で、最近では少なくなったルーム・サービスの方式をまだつづけている。係の女中が膳部一式、部屋にはこぶのは、情がこもっているけれど、「こういうときは、困ってしまうわ。純粋に洋式のホテルなら、こちらの勝手なときにすませるのだけれど。私だけ先にとろうかと思ったら、活造りを出すのに、皆さんお揃いでなくてはというのよ。すみませんね、すみませんねと、私、頭のさげっ放しよ。チップをはずんでやったから、いやな顔はされないけれど。あら、**ちゃん、汗びっしょりじゃないの。陽射しが強いのね。それにしても、ひどい汗。ほら、拭きなさいよ」

　女は、汗を吸いとるにはいささか不向きなスワトウ・レースのハンカチ、丸めれば消えてしまいそうに薄いのをモデルの若者に渡そうとし、その手で汗ばんだ額をぬぐってやった。若者は、すばやい目をカメラマンの方に走らせた。女の夫は表情を変えもしないで、歩きつづけてきたそのままの歩調でホテルの方にむかう。

　ハンカチでぬぐってやりながら、女の視線が素早く掠めたのが何だったか、少女は気づいていた。モデルの若者も、気づいたにちがいない。だが、彼は、自分にむけられた女の目を無視した。

　肩に若者の手がおかれたのを少女は感じた。彼の手には何の感情もこもっていないと少女は思った。

「あの石像、コルネリアの像っていうんですってね」カメラマンの妻が、若者と肩を並べ話しかけた。声がいくらかわざとらしい、と少女は思う。「日本恋しや、日本恋しや。鎖国のときジャカルタかどこかに流された混血娘の像ですって。でも、私は、ああいう記念像ってまったく無意味だと思うわ。ね、そうじゃない。歌碑とか記念碑とか、まるで、観光価値なんてないじゃないの。こういう公園だってね、こんなに手をいれてしまわないで、自然のままに残しておけばいいのよ。せっかく自生していたみごとなツツジを、すっかり刈りとって地ならしして、それでどうするかといえば、こんな愚にもつかない記念像をたてたり。ね、**ちゃん、そう思わない」

「新聞の婦人投書欄によくそういう御意見がのっているな」振りむきもせず、カメラマンが言う。

「自然愛護、自然保護と、まるで自分一人が卓抜な高説をのたもうているような顔で、実は世間で言いつくされたことをなぞって、得々としている」

「それじゃ、あなたは、自然が破壊されてもいいっていうの？」

「人の尻馬にのって偉そうなことは言いなさんな、と言っている。自分の胸から血の流れる言葉で喋れというんだ」カメラマンは足をはやめた。

「冗談じゃないわよ。三百六十五日、胸から血を流しつづけていられますか」きこえよがしに女は言う。

「失血死しますね」ふいに、モデルの若者がまぜかえした。女は、いきおいづいた。

「そうだわよ。ほんと。きざだわねえ。胸から血の流れる言葉で喋れだって。それじゃ、あのひとは、飯の支度はまだか、とか、トイレに紙がないぞ、とかどなるときも、真剣に傷ついているのかしらね。どうして、こう、何でも重っ苦しくしてしまうの、カレは？」女はけたたましく笑い、誰も同調しないので、笑いやんだあとにしらけた沈黙がつづいた。


カメラマン夫婦が一部屋、アシスタントと二人のモデルが一部屋と、二つ部屋はとってあるが、食事は海が見下ろせるカメラマン夫婦の部屋に全員が集まり、「お揃いですね」と、ほっとした顔で女中が膳をはこんできた。魚介づくしである。和船をそっくり型どった器に大漁の旗を立て、活造りの大海老は背の甲殻をはずされ肉をことごとく刺身に刻まれてなお、棘で武装したひげを振りたて、器から這い出そうともがいていた。カメラマンの妻は、はでな悲鳴をあげ、モデルの若者にすがりつくそぶりをみせた。そのとき、うかがうような素早い視線をカメラマンに走らせるのを、少女はみてとっていた。

もし、〝彼〟と二人きりだったら、と、少女は思った。あたしも、海老が鞭のようなひげを振りまわし、身動きするたびに、悲鳴をあげて彼にしがみつくかしら。二人だけで、このような金のかかる食事をとることは考えられなかったが、それでも、少女はちょっとのあいだ想像をたのしんだ。

さし渡しも高さも五センチほどの壺に箸をさしい

れ中身をひき出した女は、また悲鳴をあげた。八本の脚を外側にひろげ先端を丸めた小さい章魚が、箸の先につままれていた。これは茹でてあるのだが、「いやだわ、きもち悪い」と、女は目をつぶって身震いしてみせた。

「きみがゴキブリを平気で踏みつぶすのを、ぼくは見たがな」

　カメラマンが言うと、女は、夫の顔をまともに見ながら、小さい章魚を丸のまま口に放りこみ、嚙みつぶした。

「ごりっぱ」とモデルの若者が茶化して、自分も章魚を一口に食べた。

　少女は、まわりの連中がとげとげしく諍いしているのか、冗談をたのしんでいるのか、わからなくなった。さっきは、たしかに険悪な雰囲気だったのに、今はそれほどでもない。カメラマンの気分が、皆を支配しているのではないかと少女は思った。今は、カメラマンはくつろいでいた。デリケートぶって、と言外ににおわせた言葉に、さっきの口論のときほどの激しさはなく、ゆとりをもって妻をからかっていた。

　カメラマンとその妻とモデルの若者は、なれあいで、姦通めいた仕草や、嫉妬めかした言葉のやりとりをたのしんでいるというふうにもみえる。しかし、それは、いつ本気の状態に一変するかわからない危っかしさもあって、その危っかしさも興のうちというようだ。

　カメラマンは少女にビールをすすめた。「午後も仕事があるんだから、一杯だけだぞ。白眼が充血しては困る」

「未成年でしょ」カメラマンの妻は言ったが、とめようとはしなかった。この女は、あたしを全然意識していない、と少女は思った。

†

　従妹は、わたしに人形をさわらせないようになった。

　禁じられてみると、わたしには、その方が好ましいのだということがわかった。

　わたしが近づくと、従妹は、読みかけの絵本も遊びかけのままごとも放り出して、あわてて人形を抱きしめる。あまりいそいで、逆さに抱いてしまうこともあるのを、わたしは大人びた微笑で眺めていた。大人の目には、そんなときのわたしの表情は、さぞ淋（さび）しそうに哀（かな）しそうにみえたことだろう。

　従妹の腕の中で、少年の顔かたちをした人形は、慕（した）わしそうな目をわたしにむけつづけ、わたしは、淋しく哀しいにはちがいないのだが、その淋しさ哀しさは、何かしあわせめいた思いにゆるやかに反転していくのだった。

　十分にみち足りたしあわせは、次の瞬間、はしから砕け散っていく以外に持ちこたえられないほどに重いものであることを、わたしは、このころまでに十分に知っていたのである。父は、わたしにこの上なくやさしかったではないか。父の運転する車で、三人の家族がドライヴするとき、もう一人の女の影が父の背に重なっていることなど、どうしてわたしに想像できただろう。

　そのわたしに、目のくらむような歓喜が与えられた。きっかけを作ったのは、祖父である。もちろん、祖父は、幼い孫への憐憫（れんびん）を形にあらわしたまでで、それによってわたしがどんな混乱に陥るかまでは思いも及ばなかったのである。

　従妹の母――祖父にとっては長男の嫁にあたる女や、その実家に対するあてつけのように、わたしと従妹が喧嘩した数日後、祖父は赤ん坊ぐらいの背丈のある人形を買ってきてわたしに与えた。

　少年のような陶製ではなく、人肌めいたやわらかい合成樹脂でできていた。この人形の特徴は、手をとってひくと、両脚をぎごちなく交互に動かして歩くことであった。ビロードの長いスカートも愛らしかった。しかし、気品の高い少年にくらべて、この人形は、まるでつまらない俗っぽい顔をしていた。愛くるしさを誇張した、ふくらんだ頰（ほお）、えくぼ、どんぐりのような眼。この人形が、何をわたしに話しかけてくるというのか。どんな魂の交感があるというのか。合成樹脂の手ざわりも、わたしには不愉快だった。幼児に媚(こ)びた商品でしかないことを、わたしは、それとはっきりわからないながら、不愉快だという感じかたで実感していた。

わたしは、庭に下り、合成樹脂の人形の手をひいていっしょに歩いた。祖父は、言葉では命令しないが、明らかに、わたしがそうすることを望んでいた。わたしは、庭を行ったり来たりした。祖父が次の命令を出すまで、もうどうしていいかわからないような気分で、はしからはしまで歩き、また、むきをかえて歩いた。人形は少し前のめりになり、不器用な犬のようについてきた。いつまで歩いていなくてはならないのだろう、とわたしは思った。祖父は、最初満足そうにわたしを眺めていたが、次第に、わたしがただ義務感から人形とともに歩いているその不自然さを感じとってきたようで、少しずつ苛立(いらだ)ちはじめた。それでも笑顔はくずさないので、頬や唇の両脇(わき)が木彫り面のようにこわばった。

従妹は、わたしの内心を見ぬくには幼なすぎた。彼女の目は、足を交互に動かして歩く人形にひきつけられていた。従妹は、せいいっぱい愛想のいい声で、「とりかえっこしよう」と言った。

†

昼食後、ふたたび、撮影の仕事はつづけられた。この島は、四百年昔は、対外貿易の門戸であった。彎曲した細い石段の片側は、くずれかけた石塀(いしべい)で、これは、オランダ商館があった当時のものが、今も残っているのだった。貝殻をつぶした特殊な漆喰(しっくい)が、石と石のすき間を埋め、四百年の時の刃に削られながら、風化しきらずに塀をささえていた。

今、こうしている目の前でも、時は、この石塀を、石段を、少しずつ浸食しているのだ、と少女は思った。そのゆるやかな浸食が、目に見えるような気がした。

「ほほえんで」と、カメラマンが荒い声を出した。

「たのしそうに」

石塀は四百年削られつづけても残っているけれど、

人間は、何十年しかもたないのだから、時は、人間の方をいっそう荒っぽく削るのだ、と少女は思った。

モデルの若者の手が肩にふれた。カメラマンに命じられたポーズにすぎなかったが、少女は思わず微笑した。「よォし、それだ」カメラマンがどなった。

カメラマンの妻は、午後は仕事に立ちあっていた。彼女は夫のマネージャーをつとめていたので、仕事にはたいがい同行した。東京に残って注文などの連絡を受けることもあったが、夫といっしょのときの方が多かった。

石塀とむかいあった側は、石段に沿ってツツジが群れ咲いていた。少女は花をちぎり、口に含み、一つを相手にさし出した。彼は手で受けとらず、少しかがんで、唇をとがらせた。キスを求める仕草とよく似ていたので、少女は笑いだした。

宿に戻ると、女中が、風呂に先に入るか、夕食にするかとたずねた。めし、と、カメラマンは命じた。彼は、清潔好きのくせに、風呂嫌いであった。浴室に行き服を脱ぐまでがおっくうなのである。それで、一分のばしにのばす。酒も入るから、ますます、おっくうになる。ところが入浴しないで寝るのはからだが埃っぽくて気にくわない。おっくうではあるが入浴しないと気がすまないというわけで、締切りが迫ったときのような顔つきになる。それを、妻が上手になだめすかして、浴槽につっこんでしまうのである。

カメラマン夫婦の部屋はバス付きだが、少女たちの部屋にはバスはなかった。昼と同じように魚介料理の並ぶ夕食のあと、自分たちの部屋に戻ってから、

「お風呂、行く？」と少女は訊いた。

男たち二人は首を振った。それで、彼女は一人で地下の浴場への階段を下りた。大浴場は男性用で、並んだ女性用の浴場はやや小さい。それでも、入れちがいに老女が一人出ていき、彼女一人になったので、湯槽は広すぎるほどゆったりしていた。少女は青ずんだ湯にからだをしずめ、目を閉じて唇をふっとすぼめた。花の蜜の味を感じた。そのとき、少女は、ふいに頬が熱く赤くなった。

まだ寝るまでには間があるからと、宿の浴衣は着ず、さっぱりしたワンピースを湯上がりの肌に着て廊下に出ると、カメラマンとアシスタントが大浴場の方に来るのにゆきあった。珍しいことだと少女は思った。風呂嫌いの男だが、広々とした浴槽に浸ってみる気になったのだろう。

『そうすると……』と、少女は思った。カメラマンの妻と〝彼〟だけが、残っているのだ。女が、ちらちらと彼にむけるまなざしが浮かんだ。少女は両手の指を組みあわせ、強く握りしめた。関節が白くなった。

両手を握りあわせたまま、少女は階段をのぼった。のぼりきったところに、彼がいた。

「いいにおいだな」と、彼は言った。

「何もつけていないのよ」

「湯上がりのにおいがする」

それから、「散歩に行こう」と誘った。

「あのひとといっしょかと思った」

「彼女?」

「そう」

「彼女は、御亭主のいる前でなけりゃ、おれに色目使わないの」

「遊び?」

「そう。御亭主も彼女も、浮気ごっこ、やきもちごっこ、本気と嘘のさかいめで遊んでいる。おれをサカナにしやがってさ」

「散歩、どこへ?」

「目的地をきめないのが、散歩」彼は言った。

しかし、足は自然に、コルネリア像と展望台のある公園にむかった。

日はすっかり暮れていた。薄闇のなかで、紅いツツジの灌木は黒い塊りにかわっていた。

展望台の急な螺旋階段を手をつないでのぼった。のぼりつめると、暗い海が眼の下にひろがっていた。

「いいにおいだな」と、彼はもう一度言った。

少女の肩を抱き寄せ、少しからだをかがめ唇をツツジの花を含む形にした。

しあわせ——と、少女は怯えた。

†

思いがけなく、少年の人形はわたしのものになった。少年を抱いたとき、わたしは叫びだすまいと歯を噛みしめた。

わたしは人形を抱きしめてうろうろした。あまり嬉しそうにしたら、従妹にまたとり返されてしまうだろう。

そうして、従妹がかえしてと言ったら、わたしは手離さずにはいられない。この息苦しいよろこびは、とても、もちこたえられない。

手離してから、前にまさる憧憬で切り裂かれるような思いを味わうにちがいない。でも、もし、このまま持ちつづけることができたら……もう、今以上に愛することはできないだろう。

このよろこびが、なしくずしに薄れ、少年は、ただの人形になってゆくだろう……

†

唇に蜜の味がひろがった。白熱した光が目を射抜いた。胸の奥でふくれあがったよろこびと怖れが、叫び声になって噴き上がった。この一瞬は、もちこたえるには凄まじすぎる……。彼の躰が大きくのけぞって——

†

わたしの手から、少年は堕ちた。沓脱ぎの石にあたって、頭が砕けた。わたしは、この上ない安らぎをおぼえた。しゃがみこんで、抱き上げ、ひび割れた唇に静かに唇をふれた。

鏡直弘のノート（Ⅰ）

1

＊月＊日

午後七時ごろ、『ウィークエンド』誌編集者、那智(なち)克人(かつんど)なる人物より、自宅の方に電話があった。一度お目にかかりたいが御都合は？　と、きわめて丁重な申し出。

当方は、『カガミ印刷』と、印刷会社の看板をかかげているが、社長（小生）と従業員一名、いそがしいときにはパート・タイマーをたのむといった、手内職とさしてかわらぬ小規模なタイプ孔版である。大出版社から仕事の口がかかることは、まず、無い。『ウィークエンド』というのも、同人誌かミニコミ誌であろうかと思い、「御注文の内容と期日は？」と問うと、「それは、お目にかかったとき、詳しく」ということであった。

印刷の仕事の注文なら、店の方に電話してきそうなものだ。自宅にかけてきたというのは、ひょっとしたら、原稿依頼だろうかと思い、まさか、と打ち消した。糠喜(ぬかよろこ)びは、こりている。

小生、執筆活動は、ここ久しく開店休業のありさまである。ラジオのシナリオ書きに精を出していた時期もあったが、最近では、その方の注文もとだえている。

シナリオ・ライターというのは、報(むく)われるところの少ない職業だ。企画が決定してから締切りまで、ほとんど余裕がない。時間という厳しい制約の中で、せいいっぱい力をいれて書き上げても、一度電波にのれば、それっきり、消えてゆく。かなり好評な番組で、そのタイトルが人々の記憶に残ることはあっても、シナリオ・ライターの名までが記憶されることはない。いつまでもあとに残る活字という媒体が、どれほど魅力のあることか。

雑誌の新人賞に応募し、三度めに入選したことが、今思えば、よかったのか悪かったのか。一作受賞したからといって、すんなり、職業作家になれるわけではないと知りながら、やはり、有頂天になった。シナリオの仕事はかたっぱしから断わり、二作、三作と書いては編集者にみせたのだが、できが悪いと、突っ返された。女房が内職にやっていた孔版タイプが順調で、その方で生計は成り立っていた。こちらが働かなくても、何とか食べていけるとなると、つい、怠け心が起きる。原稿にむかうより、パチンコ屋でつぶす時間の方が多くなる。小言を言い言い、女房は死に、小さい印刷会社だけが残った。

タイプ印刷の仕事の方がいそがしくなった。手をぬいたら、食べられないのである。今でも、雑文書きの仕事は、たまにはくる。『ウィークエンド』誌の依頼というのも、コラムか何かだろうか。それにしては、わざわざ会いたいというのは、大げさすぎる。電話で、枚数とテーマ、締切日をつたえればすむことだ。「お宅にうかがいます」と、編集者那智克人氏は言ったが、拙宅は、六畳一間の安アパート、万年床。人をとおせるようなところではない。その上、我が老飼猫マロンちゃんは、来客を喜ばぬ。女房は、客好きで、もてなし上手だった。マロンは猫のぶんざいで、客が来たからといって茶一つ淹れられるわけではないのに、来客というとぶーたれるのだ。猫も人間も年をとるとひがみっぽくなるのかもしれぬ。自戒の要あり。小生も四十を過ぎた。

店の方に来てもらってもいいのだが、気がすすまなかった。もし、万一、原稿依頼であれば、それにふさわしい雰囲気のところで話したいという小生のみえもあるが、とにかく店は騒々しいのだ。

正規の従業員はヤスベエひとりだが、仕事がたてこむと近所のかみさん連中をアルバイトに頼む。タイプライターは三台あり、邦文タイプのできるバイトさんとヤスベエが、ガチャンコガチャンコと活字を拾い、かみさんたちは紙を揃えたりホチキスでとめたり、包装したり、そのあいだもお喋りはやめないから、やかましいといったらない。

どこか外でと言うと、明日午後二時、新宿の喫茶店『モンテ・ローザ』なるところを指定された。どうも原稿依頼らしい。

夜、『お千代』でひとり祝盃をあげる。

＊月＊日

窓ガラス越しの陽光が、靄のように店内にただよい、私はいくらか汗ばんでさえいた。（というぐあいに、小説風に文体も変えてみた）

モンテ・ローザは、新宿西口の高層ビルの二階にあった。約束の時刻より三十分も早く到着した。那智克人がやってきたとき、私の前の灰皿は、ハイライトの吸殻でいっぱいになっていた。

「だいぶお待たせしたようですね」と、灰皿に目をやって那智は言い、腕時計を見た。

それだけのことで、もう、私はいたたまれない恥ずかしさを感じていた。原稿依頼ではあるまいかと、あさましくそわそわしているところを、この三十代そこそこの、いかにも仕事にあぶらがのっているといった青年にみすかされたくはなかったのだ。

初対面である。たがいに顔は知らない。那智の手にした『ウィークエンド』誌が目印になるはずであった。だが、店に入ってきた那智は、さっと店内を見わたすと、すぐ、私の方に近寄ってきたのである。

「よく、わかりましたね」

名刺を受けとって私が言うと、

「お写真を見たことがあります」

那智は答えた。

私の顔写真が雑誌にのったのは、新人賞を受賞した四年前、ただ一度である。よくおぼえていたものだ。

「先生の受賞作、以前読ませていただきました」

「それはそれは」

「針ケ尾奈美子さんと二作受賞でしたね」

「そうでした」顔面筋肉が、いささかこわばる。

小生は、一作で後がつづかなかったのに、針ケ尾奈美子はその後コンスタントに書きつづけ、単行本もすでに何冊か出している。小生にとっては、コンプレックスを刺激される人物である。

授賞式のときが初対面だが、そのときはまことに印象が薄かった。よほど人見知りが強いらしく、まともに顔もあげないで、細い躰をすくめていた。これでいったい小説書きという修羅場がつとまるのかと思ったほどだ。

小生はおおいに気負って、滔々と今後の抱負などのべたてたのに、彼女は、もうこれ一作でやめますみたいな心細いことを言っておった。

その後どんな作品を書いているのか、腹立たしいからろくに読んではいないのだが、単行本を出すたびに小生のところにも送ってきて、ますますこちらは傷ついてしまうのである。ぱらぱらとめくり読みしたところでは、かなりニューロティックな傾向が強いもののようで、どうも神経症なのではあるまいか。

本の礼に渋々ながら電話をかけると、消え入りそうな声で応対する。

〈だめなんですの、書けなくて、心細くて〉の一点ばりだ。あまり卑下されるのもいやみというものだ。

しかし、女性に心細げな声を出されると、俠気のある小生としては、ついつい、

〈そんなことはありませんよ、立派なものです。がんばってください〉

〈ありがとうございます。お声をきくと、たいそうはげまされます〉

こっちに気があるのかと思ってしまうようなことを言う。針ケ尾奈美子は独身のはずである。

こちらに落伍したというコンプレックスがなければ、もう一度会ってみたい気もする。

あの弱虫ぶりが、傷つかないためのポーズだとしたら、みかけによらずかなりしたたかともいえるのだが、どんなものであろうか。

「こういうものを出しています」那智克人の手渡した『ウィークエンド』は、『旅とファッション』という副題がついていて、表紙は雪山をバックにした若い女性のカラー写真であった。

「月刊ではなく、隔月刊です。今度、新しい企画もので、『花の旅』というグラビアを始めます。その季節々々の花の名所を、モデルを使ってグラビア四ページにまとめます。ついては、それにちなんで、その花をモチーフにした短篇を毎回掲載しようとこういう企画なんです。いかがでしょう。お願いできますか」

「花物語ですか」

小生、いささか驚いて訊きかえす。四十面さげた男が花物語とは、どうも、気恥ずかしいではないか。

「ええ、まあ、そうですね。でも、花にそれほどこだわっていただかなくても、どこかに小道具として使われていれば。たとえば、ラストの情景が、一輪の花でぴしっと決まるとか」

ページをめくって『ウィークエンド』誌にざっと目をとおしてみる。旅とファッションをうたうだけあって、ポピュラーな観光地から、穴場、秘境などのカラー写真と、ニュー・モードらしい服装の女の子の写真で溢れている。本文記事は、これも若い娘好みの食べ歩き、〝旅でボーイフレンドを獲得した私〟といったタイトルの読者投稿、恋愛論めいたエッセイなどで埋められていた。

小生のデビュー作は、江戸市井の人情物なのだ。お門違いもいいところだ。もっとも、ラジオのシナリオを書いていたころは、注文に応じ、ホームドラマ、メロドラマ、どたばたファースと、幅広くこなしていたのだから、やれないことはないだろう。

「おいそがしいでしょうか」

タイプ印刷の仕事は、いそがしくないことはない。だが、那智くんが訊いているのは原稿書きのことだから、返答に困った。方々からの注文をかかえこんでいると思っているのだろうか。

「いや、それほどでも」

こちらが開店休業なのを知っているとしたら、ずいぶん意地の悪い質問だ。

「ただ、おたくの雑誌は、若い女性むけでしょう。ぼくは、近ごろの若い女の子、あまり知らんのですよ」

弱気なところはみせまいと思いながら、つい、口走ってしまう。

「風俗というのは、書き手が作り出してゆくものだというのが、ぼくの考えなんですが」那智くんは言った。「現実の風俗をそのまま書き手がなぞるというのでは、超えたものはできないと思うんです。作家が、現実を作品の方にひきつけるべきですよ」

　このとき、はじめて、私は那智克人がかなりの美貌（びぼう）であることに気がついた。

　ここまで書いてきて、ついでに、もう一つ気がついた。文体が、まったく混乱しているのである。主語も〝私〟ではじめたものが、途中、つい、ふだんの調子で小生になり、気分があらたまると〝私〟になっている。

　もっとも、文体というのは、書くときの気分にもおおいに影響されるものだ。

　とにかく、那智克人は美貌であった。

「どうでしょう、取材ということで、グラビアの撮影旅行に同行なさいませんか。若い女の子のモデルが行きますから、何か参考になるかもしれません」

「ほう、何人？」

「モデルは一人です。十九……八だったかな。一回めは、平戸（ひらど）のツツジを予定しています。一泊ですから、かなりせわしいですが」

　それはけっこうですな、と、おうようにうなずいたが、内心、はりきった。

　マロンは、ヤスベエにあずけねばなるまい。虐待（ぎゃくたい）されなければいいが。ヤスベエと猫は相性が悪い。あいつは戌年（いぬ）である。

「それから、顔写真を、貸していただきたいのですが。巻末の著者紹介に使いますから」

「顔写真ですか」

　私は辟易（へきえき）した。せっかく、甘いやさしい恋の花物語を書いて若い女性読者をうっとりさせても、その作者がむくつけき四十男の面をさらしたのでは、幻滅はなはだしいのではあるまいか。手持ちの写真の中から、いくらかでもましなのを探しておくと約束した。

「針ヶ尾奈美子さんは、お宅にはよく書かれるのですか」

「何度か、短篇やエッセイをお願いしています」

「花物語だったら、ぼくより彼女の方が適任なんじゃないかな」

つい言ってしまって、後悔した。まさか、こう言ったからとて、那智があっさり気をかえることもあるまいが。

「いや、針ヶ尾さんだと、あまりに素材とあいすぎているというか……。

私としては、新鮮な書き手がほしいわけです。冒険がしてみたいわけです。これまで女性ものはお書きになったことのない先生が、花と旅という材料をどのようにこなされるか、非常に期待が大きいのです」

「いやあ、これは責任重大だなあ」私はかなり気をよくして、しかし、不安もおぼえながら、頭をかいた。

家に帰ってから、以前針ヶ尾から贈られた彼女の著書に目をとおしてみた。那智も、今回は針ヶ尾には頼まなかったと言いながら、彼女の作品が女性むきのものを書く上の参考になるかもしれない、などと、ちょっと洩らしたからである。

盗めるものなら、コツを盗んでやろうと思った。

読んでいるうちに、何となくなつかしくなり、電話をかけた。

あいかわらず、消え入るような声だ。

鏡です、と言うと、

「まあ、お久しぶりです」

決まり文句の挨拶を二、三かわしてから、「ときに、ウィークエンドの那智くんという編集者、ご存じだそうですね」

「ええ、担当していただいています」

「今日、彼に会ったんですよ。一年間、連載をたのまれましてね」

「それはようございましたね。読ませていただくの、たのしみにしております」

「いろいろ教えていただきたいですよ。何しろ、若い女性むけのものなんて、書いたことがありませんでね」ほかのものなら、書いているような口ぶりだと、我ながら笑いたくなった。

「教えるなんて、とんでもない」

あわてて、電話口で手をふっている様子が浮かぶ。

「那智くんというのは、きびしい人ですか」

「いいえ、編集者によっては、かなり内容に注文をつける方もありますけれど、那智さんは、あまりそういうことはありません。まかせてくださいます。那智さんと私、わりあい好みの傾向が似ているようで、話があうんですのよ」

ということは、やはり、針ケ尾の作品はおおいに参考になるわけだ。積極的に参考にすべきだ。

取材旅行がたのしみになってきた。モデルが美少女であることを願う。

しかし、旅行の間、印刷の仕事はヤスベエ一人にまかせねばならぬ。

＊月＊日

平戸行き、案のじょう、ヤスベエ、ぶーたれる。

「それじゃ、二日間、休業にしましょうよ。そのあいだ、ぼくも故郷（くに）に帰らせてもらいます」

「ばか。おまえの故郷（くに）って、北海道じゃねえか。一泊二日で行って帰って来れるか」

「だから、このさい、ぼくは有給休暇を使って、一週間ほど」

「コケ！」と、どなりつける。もっとも、それじゃ、退職しますなどとゴネられては困るから、カガミ印刷はきみでもっているのだとなだめておだてあげた。

「平戸へ何しに行くんですか」と、ヤスベエは疑わしげだ。小説の取材と明かすのは、どうもてれくさい。ヤスベエ、小生の過去の実績を知らぬ。

「山岸製作所のパンフレット、ぼく一人じゃ手がまわりません。二日も大将に休まれたら、お手あげですよ。納期におくれたら、このあと、仕事こなくなりますよ。あそこ、いいおとくいじゃないですか。沼田タイプ印刷とはりあって、ようやく、うちの方に仕事まわしてもらうことにしたのに」

おまえが一週間も北海道に帰ったら、山岸製作所ばかりか、あっちもこっちも、おくれっぱなしになるではないか。休みがもらえないとなると、とたんに、いやがらせだ。

マロンをこんなやつにあずけて行かねばならないのが心配だ。腹いせに、何をされるかわからぬ。

＊月＊日

午前九時二十分発の全日空機で長崎空港にむかう。飛行機は苦手である。列車が線路の上を走るのは当然だ。船が水に浮かぶのも理屈にかなっている。しかし、どうして、こんなでかい図体の重たいものが空に浮かぶのか。どこかにいんちきがある。

その上、きゅうくつである。狭い座席に尻をはめこみ、ベルトで腰をしめつけ、ブロイラーチキンになったような気分にさせられる。小生が今はやりの海外旅行を断固拒否するのは、ひとえに、この飛行機という不愉快な乗物のせいだ。断じて、金がないからではない。たしかに、現時点においては、海外旅行にまわすようなよぶんな金はないが、将来、大ベストセラーを書き印税が何億入ってこようと——そのときは、気がかわるかもしれない。

今回は、一行の中に美女が二人参加しているので、飛行機の不愉快さはがまんできた。

カメラマンの新藤圭太氏、そのアシスタントの村瀬遼一くん、担当編集者の、例の美青年那智克人くん、小生と、ここまでは野郎ばかりだが、モデルの村瀬加奈ちゃん、これがまことにかわいらしい女の子、それに、新藤カメラマンの奥方、真弓さんが加わっていた。真弓夫人は、撮影旅行には、よく同行するのだそうだ。よほど仲が好いのか、やきもちやきなのか。

加奈ちゃんとアシスタントの村瀬くんが同姓なの

は、偶然ではなく、正真正銘の兄妹であった。

　機内の座席は三人掛けで、小生はもちろん、両女性にはさまれることを願い、まず、加奈ちゃんを窓ぎわに坐(すわ)らせ、その隣に腰かけた。奥さん、こちらへ、と真弓夫人を隣の席に呼びたかったが、それも、あまりにあつかましい、みえすいている、と、ためらい、彼女が自発的に隣に坐ってくれないかと思っているうちに、真弓夫人は前列の窓ぎわに席をしめた。なぜ、女は窓ぎわに坐りたがるのか。通路側の席には、トイレに行くときに便利という利点があるのだ。女性はトイレが近いはずだ。三人掛けの真中の席は、きゅうくつなものだ。小生、犠牲的精神をもって、ブロイラーチキン的機内座席の、もっともブロイラー的座席に坐ったのである。

　小生の右隣り、通路側の席には、新藤カメラマンが腰かけた。これは、まことに気むずかしそうな、無愛想な男であった。離陸するとすぐ、ポケットウィスキーを飲みはじめ、着くまで飲みつづけていた。ひょっとすると、飛行機が怖いので、早いところ酔っぱらってしまって恐怖を忘れようというこんたんかもしれない。大男で遠慮えしゃくなく両脚をひろげるから、こちらは非常にきゅうくつな思いをした。

　前列には、窓側から、真弓夫人、編集者の那智くん、アシスタントの村瀬遼一くん。

　小生、実は、女性にシャイなのである。恥ずかしいのである。ことに、加奈ちゃんのような、あどけなさまるだしの美少女を相手となると、何を喋(しゃべ)ったらいいのかわからぬ。うかつなことを口にして、小父(おじ)さま、古いのね、などと笑われたら、かたなしではないか。

　女性にもてるタイプではないことは、自覚している。なぜか、女は、足の長い男を好み、毛唐(けとう)のような、目のひっこんだ鼻の高い男を好む。足の長さで男の値打ちが決まるか。足が長くなく、腹の肉がいくらか多すぎ、瞼(まぶた)が腫(は)れぼったく、鼻が高くない中年の男が女性にもてるコツは、ひたすら、やさしいことである。それも、いやらしさを、ちらとでものぞかせてはならぬ。よこしまな野心など露(つゆ)ほどもありませんと、誠心誠意、ひたすら、親切をつくす。
すると、若い女性は、てきめん、頼りにしてくれるのだが、残念なことに、頼りにするのと恋心をもってくれるのとは、まるで違うのである。頼られて、いい気分になり、これならそろそろ、などとひそかににやついていると、ハンサムな若い男との恋愛に関する身の上相談などをもちこまれ、当方は、シラノ・ド・ベルジュラックの悲哀を存分に味わわされる。

ともあれ、加奈ちゃんには親切のかぎりをつくしたいと思ったが、機内では彼女は芸能週刊誌に読みふけっていて、まるでチャンスがなかった。

長崎空港からバスで平戸にむかう。平戸は島なのだが、平戸大橋が完成して、車で渡れるようになった。

旅館にチェック・インして、さっそく撮影にかかる。

2

＊月＊日

二日間、ヤスベエのうっぷん晴らしに虐待され、やつれ果てたマロンちゃんも、ようやく毛並みのつやとふてぶてしさをとり戻した。

『花の旅』第一話を掲載した『ウィークエンド』の見本刷りが届いた。

作者名は、女性の名にした。つまり、ペンネームである。『鏡直弘』は、江戸市井の物語を書く時代物作家としてデビューしたのである。若い女性向けの甘美な恋物語とは、どうもイメージがあわない。この先、時代物の注文がこないものでもない。『鏡直弘』の名は時代物、女性名のペンネームは現代恋愛ものと、二本立てでいくつもりであった。

ペンネームは、アナグラムを用い、皆川博子とした。『鏡直弘』をローマ字でKAGAMINAWOHIRO

とつづり、そのアルファベットを適当に置きかえて、他の名を作り出すのである。顔写真は、これもおおいに凝り、あちらこちらの女性の写真を切りぬいて貼りあわせ、モンタージュを作って那智くんに渡した。どうせのことに、惚れ惚れするような美女にしたいと思ったが、モンタージュというのは、思うようにいかないものだ。エリザベス・テーラーとカトリーヌ・ドヌーヴを組みあわせても、この二人以上の美人にはならない。むしろ、バランスのくずれたドブスになるということを発見した。

　平戸の海老の活造りはうまかった。これからも、二ヵ月に一度、各地のうまいものが食えると思うと、取材旅行が実にたのしみである。もっとも、第一話で、新藤カメラマン夫妻や加奈ちゃん、村瀬くん兄妹を、ちょいとサカナにしたので、この次の旅行では風当たりが強いかもしれない。

　だが、これは、怒る方が悪いのである。当方は、実在の人物からヒントを得ることはあっても、それはあくまで、ヒントである。ほんのちょっとしたとっかかりから、想像力を駆使し、物語を発展させていくのである。

　ツツジの蜜を吸うというのは、あの撮影中、加奈ちゃんがなにげなくやっていたのを、さっそく使わせてもらった。

　加奈ちゃん、遼一くんの兄妹が、両親が離婚し、お母さんの実家にひきとられて子供時代を過したこと、いとこの持っている男の子の人形が好きでたまらなかったこと、おじいちゃんが歩く人形を買ってくれ、いとこがそれをほしがり、とりかえっこしたこと、すべて、加奈ちゃんが話してくれた彼女の思い出話だ。

　そうして、ようやく手に入れた好きでたまらない人形を、もう、とても持っていられなくて、わざと地面に落としてこわしてしまったと加奈ちゃんが言うのをきき、女の子の気持とは何と複雑な動きをするものかと感心した。

　これを、どうやってツツジと結びつけようかと苦心したものだ。

ヤスベエには、九州でもっともうまい焼酎『白波』を土産に買ってかえってやったのに、「焼酎ですか」と軽蔑したような顔をした。このうまさがわからないとは情けないやつだ。バーボンの方がかっこういいと思っていやがる。

加奈ちゃんは、宿で出してくれたカスドースという菓子が気にいって、平戸でただ一軒しか作っていない（ということは、日本中でただ一軒）という店まで行って買いこんできた。まことにかわいい。

針ケ尾女史にもカスドース一箱送っておいた。

それにしても、那智くんというのは、なかなかにきびしい。かなり何度も書き直しを命じられた。針ケ尾奈美子は常にフリーパスというのだから腹のたつ話だが、材料が材料だ、小生には不向きなものを書こうというのだからいたしかたあるまい。逆に、針ケ尾が江戸市井の人情話を書いてみろ、朱筆だらけになるにちがいない。

よくできていますよ、と最後には那智くんも満足してくれたから、ほっとした。一度でおろされてはかなわない。

二回めも、こんな調子でいきましょう、と言ってくれた。

＊月＊日

車を車検に出す。戻ってくるまで、しばらく不便だ。印刷物の注文取りも配達も、電車やバスを利用しなくてはならないから、ヤスベエがまた、ぶーたれることであろう。

加奈ちゃんから、デートの申し込みの電話あり。明日、遊びに来たいというので、あわてて、新宿のモンテ・ローザを指定する。彼女は、『カガミ印刷』を大会社と思っているのである。名刺をみただけでは、会社の規模まではわからない。四十代半ばの少壮実業家で、しかも小説を書いている人というイメージを持ってくれたわけである。実業家と作家は結びつきにくいが、大デパートの経営者でしかも詩人という実例もあることだ。

ヤスベエの前では、仕事の注文電話のようなふりをする。ヤスベエは、小生が仕事以外の用で外出しようとすると、非常に恨みがましく、かつ、非難がましい目つきをする。古女房のようにうるさい。死んだ女房は、おまえのように口うるさくはなかったぞ。

＊月＊日

久しぶりに、村瀬加奈に会う。清楚で愛らしい印象は変らない。加奈の方が先に着いて、フルーツ・ポンチを食べていた。

「あたし、小説の方でも、モデルにされちゃったみたいですね」

「読んだの？」

「ええ、読みました」

「たすかったよ。加奈ちゃんがいろいろ材料を提供してくれたので」

「いやだ。そんなつもりで喋ったんじゃないのに」

「お兄さん、元気？」

「ええ」

「仕事はいそがしいの？」

「兄ですか？」

「いや、加奈ちゃんのモデルの仕事さ」

「あたし売れっ子じゃないから。暇です。だから、知ってる人がやっているスナックなんか、ときどき手伝っているんです。ついでがあったら、寄ってください」

「この次の撮影は、どこだろう。もう、決まっているの？　もちろん、決まれば那智くんからすぐに連絡があるだろうけれど」

「北海道なんて話もでていました」

「北海道ね」

食物は何がうまいかな、あそこは。珍しいものが食えそうだと喜びながら、

「北海道だと、花は何だろう。鈴蘭か」

自分から誘っておきながら、加奈は口数が少なかった。こちらが問いかければ返事をするが、積極的

に話題をひろげていこうとはしないので、会話はとぎれがちになる。

「加奈ちゃんの子供のころの話、人形をこわしたことなんか、小説のネタに使って迷惑だった？」

　そのことで鬱屈（うっくつ）しているのかなと気づき、たずねた。

「いいえ……。いとこも伯母（おば）たちも、読むことはないと思いますから……。読まれたってべつにかまわないし、もう、ほとんどつきあっていませんから、何を言われたっていいんですけれど……。それに、読んでも、モデルはあたしとはわからないで、似たような話があると思うだけかもしれないし……。子供のころのことなんか、むこうは忘れているかもしれないし……。だけど」

　加奈は、ちょっと言いよどんだ。「どうして、タチオのことを御存じなんですか」

「タチオ？　タチオって、誰？」

「小説にお書きになったでしょ。もう一人のモデル。私が殺したことになっている……。ひどいわ。私が彼を殺したなんて……」

　加奈の瞼に泪（なみだ）がにじんだので、私はあわてた。

「タチオって、誰なの？」

　おそるおそる、うかがいをたてた。わっと泣きだされては厄介（やっかい）である。

　女の子はかわいいが、泣かれると、まことにしまつが悪い。まして、衆人環視のなかである。

　加奈は、目を伏せたまま、返事をしなかった。知っているくせに、わざとしらばっくれている、ひどい、と、無言のまま全身で抗議している。ヤスベエもむくれると黙りこくるが、こいつは、まるでかわいげがない。ニキビがいっそう目立つだけだ。

「いいんです。あたしの思いちがいですね、きっと。変なこと言って、すみませんでした」

　加奈が笑顔になったので、ほっとした。

　他人のことにこまかく気をつかう、やさしい子のようだ。他人に不愉快な思いをさせまいと気をくばるところは、小生によく似ている。小生も、他人の感情を害するのは苦手だ。もっとも、加奈の心づかいは、いかにも若い娘らしいやさしさからくるのだが、小生の場合は、卑屈なのである。自認している。

＊月＊日

第二話の取材、北海道の網走と、那智くんから連絡あり。

第二話　網走

男にしては、色が白かった。年は二十そこそこにみえたが、唇の上から顎にかけて、ひげの剃りあとがうっすら青くて、その部分だけが、少女のような皮膚に鋼のにおいを与えた。

形のいい、しっかりした鼻梁は、少し受け口のかわいげのある口もとでやわらげられ、笑うと、二枚の前歯の一方がちょっとゆがんでいるのが、愛嬌をそえた。

頬に贅肉がなく、顔の輪郭が細いため、全体に華奢な印象だが、並んで立つと、女より首一つぶん背が高く、腕もがっしりと太かった。

刑務所の前で、女はその若い男と知りあった。といっても、二人とも、その内部にかかわりがあったわけではない。

女はそのとき、刑務所の正門にカメラをむけていた。赤煉瓦の高い塀は、何かなまめかしく女の目にうつった。奇妙な感覚だった。胎内に男たちの呻きや叫びを封じこめた巨大な女の像を、彼女は、刑務所の壁に重ねあわせていた。

門扉越しに、わずかに本館の正面がみえた。

何げなくシャッターを切ろうとした、その瞬間を待ちかまえていたように、門のわきの小さい小屋から守衛が走り寄った。どなりつけた。

その高飛車な口調が、女の癇にさわった。ざらざらした手で神経の末端をぐいと逆撫でされたようで、「いかん」と言うのをかまわず、シャッターを切った。つづけざまに三枚撮りついでに守衛の顔もカメラに入れた。

「いかんと言っとるだろう」

ファインダーの中で、小さく縮んだ顔がどなる。こっけいだ。ピントをあわせる暇はないから、そのまま、シャッターを切る。切ってから、しまった、と思った。建物だけなら、なぜ、いけないのですか、と逆にくってかかることもできる。他人の顔をむだんでうつしたとなると、肖像権だ何だとうるさい。

こんな男の顔、撮りたくもない。もののはずみだ。頭の鉢がひらき、顎がすぼまり、薄っぺらい耳が顔の両側にとび出している。

醜男だって、醜男なりの貫禄や魅力というものはあるのだ。そう思ったとき、突然、東京にいるはずの夫の顔が目の前をよぎって消える。醜くて美しい。

「カメラをよこしなさい」この薄っぺらな耳の突き出た男に、一片の美しさもない。卑しい。

女は、背をむけて歩き出した。肩に手がかかった。振り払う。

「おい」声が険しくなる。

「写真をとっては、いかんのだ」

聞こえないふりをして歩く。

「何の目的で写真をとった」

秘密の要塞じゃあるまいし。

「カメラをよこせ」

何と貧困な言語感覚。

「おい」肩をつかむ。腹をたてているぶん、手に力が入る。

「写真をとってはいかんと言っとるのに、聞こえんのか。おい。おい」

足を進めようとすると、ひき戻す。人通りはない。

「おい。何の目的で写真をとった」

同じ文句が二度めだ。

「おい」肩をゆすぶる。

「ちょっと来い」

どこへ来いというのか。刑務所の中か。それもおもしろそうだ。守衛は小鼻をひろげて怒っている。怒ると、小鼻はかたくなるものなのだな、と、女は眺める。

「おい。来い」

オートバイの爆音が背後できこえたのは、そのときだった。近づいて、とまった。

操縦していた若い男は、片足を地面に下ろして見物の態勢だ。

しかし、守衛が女の腕をひっぱっていこうとすると、オートバイぐるみ、あいだに割って入った。守衛は、ちょっとひるんで手を離した。

乗れ、というように、若い男は女にむかって顎をしゃくった。

すばやくリア・シートにまたがり、腕を男の腰にまわすと、とたんに発進した。スピードを上げた。守衛のどなり声は、すぐに遠くなった。

バイクで追ってくるかとふりむいたが、そこまでしつっこくはやらなかった。

つまらないことで、つまらないやつに躰をさわられた、と、女は自分に腹をたてていた。あの耳男も、いやアな気分でいることだろう。

紐を握りこんでいたカメラを、道ばたに放り投げた。

若い男はスピードをゆるめた。少し走ってとまり、拾ってくるのだろう、というように振りかえった。

女は、首を振った。男は、女の顔と、うしろの草むらにころがった黒い小さいカメラを見くらべていたが、女の手を腰にあてがいなおさせると、また、走り出した。

「おかしいと思う？」

　爆音がけたたましかった。声に出して言ったが、若い男の耳にはとどくまい。

「おかしいでしょ、カメラ」男が野暮な質問をしないのが気に入り、聞こえないのを承知で、女は喋った。「でも、いらないの。きらいなの。どうして、持ってきてしまったのかしら。習慣ね。誰でも、旅行というとカメラを持って歩くのね。うつさないと、気がすまないのね。刑務所の写真、とるべきではなかったのよ。動物園か何かの写真をとるみたいに、刑務所をとるなんて。傲慢よね。私、傲慢な人間は嫌いなのに」

　再び、夫の顔が目の前をよぎった。雪の季節に、重い鎖をタイヤに巻いた車が往き来するので、雪のあとかたもない初夏の今、道路はひどくいたんだ姿をさらしていた。オートバイは、ときどき、はね、がくんと落ちこむ。

　舌を噛みそうだと思いながら、女は喋りつづける。

「私、きらいなのよ。カメラも、写真をうつす人間も。眼というものがあるじゃないの。目で見て、脳のひだにきざみつける、それで十分よ。なぜ、小さい所に定着してしまうの。私、いま、気づいたのよ。カメラは大嫌いだ、って。かわりに、何か、好きっていうものあるかしら。嫌いなものばかり。ね、私は、嫌いなものばかり。あなたは、どう？　オートバイをとばすのが好き？」

　爆音に消され、若い男の耳に何もとどかないのはいいことだ、と女は思い、聞こえないのに声に出して喋りつづけるのも、いい、と思った。

　心に浮かぶことが、次から次に、声になった。酒に酔ったときのようだった。爆音と震動と、若い男の背を濡らす汗のにおいが、女を酔わせているのかもしれなかった。

　女は、顔を若い男の背に押し当てていた。そうして、喋った。爆音に消され言葉の意味は通じないが、声のひびきだけが、男の背につたわっている、と思った。

「嫌いなものばかり、というより、感動することがなくなってしまったのね。心が石になったようにね。心臓のかわりに、重い固い石が、ここに入っているようにね。あなたは、どう？　まだ、やわらかいの？　ひくひく動いている？　若い女の子にね、私、言ったの、もう、何も感動することって、ないわ、って。すると、その子は、びっくりしたように目を大きくして、感動することがなかったら、あたし、生きていられない、って言ったわ。私は、感動することがなくたって、ちゃんと生きている。そう思ったとき、胸の中の石のかたまりに、細い穴がとおっているのを知ったわ。石の笛なのよ、私の心。淋(さび)しい、淋しい、と鳴るのよ。固い、無感動な石のかたまりのくせに、淋しい、淋しい、という音だけは、吹き鳴るのよ。雨かしら」

頬に冷たい雫(しずく)があたった。さわ、さわ、と降り出した。走りつづけるうちに、激しくなった。目の前に水の幕が垂れこめた。滝のように背を打ちたたいた。

「もどりましょう」と、女は若い男の肩をゆすって合図した。男はオートバイをとめた。その耳に、女は声を上げて言った。「私の泊まっている旅館、『松橋』というの。知っている？　そこに行きましょう。雨やどりするといいわ」

『松橋』は、このごろでは珍しい純日本風の旅館であった。「お帰りなさいまし。突然の降りで」番頭が出迎えた。オートバイを下りた女の躰の中に、じんじん、じんじん、と震動がまだ残っていた。

「すっかりお濡れになりましたね。これはいけない」番頭に命じられ、女中がバスタオルを持ってきた。

「休んでいらっしゃい」と誘うと、若い男は、ちょっと間(ま)をおいて、キーをポケットに入れ、ぐしょ濡れのスニーカーを脱いだ。

その間のおきぐあいが、女の気にいった。ほどよい、ためらいであった。

部屋に戻ると、女中が「お食事は？」と聞きにきた。

「二人ぶんお願いします」

「こちらさまもお泊まりですか」

女も、少し間をおいた。それから、「ええ」とうなずいた。若い男は、少し眉をひそめるようにして女の顔をみつめたが、何も言わなかった。

「ビール？　日本酒？」

湯上がりで浴衣にくつろいでいた。

「洋酒？」

そのどれにも、若い男はうなずいた。

まだ、ひとことも、声をきいていないと女は思った。耳が聞こえないわけではないのに、喋らないことで、女との距離を保とうとしているようだ。

料理にはあまり手をつけず、男は飲み、いくらでも底無しに飲んでいた。九時ごろ、女中が、蒲団を敷いてもいいか、と聞きにきた。

「氷と水とボトルだけ置いておいてちょうだい。あとはさげてくださっていいわ」

「それじゃ、すみませんが、テーブルこちらに寄せさせていただきます」

女中はテーブルを片寄せ、あいたところに蒲団を二組み並べた。

「あなたって、何も喋らないのね」

むりに喋らせるのはよそうと女は思った。しゃくにさわりながらも、意地のはりあいをたのしんでいた。

女の方が、先に酔った。ふいに、泪が噴きこぼれた。何が悲しいのだろう、と思った。石の笛が、淋しい、と吹き鳴るかわりに、泪を噴きあげているようだった。笛の中に、悲しみの芯があった。ふだん、夫の前でも泣いたことなどないのに、と思いながら。泪の熱さでも、芯は溶けなかった。むしろ、とがった鋭さをあらわにしてきた。こんなに痛いものをかかえこんでいたのか、と思った。

泣きながら、「寒い」と女は言った。躰がふるえ、歯が鳴った。寒けがするわけではないのに、「寒い」としか言いあらわしようがなかった。目の前のものが揺れて、テーブルに突っ伏した。男が立ってきて、ふるえている躰を押さえこむように抱きかかえ、蒲団にはこんだ。抱きすくめられていると、ふるえがしずまった。

「暖いわ。そうやっていてね。暖いわ」

寒かったわ、今まで。いつも、寒かった。

男は、しっかり抱きこんでいた。「暖いわ」と女はくり返した。「ありがとう。暖いわ」寒かったわ。寒かったのよ、いつも。

ぬくもってゆく。石笛のとがった芯が、なごめられてゆくようだ。淋しいわ、と鳴るかわりに、暖い、と笛はうたい、しかし、その基調音に、淋しい、という音階が、これはもう、消えようもない。

冷たい足の先を、男は両脚のあいだにはさみこみ、指が髪を撫で、首筋を撫で、胸乳に触れた。

——夫の仕草と同じ、と思ったとき、心の一部が醒めた。男は、夜の中で、みな同じ仕草をする。夜の中で、男はみな同じ一頭のけものになる。『私』ではなく、『私』を包んでいる女の肉ばかりをこのときは求める。『私』は不要な存在となる。寒がっている『私』は、もう、男の心から消えてしまう。

翌日、若い男は発熱して寝こんだ。雨にうたれて風邪をひいた。私の方は何でもないのに、と、女はおかしくなった。蒼い顔の、頬骨の上だけが熱のためにぼうっと紅らんで、男はとろとろ睡っていた。女中に頼んで風邪薬を買わせた。医者をよぶほどのこともないだろうと思った。

熱がひいて動けるようになるまでに、三日かかった。女は、旅館の支払いを計算してみた。二人分なので、手持ちの金だけでは不足になりそうだった。はじめから、現金はあまり持ってきていなかった。足りなくなったらキャッシュ・カードで銀行からひき出すつもりだったのである。

ところが、市内にその銀行の支店がないときいて、いささか慌てた。女が預金しているのは名のとおった大銀行の一つなので、まさか、支店を置いてない都市があるとは思わなかったのだが、地方では、その地元の金融機関がシェアを確保しているのだった。女中は、列車で一時間ほどの別の市の名をあげ、そこにいけばあるだろうと言った。

若い男を宿に残して、女は、わざわざ列車に乗って隣の市まで預金を引き出しに行った。ところが、そこにも支店はなかった。女は狼狽(ろうばい)した。自分の金(かね)があるのに、使うことができない。その不合理さが、女を頼りない気分にさせた。銀行というのも、無力なものだ。キャッシュ・カードを万能なように思っていた自分を嗤(わら)った。

東京に電話して夫に送金を頼むということを、女は、考えもしなかった。夫は、居所が不確かだった。夫の持っているカメラの方が、妻である彼女より、夫の存在をはっきり認識しているはずだ。スタジオにいるときもあり、旅に出ているときもある。カメラは、常に夫といっしょにいる。夫の手であり、目であった。

金が無いと、こんなにも不安なものか、と女は驚いていた。女は、交番で質屋の場所をたずね、そこに行って、指輪と腕時計を金にかえた。

指輪は良質の翡翠(ひすい)だったから、旅館の払いをすませても、まだ少し残った。

男は、女の手から指輪と腕時計が消えたことに気づいていた。キャッシュ・カードが使えなかった事情も、女が宿の女中に話すのをきいて、承知していた。

ジーンズのポケットから有金(ありがね)を全部出した。千円札が数枚と、あとは小銭ばかりだった。

男は、自分の腕時計をはずして、女に渡そうとした。女は、笑って首を振った。「まだ、大丈夫よ。足りなくなったら、それ、まげちゃうことにしましょう」

二人がいっしょにオートバイの旅を続けることを意味していた。

道の両側には、どこまでも、草原がひろがっていた。ゆるい起伏をえがき、時々、ポプラの並木が一直線に草原をつらぬいた。空と地の遠い境界に、エゾマツの林におおわれた山なみがあった。羊(ひつじ)が遊び、牛が群れていた。
怖い、と女は思った。牛を飼い、羊を飼い、乳をしぼり、バターをつくり、畠の世話をし、日常のいとなみが単調に、辛抱強く、そうして力強くくりかえされているただ中を、日常からまるで切り離されて、夢の中を走るように走りぬけてゆくことを怖いと思った。自分が存在していることがあやふやになってゆくような心もとない感じを、怖いという言葉に置きかえていた。しかし、たのしくもあった。そのたのしさは、男の背に頬と胸をぴったりと押しあて、風に躰の外皮を切り裂かれて疾走する、ただ、その感覚の中にだけ、あった。

宿は、安い民宿を選んだ。

夜、男は、若い健やかさで、容赦なく女を抱いた。湯のにおいと、躰の内側からにじむ薄荷油のようなにおいを、男の肌から女はかいだ。さわやかだが、動物質のさわやかさであった。

躰が溶けあい、――これしか、ないの……と、女は、表情には出さず、もどかしく思った。男と女は、こういう愛しかたしかないのだろうか。これだけのことなら……と、女は、男の腕の中で思う。夫との夜と、何がちがうの。

においがちがう、と、女は、そのことに意識を集め、救われようとする。

しかし、そのちがいは、あまり力を持たない。指の動き、からまってくる腰の重さ。荒い息づかい。男は、どの男も、ほんとうは一つの同じ生きもの、それが、さまざまな形に細分されて、光の中に姿をみせているけれど、夜の闇の中で、本来の姿をあらわす。男は、根の方で、みな、一つにつながっている。女を抱くのは、その根のところで一体化したすべての男たち。『私』は、寒い。女は、石笛の音をかすかに聞いていた。かすかだが、弱々しくはなかった。悲しみはいっそう鋭い。

そう思いながら、確実に、その寒さを忘れさせてくれる瞬間があった。もう、女は、酔っても泣きはしなかった。

男は、あいかわらず喋らない。唖ごっこをしている。耳のきこえる唖だ。ただ、喋らないだけだ。二人の旅そのものが、日常から切り離された一つの嘘(うそ)なのだから、男が〝唖〟でとおすのも、一つの遊び、一つの趣向というものじゃないかしら。女は、そう思おうとした。喋らないという一点で、男が女と溶けきることを拒んでいる。私を拒んでいる。そうは考えまいとした。何も聞かなくてもいい。何も、彼の生活を知らなくてもいい。知りたくも、聞きたくもない。旅に最低限必要なことは、言葉がなくても、けっこう通じあう。

北の果て、花野がつづいていた。そのむこうに、海があった。海のきわまで花野はひろがり、波があるのに、底光りする鉱石の板のようにみえた。海も花野も、じんわりと、うちに力をためこみながら、せめぎあおうとはせず、均衡(きんこう)を保っていた。海の荒ら荒らしさは、表だってあらわれないため、いっそう不気味なけものめいていた。

紫のアヤメ、真紅のハマナス、それに女が名も知らない、白や黄や、色とりどりの花が、あるものは地べたに這(は)い、あるものは細い花茎をくねらせ、ざわめいていた。

海岸線と平行に、単線の線路が花野の中にのび、ときたま、小さい電車が揺れながら通った。

色のついた砂糖水のようなアイス・コーヒーを、売店の床几(しょうぎ)に腰かけて飲んだ。

二人とも、首すじや耳のくぼみに、うすく土埃(つちぼこり)をためていた。

男が喋ろうとしないのは、本当にいいことだ、と女は思うようになっていた。それによって、日常が断ち切られ、二人は非現実のなかにいられると、女は思うのだった。

そうして、また、喋らないということで、若い男は、夫を含めた地の男たち全部から区別された特性を持っていた。女が想像する肉のけものとしての男の原型と、少しちがった存在として感じることができた。

不能であれば、なお、よいのだ、と女は思いあたっていた。

言葉を持たず、不能な男であれば、夫を含めた他の男たち全部とは、まったくちがった愛しかたで、彼女を愛してくれるかもしれなかった。不能とは、男の攻撃の牙（きば）を放棄することであった。ただ、黙って女に所有され、そうすることで、女のすべてを受け入れ包みこむ、そのような存在は、もはや〝男〟とはよべないということに、女は気づきかけていた。

男は途中で腕時計を売り、金にかえたので、二人はもう、時がわからなかった。

わずかな金は、じきになくなるだろう。そのときが、夢から醒めるときかもしれない、と、女は思った。金がないのに醒めることができなかったら、どうなるのだろう。そう思うと、ぞっとしたので、いそいで、その考えを意識の下に閉じこめた。

だが、金がなくなるより前に、現実の方が夢の旅の中に侵入してきた。

いっそう深い悪夢と呼んだ方が適切か。

まったく思いがけないことに、女の前に、夫が立っていたのである。

——この人は、いつも、何でもわかっている。私が何をしたがっているか。どこにいるか。すべて見とおしている。

「どうして、わかったの。私がここに来ていること」

「偶然だ」と、夫は言った。少しも動じていなかった。「ぼくは、サーカスを撮りに来た」

——今までにも、何度もあった。〝偶然〟出会うのだ。感応力としかいいようがない。そう、まったく偶然なのだ。夫は私を追いまわしているわけではないのに。彼の仕事先に、私が感応して、知らず知らず、引き寄せられてゆくのか。

「サーカスですって」

「街で見ただろう。天幕をはっているのを」

「気がつかなかったわ」

「このひとは、友だち?」

「そう。途中で知りあったの」

夫は、品さだめするように、若い男を眺めまわした。

「いつ、こっちに着いたの？」

「今朝だ」

夫の声がうわの空というふうになったのを、女は敏感に感じる。夫は、若い男を隅々まで品さだめする。

「もう、撮り終わったの？」

「いや。今日はまだ、興行のメンバーが揃っていなかった。先乗りの連中は到着して準備をととのえているのだが、後続の車が、事故でもあったのか、おくれてね。＊＊誌のグラビアの仕事なんだ。サーカス特集というのをやるというんで、頼まれたんだが。メンバーの大半が未着ということでは、仕事にならない。それで、ぶらっと海を見に来た」

「原生花園をついでに撮るつもりで？」

女は、見わたすかぎりの花野を、のばした腕で撫でるような仕草をした。

「いや。ぼくは、こういう景色は興味がない。ここには、冬に一度来ているよ。流氷を撮りに。この花畑は、雪の荒野だった。そのむこうに、氷海があった」

女は、白い雪の原野を視た。そのむこうの海が、猛々しい氷で閉ざされていった。

そうしてまた、燦々と陽が注ぐ花野と、青い静かな海が、幻を消えさせた。

「きみ、オートバイに乗るんですか」

夫は、若い男に話しかけた。

男が、夫の顔を見知っている、と、女はわかった。中堅どころのカメラマンとして、夫は、活躍していた。達者なエッセイも書いた。顔写真が、カメラ雑誌や、エッセイをのせた一般誌にときどきのり、TVのCFに登場したことがあった。醜男なのに、人を惹きつけるところがあった。充実した仕事をしている男の精気が魅力になっているのかもしれない。

若い男の表情は、驚きから、ゆっくり、尊敬と、憧憬めいたものにかわってゆく。

それでも、すぐに声は出さず、若い男は、ただ、うなずいた。まだ、女との夢の旅の中に半ばたゆたって、啞ごっこに浸っているのか、とっさに、気持の切りかえができなかったのか。

「じゃ、ちょっと、来てよ」

夫は気軽く誘う。まるで、前からの友人のようだ。

若い男は、みるみる、無邪気な少年の表情になる。

天幕は、公園の半分くらいをしめていた。小さい公園だったのだ。

「冬には、ここで、流氷祭りというのをやったよ」

夫は、若い男に説明する。「海から氷を切り出して、彫刻したやつを陳列する。雪祭りの、雪のかわりに氷をつかうわけ」

「その写真も撮ったの?」女は、割りこんだ。若い男に、喋らせたくなかった。

「いや」

天幕の中は、空だった。先乗りの連中は、食事にでも出ているのか。

「動物がいないのね。ライオンとか、熊とか」

「馬は持っているそうだが、まだ着いていない。ライオンや熊は、このサーカスは持っていないそうだ。小規模なんだね」

「貧乏なサーカスなのね」

見上げると、天井は、気が遠くなるほど高い。むき出しの鉄骨。巻き上げられたブランコのロープ。

「綱渡りをオートバイでやるというのが、ここの演しものにはあるそうだよ。メンバーにオートバイ乗りがいてね」

女は、何となく不安になる。

「サーカスも、全盛期には、組合に加盟しているものだけでも二十団体、団員二千人、それに建元やその家族が二千人、四千人がサーカスで食っていけたというんだが、今や、淋しいものだ。大手は、木下、矢野、キグレ、柿沼、関根と、五つしかない」

「その、大きな鉄の籠のような球は何?」

女が訊くと、

「きみ、ちょっと、オートバイにもたれるかっこうで、その球の前に立ってよ」夫は若い男に命じた。

魅入られたように、若者は従う。

球型の鉄の籠は、一ヵ所、戸口が開いていた。

「暗いな。そのライト、つくかどうかためして」夫は女に命じる。

天幕の鉄骨にとりつけたライトから、何本もコードがのびている。女はスイッチをさがした。眩い光が溢れた。

「いいね。ああ、なかなか、いい」夫は、たてつづけにシャッターを切る。若い男は、少しまぶしそうに、それから次第に、晴れがましいスターの顔。

「ちょっと、中に入ってみて」

若い男は、球の中に入り、夫は扉をしめる。「少し、走ってみて」

若い男は、自信ありげに微笑した。

スタートした。はじめゆるやかに、次第にスピードをあげる。球の内壁をまわりはじめる。次第に高く駆け上がり、駆け下り、大地が空を包みこんだような球体の中を駆けめぐる。

「素人なんだろう、あの子。なかなか、よくやるね」夫がうっとりと言う。「もっとも、度胸さえあれば、そう難しくはない芸当らしいがね」

床を這うコードの一部に、覆いの剝けた部分があるのを女はみつめていた。

「ここの本職のやつより、そいつの方が絵になるよ。うん。気にいった」

女は目を閉じる。瞼の裏に花野が燃え、氷の海がそれに二重に重なる。石笛の音を聴く。若者と夫の顔が重なりあう。唇の上に唇が重なる。若者は微笑し、口を開く。その声を聴く前に、女は、コードを足で動かす。露出した部分が、若者を閉じこめた鉄の檻に触れた。

青白い閃光が、鉄球を走り、炸裂した。

鏡直弘のノート（Ⅱ）

1

＊月＊日

北海道というのは、妙に刑務所の多いところだ。いや、他の地区にも刑務所はたくさんあるのだが、北海道は、函館（はこだて）、札幌（さっぽろ）、旭川（あさひかわ）、帯広（おびひろ）、釧路（くしろ）、網走と、その一つ一つが有名で、更に、何か独特の寂寥（せきりょう）感があるから、印象が強いのだろう。

原野開拓の大部分が、当時の監獄に収容されていた囚人たちによって行なわれたという事情もある。刑務所の塀（へい）の赤煉瓦（れんが）を積んだのも、その中に閉じこめられることになる囚人たちだったという。

撮影の目的地は網走なのだが、せっかく北海道にわたるのならトラピスチヌ（女子修道院）とトラピスト（男子修道院）を見たいという真弓夫人の希望で、旅程を一日のばし、まず函館で一泊することになった。

トラピスチヌに近い湯（ゆ）の川（かわ）温泉郷に宿をとる。純日本風の旅館で、外観は小さく古ぼけて貧相だが、内部の造作はなかなか立派で、客のもてなしに心がこもっているのが嬉（うれ）しい。

部屋は例によって三つとり、新藤夫妻、小生と那智くん、遼一くんと加奈ちゃんの兄妹、という組みあわせになる。

料理がうまかった。純和風の料理は、若い遼一くんなどにはいささか不満だったようだが。とにかく、旅に出たら小生は、景色より何より、土地のうまいものを食べるのが一番のたのしみなのである。

昼食後、レンタカーを那智くんが運転し、市内観光、更に渡島当別（おしまとうべつ）のトラピストまで足をのばすことになる。

一八五九年に、横浜、長崎とともに日本で最初の貿易港になったというこの街は、〝異国情緒〟という、今ではいささか手垢のついた古びた言葉が、なつかしくよみがえってくる。

　海にのぞむ丘の外人墓地。赤煉瓦の旧露西亜領事館、童話の絵本にでもありそうな白いかわいいハリストス正教会の建物、青いとんがり屋根の天主公教会、と、女の子がよろこびそうな場所が多い。

　たのしい旅であるべきなのに、何か、しっくりしなかった。

　誰もが、苛々しながら、それを強いて押しかくしているといったふうなのだ。集団ヒステリーの爆発寸前といった空気を感じるのは、小生の思いすごしか。

　外人墓地、ハリストス正教会と、観光マップに従って那智くんは車を走らせ、要所要所で停める。

　そのたびに、加奈ちゃんは、「すてきねえ、いいわねえ」と声をあげるのだが、それがいかにも、自分の役どころを一生懸命演じているといった様子にみえて、いじらしかった。

　それというのが、他の連中が、いかにも、つまらなそうな顔をしているためだ。加奈は、一人で気をもんで、たのしいムードを盛り上げようとしている。

　真弓夫人などは、私は観光名所には興味がありません、という表情を露骨にみせている。こういうのがいると、いい年をした小生が、けっこうな景色ですな、いやあ、情緒がありますな、いいですなあ、などと騒ぎたてては、いかにも軽々しくみえようというものだ。

　しかしながら、一生懸命感激している加奈ちゃんに調子をあわせてやりたくもなる。

　新藤氏は、ここでは一枚も写真をとらなかった。

　夜は函館山に登り、夜景を眺める。

　魚の尾のようにのびた市街地の灯が美しい。

　小生がさすがに感嘆の吐息をつくと、

「香港、ナポリと並ぶ世界三大夜景の一つと、地元の人は自慢しているそうですよ」

　那智くんが言った。那智くんも、あまり景色には関心がないほうらしい。加奈ちゃんは、昼間、あまり一生懸命感激してくたびれきってしまったらしく、何も言わなかった。ただ、「高いところはいやだわ」

と言っただけだった。

「加奈ちゃんは、高所恐怖症？」

「……でもないけれど」

「くたびれた？」

「いいえ」と、加奈ちゃんは意地をはった。

そのあと、スナックで飲む。いいかげんに見当をつけて、ふらりと入ったのだが、これが、まことに騒々しい店であった。

店の中は薄暗く、ロックががんがん響いている。客はかたぎのサラリーマンなどではなく、ひげだらけのや、坊主頭や、それも、そう若くはなく、三十から四十ぐらいの男が多い。

カウンターと、壁ぎわのボックス席のあいだのフロアで、客らしい男と店の女がビートにあわせて激しい身ぶりで踊っていた。

他の女がストロボ・ライトを点滅させ、きちがいじみた熱っぽいムードをあおりたてる。

男は半裸であり、顔と上半身に金粉銀粉をぬりたくっていた。

ふりの客が気楽に入れるような雰囲気の店ではないのだが、うかうかボックスに坐(すわ)ってしまったので、すぐに立つわけにもいかない。まことに居心地悪い思いだ。ところが、新藤氏も真弓夫人も那智くんも、こういう雰囲気にいっこう違和感をおぼえないらしく、くつろいでいる。遼一くんと加奈ちゃんにいたっては、すぐにビートに酔って全身で拍子(ひょうし)をとりだすしまつである。

店のママらしい女が寄ってきて、新藤氏をしげしげと眺め、「こちら、フォトグラファーの新藤圭太先生じゃありません？」

那智くんが、そうですよ、とうなずくと、とたんに、新藤氏のもてること、もてること。彼は、ここまで名がとおっているのか。那智くんは、ついでに小生を『作家』と紹介してくれたが、ママは、「あら」と、お愛想笑いをしただけであった。

那智くんは、美貌(びぼう)であるから、もてる。

遼一くんは、若いから、もてる。

加奈ちゃんは、愛らしいから、同性であるところの店の女性たちにかわいがられる。

まるで無視されっ放しなのは、小生だけである。

ロックの渦巻く中で、遼一くんは、とたんに生彩をはなちはじめた。

フロアにとび出して、踊り出したのである。

躰の中に、奔放な獣が巣喰っていて、その本性がいっきにほとばしり出たというふうだった。黒人のような、みごとなリズム感覚であった。

店の女たちが——客たちも、一瞬、ざわめきを止め、激しく、しなやかに踊る彼にみとれたほどであった。

一曲終わって、遼一くんがボックスに戻ってくると、シートの背にのけぞった彼の汗まみれの額を、ママがハンカチでぬぐった。

あおりたてるように次の曲がつづいた。

「さあ」とママにうながされるまでもなく、遼一くんは一跳びしてフロアに立った。立つと同時に、波のようなビートに溶けこんだ。音楽が彼の血管に流れこみ、荒れ狂っていた。

二曲、三曲と、狂躁の度を増した。

「暑いでしょ」と、ママは遼一くんのシャツを剝ぎとった。胸骨のあいだを汗が流れ落ち、彼は、瀕死の病人のように喘いでいた。

その顔から胸に、ママは金粉を塗った。

彼は立ち、壁の鏡に、異様な獣となった自分の姿を眺めた。うっとりした表情になった。

そうして、フロアで音の渦に身をまかせたとき、真弓夫人が立った。胸と胸をあわせるように、遼一くんの前に立ち、腕をひろげ、リズムにのりはじめた。

遼一くんの顔や胸を彩る金粉が、夫人の肩に腕に胸に散った。

＊月＊日

プロペラ機で女満別。網走に一番近い空港である。ここでも、レンタカーを借りた。

網走湖畔を北上し、市内に入る。映画で有名な網走刑務所を、まず、訪れる。これも、真弓夫人の希望であった。

　映画のおかげで、この刑務所はすっかり観光名所になってしまったが、囚人の檻であることにかわりはないのである。

「この刑務所は、土地が日本一広いんですよ」那智くんが説明する。「千七百万平方メートルというから、新宿区ぐらいの広さだな。農場と山林です。野菜を作ったり、牧畜をしたり、全部、受刑者の手で自給自足する態勢になっているんだそうです。自給自足どころか、たっぷり稼いでいるんですよ。養豚、乳牛の育成、酪農、農耕、食品加工それに木工細工などで、二億円からの収益をあげているっていうんですからね。木工では、ニポポが娑婆の人に人気があるそうです。木彫りの人形です。ニポポというのは、カラフトアイヌの守護神で、『ニ』は『木』、『ポポ』は『赤ちゃん』、木の赤ちゃん、という意味です」

「詳しいんですね、那智くん」

「いや、即席で仕入れた知識です」

「あの中へは入れないんでしょうね」

「ええ。でも、一年に一度だけ、十一月三日に所内の一部を開放して、一般の人に公開するそうです。受刑者の製作品の展示即売をするんです。今言ったニポポや、木工の家具などが主だそうですが、安くて丈夫だというので、早朝から入場客の行列ができるくらい人気があるそうですよ。売り上げが一日で五百万円以上というんですから」

「羨ましいですなあ」溜息がでた。まるで大企業ではないか。税金の心配もいらず、頭をさげて注文取りにまわる苦労もいらず。

「気楽ですなあ」と吐息をつくと、遼一くんが、

「自由とひきかえですよ」と言った。

「煙草一本、自由に吸えない。毎日の、すべての行動が、強制されているんですよ」

「でも、ふだんの生活だって」と真弓夫人がどこかうわの空の調子で言った。「どこまで自由か……。けっきょく、縛られているのよ、人間は誰でも。人間であるという条件に縛られているのよ。人間であるかぎり、完全な自由なんてありはしない。監獄の

中だろうと外だろうと、たいしたかわりはないわ」

「それじゃ、完全に自由になろうと思ったら」と、那智くんが、やや棘のある口調で言った。「死ぬよりほか、ありませんね」

「でも、それ、矛盾しているわ」と、加奈が、「死んだら、自由でありたいと願う自分自身がいなくなってしまうのですもの。〝自由〟の代償に〝存在〟を支払うのよ、死は」

「ずいぶん、むずかしいことを言うね」と、からかうと、加奈は、まじめな顔で目を大きく見開いた。

「〝自由〟だの、〝存在〟だの、まるで、サルトルだ」

「サルトルって、何ですか」と、加奈ちゃんは訊いた。

塀に沿って網走川が流れ、正門にむかって、長さ三十メートルほどの橋がかかっている。橋の右手には、木造の職員官舎が軒を並べていた。

「この橋は、鏡橋というんですよ」と、那智くんが、「昔、四人がこの橋を渡るとき、川に映る自分の姿をしみじみと眺め、涙を流したところから、鏡橋と名づけたのだそうです」

遼一くんは欄干にもたれた。真弓夫人が肩を並べた。その横顔をそっとぬすみ見ると、夫人は目を閉じていた。昨日と同じ服を着ているので、ふとしたはずみに、昨夜の名残りの金粉が、きらっと光る。遼一くんの髪も、ときどき光った。

昨夜の二人は、かなり挑発的だった。しかし、平戸の旅でも、真弓夫人は、ときどき新藤氏の前で、ことさら遼一くんと親しくしてみせ、新藤氏は平然と表情を動かさなかった。

真弓夫人は、おそらく、新藤氏に惚れぬいている、というのが、小生の観察するところである。しかし、新藤氏の方では、それに応えるだけの熱愛を示さない。苛立って、真弓夫人は、新藤氏の嫉妬をかりたてようと、遼一くんとの仲をみせつける。

これは、あまり、うがちすぎた解釈であろうか。

真弓夫人の言動には、どこか絶望的な淋しさが感じられる。

オホーツク海に面した原生花園にむかう。

ここが撮影の目的地である。

見渡すかぎり、真紅のハマナスの花野であった。燃えたつ火炎の原野であった。

強い陽が燦々と降り注ぎ、花野の只中に立って、真弓夫人は、両手で肩を抱きすくめるようにして、何かつぶやいた。「寒いわ」ときこえた。うっすら汗ばむ陽気であった。

＊月＊日

北海道から帰ってきた。ヤスベエの機嫌、ますます悪い。網走は彼の郷里である。なろうことなら、自分が行きたかったと思っているのであろう。

第二話の準備にとりかからねばならぬ。タイプ印刷の注文もとらねばならぬ。

＊月＊日

第二話脱稿。那智くんに電話。明日、モンテ・ローザで渡すことにする。『お千代』で乾盃。

＊月＊日

第二話、原稿を渡す。

＊月＊日

原稿、返される。那智くんから、だいぶダメが出た。手直しを命じられたのである。やさしそうな顔をしているが、作品に関しては実に厳しい。大半、書き直しを命じられる。何しろ、連載がはじまってしまっているのである。できません、ではすまされない。

店で、ヤスベエにあたり、アパートでマロンにあたり、八方、八ツあたりし、酒量ふえる。

締切ぎりぎりまで原稿をおくらせようかなどと考える。気にいらなくても、掲載せざるを得まい、などと考えていると、それを見越したように、那智くんから督促の電話あり。早く書き上げないと、連載打ち切り、と脅される。

＊月＊日

ようやく、第二稿脱稿。モンテ・ローザで那智くんに渡す。目をとおし、彼、なお、気にいらぬ様子。ゲラが出た段階で、更に直してもらいます、と言われた。

＊月＊日

モンテ・ローザで、那智くんと三時間、ゲラに手をいれる。関門通過。

＊月＊日

第三話の取材、能登の萩と決定。

2

＊月＊日

能登から帰り、茫然としている。目の前で人が死ぬのを見るのは、いやなものだ。第一話、第二話と、つづけて、人間が墜死する話を書いたが、まさか、現実にそれを目撃しようとは思わなかった。

＊月＊日

真弓夫人の告別式。麻布六本木のマンション、新藤氏の自室で行なわれた。

あっさりしたものだった。坊主の読経も何もない。十畳ほどの居間の壁ぎわに机を置き、白い布をかけ、その上に黒いリボンで飾った写真がたてかけてある。それだけだった。

花だけは、豊富であった。それも、葬儀屋の手を経たようなものは一つもなく、花瓶という花瓶に、白い薔薇、白いカーネーション、白い菊、盛り上がるように飾ってあった。

だいたい、被葬者の骸そのものがないのである。

奇妙な葬式だった。

　真弓夫人の遺体は、千尋の海底深く眠っている。安らかに眠られんことを。合掌――と書いたが、小生も、南無阿弥陀仏の仏教徒ではない。

　列席の誰もが、仏の冥福を祈るなどといった殊勝な心がけの人間ではないから、遺影の前で、もっぱら飲んでいた。

　親戚の人らしいのも数人来ていたのだが、そういう連中は、呆れて早々とひきあげてしまい、新藤氏の仲間のカメラマンや、これまでにつきあいのあったモデル、雑誌社の人たち、それに、『花の旅』のメンバー、即ち、小生、那智くん、村瀬逢一くんと加奈ちゃん。居間は、身動きできないほどであった。

　あぐらをかいた膝と膝が押しあい、わずかな隙間にビールびんやコップ、ボトルが辛うじて並び、南京豆の殻が絨毯に散乱し、煙草の煙が充満し、といったありさまだった。

　加奈ちゃんは目を泣きはらしていた。

　しかし、泣いているのは加奈ちゃんぐらいなもので、ほかの連中は、けっこう騒々しく飲み、喋り、わめき、さすがに歌は出なかった。

「圭さんよ」と、カメラマン仲間の一人が新藤氏に呼びかけ、「あんたよ、意外とさばさばしてんじゃないの」と、無遠慮なことを言ったのも、深酒のせいか。新藤氏は、苦笑しただけであった。

「ひどいわよオ、そんなこと言って」モデルの一人が、酔った声で抗議した。「いくら何だって、お通夜の席でそんなこと言うもんじゃないわよオ」

「お通夜じゃないだろ。葬式」

「どう違うのよ、お通夜と葬式」

「これだ。ミミ、南京豆食べろ。頭がよくなる」

「やはり、きちんと形つけてやるべきだと思うんですよね」誰かが、きこえよがしに、喋っている。まだ若い男だった。「いくら、新藤さんが無宗教だからといってもですね。無宗教には無宗教なりの形ってあると思うんですよね。これじゃ、やっぱり、真弓さん気の毒だって気がしますね」

「いいから、飲め、飲め」

「ぼくは、形式っての、好きなんですよ。そりゃあね、形式なんて、無意味っていえば、無意味ですよ。でも、きちんと祭壇があってさ、黒と白の幔幕をはってさ、焼香のお客がきちんと列つくって、御親族の方からどうぞ、なんての、いいじゃないですか。ぼかア好きだな」

「おまえさんが死んだら、そういうのでやってやるよ」

「御親族の方から、っていうの、結婚式じゃなかった？」モデルの一人が言う。お通夜と葬式の区別がつかないミミ嬢とは別の女性だ。

「形式を拒否するところから、すべての堕落がはじまるんです」

「ナチスを見ろよ、ナチスを。形式のこりかたまりで、その中で腐敗堕落していっただろ」

「形式ってのは、美ですよ。美意識が、形式を作り上げるんです。いいじゃないですか、黒と白の幔幕。祭壇。キンキラキンの袈裟をつけた坊主のお経。だいたい、お経のない葬式なんて、ありますか。堕落ですよ、ひどい堕落。お経ぬきの葬式なんて」

感きわまって、その男は、ノーマクサンダア、バラサンダアとやりはじめた。ひどいものだ。

「うるさい！」と本気で気を悪くしたやつがいて、お経男の頭をなぐりつけた。ひどいものだ、まったく。

新藤氏は、憮然としたおももちで、飲みつづけている。

「どういうことだったんですか」隣に坐った男が、小生に話しかけてきた。「ぼくは、全然事情を知りませんでね。社の仕事で出張していまして、帰ってきたら、新藤さんの奥さんがなくなられた、おまえお焼香に行ってこい、とデスクに命令されまして。ところが、お焼香をしようにも、お香も何も置いてないんですよね。キリスト教式なのかなと思ったんですが、そうでもないようですね。何か、こう、ほかの方たちの話が自然と耳に入ってくるんですが、崖から落ちられたとか」

酒がまわって、口をきくのがおっくうになっていた。

「そうです」と、うなずいたが、事こまかにそのときの様子を説明する気にもなれない。

「どこの崖ですか」

「能登、能登」ほかの誰かが口をはさむ。『花の旅』のメンバーではない。又聞きのくせに、まるで自分が当事者だったように、のり出してきて説明をはじめる。

「能登のさ、曽々木海岸ってあるだろう。接吻海岸とか、波の花みちとか、名前がついている、あそこですよ」

「違うよ、何言ってるんだ」ほかの男が、横から話をさらう。「皆月から上大沢にむかう自然歩道ですよ。海岸沿いには違いないけどさ、曽々木よりは、ずっと西。そうだろ、圭さん」

「ああ」新藤氏は半ば目を閉じ、頭を壁にもたせかけている。短く答えた。

実際の目撃者である『花の旅』のメンバーは、誰も喋らない。小生同様、軽々しく口をきくには、衝撃が強すぎたのだろう。こういうときは、徹底的に黙りこんでしまうか、憑きものでもしたようにぺらぺら喋りまくるか、どちらかの状態になりがちなものだ。躁か鬱か、どちらか極端になってしまうのだ。

「危いんですよ、あそこは」無関係な連中の一人が、話の中心になろうと、声をはりあげる。「私も一度行ったことがありますがね、高波に洗われる岩また岩。海沿いの岩壁を破砕して作った細い道なんですね。昔は、人が歩けるところじゃなかったですよ。五キロ半はあるかな。怖いですよ。波にさらわれたら、それっきり」

「何で、よりによって、そんな危いところへ行ったのよ、圭さん」

「いや、ちゃんと、観光コースになっているんですよ」

新藤氏をかばうように、那智くんが言った。「波が荒くて危険なときは、輪島の市役所が通行禁止の立札を出します。冬場は一定期間通行止めですしね。安全には市の方でも留意しているんです。あの日は、波はそれほど高くなくて、一応通行は許可されていました」

「よかったね、加奈ちゃん」顔見知りらしいモデルの娘が加奈の肩に手をかけ、顔をのぞきこみ、「あんたじゃなくて。怖くなかった、そんなところ通るの。運がよかったねえ」

加奈はうっとうしそうに首を振った。

短い期間でも、旅をともにすることは親しみを増す。まして、平戸、網走、能登と、旅も三回になった。家族といったら猫のマロンしかいない小生としては、『花の旅』グループのメンバーには、ただの仕事仲間以上の絆をおぼえる。

だが、第一話で話のネタにして以来、加奈と兄貴の逵一くんは、どうも小生を敬遠しているようだ。

第二話では、主人公の女に「カメラマンは嫌いだ」と言わせているから、どうも、新藤氏と顔をあわせにくい。

あのあと、新藤氏に、「鏡さん、あなたはカメラマンが嫌いですか」と言われた。とんでもない誤解である。

小生は気が小さく（自分で認めるのはしゃくにさわるが）何とか他人さまの気持をそこねまいと、しじゅう気を使っている。その卑屈さに、我れながらやりきれなくなるときもあるが、とにかく、喧嘩は嫌いである（もっとも、ふだん押さえているから、相手が弱いとわかると、かさにかかっていたぶりたくもなるのである）。

かさにかかっていたぶるといえば、真弓夫人は、ときどき、ヒステリックに逵一くんをいたぶっていた。

真弓夫人は、どうも陳腐なたとえしか浮かばないが、白孔雀といった趣きがあった。

華麗だが、それは、〝白〟の華麗さであった。

〝白〟は、ゴージャスな色だ。

＊月＊日

昨夜は、書きかけて途中で眠ってしまった。告別式（というより告別パーティーだ）で飲みすぎた。

真弓夫人の死で、連載は打ち切りになるだろうか。

小生には、それが一番気にかかる。たぶん、そんなことにはならないだろう。仕事に必要なメンバーは揃（そろ）っているのだから。

＊月＊日

真弓夫人を殺したのは、小生ではなかろうか。ふと、そんな気がしてきた。

殺したというのは、強すぎる。死に責任がある、ということだ。彼女の心の奥を、第二話であばきたてすぎた。

彼女は、自殺したのではあるまいか。

＊月＊日

加奈が、第一話でネタにされたのを根にもって、小生にちょっとしたいたずらをしかけた。それに真弓夫人がひっかかって、とんでもないことになった……そんな気もする。

＊月＊日

気がかりでならず、那智くんに電話する。

「もちろん、連載はつづけますよ」呆れたような那智くんの声に、ほっとする。

「原稿は、なるべく早めにいれてください。いつごろあがりますか」例によって、厳しい。

＊月＊日

能登を舞台にストーリーを組み立てようとすると、

真弓夫人の死が思い出される。どうにも筆が進まず、
お千代で飲む。

＊月＊日

網走の、花野のただ中で、強い陽光を浴びながら、
「寒いわ」とつぶやいていた真弓夫人を思い出す。
真弓夫人と村瀬遼一くんは、どういう関係なのか。
ただの遊びか。それとも、真剣だったのか。

＊月＊日

第三話脱稿。那智くんに渡す。針ケ尾奈美子の文
体模写にも馴れてきた。あのノイローゼ的感覚をみ
ならえば、那智くんの気にもいるというものだ。

第三話　能登

弟よ。
おまえを、アベルと呼ぼう。
おまえの生は、宿命によって、わたしの手にゆだ
ねられていた。
ある日、おまえは、そのことに気づいた。そうし
て、わたしの指がおまえのすこやかな咽をしめる前
に、わたしの握ったナイフがおまえの胸に薔薇を咲
かす前に、姿を消した。
それ以来、わたしは、おまえをたずね、さまよい
歩く者となった。
おまえは美しく、わたしは醜かった。
おまえは愛され、わたしは、むくわれることなく
愛する者であった。
おまえは無邪気に驕り、わたしはつつましく、お

まえの足を抱いてくちづけることを願っていた。

おまえはわたしであり、わたしはおまえであった。わたしは根であり、幹であり、おまえはわたしの腕に咲く花であった。

わたしの血はおまえのなかに流れ入り、おまえの嘆き、おまえの苦渋は、わたしのなかで濁った泡をたてていた。わたしゆえに、おまえは無垢であった。

おまえを失い、わたしは、腐汁をたたえた皮袋となった。わたしは、ゆらゆらとよろめきながら（おまえの名がくちびるを灼く）歩き、また、歩く。

更に、ある日、わたしはおまえにめぐり逢う。

†

灼けとろけた太陽が水平線に触れた。

それを合図のように、太鼓がとどろいた。腹にひびく声が、一つ、二つ、三つ、長く尾をひき、どろどろと、煽りたてる連打がつづく。速度と力を増す撥音にせきたてられ、落日は海に削られてゆく。

大太鼓を打ち鳴らす四人の男は、怪異な面をつけ、その素足は、荒磯の岩角を、がっしりと踏まえていた。

逆光を受けた男たちは、真紅の海と空を背に黒々とそびえ、その輪郭は、金紅色にゆらいだ。

岩塊のつらなる浜に、太鼓打つ仮面の男たちと篝火とを遠くかこんで、半円の人垣ができていた。

海中には、二基の櫓が高く組まれてあった。櫓もまた、逆光のなかに黒く、そうして朱金の光にふちどられていた。

彼は、一段高い岩の上に三脚を据え、16ミリの撮影機を操作していた。

小さいファインダーのなかに、落日が燃え、篝火が火の粉を散らし、仮面の男たちが、激しく太鼓を打ち鳴らす。極度に縮小された映像は、妙に現実離れした感覚に彼をひきこむ。落日は、この世の最後の光が一点に凝縮したように小さく、鋭く、異形の男たちは岩上に舞う。そうして、それらのものに重なって、彼は、昨夜見たものを視ていた。

それは、小さいスナックの内部であった。女性レポーターとカメラマンの彼と助手は、数日前から、この土地に来ていた。TVが放映する〝秘境のまつり〟の取材のためであった。

このあたりが、〝秘境〟という名に値するかどうかは、疑問だったが、まつりは、まだ、観光行事化されてはいなかった。

プロデューサーは、最初の日だけ同行し、細かい打ちあわせをすませ、あとはレポーターとカメラマンにまかせて、先に帰京した。

スタッフは、町なかに宿をとった。彼らは歓迎され、宿の女中は、何を勘ちがいしたのかサインをねだり、彼らを苦笑させたのだった。

そのスナックは、町を出はずれ、国道から少しひっこんだところにあり、若い連中のたまり場になっているようだった。店の前には、数台のオートバイが置いてあった。

カウンターの中のママが、「約束をおぼえておいでたわね」と三人に笑顔をむけた。

このママとは、前日の取材で顔をあわせている。そのとき、「小さい店ですけれど、お寄りください」と誘われたのだった。ヤス子、と名前もきいている。

カウンターの前は、常連らしい若者たちで占められていた。彼らは、はしに寄って、三人のために席をあけた。狭い店は、ほぼ満席になった。

常連の若者たちは、三人をそれとなく横目で見、視線があいそうになると、いそいで雑談に熱中しているふりをした。排他的なのではなく、はにかんでいるらしかった。

オハヨ、と甲高い声がした。吊り籠の止まり木に小鳥がいた。翅は青く、黒々とした眼の下だけ頬紅をぬったように丸く紅い。オカメインコであった。

「ママ、オハヨやて、夜なのに。あいかわらず、とぼけとるね、こいつ」

若い男たちは、はしゃいだ声で笑った。

「TVのお人よ」とヤス子は、男たちに言った。

「知っとるわね」若い男の一人が言った。「昨日、ビシャラ面の競りに来ておいでたわね」

「あら、あなたたちも、あそこにいたの?」

女性レポーターは、なれなれしく話しかけた。

「おりました」と、若い男は標準語を使おうとして、切口上(きりこうじょう)になった。

「あらア、トシちゃん、あんたも競りに来とった?」

ヤス子がからかうように言い、

「ひどいなア、ママ、これでも、れっきとした中若衆の一員やで」

「そうやったね。どの面を競り落としたの」

「トシオは、ハナカケや」隣の男が言った。

「おまえもやないか」トシオと呼ばれた男は言いかえす。

「ここにおるのは、みな、ハナカケや」

「ママのようなスポンサーがついとらんさけ、酒三升でハナカケや」

「それも、五人で組んで三升やわね」

「テツは、誰ぞスポンサーがおるんやろね。三斗五升もきばって、シロメンを落としたさけ」

「テツのスポンサーは、ママやろが」

わア、と若者たちははやしたて、

「知らんわね」ヤス子は笑いながら、木桶(きおけ)から氷塊をとり出して錐(きり)で激しく砕いた。

「あの競りは、壮観ですね」女性レポーターはヤス子に話しかけた。

チッ、チッ、チッ、と、オカメインコが舌打ちのような音をたて、若者たちは、たわいなく笑いくずれた。


弟よ。

わたしによってアベルと呼ばれた弟よ。

おまえは、いま、怪異な面に顔をかくして、わたしの前にいる。からげた青い衣(ころも)の裾(すそ)からのびた脛(すね)は、すこやかな百合(ゆり)だ。おまえは、岩を踏み、とう、とう、とう、と陣太鼓を打ち鳴らす。

ビシャラは、おそらく、ビンザサラの訛(なま)りであろう。面をかぶり、鉢巻(はちまき)たすきがけで、二本の竹のササラを鳴らしながら、神輿(みこし)の渡御(とぎょ)の先導をするのがビシャラ役であり、そのときかぶる面が、ビシャラ面であった。

神輿の行列は、まだ浜に到着しない。行列の撮影は、助手にまかせてあった。彼は、荒磯の浜で太鼓を打つ一群れを撮りつづける。そのうちの一人は、シロメンと呼ばれる古い雄壮なビシャラ面をつけていた。彼のカメラは、その男の動きを追いつづける。


若者が都会に出て行くために、最近では少なくなった若衆組の組織が、このあたりにはまだ残っていた。中学生は前髪若衆、十五、六歳から成人式を終えるまでが中若衆、それ以上三十歳ぐらいまでを頭若衆と呼ぶ。三十を過ぎれば、退団する。

まつりのとき、もっとも中心になって活躍するのが、若衆組である。

神輿をかつぐのも、ビシャラ面をつけて先導するのも、伝統的な磯浜での太鼓打ちも、それにつづく海の火渡りも、すべて、彼らの役であった。

TVのレポートは、彼らに密着して行なわれる。

ビシャラ面は、十数枚つたわっており、中若衆のあいだで、毎年、競りにかけられる。面は一つ一つ異り、格の上下があった。シロメン、ジョウメンといった、格調の高いかっこういい面に人気が集まり、ハナカケ、ダンゴなどは、数段落ちる。競りの収入は祭りの費用の一部になる。

前日取材した競りの光景は、女性レポーターが言ったとおり、熱気あふれるものだった。

若衆組の事務所は、若衆全員のほかに、幼児連れで押しかけた見物もまじえて、騒々しくにぎわっていた。若い娘たちが見物に来ているので、若者たちの競り声に熱が加わる。

競り元の頭若衆が、煽りたてる。見物の娘たちが声をはりあげて声援する。

頭に血ののぼった中若衆たちは「ヤレ」「ヤンナ」と、ボンボラを叩いて競り声をあげる。

その熱狂した情景に、彼は、カメラをむけつづけていた。

「さあ、シロメン！　シロメン！」

「五升」と声がかかるのを、「吝いことぬかすな。

ハナカケでも三升や。さあ、シロメン」

「六升」

「七升」

「一斗（と）」と、競り値がとぶ。

一斗、とはずんだ声に、彼はカメラをむけた。

そこに、彼は、亡弟の顔を視た。

眉（まゆ）、眼、鼻、とたどれば、一つとして重なりあうところのないその若者に、彼は、たしかに弟を視たのであった。

家出と彷徨（ほうこう）が青春前期の特権であるからといって、実際には、秩序の中にちんまりとおさまって暮らすほうがはるかに楽だと心得た小悧口（こりこう）な若者が増えたのに、今どきはやらぬドロップアウトで、家を出た弟の、激（げき）しやすく潔癖（けっぺき）でいちずな表情を彼はとらえた。

事故死の報がとどき、彼は弟の遺体確認に駆けつけねばならなかった。

交通事故であった。

むき出しのからだを風にさらして、国道を、オートバイを走らせていた。早暁、長距離トラックの運転手が、アスファルトの路面にたたきつけられた骸（むくろ）とひしゃげたバイクを発見し、警察に通報したのである。

深夜の国道の加害者は、見出（みいだ）すべくもなかった。

幼いころ、彼は、弟と沼のへりで遊んだ。彼の抛（ほう）ったゴム鞠（まり）を弟は受けそこね、青い鞠は沼に落ちた。水面に降り積んだ腐った枯葉の層が鞠をささえた。せいいっぱい腕をのばしても、とどく距離ではなかった。どうでも、自分で拾ってこなくてはと弟は思いさだめ、彼も、それをけしかけた。

幼い、かよわい、いとおしいものを、危い淵に追いやることが、どれほど、甘美で怖（おそ）ろしかったことか。

弟の短い半ズボンの裾には、イノコズチの実がびっしりついていた。しなやかな脛を笹の葉が切り、細い紅い筋が無数に走っていた。ズックの靴は泥にまみれ、泥の飛沫はズボンの臀（しり）にまで散っていた。

彼は、無人のまま立ち腐れた小屋の羽目板をはずし、岸から沼の中央にむけてさし渡した。一方のはしに彼は乗り、「さあ、こっちを踏んづけていてやるから大丈夫」と、うながした。

弟は彼の手を握り、そろそろと、板を渡りはじめた。彼は、がっしりと板のはしを踏んで押さえていた。弟が進むにつれ、腐りかけた板は、しなった。

握りあった二人の腕が、いっぱいにのび、のびきった板の先端までは、まだ、距離があった。

板は、たわみ、腐った枯葉の中に沈みかけ、泥水が板を浸しはじめた。

兄ちゃん、とってきて、と言う知恵を、弟はまだ持たなかった。危険な行動は年長者がするべきだということも、思いつきもせず、弟は、自分の不手ぎわをつぐなおうと一心になっていた。

片手で彼の指先を握りしめ、あいた一方の手を、青い鞠の方にのばした。

板は、更にたわんだ。弟は、もう一足、進んだ。彼の指の先を、小さい爪(つめ)をたててつかみ、青ざめた顔の、頬の上だけが赤かった。

「もう少しだ」と彼は声をかけた。

残酷という言葉を、弟は知らなかった。

弟は怯(おび)えていた。足の下の板は、腐った葉の下に沈み、泥水は踵(かかと)の上まであがってきていた。

「ほら、もう少しだ」

恍惚(こうこつ)として彼は叫び、怖ろしさにふるえた。

もう一足、弟が踏みだしたとき、板は溶けるように沈み、その瞬間、彼は両腕の中に弟をさらいこみ、のけぞって後ろに跳(と)んだ。

湿(しめ)った土の上に二人は倒れ、弟の息が彼のくちびるにやわらかかった。

深夜を走る車に殺された弟の、青白いまぶたを彼は指で開き、死んだ眼球に彼の顔が小さくうつった。

「一斗五升」

「一斗六升」

たかが面一つ手にいれるのに、なぜ、これほどに熱狂するのか。

「二斗！　三斗！」

事前に、頭若衆や世話役から、話はききとってあった。

ビシャラ面をつけ、特異な装束をまとうことによって、若者たちは一種の解放感を獲得し、周囲もまた、それを許す。若い男女のつきあいが、今ほどゆるやかでなかったころ、面に顔をかくして、若者は娘たちに言い寄り、娘たちは応えた。そうして、かっこういいものが高く評価されるのは今も昔もかわらず、下卑たハナカケ面より高雅なシロメンをつけた男が、娘たちにもてはやされた。

今は、面にかくれなくても、堂々と娘をくどけるけれど、何百年とつづいた風習は、なお、力を失っていない。

その上、競りともなれば、群集心理にあおられて、熱は熱を呼び、狂躁は、いやが上にもたかまる。

彼の〝弟〟は、シロメンに執着する。

若者の数にくらべ、面の数は限られている。しかも、ハナカケは幾つかあるが、シロメンはただ一つであった。

たわいない、と内心苦笑する彼は、厚紙を切り抜いたにすぎないメンコや粗末なガラスのビー玉に、指一本賭けても惜しくないほどの愛着を持つ子供の魔性からはぬけ出していたのだろう。酒二斗、二斗一升、と、若者たちが声をからすシロメンは、他の面よりすぐれているといっても、たいして鑑賞価値のあるものではなかった。

若者たちが欲するのは、面そのものよりも、面に付随する娘たちの賞讃であり、勝者の驕りであったろう。

「三斗五升!」

〝弟〟の声は、凜と、彼の耳にひびいた。あとにつづく声はなかった。

たかが面一つに、と、彼は、やさしい微笑を上気した弟におくる。

スナックに、新たな客が加わった。ビシャラ面をつけた男たちが入ってきたのである。価値あるシロメンやジョウメンを獲得した男たちは、とくいそうに、まだ本祭りには間のあるうちから、顔につけ、誇示して歩く。昔は、このかっこうで、目をつけた娘の家に押しかけたのである。

　カウンターに割りこみ、面をはずし、ヤス子がボトルを棚から下ろす。

　彼は、肩をふれあわんばかりに隣に割りこんだ若者に、弟の肌のにおいをかぐ。

「テツ」と、前からいた男が呼びかける。

「おまえ、競り落としたはいいが、あとがきついやろが」

「ヨウコが見とったさけ、きばったんやろ」

「知らんわね」と、若者は、肩をいからせる。

　やがて、彼は酔いつぶれた女性レポーターを助手と二人がかりでひきずって宿に帰ったが、酔いざましに「散歩してくる」とことわり、一人でまた宿を出た。何か落ちつかない気分であった。うろおぼえの道を、スナックの方に歩いて行った。彼のなかにひそむ、もう一人の彼がめざめ、苛立ち、彼を追いたてていた。

　言葉もかわさなかった、と、彼は思った。言葉は、いらなかった。さりげなく、握手して別れることもできたのに、それもしなかった。あと二、三日で取材を終え、この町を出て行く。彼は発ち、弟はここで生活をつづける。彼とかかわりなく。

　途中、一台のバイクとすれちがった。乗り手は、テツと呼ばれたその若者であった。シロメンははずし、素顔を風にさらしていた。

　テツは、彼には気づかず、走り去った。

　彼は、スナックの扉を押した。まだ看板にはなっていない様子なのに、客はもう誰もいなかった。中は仄暗く、ヤス子が一人カウンターに顔を伏せていた。カウンターにのばした右手が何かつかんでいた。彼は、店内に入り近寄った。ヤス子が握りしめているのは、インコであった。

　彼がスツールに腰を下ろすと、ヤス子は顔をあげ、ゆっくりと、営業用の笑顔になろうとした。それから、右手の小鳥を見た。小鳥は首を垂れて動かなかった。

　ヤス子は、ひどく酔っていた。死んだ小鳥をのろのろと吊り籠に戻し、籠の扉を閉め、掛け金までかけた。

朝まで飲もうね、カメラマンさん、と舌のもつれる声で言った。

彼はしばらく相手をして飲んだ。

ヤス子は、小さい薬びんをカウンターの下から出し、なかの錠剤を手のひらにこぼし、一粒かじった。

「あんたには、やらんわ。これ、睡眠剤やからね」

ヤス子は言い、「もっと、よう効くのもあるんよ」と、もう一つ小びんを出してカウンターにのせた。白っぽい粉末が少量入っていた。

「これは、よう効くのよ。錠剤は、四十も五十も飲まんとならんでしょう。これは、耳かき一杯もいらんの。よう眠れるのよ」

そうして、酔ったまぎれだろう、これは、明日、あいつに飲ませるのよ、と言い、また、カウンターにつっ伏した。

にぎやかな掛け声が浜に近づいてきた。ササラを打ち鳴らし、神輿の行列が浜になだれこんだ。

それに呼応して、太鼓がひときわ激しく鳴りひびく。

見物の女や子供も一団となり、荒磯の浜は、たちまち群集で湧きかえる。

そちらの方は、助手がくまなくカメラにおさめている。あとで、太鼓の場面をカットバックして編集する。

ひとしきり、神輿をもんで、休憩となった。

太鼓の男たちも、手をとめ、面をはずし、額からしたたる汗を腕でしごき落とす。

シロメンをはずした男が、テツと別人であるのに、彼は驚愕した。

あの若者だとばかり思いこんでいた。

それでは、あの男はどこにいるのだ。

樽がぬかれ、酒がふるまわれる。一升びんが男たちの手から手へゆきかう。

「おひとつ」と、茶碗が彼の前にさし出された。

「ゆうべは」と、ヤス子がひっそりした笑顔で立っていた。小鳥をしめ殺したことも、昨夜の泥酔も、まるでおぼえていないように、静かに品よく佇(たたず)んでいた。

「あの、シロメン、ほかの人が使っていますね」彼は、ヤス子に言った。「競り落としたのは、もっと若い人だったように記憶しているんですが」

「ああ、テッちゃんね」ヤス子は、微笑した。「テッちゃんなら、あそこにいますわ」

神輿のそばで、テツは、茶碗酒をあおっていた。

篝火が、みずみずしい首を照らしていた。片肌をぬいだ肩から腕はたくましく、ほかの男たちと同じように、鼻すじを白く塗り、くちびるに紅をさし、その紅が、酒にぬれて、にじんでいた。

「ビシャラ面は持っていないようですね」

「ええ。あの子、神輿をかついでいましたの」

「どうして」裏切られた思いで、彼は、いささかせきこんだ。何百フィートとまわしたフィルムに、彼は、テツを封じこめたと思っていたのだ。

「あの子に、三斗五升なんて大金、払いきれませんもの」ヤス子は、微笑を消さずに言う。

「取材をなさったから、ご存じですわね。昔の習慣にしたがって、お酒のたかで競りますけれど、あとで実際に支払うのは現金ですの」ヤス子は、シラフのせいか、彼の前で東京弁を使った。

「三斗五升は、三万五千円ですわ。あの子、土地の者ではなくて、よそから流れてきて、ガソリン・スタンドで働いているんですよ。月給は、六万か七万じゃなかったかしら。その上、バイクを月賦(げっぷ)で買いこんで、その払いに追われていますしね。かわいいガールフレンドもいるんですけれど、その子とのデートの費用もままならなくて、ふられかけているんですよ。女の子の方が、ちゃっかりしているというのか、アクセサリーやブラウスぐらい、気前よく買ってくれる、ごちそうもしてくれる、それが恋人としてあたりまえ、そんなふうに思っているんですわね。それで、あの子、せめて、祭りには最高にかっこういいところをみせようと、きばったのでしょうけれど」

「つい、夢中になってのぼせあがり、無理な競りをしてしまったというわけ？　しかし、いったん競り落としてからおりたのでは、いっそう、メンツがたたないことになるんじゃありませんか」

「あの子、今夜、死にますわ」と言って、ヤス子は、微笑した。「いいえ、まさか、メンツがたたないから自殺するなんて、そんなんじゃありませんわ」

　シラフのようにみえたが、火明りに浮かんだ顔は、やはり、かなり酔いがまわっていた。

「あの子にとっては、競り落としてから、金が無いと下りる不名誉よりも、自分が惚れてもいない女に金で縛られることのほうが、いっそう、やりきれなかったんですわ」

　頭若衆の一人が千鳥足で寄ってきて、ヤス子に茶碗を与え、一升びんから酒を注ぎ、彼の茶碗にも注ぎたして、高笑いしながら去った。

　ヤス子は、濃茶を飲むような静かな手つきで茶碗を口にはこび、一気に半分ぐらい流しこんだ。

「私、あの子に約束していました。いくらでも貸してあげるわよって。ゆうべ、あの子は店にあやまりに来ました。あんなに高く競るつもりではなかった。つい、夢中になってしまって、と。他の仲間がみんな帰ってから、一人残って、私にあやまったんです。暮れには少しボーナスが入るから、そのときまで、待ってくれ。それまで、毎月、何千円とかずつ返して、ボーナスのとき残りを、なんて、計算しているんです。私、つらかったわ。あの子には大金でも、私にとって、そのくらいのお金……。あげるわよ、って、私、言いましたの。貸すといったけれど、最初から、あげるつもりだったのよ。そう私が言うと、あの子は、怒りました。あんなに激しく怒るなんて。それから、口論になりました。

　私の好意は、あの子にとっては、侮辱としか思えなかったんですわ。あの子さえ受けいれてくれるのなら、どんなにでも……どんなにでも、貢いでやりたい。そんな私の気持は、あの子には、ただ、うっとうしいだけでした」

　テツは、茶碗酒を仲間とかわし、くったくのない笑い声をたてていた。競りをおりた不名誉は、それほどこたえてはいないようだった。

「このあとの行事、ご存じですわね。中若衆が、松明（たいまつ）を片手にかざして、海に泳ぎいります。そうして、沖の櫓の篝火に火をうつす。その途中で、あの子は溺（おぼ）れて死にますわ。私、さっき、あの子にお酒をすすめました」

「睡眠剤を溶かしこんだ？」彼はす早く察した。昨夜のヤス子の言葉が耳によみがえる。

「ええ」と、ヤス子はうなずいた。

「どうして、そんなことをぼくに話すんですか。あなたは、殺人犯として逮捕されますよ」

「かまいませんの。他人に知られた方が、確実に、あの子が私のものになりますもの」

「ぼくは、彼が海に入るのをとめますよ」

「いいえ。あなたは、そんなことはなさらないわ」

「なぜ」

「あなたも、あの子が死ぬのを望んでおられますもの」

「どうして、わかるんです」

怖れを抱いて、彼はヤス子をみつめた。

「それだけ、わたしの恋が激しいから」と、ヤス子は言った。

「あなたも、あの子に、一目で恋をなさった。応えない相手を、魂の底までつかまえるには」

「自分の手で殺す以外にない？」

「ええ。あなたは、それをよく知っておられるわ」

「それでは、二人で、彼のかかげた松明が海に沈むのを見ていましょう」

彼は言い、テツのそばに歩み寄った。そうして、手にした茶碗酒をすすめた。

テツは、ろくに彼の顔を見ようともせず、受けとって、一息にあおった。

再び、太鼓が鳴りわたった。
十六、七から二十、しなやかな姿態の中若衆が、いっせいに、篝火のそばに走り集まった。
世話役が、一人一人に、燃えさかる松明を手渡す。

若者たちは、炎をかざし、二筋の列をつくり、厳上から夜の海に、足先からすべるように入り、沖の櫓をめざして泳ぎ進む。


弟よ。

おまえを睡りにつかす薬剤は、わたしが与えた。

見も知らぬものにおまえを奪われたあの悔いを、二度、くり返すことはしない。

昨夜、あの女は言った。

これは、明日、あいつに飲ませるのよ。

そうして、女は眠った。

わたしは、小さいびんの粉末を、無害な砂糖とすりかえた。あの女からおまえが与えられた酒は、さぞ、甘くてまずかったことだろう。

おまえの死因が疑われ、あの女が名乗り出るときがあったら、わたしは、女の言葉をくつがえそう。

薬は、わたしが投じた。

弟よ。

アベルよ。

わたしの悪夢のなかで、おまえは、永遠に若い。

針ケ尾奈美子のノート（I）

銀座で、季節をみつけるのは、むずかしい。

ショウ・ウィンドウのマネキンたちは、二、三ヵ月は先走った服装で、秋のさなかに、早くも、深々と毛皮のコートに顎を埋めている。

ビルの壁は、夏のぎらぎらした陽射しにも、秋の冷たくはりつめた空気にも、まるで表情を変えない。季節は、このガラスと石の街のなかで、まるで力を失ってしまったようだ。

それでも、この季節のない街を、わたしがときどき歩くのは、画廊めぐりが好きなせいかもしれない。

気まぐれに、名も知らぬ画家の個展会場に入りこみ、思いがけず魅力的なタブロオに出会ったときの嬉しさは、恋のはじまりに似ている。

しかし、このとき、わたしが足をとめたのは、その画廊の入口に、〈新藤圭太フォトグラフ展〉という案内の札が出ているのを見たからである。〈新藤圭太〉という名前が、わたしの目を惹いたのである。

おぼえのある名だった。

わたしは、フォトグラファーの名はほとんど知らないし、カメラ雑誌をのぞくこともまれなのに、どうして、この名が記憶にあったのだろう。

会場は、ビルの地下にあるらしく、その案内板は、細い急な下り階段のきわに立てられ、矢印で、下りろと示してあった。

下りろ、と、矢印は誘っていた。〈新藤圭太フォトグラフ展〉という文字は、白い紙に黒く書かれ、案内板に貼りつけてあるのだが、その文字の下に描かれた矢印は、くっきりと紅かった。矢の先は鋭く、矢羽根をあらわす二筋の線が、勢いよくはね、若々しい、激しい力で、通行人を誘いこもうとしているようだった。

もっとも、そんなふうに感じたのは、わたし一人だったのかもしれない。ほかの通行人は、紅い矢の誘いには、目もくれず行き過ぎるので、わたしは、どうして、彼らは入っていこうとしないのだろう、と、いぶかしく思った。

そのビルの一階は、大きな喫茶店で、街路に面した部分は、床までとどく一枚ガラスが嵌めこんであり、淡いスモーク・ガラスなので、中のようすは、フィルターをとおしたように、ぼんやりしていた。

〈新藤圭太〉。誰だったかしら。どうして、この名を知っているのかしら。

学生風の若い男が二人、階段の前を通りかかり、「新藤圭太だ」と、一人が言った。

「見るか？」もう一人が言った。

学生風と簡単に書いてしまったが、セーターにジーンズのその二人が、学生なのか、スナックなどで働いているのか、正確にはわからない。

「今日はオープニング・パーティーだろ。やめよう」最初に、新藤圭太だ、と言った方が、首を振った。

「集まるのは、たいてい、関係者ばかりだろ。ぐあいが悪いよ」

「オープニング・パーティーなら、まぎれこんで、酒ぐらい飲めるんじゃないのか」

「それもいいな」と言ったが、本気でまぎれこむつもりはないらしく、そのまま通り過ぎて、喫茶店に二人は入っていった。

わりあい名のとおったフォトグラファーなのかもしれない。

わたしは、なお、その矢印の前から立ち去りかねていた。名前におぼえがあるということが、どうしてもひっかかり、のどもとまできていながら、もう一つはっきり思い出せないもどかしさに、少しいらだっていた。

陽が落ちかかっていた。矢印の誘いをふりきって、歩きだそうとしたとき、

「針ケ尾さん」と、声をかけられた。

呼びとめたのは、『ウィークエンド』誌の編集者、那智克人であった。

「まだ、はじまらないでしょうよ。少し早すぎた」

那智は、腕時計を見た。

「案内状には午後五時からと書いてあったけれど、どうせ、はじまるのは五時半すぎですよ。はじまる、といったって、だらだらと、いつのまにか飲んだり食ったりしているだけのことですけれどね。こういうとき、あまり早くから顔を出すのも、どうもね。少し、時間をつぶしませんか」

那智は、喫茶店の方を指さした。わたしもオープニング・パーティーの招待を受けたと勘ちがいしているのだった。

「でも……」

「まだ、肝腎(かんじん)の御本人だって、来てやしませんよ、きっと。四時半ですからね」

那智は、さっさと喫茶店のドアを押し、中に入っていった。わたしが当然同行すると決めていた。

「おいそがしいですか」

ウェイトレスに珈琲(コーヒー)を注文して、那智は訊(き)いた。

筆が遅いものですから、と口の中で言い、「このごろ、鏡直弘さんがウィークエンドに書いておられますね」

「読んでくださってるんですか」

「第一話だけ。鏡さんからお電話をいただいたので、どんなのを書かれているのかと、第一話ののっているのを求めて読みました」

女性誌だというので、鏡直弘氏もずいぶん文体を変えたものだと驚いたのだった。

「本、お送りしていないんでしたかね」

「私のが掲載されたときは送っていただきますけれど」

「それはどうも。今度から毎号お送りするようにします」

「それ、新しいのですか」

那智が手にしたハトロン紙の大型封筒にわたしは目をとめた。〈ウィークエンド〉と下の方に横書きで印刷してある。

「ええ。刷りあがったばかりです」

「拝見させて」

カラー写真の多いページをわたしはめくった。

「このグラビアにあわせて、鏡さんに書いていただいているわけです」

那智は、のり出してページを指で押さえた。

「このときは、能登の萩(はぎ)の花です」

「能登は、萩の花が有名なんですの？」

「いや、特にそういうわけではないんですが、磯浜に咲く萩というの、風情(ふぜい)があっていいでしょう」

「かわいいモデルさんね」

「村瀬加奈といいましてね。『花の旅』では、いつも彼女を使っています。彼女の兄貴、遼一くんというのが、新藤さんのアシスタントをしているんですよ。今日は二人ともパーティーにくるでしょう」

那智の言葉に、わたしは『花の旅』のフォトグラファーの名が新藤圭太となっているのに、ようやく気がついた。

この名前が記憶に残っていたのは、鏡直弘の第一話がのっているウィークエンドを見たからだ。

「ご存じかもしれませんが」と那智はつづけた。「この取材旅行のとき、新藤さんの奥さんがなくなられたんですよ。それで、関係者には、ちょっと辛い写真です」

「御病気？」

「いや、事故です」

海に墜ちたんです、と那智は言い、少しのあいだ、せまってくる感情を胸に押さえこむ表情になった。

「それでは、新藤さん、個展どころではないでしょうに」

「いや。もう一年も前から計画して、会場も確保しておいた個展ですからね。彼としては、奥さんに死なれた失意のぶんを、それだけ、今後の仕事に打ちこもうという意気ごみでしょう」

「奥さんて、いつも、撮影についていらっしゃるの？」

「マネージャーをしていましたからね、新藤氏の」

「海に墜ちたなんて、よほど危険なところでしたの」

「いや……。波の高いときは危険ですが、そういうときは、コースを閉鎖しますから。通行許可がでているときは、一応安全なわけですが」

わたしは、何げなくページをくった。新藤圭太の撮った写真は前のページで終わっていて、『花の旅第三話』というタイトルと、作者の名前が目に入った。

弟よ。おまえを、アベルと呼ぼう。

という書き出しに、わたしは、ちょっと驚いた。文体を変えたことは、第一話を読んで知っていたけれど、これほどきどった文章を、あの鏡直弘が書くとは、意外だった。守備範囲がひろいのだなと、感心した。

およそ、作品と作者のイメージが、かけ離れている。もっとも、わたしも、オートバイをぶっとばす若い娘の話など書くので、知らない読者は、さっそうとしたスポーティな女性を想像し、実物に会うと、イメージが狂ったと、がっかりする。作者は、作品のかげにかくれていた方がいいらしい。読者は、虚構の作品と、作者の実生活を混同したがる。

「そろそろ行きましょうか」と、那智が腕時計を見て、うながした。

「わたし、実は、御招待を受けたわけではないんですのよ」わたしは少し困って、階段のところに立っていた事情を説明した。

「ああ、そうですか。でも、かまいませんよ。オープニング・パーティーなんてのは、にぎやかなほどいいんですから。もし、おいそがしくなかったら、いっしょにいかがですか」

那智の誘う声に、何か熱意がこもっていないような気がした。

それでも、わたしは、行ってみる気になった。たぶん、鏡直弘も、招かれて来るだろう。


せまい急な階段は、踊り場から右に折れ曲がって、更に地下に、わたしたちを連れて行く。

踊り場の突き当たりにスモーク・ガラスの扉があり、ここも、小さい喫茶店であった。地上のだだっ広い店より、はるかに好ましい感じで、ここで時間を過ごせばよかったと、わたしは思った。薄暗がりの、狭い閉ざされた空間は、想像力を十分にひろげさせる。太陽が明るく降りそそぐ情景でさえ、薄闇の中で目を閉じて思い描いた方が、実際に真昼の海辺にいるよりも、はるかに、明るく、明るすぎるほど明るく、魔力にみちてあらわれるのだ。

(地下の会場で、一枚の写真を前に、わたしがまるで心臓をみえない手でつかまれたように、その被写体に惹きつけられてしまったのも、そこが、あなぐらのような、壁に四囲をとざされた場所であったためだろうか)

会場には、十四、五人の男女が集まっていた。中央の低いテーブルに飲みものと簡単なおつまみが置かれ、人々は、顔見知り同士が多いらしく、にぎやかに談笑していた。

初対面の人にあいさつするのが苦手なわたしは、鏡直弘がまだ来ていないのをたしかめ、人目につかないよう壁ぎわにさがって、飾ってある作品を一つ一つ眺めながら、ゆっくり歩いた。

鏡直弘がいれば気楽なのに、と思った。

鏡直弘とは新人賞の授賞式であったほかは電話で話すだけだが、くったくのない、陽性な人らしく、こちらをくつろがせてくれる。

場ちがいなところに入りこんでも、こだわりなくその場の雰囲気にとけこめる人を、わたしは、つくづくうらやましく思うのだけれど、人づきあいの苦手な、神経症的な人間には、そういう人間でなければ見えない、理解できない、世界というのがあるものなのだ。

それは、日常の光のもとでは、姿をあらわさない。

誰でもが知っている『青い鳥』という童話劇では、主人公の少年が帽子につけたダイヤをまわすと、一瞬に、世界が相（すがた）を変える。常識の目からかくされているものが見えてくる。

わたしは、この、ダイヤをまわし、世界が一変する瞬間を、正気から狂気への移行ではないかと思うのだ。

壁にかけられた新藤圭太の作品のパネルを見ながら、わたしがこのようなことを思ったのは、その作品群全体から浮かびあがってくる彼の内面の世界が、わたしのそれと似たものであると感じたからかもしれない。

それらは、決して、声高（こわだか）に、異常なものを押しつけてくるのではなかった。

むしろ、わりあいおとなしく、対象を平凡にうつしとっているようにみえた。

それでいて、何かしら怖いのだ。何が怖いのだろう。怖（おそ）ろしく、そうして、哀（かな）しい。

鬼に変貌（へんぼう）してしまった人間がいるとしたら、そのものは、他人をおびえさせるけれど、そのものの心の奥底には、深い哀しみが沼のようにたたえられてあるだろう。

そういった哀しみを感じさせるのだった。

なにげない風景。さりげなくうつされた人物。それが、どうして、こんなに怖ろしく、淋（さび）しいのか。

もし、これらの映像の作者が、ごく常識的で、タフで、人づきあいのいい人物だとしたら、何という二重生活に、彼はたえていることだろう。

　この人は、どうしても、何らかの形で内面の世界を形にあらわさずにはいられないのだ。映像に表現することで、辛うじて、おだやかな昼の仮面の世界を生きていられるのだ。

　そうして、一枚一枚見て歩くうちに、わたしは、その写真に出会ったのである。

　被写体は、若い男であった。顔は、逆光の中に沈ませてあるのだが、そのあいまいさが、かえって、被写体の美しさを浮かびあがらせていた。

　いや、美しいという表現は、正確ではない。いわゆる二枚めとか、魅力的なマスクとか、そういうのは、TVタレントや若い歌手にもざらにいて、この若者の目鼻だちが、彼らより、ひときわ、きわだっているというわけではなかったのだから。

　見た瞬間に、心の歯車が、かちっと噛みあってしまう。そういう対象というのが、あるものだ。人間とかぎらず。


　夏の夜、ゆきずりにすれちがった男の、一瞬の閃光。闇からあらわれ、たちまち闇の中に背を見せて消える、その束の間にきらめかせた、夏の真昼の陽光と、汐のかおり、風のさわやかさ。

　それに似た感覚を、わたしは、この一枚の写真に視た。

　逆光のなかの顔を、もう少しはっきり見たいと、わたしは、かなわぬことを願った。

　光は、若者の肩から腕、指先にあたっていて、その指は、いくらか鈍重に太かった。デリケートな指ではなかった。その鈍重ささえ、わたしの気にいった。

　わたしは、新藤圭太という男を、ものかげから見たいと思った。面とむきあって話をかわすのは、少し、つらい気がした。こういう席では、ありきたりのあいさつしかかわせないだろう。

　しかし、那智が、わたしを新藤圭太にひきあわせた。

　わたしは、新藤圭太を、醜いと思い、美しいと思った。

　那智は、さらに、モデルの村瀬加奈と、その兄で新藤のアシスタントをしている村瀬遼一にもひきあわせた。

　そのあと、美術評論家、新藤と同業のカメラマン、といった人たちにも紹介され、なかにはわたしの本を読んでくれている人もいて、わたしは、雑談の仲間にひきいれられた。

　新藤圭太は無口で、たいがいは、話しかけてくる相手に、重いあいづちをうっているだけであった。

　わたしは、彼の作品に惹きつけられた気持をつたえたいと思った。だが、ほめ言葉を正確に相手に告げるのは、むずかしかった。

　周囲の人々が、新藤に、感想をのべたてている。ひどく上調子だったり、きげんをとるようだったり、そういうなかの一つとして聞き流されてしまいたくはなかった。

　作品のなかには、村瀬加奈をモデルにしたものが数枚あった。それを眺めていて、何げなく目をそらすと、加奈と目があった。加奈は、少し、きまり悪そうな顔をし、その表情が、素人めいて愛らしかった。


　わたしのまわりに、ふと、真空が生じた。わたしに話しかけていた初対面の男が、他の知人と話しはじめ、わたしは、人々の談笑の外に佇んだ。

　若者の写真に、わたしはむきあった。周囲が薄闇にしずんでゆき、わたしの目には、真夏の光が明るすぎて、かえって昏さを感じさせる。あの感覚に似かよった若者だけがうつっていた。

　写真は、モノクロームであった。そのために、若者は、いっそう、わたしの目の前に存在した。

　若さの頂点で、彼は耀いていた。一瞬後に、彼を抱きとめるのは、死以外にはない。だらだらとひきのばした数十年を生きながらえるには、この若い生命力は、あまりに白く耀きすぎているのだ。

　彼は、もう、死んでいるのにちがいない。

　突然ひらめいた夢想を、わたしは、振り払おうとした。

　そのとき、

「那智さん。ウィークエンドの那智さん。おいでになりますか？」

　画廊の事務員らしい娘が奥の小部屋から入ってきて、呼んだ。

「ぼくだけれど」

　水割りのコップを片手に、那智は立ち上がった。

「お電話が入っています」

「誰から？」

「さあ。お聞きしませんでした」

　こちらです、と、娘は那智を奥の事務室に導いた。

「えらい二枚めだね」

　と、那智がいなくなったとたんに、無遠慮な評をするやつがいる。声をひそめている。

「雑誌の編集者なんかより、映画に出たほうがよさそうだ」

　那智は、すぐ戻ってきた。

「何か、用事？」

　新藤が訊いた。

「いや、いいんですが……」

　あとで、と、那智は小声で新藤に言った。

　その電話の内容をわたしが知ったのは、翌日であった。那智が知らせてきたのである。

　わたしは夜行性人間で、原稿を書くのは深夜から明け方にかけての時間である。したがって、吸血鬼か幽霊のように、昼間は眠っている。那智もそれを知っているので、電話をかけてよこしたのは、午後三時ごろであった。前夜、パーティーは画廊が閉まる七時で一応おひらきになり、そのあと、皆は二次会にくり出したが、わたしは、さしせまった仕事があるのと、なじみのない人たちといっしょにいるのが気づまりなので、別れて帰宅したのだった。

「昨日はどうも。あれから、ずいぶん遅くまで？」

「いや、そうでも……。お電話したのはですね、昨日、ぼくに電話がありましたでしょう」

「ええ」

「あれ、鏡さんがなくなったという知らせだったんです」

「鏡さん……。鏡直弘さん？　まさか。おぐあい悪かったんですか」

「いや……。針ケ尾さんに、わざわざお電話することでもないかと思ったんですが、やはり、一応お耳にいれておいた方がいいかと思いましてね」

「それは、もちろん、知らせていただいてよかったですわ。でも、いったい、どうして……」

「睡眠剤の服みすぎということなんです」

わたしは息をのみ、それから、

「睡眠剤を常用しておられたんですの、鏡さんは？」

この仕事は、不眠症になりやすい。躰を使わないで、神経ばかり昂ぶらせるためだろう。

「ええ。それで、ぼくも責任を感じているんですが、この、ぼくの方の仕事をしていただくようになってから、医者の処方で服んでいたそうでしてね。鏡さんは、印刷会社経営の仕事もあるから、どうしても、夜睡眠をとっておく必要があったんですね。針ケ尾さんのように、寝そびれたら眠くなるまで何時間でもベッドでぼんやりしているといった、優雅なことはしていられなかったのでしょう」

「本当に、なくなられたんですか」

那智が、こんな冗談を言うわけはないと承知しながら、わたしは、訊きかえさずにはいられなかった。

「嘘ならいいんですがね」

那智は言った。

「それで、告別式は？」

「出席なさいますか」

「ええ。都合がつきましたら」

「遺体は、解剖にまわっているんです」

「解剖に！」

「一応、変死ですからね。たぶん、薬が効かないので、かってに分量を増やして服んだ結果だろうというのですが」

「でも、致死量の睡眠剤をとるには、ずいぶん多量が必要なのでしょう。何十錠も服むってききましたけれど」

「ぼくは睡眠剤の厄介になったことはないので、まるで知識がないんですが、薬の種類によって、強いのや弱いのや、あるんじゃないですか」

「……自殺ということは？」

　わたしは、ためらいながら訊いた。

「遺書がなかったんです」

「必ずしも、遺書を書くとはかぎりませんわ」

　孤りで虚構の世界を組みたてる作業の、孤独な時間を、わたしは思った。

　一つぶ、二つぶ、と、睡眠剤を口にはこんでいるとき、ああ、許容量を越えた、と思いながら、更に、賭けるように、もう一つぶ、口にいれる誘惑。

「鏡さんの印刷所で働いている西田安雄という青年が証言しているんですが、鏡さんは、猫を飼っているんです。その猫を、たいそうかわいがっていましてね、もし、自殺するつもりなら、前もって、猫を、彼——西田安雄くん——にあずけただろうというんです。

　鏡さんは、一人暮らしです。部屋を閉めきって自殺する。発見が早ければいいですが、何日も遅れたら、閉じこめられた猫は飢えてしまう」

「でも、魔がさしたように、突然、自殺する気になったとしたら……猫のことまで考える余裕はないかもしれませんわ」

「西田安雄くんの話では、そんな思いつめたところは全くなかったというんですがね。もっとも、他人の前でみせる顔と内心とは違うということもあるけれど」

「その西田さんという方が、発見者？」

「そうです。三日前から、鏡さんが印刷所に出てこない。このごろ、鏡さんは、原稿書きに油がのったり、締切りにまにあわなくなりそうなとき、無断で印刷所の方をすっぽかすことがあり、そんなとき、下手に電話すると、せっかく調子が出て書いているところを邪魔されたと、ものすごく怒る。それで、そのままにしておいた。

　一昨日も、連絡なし。さすがに気になって、昨日の朝電話してみたが、ベルが鳴るばかりで誰も出ない。西田くんは、鏡さんのアパートに行ってみた。鏡さんの部屋は、ドアに鍵がかかっていて、ブザーを押しても返事がない。賃貸アパートですが、管理人というのはおいていないんです。家賃は、めいめいが、持主の銀行口座にふりこむ。だから、マスターキーを管理人に借りてドアを開けるということはできないんです」

西田安雄は、隣室の住人に、鏡直弘が外出したかどうか訊いた。隣人は、何も知らなかった。

マロンを放ったらかして、遠出しているはずはない。取材旅行のときは、いつも、彼ヤスベエにあずけていくのだ。

しかし、ヤスベエは猫ぎらいで、迷惑がるから、今回は、誰か他の知人に預けたのかもしれないと思い、ヤスベエは、隣人に訊ねた。鏡直弘が親しくしていて、猫を預けるような人物がアパート内にいないかどうか。

隣人は、鏡直弘とほとんどつきあいがなく、何も知らない様子なので、ヤスベエは、アパート内の他の人々に訊き歩いた。

騒ぎが大きくなり、警察に連絡した方がいいんじゃないかと言い出す者があり、ヤスベエは、もし、旅行に出ているのだったら、無断で警察沙汰にしたりドアをこじ開けて部屋に入ったりしたら、おれが大将にどなられるんだがなあ、と思いながら、近くの交番に行き、事情を話した。

ドアは、内側からは小さい把手をまわし、外からは鍵で開閉する型である。

警官が立ち会って、むりにこじ開けた。土間の隅に作りつけられた流し台の下に、老猫マロンが痩せおとろえてうずくまっていた。警官が入りこむと、目をあげて、かすれた声で訴えるように鳴いたが、六畳間に敷いた蒲団に横たわった鏡直弘は、声もあげず、瞼も動かさなかった。

告別式は鏡直弘のアパートで行なわれ、このところ、ほとんどつきあいが絶えていたという彼の亡妻の兄が喪主であった。他に身寄りがなかったのである。

「『花の旅』はどうなさるの?」

焼香をすませた帰り道、わたしは那智にたずねた。新藤圭太と村瀬兄妹、それにウィークエンドの編集長もいっしょだった。

那智が答える前に、編集長が、半ば那智に相談するような、半ばひとり言のような口調で、

「連載といっても、一回ごとに読みきりの短篇連作だからな。誰か適当な人にあとをついでやってもらうというのも、そう無理ではないんじゃないだろうか」

「グラビアは、とにかく、続けようや」新藤圭太がつっかかるように言った。「おれは、のってるんだ」

ひきついでもいいな、と、わたしは思った。

ふつうなら、他人のやりかけた仕事を続けるなんてとんでもない話なのだけれど、『花の旅』は読者に作者の正体が知られていないところにちょっと魅力を感じた。写真もモンタージュしたものを使っている。鏡直弘は女性のペンネームを用い、顔

『花の旅』の作者は、いわば、まったく架空の女性なのである。

わたしはいつも本名で書いている。ペンネームを使えばよかったと思うことがしばしばある。

ペンネームという仮面をつけることによって、素顔の自分をいっそう韜晦(とうかい)できる。

しかし、今さら変えることは不可能だった。

『花の旅』にかぎって、それが可能になる。

そんなわたしの気持の動きを見すかしたように、編集長が、

「どうでしょう、針ケ尾さん」と相談をもちかけた。

第四話　京都

「二十五菩薩をあらわしているんだって」

「この花が？」

　女は、木目が磨ぎだされた縁に立ち、木柵越しに躰をのり出して仄暗い本堂に目をこらした。

　この小さな寺院の内陣は非公開、立入り禁止とされているが、実際には、正面の扉は開け放され、木柵が内部への侵入をはばんでいるだけであった。

　のぞき見ると、闇がひときわ濃くわだかまった奥正面の阿弥陀像の足下、漆黒の直壇に、大輪の菊が、それも花首だけ二十五顆、放射状に並べてあるのは異様な眺めであった。

　ただ置き並べたというより、地の底からもがきもがいて、ようやく花首を壇上に浮かび上がらせたというように、苦しげに見えた。

　花首をささえるのは、細ぼそとした茎や根ではなく、白い肉を持つ躰であって、その二十五の躰が、重い暗い粘っこい地下の海の中で、手足をくねらせ、金箔がまだらに剝げ落ちて黒く底光りする阿弥陀像にむかって泳ぎ寄ろうとしているのであった。

　黄菊、白菊、紅菊。薄闇が花の色を吸いとり、どれもあおざめていた。

「一日の生命を咲ききって、地に落ちた花を」と、背後から彼の声が語りかける。「翌日の朝、掃き捨てるのは哀れだと、せめてもう一日の生命をと、弥陀の足下に供養したのが、この寺独得の散華の由来だというよ」

　女はふりかえらなかった。背後には、紅葉が陽光をいっぱいにはらみ炎のように燃えさかる、明るい秋の庭がひろがっているはずであった。

　さっき、藁葺きの山門をくぐり、空をおおう紅葉の梢の下を歩いていたのである。

　境内の放生池も、紅葉をうつして燃えたち、鯉の群れが炎をゆらめかせていた。その池のほとりに、あやめが一輪、返り咲いていた。夏のはじめに生命を終えた花が、秋の陽のなかで、つかのま、再び花ひらいたのであった。

「黒い海のようだわ」

女は直壇を指さし、

「そうだね」

若い——まだ少年のように若い彼は言った。

彼と知りあったのは、炸裂するサウンドの渦の中だった。

何年前だったろうか。女は二十を出たか出ないころだった。女はそのとき、彼ではない、ほかの連れといっしょだった。三十を過ぎてまだ独身の男であった。踊りに行きたいというと、男は気軽に、いいよ、と言い、ビルの地下に二人で入った。三十男はぎごちなくリズムに躰をはめこもうとし、汗みずくになった。

女は——まだそのころは、娘と呼んだほうがふさわしかった——娘は、曲の切れめに壁にもたれてやすんだ。息がはずんでいた。

三十男は、よろよろと足をもつれさせながら娘の隣に来て、壁に頭をもたせかけ、肩で激しくいきをした。その隣に、娘よりまだ年下にみえる男が——少年と呼んだほうがふさわしい——二人、並んで壁にもたれかかった。一人は黒いタンクトップ、もう一人は胸に外国の女優の似顔をプリントした白いTシャツを着ていた。

「あんた」と、黒いタンクトップが三十男に言った。

「こういうところに来るなよな。おれたちまで老けこむからよ」

三十男は、美貌で、それまで女のとぎれたことがないと言っていた。ちょっと見には、二十五、六で通用するのだった。小父さん扱いされ、とっさに、はッ、すみません、という表情になり、それからむっとし、思いなおしたように苦笑した。

娘は笑った。白いTシャツの少年が、娘と視線をあわせ、声をたてないで笑った。

それがきっかけだった。白いTシャツは目で娘を誘い、二人でフロアに出て踊った。タンクトップもフロアに出てきて、三人でもつれあって踊ったのだった。

「まいちまっていいんだろ」

タンクトップは顎で三十男を示し、「河岸をかえないか」肩をすり寄せてきた。

娘は三十男のほうを見た。男はまだ壁によりかかっていた。

娘は首をふり、曲がとぎれたところで三十男をうながし、外に出た。

「何か食べたいわ。おなかがすいた」

「誘われていたんだろ」

「暑いわね」

「踊りのうまい女はブスが多い」と三十男は感想をのべた。「女同士で踊っているのがいたな。すごくうまくて感心したけれど、踊りやめると、ブスなんだなあ。朝まで女同士で踊っているなんてのは、みじめだな」

もう、このひとと会わなくてもいいなと娘は思い、「何か食べたいわ」とせがんだ。


そのときの少年たちと再会したのは、二ヵ月ほどたってからだった。

娘はブティックの売り娘をしていたのだが、金銭上のことで店主にあらぬ疑いをかけられ、結局濡れ衣とわかったのだけれど、不愉快になってやめたところだった。給料の安いことをがまんすれば、働き口はいくらでもあると思った。どこのビルにも、ブティックや軽食店が並び、どれも店がまえはきらびやかだが従業員の手が足りなくて困っている。

アルバイト・ニュースを片手に、通りすがりのビルに入った。四階までテナントが並び、その上は貸事務所などになっている。エスカレーターで四階にのぼり、ウィンドウを眺めながらぶらぶら歩いて下り、三階の小さい喫茶店に入った。カウンターの中に若い男の従業員が三人いて、その一人が〈黒いタンクトップ〉だったのである。

もちろん、このときはタンクトップを着てはいなかった。白いワイシャツに蝶ネクタイ、左の胸に店名を縫いとった黒のベストという従業員のお仕着せの服を着ていたので、すぐにはわからなかった。〈タンクトップ〉のほうで先に気がつき、「ブラジルですね」と注文を受けてから、なれなれしく片眼をつぶって合図した。

「もう一人のひとも、ここで働いているの？」

「いや、あいつは違うの」

〈タンクトップ〉は言ったが、その「もう一人」が、やはり同じ制服を着て外からカウンターに入ってきたので、すぐ、嘘がばれた。彼は、休憩で席をはずしていたのだった。

ほら、と〈タンクトップ〉は親指を娘にむけ彼に教えた。

「あ」と彼はとまどい、それから少し頬を紅くした。

「ここにいるって、よくわかったね」

偶然、と言おうとして、娘は、ただ微笑した。

「あそこ、あれからもときどき行くの？」

彼は小声で早口で訊いた。

「あれっきり。あなたは？」

「五、六回行った。もしかしたら、来てるかなと思って」

彼は水の入ったグラスとポリ袋に入ったおしぼりに灰皿をそえて娘の前に置き、それからおしぼり袋の口を破いてタオルを出し、湯気をたてているおしぼりを両手でひろげたり閉じたりして頃あいの熱さにさまし、娘に手渡した。

「御注文は？」と、営業用の口調で訊いた。

「ブラジル。もう、とおってる」〈タンクトップ〉が、少し乱暴に言った。

U字型のカウンターの内側、中央のガス台にサイフォンが並んでいる。カウンターにとりかこまれた内側は狭く、若い従業員たちは、海藻や珊瑚のあいだを縫って泳ぐ魚のように、敏捷な身のこなしでそのせせこましい空間をすりぬけ、目まぐるしく動きまわっていた。

客の回転は早く、たえず入れかわり、彼らはそのたびに、あいそよい挨拶を送りながらコーヒー・カップをさげ、カウンターを拭き、おしぼりを出し、新しいカップをセットし、そのあいまにトーストを焼き、息つくひまもない忙しさで、もっとも、コーヒーを淹れる係はガス台の前をほとんど動かず、淹れ加減に心を配っている。

彼は、シンクでカップを洗いはじめた。シンクは、娘が坐った場所のすぐ内側にあるので、顔がむかいあう。

「このあいだの人」と、彼はうつむいてカップに蛇口の水をかけながら、「今日はいっしょじゃないんだね」

「あのときだけよ」

「小父さんだね」

「そう。小父さん」

あたし、仕事口探しているんだ、と言おうかと思ったが、失業中と知られるのが何となくきまり悪く、バッグから煙草を出した。

〈タンクトップ〉が横から店のマッチをちょっと荒っぽく放るようにしてよこした。

それからタンクトップはボールに生ミルクを注ぎ泡立器でかきまわし、絞り出し袋に詰めた。左手にプリン型をさかさに持ち、右手で絞り出し袋をあやつる。口金から押し出されたクリームがプリン型の底に盛り上がり、薔薇の花を形づくりはじめた。

「上手ね」と娘はみとれた。

「はい、ブラジル」とガス台の前の係が声をかけ、香り高いコーヒーをみたしたサイフォンを彼に渡した。

カップに注ごうとした彼が、前にのめった。タンクトップが新しく入ってきた客におしぼりを出そうと彼のうしろをすりぬけようとし、躰がぶつかりあった、そのためであった。

左手で躰をささえようとしたがまにあわず、サイフォンがカウンターにぶつかって砕けた。

娘は左腕に冷たい感触が走るのをおぼえた。

血が湧き出すのを、一瞬、茫然として眺めいった。彼の握ったサイフォンの割れ口が腕を切り裂いたのだった。

彼は、カウンターからとび出してきた。

「ごめん、ごめん」とおろおろしながらハンカチで上膊部を縛り、おしぼりで傷口をおおった。タオルはすぐに真紅に濡れた。

「痛む？　ごめん。ほんとに」

　救急車呼んだ方がいいかな、と、うろたえた声で誰にともなく言う。

「六階のクリニックで応急手当した方が」と従業員の一人が言い、周囲の客たちもあれこれ騒ぎたて、彼はすっかりのぼせた顔で、「おぶって行こうか。歩けます？」「大丈夫よ」噴き出る血の量の多さに少し怖くなりながら娘は言い、彼に抱きかかえられるようにしてエレベーターの方に行った。

　ゆきかう客がぎょっとして二人を見送る。

「従業員専用のエレベーターを使うね」と彼はささやいた。

「その方がいいわ。目立たなくて」

「痛いだろ」と彼は自分がその痛みを感じているように言う。

　うん、痛い、と娘はすなおにうなずいた。

「どのくらい深いのかな。たいしたことないといいんだけど」

　傷口にかぶせたタオルから血がしたたり落ち床にしみを作った。

　あのタンクトップのひと、わざとぶつかったみたいに見えた。娘はそう思ったが口には出さなかった。そんないじ悪い見方をすると彼に思われたくなかった。口をきくのがおっくうでもあった。出血のためか、躰がだるくなってきた。

「もう少しだからね。歩くのつらかったら、おぶうからね」

「おぶわれるなんて、はずかしい」

　エレベーターにたどりつき、函の中に入ると、娘は隅に腰を下ろした。

「六階にクリニックがあるからね。すぐ、診てもらえるから」

　血が止まるといいんだけどと言いながら彼はボタンを押し、客用のと違って実用一点ばりの殺風景なエレベーターは、がくんと揺れて上りはじめた。

すぐに、がくっと止まった。彼はうろたえて、あちらこちらのボタンを押した。

「故障のようね」

「まさか、そうじゃないと思うけど」

「非常ボタン押した方がいいわ。電話はついてないの？」

「ないんだ。客用のにはついているけれど。あっちに乗ればよかった。この方が六階まで直行できて早いし、人にじろじろ見られなくていいと思ったんだけど」

彼は、何度も非常ボタンを押した。それからうずくまっている娘の傍に寄って力づけたりあやまったりし、またボタンを押すことをくりかえした。

「何型？」彼は訊いた。

「え、何が？」

「血液」

「A型」

「よかった」彼は大きく息をつき、「おれもAだから、もし出血ひどくて大変だったら、おれのでまにあうからね」

「輸血？」

「そう。スポーツ好き？」

「あまりうまくない」

「おれ、万能。スポーツ上手になるからね」

「あなたのを輸血してもらうと？」

「そう」

「それじゃ、もらった方がいいみたい」

「でも、踊りはあまりうまくない」

「喋（しゃべ）ると痛いの」

「ごめん」と、彼はあわてて口をつぐんだが、狭い函のなかでじっと救出を待っているのが怖（おそ）ろしいのか、じきにまた、とりとめなく喋りだした。

おれんとこの店長ね、卓球バッグンなんだ。こないだの休みの日に誘われてね、二人でやったの。この近くのアスレティックで。おれ高校のとき、卓球とバスケとかけもちでクラブに入っていたから、店長なんて、めじゃないとたかくくってたんだ。相手は小父さんだから、いくら若いころやってたからって、脚がついていかないだろうと思ったのさ。

　そうしたら、凄いんだ。もう、息つくひまもなく打ちこんでくるの。こっちも何とか受けて打ち返すから、もう、三十分や四十分はどっちもミスなしで打ちっ放し。ばてたよ。あとで生ビールおごってもらって、うまかったア。

　うまかったア、という声に、実感がこもっていて、のどがかわいたな、と娘は思う。

　なんで、おれ、と彼は驚いたように、こんなとき卓球の話なんてはじめちまったんだろ。ごめんね。

　いいのよ。何でも喋っていて。話をきくのたのしいわ。だるいから返事はしないけれど。何でも話して。

　痛みのなかにじっとうずくまっていると、その痛さが、だんだん鋭さがとれて丸みを帯び、やさしく包みこまれているようになる。甘えこませてくれる。血といっしょに激しいものやとげとげしたものまで躰の外に流れ消え去るのか、何かうっとりした気分になる。ああ、安らかだなあと思う。もう動きたくない。このままでいい。

　倖せだなあ、と娘はつぶやき、声にはならなかった。腕から躰に静かな痺れがつたわってゆく。それにつれて、躰は、倖せだなあ、倖せだなあ、と、やわらかい痛みのなかでうっとりする。

　何してるんだろうな、外のやつら。エマージェンシイのブザー聞こえてないのかな。客用のエレベーターにするんだった。今ごろとっくに手当てがすんでるころなのに。本当にごめんね。おれ、どんなふうにでも責任とるから。もう少しがんばってね。

　そんな話はやめて、さっきみたいな話をきかせて。何か、たのしい話。でも、さっきの話、あたし実は少し嫉妬しちゃった。心の中だけで娘は言う。お酒を飲んだときより安らぐわ。なぜかしら。

　音楽がきこえる、と娘が声に出して言うと、彼は驚いて店内放送は流していないと言った。

　でも聞こえるのよと娘は言い、うとうとと睡り、エレベーターが動き出したのを知らなかった。

秋の陽を背に浴びながら、女は左腕の傷痕にそっと指を触れた。私の躰の中に、まだ、彼の血は流れているのかしら。それとも、何年もたつと血はすっかり入れかわってしまうのかしら。

血が生命の一部分であるとしたら、彼はまだ私のなかで生きているということになるのかしら。

「黒い海のようだわ」

「そうだね」彼の声が背後からこたえた。

「あの花は、ひとの首のよう」

「菩薩だそうだよ」

「菩薩だなんて思えない。苦しそう」

ああ、久しぶりにおだやかに彼と話している。

傷口の糸を抜くころ、娘は彼のアパートにいっしょに棲むようになっていた。そうして、じきにうまくいかなくなった。

いつも、おかねが足りなかった。三十になるまでに一軒店を持ちたいと彼は言い、娘もぜひそうしようねと言ったけれど、夢のような話だった。

娘はスナックのレジスター係の口をみつけたが、二人の給料をあわせても、なかなか貯金はできなかった。つきあいのマージャンと酒で、彼の給料の大半はとんでしまうし、アパートの家賃を払ったら、あとは食事代がやっとというところだった。時には、映画や踊りにも行きたいし、それまで切りつめるのは淋しすぎた。

子供は作らないようにしていたが、それでも何度か医者に行かなくてはならず、娘はそれに馴れることができなかった。そうして、そのたびに、少したまりかけた通帳の数字はゼロに近くなったり、まったくゼロになったりした。

さしあたって、まず、風呂のあるアパートにうつりたいと、これは彼の切実な希望だった。遅番のときは店の閉まるのが九時で、それからあとかたづけをすませ、たいがいは飲み屋に寄るから、アパートに帰るころは銭湯はしまっていて、入りそびれてしまうのだった。

店で客に笑顔をみせ、がまんしているぶん、アパートで二人だけになると不機嫌や苛立ちをたがいにぶつけあう。三日も四日も口をきかなかったり、彼がタンクトップのアパートに泊まりこんで帰ってこないときもあった。

入れかわりにタンクトップが彼のアパートに来て泊まっていこうとしたことがあった。

「いいって言ってたよ」とタンクトップは言い、娘は茶碗をタンクトップに投げつけて追い出した。

翌日、彼は戻ってきた。娘は二つ年上だったから、逆上しそうになる気持を押さえて、どうしてあんなことを、と、いっしょうけんめい冷静そうにして訊いた。

タンクトップにからかわれ、強がりを言ったばかりに、ああいうことになってしまったという事情が、だんだんにわかった。

年上の相手の尻に敷かれっ放しなのだろうと言われ、売り言葉に買い言葉で、何だ、あんなやつ、というようなやりとりがあったらしい。

怒りたいんだろ。怒れよ。

怒らない。怒ったら、このひと、本気で出て行ってしまいそうだ。

二人の気持が同じ激しさでつりあっていることはめったにない。私はいまでも前以上に燃えさかっているけれど、彼は熾火。上手にかきたてなくてはたち消えてしまう。

もっとまじめなひと、もっと経済力のあるひと、もっと心のゆたかなひと、大勢世のなかにはいるけれど、そういう立派なひとだから好きになるというぐあいには心が動かないのだから。

彼だってね、昼間一日働いている。小ぎれいにみえる仕事だけれど、ずいぶん重労働。おしぼりなんて、一つ一つは目方がないみたいなものだけれど、何百も詰めこんだケージを運び上げるのはかなりな力仕事なのだ。

そんなふうに、娘は、彼のために弁護する。誰にむかって。たぶん、自分自身にだ。

彼が私にあたるのは、私にだけは心を許しているから。
私は怒らない。何をしても怒らないから、本気で出て行くことだけはしないで。

秋の陽を背に浴びながら、女は左腕の傷痕にそっと指を触れた。

この傷が与えた驚愕（きょうがく）を、彼は恋と錯覚（さっかく）してしまったのかしら。

もう、ぬきさしならず結びつけられてしまったと。

彼のやわらかい息づかいを首筋に感じる。

お風呂のあるアパートにうつろうね、と娘は彼に言った。

むりだよ、と彼はそっけなく言いながら、聞き流せない顔になった。

家賃が今の倍はするだろ。敷金（しききん）だって、二十万か、もっといるだろうし……でも、風呂があったらいいな。

プラモデルか何かをせがむ子供のような他愛なさで、彼は言った。

ぎりぎりのところにきていると娘はわかっていた。坂をころげ落ちるように、はずみのついた速度で、彼の気持は私から離れ去って行こうとしている。

お店にときどき来るお客さんでね、と娘は説明した。引っ越すのでアパートがあくっていう人がいるの。１ＤＫでバス付きだって。敷金ぐらい、何とかなりそうよ。

そう？　無邪気に目を輝かせて、彼は通帳を見ようともしなかった。これまで、娘がたびたび通帳の数字をみせて、マージャン誘われてもことわってなどとうるさがらせたのである。店を持ちたいな、と言うときは一応本気なのだけれど、三十という年は、彼にはまだ無限に遠い彼方（かなた）としか感じられなかったのだろう。

娘は、彼には黙って、前につきあったことのある男に電話をかけ、休みの日に会った。

借金を申しこんだ。

返せないと思います、と正直に言った。

恵んでくれということだねと男は言い、はい、とうなずいた。

娘がねだったのは五万円ほどだった。貯金を洗いざらい下ろし、売れるものは売り、店でボーナスの前借りをし、まだそのくらい不足していた。


浴槽は、前に使った人が無精（ぶしょう）だったとみえ少し汚れていた。娘はていねいに磨（みが）き、湯をみたした。

ダイニングキチンは三畳ほどの広さで、ダイニング兼用には狭すぎるのだが、前のところは入口の土間に小さい流しとガス台が付いているだけだったのだから、はるかに上等だった。それと六畳の和室。ずいぶんぜいたくだと彼は言い、家賃を払っていくのが大変だなと、ちょっと重苦しい顔になった。

しばらくここで暮らしたいと娘は思った。彼はここが気にいったようだから、当分、出て行くとは言わないだろう。

しかし、彼が気にいったのは、このバス付きの部屋であって、彼女ではなかった。

この部屋で、またとげとげしい争いをくりかえし、冷えてしまった熾火をむだと知りつくしながらみじめにかきたてようとして、いっそうみじめになる。

引越し荷物は、ろくにないつもりだったけれど、運びこんでみると、部屋中に雑然としていた。

ひまをみて、ぽつぽつかたづけようと彼は言ったが、娘はがむしゃらに働いてその日のうちに整理してしまった。何日もひきのばすのはいやだった。今日なら、彼は望みどおりの部屋に移れたということで心から喜んでいる。二人にとって最良の日ではないか。

かたづいたところでビールを飲んだ。「湯上がりの方がおいしいけれど、大働きしてのどがかわいたでしょ」

浴槽の中で彼は睡った。娘は、自分のビールには薬をいれなかった。二人の手首を切った。

本当は、あなたにも、この安らかな倖せな感覚を知らせてあげたかったのだけれど。

倖せだったな。あなたがいて。

湯に紅いリボンのように血が流れ、もつれ、からまり、薄紅くひろがり、濃さを増し、真紅になった。

真紅の海は黒みを帯び、ねばり、漆黒となった。

私は助けられ、あなただけが、まにあわなかった。私の傷は再び縫い閉じられた。あなたは湯上がりのビールをもう一度飲むことはなかった。

女は首筋に手をやった。死んだ彼の息づかいをふたたび感じようとした。「黒い海のようだわ」とつぶやき、「そうだね」という彼の声を聴こうとした。

真紅の海は黒みを帯び、ねばり、漆黒となった。そのなかで娘はもがきながら泳ぎつづけ、年月がたった。

娘と呼ぶにはふさわしくない年になった。

女は明るいところに浮かび上がろうともがきつづけた。

突然、呼吸が楽になり、水面に顔が出たのを知った。

仄暗いなかに顔だけがようやく浮かび出て、躰はまだ漆黒の闇のなかにあった。

開け放された扉のむこうが、かっと明るく燃えていた。

真紅の紅葉が枝をさしかわし、空をおおっているのがみえた。そうして、逆光を受けて若い男と女がこちらをのぞきこんでいるのが目に入った。

「二十五菩薩をあらわしているんだって」

若い男が言い、

「この花が？」

女が木柵越しに躰をのり出して、こちらを指さした。

「一日の生命を咲ききって、地に落ちた花を」と、若い男は語りかける。「翌日の朝、掃き捨てるのは哀れだと、せめてもう一日の生命をと、弥陀の足下に供養したのが、この寺独得の散華の由来だというよ」

ああ、今日一日――と、黒いねばっこい海から辛うじて頭だけもたげた女は思った。

今日一日辛抱すれば、何もかも終わるのだわ。日が沈むとき、私は萎れ、棄てられ、それで終わる。解き放たれる。女は、逆光の中に立つ二人に手をさしのべようと苦しそうに身もだえた。

「黒い海のようだわ」

逆光の中の女が言い、

「そうだね」

と、若い——まだ少年のように若い男が言った。

針ケ尾奈美子のノート（Ⅱ）

けたたましい電話の音で睡りの奥からひきずり出され、怨みがましくデジタル・クロックを見た。もうろうとした眼に一一・三〇の数字が、ぼやけたり揺れたりしながらうつった。

午前十一時三十分。即ち、昼少し前である。電話をかけるのに、少しも非常識な時刻ではない。

しかし、深夜から明け方にかけて仕事をして、窓の外が明るみ、野鳥がめざめて鳴き騒ぎはじめるころ眠りにつくわたしにとっては、夜なかの二時三時に叩き起こされた気分なので、のろのろと受話器をとり、幽霊のような声で「もしもし」と応えた。

「針ケ尾さんですか」

しわがれた男の声だった。

「はい」

「西田です」

どこの社の編集者だったかしら、と、まだ回転の鈍い頭で考えた。

「あの、ネコなんですけどね」

「は?」

猫の話を書く約束なんてしていたかしら。

「ネコ。いつ、とりに来てくれますか」

原稿をとりにくるのは、編集者である。こっちがとりに行くのでは、逆ではないか。

「どちらにおかけですか」まちがい電話ではないかと思って聞き返した。

「針ケ尾さんのお宅とちがいますか」

「針ケ尾ですが」

「針ケ尾美奈子さんでしょ?」

「いいえ。奈美子です。針ケ尾奈美子」

選挙の立候補者のように名前をくり返し、眠気は少しずつさめてきたけれど、むりに起こされたから頭の芯が重く痛く、応対の声がとがるのはやむをえない。


「ネコね、困ってるんです。ぼく、明日の列車で郷里に帰るんで。ずっと待ってたんですけどね。今日来てくれるか、明日来てくれるかって。もう、ぎりぎりで待てないんですよ。捨てていってもいいんだけど、大将が怨んで化けて出てきたりしたら、やだもんね。いや、ぼくだってさ、そんなこと本気で信じちゃいないけど、大将かわいがっていたからね。ちょっと、捨てるのもやばいでしょ。今日じゅうに来てくださいよね。もし、おれがいなかったら、かってに入っていいですよ。鍵あけとくから。盗られるようなものって、何もないからね。目ぼしいものは、葬式に来た親類の人が、がさがさ持ってっちまって、残っているのはがらくたや屑ばかり。泥棒が入って洗いざらい持ってってくれたら、さっぱりするってなもの。

あ、親類の人ってのは大将の死んだおかみさんの兄さんなんだけど、あさましいよね、あれ。部屋んなか、じろじろ見ちゃってさ。これはいくらぐらい、あれはいくらぐらい、運賃かけて運ぶくらいなら古道具屋に叩き売った方がましだとか、こまかく計算してんの。ネコ、嫌いなんだよね、その人も。おれも嫌いでさ。困ってるんですよ。ニャアってそばに寄られると、ジンマシンが出るの。それでも、メシ食わせないわけにはいかないしさ。食い物の怨みは怖いからね。ことに、相手がネコでしょ。餌くわせてもらえなくて餓え死にしたネコなんて、どうしたって、化けて出るよね。いや、おれ、そんなこと本気で信じちゃいないけどさ」

「ちょっと待ってよ」

わたしは、ようやく口をはさんだ。

「あなた、西田さんて言ったわね。つまり、鏡直弘さんのところで働いていた西田安雄さん？」

「そうですよ」

中年男のようなしわがれた声なので、あのヤスベエくんだとはわからなかったのだ。

そういえば、鏡直弘氏の告別式に彼のアパートに行ったとき、痩せた老猫がわたしにまつわりついていた、と思い出した。

ネコ、好きなんですか？

そうたずねた顎にニキビの痕のある青年がヤスベエくんであった。

ええ、好きよ。前に飼っていたことがあるわ。

今は飼っていないッすか。

その猫に死なれてから、飼う気がしなくなったの。死なれると辛いわ。

そんな会話をかわしたのをおぼえている。しかし、あの痩せ猫をひきとると約束した記憶はなかった。おそらく、ヤスベエくんは非常に空想力があって、その会話のつづきを一人で思い浮かべているうちに、空想が現実に侵入してこんがらかってしまったのだろう。そうして、話は自分につごうのいい形にととのえられていったということらしい。

空想の中の会話は、たぶん、こんなぐあいだったのだ。

今は飼っていないッすか。

その猫に死なれてから、ずっと飼っていないのよ。でも、生きものがいないと淋しいわ。

こいつ、持っていってもいいですよ。大将がえらくかわいがっていたの。形見にどうですか。

そうね。もらっていこうかしら。でも今日はぐあいが悪いから、近いうちにもらいにくるわ。それまで大事にしておいてね。

鏡直弘氏の形見がほしいとも思わなかったし、いくらわたしが猫好きでも、あの肋骨がすけてみえる老猫を、それほどかわいいとは思えなかった。

「今日、何時ごろ来ますか？」

ヤスベエは、わたしがとりに行くものときめている。

そんな約束はしなかった、と言っても、水掛論になるのは目にみえていた。まちがっていても、いったんこうと思いこむと、その思いこみから頑固に抜け出さなくなる人というのはいるものだ。ヤスベエくんもそのタイプらしい。西田です、と言っただけであとは一方的に喋りまくったあの話し方からも察しがつく。

そうして、わたしはまた、水掛論となると、よほどのことでない限りさっさと折れてしまうのだ。長い論争の末に相手が折れてくれたところで、決して納得した上でのことではないから、相手の心に不満と憤りがくすぶっているのがわかり、おたがいに少しも心が晴れない。そのくらいなら自分が先にひいてしまおうということになるのだけれど、これもあまりいいことではないようだ。押さえつけられた苛立ちは、今度はわたしの心のなかにくすぶり、とんでもないときに大爆発する結果になる。

よくないことだと思いながら、このときも早々と折れてしまった。

飼うと言った、言わない、と口論がはじまる前に、ヤスベエくんが押しつけがましく言いつのる口調を想像しただけでげんなりしたのと、わたしが断固ことわったら、あの痩せ猫はどうなるだろう、ヤスベエくんはどんなに困るだろうと、おろおろしてしまったせいでもある。

「夕方四時ぐらいになると思うわ」

それまでにもう一眠りしておこうと思って時刻を

遅めにした。

「もっと早く、だめ？」

「だめよ」と、これだけはがんばった。

「印刷所の方？　アパート？　どっちに行けばいいの？」

「大将のアパートの方ですよ」

ヤスベエは機嫌のいい声になった。

「印刷所は、もう売れちまったんです。居抜きで。さっき言った大将の死んだおかみさんの兄さんて人が万事てきぱきとりはこんで。あの代金、どうなったのかな。あの兄さんて人が全部相続するのかな。借金もあるから清算するとどのくらい残るのかわからないけれど。おれに退職金はりこんでくれたから、かなり残ったのかもね。おれは、前は印刷所に住みこんでいたんだけど、売れちゃってからは、しょうがないから大将のアパートに泊まっているんです。ネコと同居でやんなっちゃうよ。なるべく早くとりに来てください。ほんとにもう、いつ来てくれるのかと待ちこがれていたんだから。あんまり催促するのも悪いと思って、今まで電話遠慮していたんです。もう、限度ですからね」

いやに脅迫がましく言ってヤスベエの電話は切れた。


人の住まなくなった部屋というものは、こうも荒れはてるものかと、わたしはうすら寒い思いで室内を見わたした。赤茶けた畳に、はこび去られた家具のあとが、そこだけ青々としていた。この数日西田安雄はここに住んでいたわけだが、ほんの仮住居だから生活のにおいはない。

流しには汚れたラーメン屋の丼が置かれ、カップヌードルのからが台所の床に散らばっている。大きい蒲団包みは西田安雄が郷里に持ち帰るもので、明日チッキに出すのだという。

猫はわたしの膝にすり寄ってきた。

引越し荷物を荷作りしてしまったあとではお茶も飲めないだろうと思ったので、途中の自動販売機でジュースを二缶買ってきた。

西田安雄はにこにこして飲んだ。電話のしわがれ声より、実物ははるかに感じがよかった。

「おれ、死人を見るの、これで二度めだけどね」ジュースで濡れた唇を手の甲でぬぐって、西田安雄は、「一度めは、ばあちゃん。おれはまだ五つだったし、死んでるのを見ても、べつにどうってこともなかったけど、今度はまいったなあ」口で言う以上にその時のショックは大きかったようで、まいったなあ、と言うとき、ひどくつらそうな表情になった。

わたしは猫を膝にのせた。毛は艶がなく、虹彩が濁っていた。

「マロンていうんです。痩せているのは年のせいで、おれが虐待したわけじゃないから、誤解しないでください。大将は、おれがこいつのことをひどいめに会わせたように書いているけど」

西田安雄の言葉の最後の部分を、わたしは聞きとがめた。

「書いているって、何に？」

エッセイかしら、とわたしは思った。『花の旅』には猫をいじめる話はなかったはずだ。鏡直弘のあとをひきついで連作短篇を書くことになってから、ウィークエンド誌のバックナンバーを那智に揃えてもらい、わたしはこれまで発表された分を全部読んでみたのだった。

第一話は、ツツジ。少女が若者を展望台から突き落とす話だった。

第二話は、原生花園。花はハマナスが主だろう。カメラマンの妻が、旅先で若い男と知りあう。その若者が球型の鉄の檻の中でオートバイの曲乗りをはじめたとき、電流を通じ若者を墜死させる話である。

第三話は、少し毛色が違っていた。鏡直弘は、花を小道具に用いるのを忘れたようだ。わたしは何度か読みなおしたが、花は使われていない。新藤圭太の写真は磯浜の岩場に咲く萩を撮っていた。編集者の那智克人は、このミスに気がつかなかったのかしら。それとも原稿のあがりがぎりぎりで、気づいても手を入れる時間の余裕がなかったのか。

第四話は、わたしがひきついで書いた。秋の京都を新藤圭太、那智、モデルの加奈とその兄の遼一くん、それにわたしの五人で訪れた。法然院の散華（さんげ）は、何か異様な眺めだったのを思い出す。

「あなたがマロンをひどいめに会わせたって、鏡さんは何に書いたの？」

わたしは重ねてたずねた。口をすべらせた、という表情を西田安雄がみせたのが心にかかったのである。

「まあ、いいじゃないスか」

西田安雄はへらへら笑った。

「かくすことはないでしょう」

わたしは珍しく強い声を出した。

「かくしてなんか」と、西田安雄は簡単にむっとして、「べつに、かくれ読みしたわけじゃないからね。だって、一応目をとおしてみなくちゃ、処分していいものかどうか、わからないじゃないスか」

「原稿？」

「いや、原稿の書き損じだの、書きかけて途中でやめたのだの、おぼえ書きみたいなメモだの、そういうのも段ボール箱に一杯あるけどね」日記帳です。おれが読んだの、と安雄は少ししおらしい声になって言った。

「あの……ひとの日記帳って、やっぱ興味あるからね。でも、生きてる人のなら、おれ読まないよ、ぜったい。死んだ人のならさ、本になって出版されることだってあるじゃん。うちの大将の日記が本になるとは思わないけどさ。でも、そんなふうなんだから、死んだ人のプライヴァシーって、そう固く考えなくてもいいんじゃないの？」

「そのメモというの、読んでみたいわ」

わたしは言った。『花の旅』は、一つ一つが独立した短篇で、ただ花を小道具に使うという点だけが全篇に共通するという趣向だけれど、鏡直弘は、全体を通して読んだときに何か一つの物語になるような構想を持っていたのかどうか、また、この先第四話、第五話、第六話と、どのような話を書き進めていくつもりだったのか、できたら知りたいと思った。わたしが書きついでいく上にも参考になる。鏡直弘のアイディアも、なるべく生かしていきたい。

　安雄は押し入れを開けた。上段はからで、下段に段ボール箱が一つあった。原稿用紙とメモ用紙がわりあいきちんと整理されておさめてあった。一番上にのっているノートが日記帳らしい。

「この原稿やメモの始末も、針ケ尾さんに相談しようと思ったんですよ」安雄は神妙になって言った。「焼いちまっていいものかどうか。作家の原稿って、金になることがあるんだってね。でも、大将のじゃ、チリ紙交換だってひきとらないだろうな。……とは思うんだけど、ひょっとして値打ちのでるものなら、焼いちまったら後悔してホゾを噛みたくなるだろうしさ」

　わたしは吹き出し、鏡直弘氏の原稿に金銭的価値が生じることは、この先何千年たってもないだろうと安雄に言った。

　安雄は、どうせ当たらないだろうと思ってそれでも万が一と期待して買った宝くじがはずれた程度に、がっかりしてみせた。

「でも、わたしが買うわ、この原稿やメモ」

　わたしは言った。『花の旅』は、わたしがひきついだといっても、作者名は鏡直弘がこの作品のために作ったペンネーム『皆川博子』をそのまま使用している。いわば、『皆川博子』の名前で鏡直弘と針ケ尾奈美子が合作していると考えてもいいだろう。鏡直弘が残したメモのアイディアやプロットを利用しても、盗作というにはあたらない、むしろ、彼の遺志をつぐことになる、そうわたしは思ったのである。

「買うったって……」と、安雄は、「誰に金払うんだか。あの、大将の死んだかみさんの兄貴にこれ以上もうけさせることはないよ。今まで一度も顔みせたことなかったのに、大将が死んだとなったらやってきて、すっかり懐に入れちまったんだから」

「あなたに払うわ」

「だって」と、安雄は首を振り、思いのほか正直なところをみせた。「おれのものじゃないんだからさ。やだよ、おれ。いいよ、持っていきなよ。持ってってくれれば、たすかるよ」

「それじゃ、せめてお夕飯でも御馳走するわ。いいえ、これをもらう代りなんてことではなく、わたしもおなかがすいたから。この近くにおいしい店はあるかしら」

「あるんだ」安雄は露骨に嬉しそうな顔をした。

「駅前のうなぎ屋」と言ってから、すまなそうに、

「でも、うなぎ、高いね。ラーメンでいいです」

「いいわよ。うなぎ御馳走するわ。あとで、この段ボールの箱をタクシーにはこびこむとき手伝ってね」

「ああ、いいですよ。タクシー呼んでくるのも、おれがやったげるよ。大将、車持ってたんだけどね、例のあいつが売っ払っちまった。あの車があれば、おれが針ケ尾さんちまで運んでやるんだけど」


原稿の反古はおびただしい量だが、一話ごとにわけて整理してあるし、鏡直弘の字はきちっと角ばっているので読みにくくはなかった。一つの短篇を作り上げるのに、ずいぶん何度も書き直している。彼の生来の資質からはかなりかけ離れたものを書かされたわけだから、苦労が多かったのだろう。

痩せ猫マロンはわたしの膝の上でくつろいでいた。安雄は今ごろ郷里にむかう列車の中だなと思いながら、原稿に目をとおしていった。

第一話は、最初の原稿では次のようになっている。

ある少女が両親を失い、祖父の家にひきとられる。同居しているいとこが人形をみせびらかす。祖父が親のない孫をあわれんでりっぱな人形を買ってやる。いとこが新しい人形を欲しがり、とりかえっこをする。欲しくてたまらなかった人形が手に入った女の子は、その人形のことばかり気にかかり、とうとう、過失のふりをして人形をこわしてしまう。砕けた人形を見て、ほっとし、次の瞬間、たまらなく淋しくなり、泣きながら一晩を明かす。いとこは気の毒がってとりかえっこした新しい人形を二人の共有にしようと申し出る。女の子は、人形をこわしたおかげ

で、今まで知らなかったいとこのやさしい一面を知り心が和む。

そういうストーリーであった。

それが、二稿、三稿と書きあらためるにつれ、ラストのめでたしめでたしといった部分は削られ、過去と現在が交錯する構成になる。第一稿のラストではあまりに他愛なく、子供じみていると自分でも思ったのだろうか。

決定稿は、発表されたものにほぼ近い。校正の朱筆は入っていないから、これは下書きで編集者には清書した分を渡すことにしていたのだろう。わたしは下書きはしないで、ぶっつけで書くが、鏡直弘はきちょうめんなたちだったとみえる。

湯のたぎる音がしはじめたので、わたしはマロンを膝から下ろし、台所に行って珈琲を淹れた。マロンはわたしの足もとにすり寄ってきた。マロンのために皿にコーンフレークとミルクをいれ、珈琲カップといっしょに居間に持ってきた。ソファに腰を下ろし、珈琲とミルクをテーブルに置くと、マロンはすぐに膝にとび乗り更にテーブルに乗って、皿に首をつっこんだ。

「おいしいかい？」

わたしは声に出して言った。

一人でマンション暮らしをしていると、一日じゅう、誰とも喋らないことがある。食事のための買物は近くのスーパー・マーケットを利用する。備えつけの籠に品物を放りこみ、レジで精算するだけだから、売り手と話をかわすこともない。何か荒涼としてもいるけれど、しじゅう他人が介入してくるような生活よりはわたしにむいているようだ。

西田安雄といっしょにうなぎを食べたりしたのは、数少ない、他人と交流するひとときだった。

「おいしいかい？」

もう一度訊いた。マロンは、たちまち皿を半ばからにしていた。食べているときは、わたしの声に耳もかさない。一刻も早く食べつくしてしまわなくては食物を奪われると怯えているように、視線を皿に釘づけにし、ひたすら食べる。生きたいという願望が、がつがつした姿にむき出しになっている。

胸に重いものを感じながら第二話の原稿に目をとおした。

第一稿は、決定稿とはまるでかけ離れていた。

監獄の前で若い男と女が知りあうあたりは決定稿と大きな違いはないが、もっとユーモラスで軽いものだった。守衛をからかい、その夜は二人でバーに行く。女の夫がほかの女を連れて来ている。そうして、二組のやりとりがつづく。

しゃれた会話でつづれば仏蘭西映画のような小粋な話になる設定だが、鏡直弘の手にはあまったとみえる。

みち足りたマロンは、積み重ねた原稿用紙の上におかまいなしに躰をのばし目を閉じた。

はずみでノートが落ちた。日記帳だった。

拾いあげると、開いたページに『タチオ』という文字が目に入った。

このときまで、日記帳は、わたしは読んでいなかった。鏡直弘の私生活まで知りたくはなかったのである。

しかし、タチオという文字がわたしをひきつけた。

『タチオ』わたしは、その名を持つ青年を知っている。

わたしはノートの文字を追った。

〃……加奈は、ちょっと言いよどんだ。

「どうして、タチオのことを御存じなんですか」

「タチオ？　タチオって、誰？」

「小説にお書きになったでしょ。もう一人のモデル。私が殺したことになっている……。ひどいわ。私が彼を殺したなんて……」……〃

新藤圭太の写真展で、わたしが魅入られたパネルの映像。その若い男の名が『タチオ』であった。

その場で名をたずねはしなかった。いっしょに仕事をすることになり、第四話の取材のため新藤たちに同行して京都に行ったときも、わたしはあの青年のことを口にしなかった。

ただ一枚の写真。それだけで十分だ、とわたしは思ったのだ。名前だの経歴だの、わたしにとっては不要なものだ。写真のコピーは欲しいと思った。しかし、それも控えた。

しじゅう手もとに写真を置いて眺めることにより、最初の印象が薄れゆがむことをおそれたのである。あの写真がわたしに与えた力は、彼の実像とはほど遠いものなのかもしれなかった。

そう思っていたが、名前を知ることになってしまった。

京都の法然院で撮影を終えたあと、わたしはモデルの村瀬加奈と四条河原町のメインストリートを歩いた。加奈が『鍵善』で葛切りを食べたいと言い、男たちは、甘いものはごめんだと顔をしかめたので、わたしがつきあうことになったのである。

勘定を払うときに、加奈はワリカンを主張し、バッグから財布を出した。そのとき、定期入れのような小さいビニールケースが落ちた。ケースの中には、定期券のかわりに一葉の写真が入っていた。わたしの拾う方が早かった。

わたしは、あの青年の顔を再び見た。

写真展に出されたのとは違うものだが、同一の青年であることはすぐにわかった。

「大事な人のようね」

わたしは、ビニールケースを加奈にわたした。

「ありがとう」

「モデルさん？」

何もきくまいと思っていたのに、つい、たずねた。知りたい気持は強いのに、むりに押さえていたのだ。ただ一枚の写真、それだけで十分だ、と。

「ええ。でも、死んだの、この人」

写真をしまおうとする加奈に、

「もう一度見せて」

わたしは言った。

加奈は手わたしかけたが、首を振り、バッグにしまった。

「誰にも見せたくないの。新藤先生はひどいわ。個展にタチオの写真を出して」

タチオ、タチオ、タチオ……。わたしは鏡直弘のノートからその文字を更に拾おうとした。その名は、あらわれなかった。

ノートを読み終えてから、わたしは第三話の原稿に目をとおした。そして、発表作の下書きが見あたらないのに気づいた。第三話と記した脇(わき)に決と書いてあるのは、決定稿の意味だろうが、これは雑誌に発表されたものとは異っていた。

発表されなかった第三話

女がその殺人方法を思いついたのは、病院の耳鼻科でメニエル氏病の検査を受けたことによる。

女には失神発作の癖があった。躰(からだ)と心の疲労が重なるとき、それは起こった。最初それが起きたのは、高校二年、ロック・コンサートを聴きに行ったときだった。

正確には、失神とはいえない。意識ははっきりしていた。しかし、周囲の熱狂した叫び声やスピーカーからひびくエレキ・ギター、ドラム、絶叫する歌声、それらがすべて自分から切り離されたもののように遠のき、意識を眼の位置に残して躰は床にくずれていった。

重く瞼(まぶた)でふさがれているのに、眼は、散り敷いた花びら（はな）のような躰を見下ろしていた。

ロック・シンガーの絶叫から切り離されたのではない、躰を棄（す）てて、いま、一つに溶けあうことができたのだ――医務室にはこばれながら、そんなふうに感じていた。

その後数度、同じような経験をしたが、高校を卒業し結婚して以来、そういう状態になることはなくなった。


年下の情人（アマン）と腕を組み、美術展の会場を歩きながら、女は久しぶりにゆるやかなめまいが躰を浸すのを感じていた。

表現主義の先駆者ホードラーの画展であった。見ようと誘ったのは、男である。女はもう少し違った場所で二人のときをすごしたかった。

『ジュネーヴ湖』の前に人だかりがしていた。男も足をとめた。

「〝雲の装飾〟と呼びならわされています」と、男はタブロオの方に目をむけたまま、説明した。

「この、端正なフォルムをみてごらんなさい。前景の湖岸のゆるやかな曲線。対岸の鋭い直線。そうして、上方の装飾化された綿雲。しかし、彼が描き出したのは、単に自然の雄大さだけじゃないんだ。自然の持つ〝生〟の魔力……」

女は、ほとんど男の言葉の意味を聞きとっていなかった。脱力感におかされてゆく躰をささえるだけでせいいっぱいだった。

周囲のものの遠近感がなくなり、壁のタブロオも見物の人々も、一つの平面の上にあるように感じられた。

くたびれた、と男に言いたくはなかった。男はたのしんでいた。そのたのしみを妨（さまた）げれば、このあと男はよそよそしい距離を置くのではないか。つきあいをやめる口実を与えることになるのではないか。そう思って、こらえていた。

女が年下の男とつきあっていることは、女の夫も知っていた。夫はカメラマンであり、男はそのアシスタントだった。つきあっているといっても、それをどの程度のものと夫は思っているのだろうか。

男は、彼女の心の中だけでアマンであった。まだ唇をふれあったことさえなかったのだ。

「ホードラーがどれほど〝生〟と〝死〟にこだわる画家だったか、後期の象徴的な作品群をみれば、納得がいきますよ。次の部屋に『夜』が出品されてあるはずだ。これは傑作ですよ。実物を見られるなんて、思ってもみなかったなあ」

若い男は女の疲労には気づかず、大またに歩き出した。躰を投げ出してしまいたい、と思いながら、女は歯をくいしばる思いで男の腕にすがって歩いた。

縦一メートル、横三メートルほどの不気味な大画面があった。

七人の男女が横たわり睡っていた。右下の隅と左上には、男と女が一組ずつ抱きあって睡り、左下の女と右上の男はそれぞれ一人でしどけないかっこうで睡り、中央の男だけがめざめていた。その男の胸の上には、すっぽりと黒衣をまとった異形のものがうずくまり、男はおびえ、逃れようともがいていた。男の裸身はたくましく筋肉がもりあがり、顔つきも闘士のようだった。その屈強の男が、なすすべもなく、ただおびえきっているのだった。

彼らが横たわるのは、何か現実離れのした幻想的な空間だった。地平線に白い丘がつらなり、地面からは細いひょろひょろした草がほんの数本のびていた。

「この作品が発表されたのは」と若い男は言った。

「一八九〇年です」

「ええ、そうパンフレットにも書いてあるわ」

「発表されたとき、卑猥だということで人々から排斥され、展覧会場から撤去を命じられたという曰くつきのものです。何が卑猥だ。男と女が裸で抱きあって眠っている、あたりまえじゃないか。だが、当時の一般人は、それだけのことで目をそむけ、ホードラーに猥褻の烙印をおした。今で言えばポルノ裁判だ。彼らは、ホードラーが表現しようとした夜の、死の、不安の象徴をまるで理解しなかった。死は無限大の闇であり、生はその一点にわずかに灯された光だ」

女は息苦しさをこらえて立っていた。

「この抱きあっている二人をごらんなさい。彼らは性によって死を忘れる。だらしなく睡っているこの男は、無知であることによって死をおそれない」

このめまいは、死の感覚に似ているのではないだろうかと女は思った。

苦痛ではなかった。躰を意識から放り出してしまえば楽になれる。その一瞬の恍惚感は、女にはなじみ深いものだった。

次の休憩所まで、何とかもちこたえなくては、と女は思った。そこには長椅子があるはずだった。

ふたたび男が歩き出したとき、女の躰は蝶番がはずれた扉のように床に投げ出された。

「ベッドのまん中に寝てください」

女医が言った。薄暗い小さい部屋の中央に、固いベッドが一つだけあった。

女のこめかみには、何本かのコードが貼りつけてあった。

展覧会で倒れたときは、しばらく休んでいるうちに回復したが、気にした男が女の夫に話したのである。そのくらい、男と女のつきあいは、表面上はやましさのないものだった。そうして、男はまた、心の中にも何のやましさも持っていないのかもしれなかった。つまり、女に特別な感情は持っていないということであった。

夫は女を綜合病院に行かせた。はじめ内科に行ったが、ときどきめまいがするのだと言うと、耳鼻科にまわされた。耳の器官の病気でメニエル氏病というのがある。それがめまいの原因になるので、その病気の有無を調べるというのであった。

女医は若かった。事務的に、きびきびした口調で命じた。

「部屋を暗くします。天井に豆ランプが四つありますね。それが一つずつ上下左右に点滅しますから、目で追ってください」

室内灯が消えると、女はそれだけで不安になった。

手足から力がぬけてゆくような気がした。

「目をきょろきょろ動かさない」女医は子供を叱る(しか)ように叱った。女は情けなくなった。

「豆ランプだけ見ていてください」

　そのテストが終わると、左を下にして寝ろと言われた。

「耳に薬をいれます。人為的にめまいを起こす薬です。めまいがはじまったら、数を、百から逆に九十九、九十八……と数えてください」

　黒い眼帯で両眼をおおわれ、耳に冷たい液がいれられた。躰がゆるやかにまわりはじめた。いつも感じるめまいとは違う。これがめまいなら、あの脱力感、息苦しさは、何なのかしら。

　両耳の検査を終え、室内が明るくなり眼帯もはずされた。

「正常です」

　女医が薄笑っているように女は感じた。どこも悪くないのに大げさに騒ぎたてて、と冷笑されているようだった。

「いくらか血圧が低い程度じゃないですか。測定しましょう。神経過敏なだけですよ。病気じゃありません。甘ったれの人が、よくあなたのようになるんです」

　女は、ひそかなたのしみを白日(はくじつ)にさらされたような気がした。恥ずかしさに、女医の顔をまともに見ることができなかった。

神経過敏の甘ったれか、と情けない顔で苦笑した。

女医の言葉は適確だと思った。

病気と呼ぶなら、それはたしかに心の病気だった。

あのときの恍惚感にはセクシュアルな感覚も混入していると気がついた。

　女医は神経科の医者に行った方がよいのではないかと、いくらか遠まわしに言った。女は笑顔で女医にあいさつし、病院を出た。

　いつから、男に殺意を持つようになったのか。

——明確な殺意を持ったことは一度もなかった。

あまりに翳のないつきあいのなかで、女が一人苛立たしさにきりきりとしているだけだった。いっそ目の前から消えてくれればいいと思い、彼がいなくなったらその空虚さを埋めようがないと思った。

女と夫は六本木のマンションに住んでいて、スタジオはその近くのビルにあった。アシスタントの若い男はスタジオに寝泊まりしていた。そこにいれば家賃はただだった。

アシスタントは彼のほかに三人ほどいた。女がスタジオに行くと、アシスタントの青年たちは、上半身裸になりジーンズの裾をまくり上げ、スタジオの床の塗装を塗りかえたり重いライトをはこんだりしていた。

スタジオは白く塗られた部屋が多いが、中に一つ床から壁、天井まで漆黒に塗った部屋があって、この部屋を見ると女はいつも反射的に、そこに流れる血を想像した。男と心中することを思った。誰も、女の心の中までは気づかなかった。女はにこやかな笑顔で御苦労さま、とねぎらい、もらいものよ、あとで皆で飲んでね、と洋酒のびんをアシスタントのチーフに渡したりした。

『フェードル』を、女は彼といっしょに観た。伊太利映画で、ラシーヌの悲劇をタイトルはそのまま、時代を現代にうつしかえたものであった。

シルヴァーナ・マンガーノの扮する人妻が、夫の先妻の息子を激しく恋する。息子はスポーツに夢中で義母の恋にみむきもしない。女が打ち明けると、父を裏切るのかと、冷やかにたしなめ女を軽蔑する。そうして、ハイウェイをスポーツカーをとばしていた息子は事故死する。

原作を尊重してか、映画でも息子の事故の場面や無惨な骸は画面には出さない。彼の友人が義母に告げるのである。シルヴァーナ・マンガーノの狂乱は、圧倒的だった。誇り高い女が、自尊心を地に投げ捨て男の愛を乞い、その切望は冷笑で報いられ、あげくの果て、彼女の恋の対象は永遠に手のとどかぬものとなる。

映画は、自動車事故に義母の意志がひそかに加わったようには描かれていなかった。そのようなどす黒い企み(たくら)は、この純度の高い物語にふさわしくなかった。

女は右隣りを見た。男の横顔があった。肩からつづく腕は椅子の肘(ひじ)かけにのっていた。ゆるやかに力をぬいた指の先まで、女は視線でなぞった。何げなく腕を組んで歩いたことは幾度もあったが、それは何の意思表示にもなっていなかった。

男の手は、女の方に動いてはこなかった。女は思いきって男の指に手をふれ、それから少し大胆に包みこんだ。男は女の方を見、笑顔をみせ、女の手を膝(ひざ)にもどした。そうして映画に見いった。今の笑いは苦笑だったろうか、と女は思った。

十九世紀末には猥褻のレッテルを貼られたという絵画をいっしょに見、今また、激しい恋の映画を並んで鑑賞し、それでいて何も起こらない、何という公明正大なともだちづきあいだろう、と女は暗がりの中で声をたてないで笑った。

旅の計画を夫はたてていた。風景写真をとりに行くのだという。ガイドブックで、女はその場所に関する説明を読み、写真を見た。

断崖(だんがい)の裾に波がうねり泡立ち、高々としぶきをあげていた。この断崖の中腹を削って作られた細いけわしい海沿いの路(みち)を行くのだという。

「アシスタントは誰を連れて行くの？」

夫が返事をする前に、

「＊＊がいいわ。＊＊になさいよ」

女はアマンの名をあげて、すすめた。これまで夫の仕事に口を出したことはなかった。

「＊＊くんが行くなら、私も行くわ。私、彼が好きなのよ」

無邪気な表情で、女はあからさまに言った。

「私、彼に惚(ほ)れちゃってるのよ。ところが、彼は全然、気がないの。ね、みじめじゃない？　あなたの奥さんは、みごとにふられちゃってるのよ」

「それは気の毒だな」

　夫は言った。

「彼と映画に行ったの、知っているでしょう？　ところが、暗いなかで彼は手一つ握ってくれないのよ」

「きみが、そんなに魅力のない女だとはね」

「淋しいわね」

「まったくだ」

「あなたは、どう？　最近気にいった娘さんはいるの？」

「このところ、しけているね」

「いっしょに連れていってね」

　絨毯を敷きつめた床にあぐらをかいて時刻表をしらべている夫の傍に女は寝そべり、頭を夫の腿にのせた。

　夫は習慣的に指で女ののどから顎にかけて撫でながら、目は時刻表の数字を追っていた。

「この口絵で見ると、ほとんど道がついてないようにみえるわ。歩けるの、こんなところ？」

「ああ」

「きっと、とびこみたくなるわね、この岩の上に立ったら。私、彼と無理心中するわ。かまわない？」

「ああ」

　手ごたえのない危険な会話を、女は舌の上でころがした。

「とびこむなら、一人でやってくれ」

　夫は急に気がついたように言った。

「あいつは有能だから、きみの道連れにされては困る」

「だって、一人じゃつまらないんですもの。ちょうだいよ、彼」

「ほかのやつにしてくれ」

「誰ならいいの」

「そうだな」

　夫はちょっと考え、

「吉田ならいい。あいつは、鈍くて……」

「ああ、かわいそう、吉田くん。まじめで熱心な人なのに、不器用なばっかりに見棄てられて」

　切りあげどきだな、と女は思った。あまりしつっこくこだわるのは野暮というものだ。しかし、女は彼のことを話題にしたくてたまらなかった。ほかに話す相手がいなかった。

「本当に、旅行にいっしょに行ってもいいわね」

「岩場を五キロ以上歩くんだ。こっちは機材をかついでの仕事だ。きみの面倒まではみきれない」

「歩けるわ」

「病院に行ったじゃないか。検査をしたんだろう。結果はどうだったんだ」

　はじめてたずねられた。

「メニエル氏病とかいう病気ですって」

「どういう病気だ、それは」

　夫は、やっと、まともに女の顔を見た。

「嘘よ。その疑いがあって検査をしたのだけれど、何でもなかったの」

「それはよかった」

　夫は時刻表に目を落とした。

「いつ行くの？」

「津軽の仕事をすませてからだから、一月ほど先になる」

「津軽に行くの？」

「ああ」

「いつ」

「来週」

「何日ぐらい行っているの」

「十日か二週間だな」

「一度東京に帰って、それから？」

「ああ」

　今日はずいぶんたくさん夫と喋った、と女は思った。

　夫は津軽に発った。

　女は病院に行った。この前検査を受けたところとは違うはじめてのところであった。

　その病院の耳鼻科の医師はやはり女性だが、年輩で応対がものやわらかだった。

「ときどき、めまいがするのです」と女は訴えた。

「駅の階段を落ちたことがあります」

「脳貧血ではありませんか」

「メニエル氏病とかの疑いがあるから、耳を検査してもらうといいと、近所の開業医に言われました」

耳に薬液をたらす検査を、ここでも受けた。女医が薬の小びんを机に置くのを、女は注意深く見ていた。

「耳の器官には異常はないようですね」

検査が終わり、人為的に生じさせためまいがおさまってから、中年の女医は落ちついた声で言った。

「めまいをともなう疾患はいろいろありましてね。耳の器官の障害のほかに、脳腫瘍や心臓疾患が原因になることもあります。神経症の場合もあります。脳貧血による立ちくらみは、正確に言うとめまいとは違います。脳波の検査も受けるようにしましょうか」

「いえ、けっこうです」

女は机の上の小びんをそれとなくみはりながら言った。女医は小びんを棚にのせた。劇薬の扱いにはなっていないとみえ、無造作にむき出しで置いたままだった。

女は本当に気が遠くなりそうだった。耳で血管が鳴っていた。カルテの書きこみを終えると、女医は先に立って検査室を出た。いっしょに廊下を歩いて行き、女は立ち止まった。「スカーフを忘れてきました。ちょっととってきます」検査室にかけ戻った。

偽名を用いるために健康保険証は使わなかったので、会計の窓口で支払った検査料は高額だった。


日本海に突き出た半島の、海沿いの小都市にむかう列車の中で、女は時折コートのポケットに手を入れ、冷たいガラスびんの手ざわりをたしかめた。隣りの席には夫が足をのばしていた。彼はこの車輛にはいなかった。夫と女はグリーン車だが、アシスタントの彼は重い機材といっしょに普通車に乗っていた。

実行できるはずはないと、女は思っていた。飲ませるのなら簡単だった。しかし、耳に注ぎいれるという方法は、相手に気づかれずに行なうためには、ハムレットの叔父が兄である国王にしたように、眠っているときを選びでもしなくては不可能だった。

空想するだけでいいのだと、女は自分に言った。実現とすれすれのところで、彼の死をもてあそんでいれば、それで十分たのしめる。

「明日の朝、朝市を見る?」

夫に訊いた。

「ああ」

きみは、この土地ははじめてだったな、と夫に言われ、女は必要以上に力をこめて、ええ、ええ、はじめてよ、とうなずいた。

そうして、あのときは一人で歩きとおせたな、と、夫が津軽に行っているあいだに、一人で下見に来たことを思い出していた。

岩塊の連なる細い道を五キロ半にわたって歩くのは容易ではなかった。ただ突き落とすのなら、簡単にできそうな場所はいくらでもあった。しかし、せっかく手にいれることのできた薬液に、女は執着していた。


神経過敏の甘ったれ、と嘲笑った若い女医の顔が、アマンの顔に重なった。

彼は、倒れた女を嗤いはしなかったが、もてあますなあという表情をかくさなかった。映画館の暗闇の中で、さしのべた手を押し返された屈辱を、女は何度となく反芻してきた。

一人でこっそり下見に来て、五キロ半の磯づたいの難所を歩きとおせたことに、女は内心めんくらっていた。女医の嘲笑の正しさを裏づけするようなものだった。疲労し、息を切らし、倒れこんでしまいたいと思いながら、あのめまいは起こらなかったのだ。いわばヒステリーの一種、と若い女医は、彼女の面紗を容赦なくひきはがすように言ったのだった。ヒステリーというのは、自己顕示の手段ですよ。そういうことで他人の注意を惹こうとするのです。自分では意識していなくても。だから、めまいにしろ失神にしろ、本当に危険なところでは起こらないのです。

女医の言ったとおりだった。

ヒステリーだと醜い正体をむき出しにされ、女は逃げ場を失っていた。

海沿いの小さい街の旅館に着いたのは暮れ方だった。一泊して、翌日断崖沿いの道を行くことになっていた。

翌朝は早く起き、朝市に寄った。

道ばたに木の台を連ね、鮑、昆布、とれたての生魚と海産物がひろげられ、観光客がもの珍しげにカメラをかまえる姿が目立った。

蒸し鮑を三つ、女は買った。売っている老婆は、昆布といっしょに新聞紙にくるんでくれた。

「おいしいのよ、これ」女はアシスタントに話しかけた。「途中でおなかがすいたら食べましょう。難所越えだから」

「前に来たことあるんですか」

「いいえ、いいえ、はじめてよ」

「よく気がつきますね」

「それは、女だから」

旅館に戻り、缶ビールと、お茶をいれた小さいビニール容器半ダースを用意してもらい、バッグにしまった。飲物をいれたバッグは女が持った。男たちはカメラの機材で手がいっぱいだった。出発した。

岩をよじのぼり、降り、歩きつづけた。男たちはしばしば立ち止まり三脚をすえた。女は男たちの激しい仕事の場からはじき出されていた。それが当然なのだと承知していた。割りこむことはできないと理解していた。そのものわかりのよさは心の奥底によどんで腐った。

夫はアシスタントをどなりつけ、アシスタントは汗まみれになって重い三脚をかつぎ岩をのぼり、下りた。どなり声と汗まみれの筋肉に、きらきらした結びつきを女は見た。

岩棚が海上高く突き出したところで、一休みしましょう、と女は誘った。

三人は何となく離れ離れに腰を下ろした。夫とアシスタントは、もう口をきくのもいやなくらい疲れているようだった。体力はあっても、女の三倍ぐらいの距離を歩いている勘定だった。途中で撮影のたびに、後戻りしたり道をそれて崖（がけ）の上によじのぼったりしながら来たのである。

女も疲れていた。だが、——私の疲れにくらべて、彼らの疲れは何と充実しているのだろう……と女は思った。——東京に帰ったら……と、女は思った。——私は、夫ともこのひととも、別れよう。一人になろう。この道を歩きとおせたのだ。

はるか下の方で波が白く逆巻いていた。岩に打ち当たったしぶきが顔にかかった。

男たちは缶ビールを開けて飲んだ。仰向（あおむ）いた顎の唇のはしからビールが流れつたわった。

女は新聞紙の包みを開いて鮑を男たちに一つずつ渡した。男たちはかぶりついた。二口か三口で食べてしまった。女は自分の鮑を若いアシスタントの手に渡した。男は無邪気に嬉（うれ）しそうな笑顔になり、それもたちまち食べつくした。

「おれも、もう一つ」夫が手を出した。

「無いの。三つしか買わなかった」

「なんだ」夫は、おそろしく不機嫌な声でうなった。

「気がきかないやつだ」

女は海を見下ろした。疲れが強く意識にのぼった。足もとの空缶を海に叩きつけようとすると、

「わあ、こんなところでヒスを起こさないで」アシスタントがおどけた口調で言った。

「これはただの癇癪（かんしゃく）」女はそっけなく言った。「ヒステリーというのは、躰が動かなくなったり目が見えなくなったりする心の病気よ、医学的に正確に言うと」

「驚いた」若い男は岩の上に長々と躰をのばした。

「学があるなあ」

目を閉じて、男は横向きになった。形のいい耳があらわれた。耳たぶが薄くなめらかだった。小さい耳の孔（あな）は男の内部への通路の入口だった。

彼女は、実行した。

「お茶がおいしいわ」と言いながら、左手にビニール容器を持ち、右手でコートのポケットから薬びん

を出した。指先で蓋を開けた。

口もとにはこんだビニール容器を男の横顔の上に落とし、同時に、薬液を細い通路に注ぎこんだ。

「ごめんなさい！」

「ひどいな。耳にお茶が入った」

「手がすべったの。ごめんね」

「そろそろ行こうか」夫が立ち上がった。

岩棚を出はずれると、道は急に細くけわしくなる。足の幅ほどで、一方に崖がそそり立ち、一方は海に落ちこんでいる。夫は先頭をすすみ、男がしんがりに立つ。

女は息がはずんだ。戻りましょう、岩棚のところで休んでいましょう。進んではだめ。目の前が冥くなった。立ちすくみ、辛うじてふりかえった。三脚をかついだ男の躰がゆっくり前にかしぎ、女の胸に倒れかかってきた。女は、しっかり抱きとめ、そのとき躰の感覚が失せた。

針ケ尾奈美子のノート（Ⅲ）

現実に起きた新藤真弓の死と、鏡直弘が描いた虚構の死を、わたしは重ねあわさないわけにはいかなかった。

カメラマンとその妻とアシスタントという構図は、あまりに現実に密着していた。

発表されなかった第三話は、カメラマンの妻がアシスタントを殺害しようとし、自分もともども墜死する結末となっている。

現実に墜死したのは、真弓夫人ひとりであった。そして、鏡直弘のノートによれば、この物語は、真弓夫人の死の後に完成されている。

鏡直弘は、想像力に恵まれているとはいえないようだ。彼が作った四つの物語——第一話、第二話、第三話、そうして発表されなかったもう一つの第三話――のうち、三つまでが、カメラマンとその妻、モデル、アシスタント等、『花の旅』のメンバーから材を得たことが明らかである。第三話だけが、少し毛色が違って、カメラマンはカメラマンでも、TVカメラの方であった。

また、第一話は村瀬加奈の幼時体験をもとにしているらしいのだが、他の三つの話はどれも、年上の女と若い男の恋物語だった。それも、女が恋を容れられぬために相手を殺すというパターンである。

鏡直弘の想像力の乏しさに、わたしは今さらのように呆れた。そういえば、わたし自身もひきついで書いた第四話に、似通ったパターンを踏襲していた。知らず知らず、鏡直弘のそれまでのストーリーに影響されていたのだろうか。

しかも、その殺し方だが、第一話、第二話、発表されなかった第三話、いずれも相手を墜死させている。わずかに第三話だけが睡眠薬を飲ませて溺死させるという殺人方法をとっている。これも、鏡直弘の想像力の乏しさのあらわれだろう。――もっとも、わたしも第四話で、睡眠薬を用いて浴槽で死なせるという、鏡直弘の第三話のヴァリエイションを使った。あまり他人のことは言えない。

発表されなかった第三話――長ったらしいので、〈第三話A〉と呼ぼう――と、活字になった第三話――〈第三話B〉と呼ぼう――。

第三話が二つあるのは、どういうことだろう。

おそらく、〈第三話A〉が、あまりに事実に即しすぎていたためではないかと、わたしは思った。

鏡直弘自身がそれに気づき発表をみあわせたのか、それとも、編集の那智克人からクレームがつき、書き直しを命じられたのか。

カメラマン、その妻、アシスタント。この三人の登場人物は、そのまま新藤圭太、真弓夫人、村瀬遼一にあてはまる。

もっとも、鏡直弘の観察した人間関係が物語に忠実に反映しているとしたら、第一話と第二話及び第三話Aのあいだには矛盾があった。

第一話では、カメラマンの妻は、若いモデルに好意を示すが、それは夫にみせつけるポーズにすぎない。妻が惚れている相手は夫であって、夫の目の前で他の男と遊んでみせるのは夫の気を惹きたいからだということが行間に読みとれる。

第二話にあらわれるカメラマンの妻は——彼女が愛した若者と夫とのあいだに密接な心の交流が生じたのを知り、とたんに若者に殺意を抱く。

第三話Aの妻は——夫にかえりみられず、みたされない心がアシスタントの若者に傾斜してゆく……。

こう並べてみると、矛盾があると思ったわたしの第一印象は、いささか訂正しなくてはならないようだ。

たしかに、第二話と第三話Aでは、カメラマンの妻は明らかに若者に心をうつしているのだけれど、その背後に、夫に愛されない妻の淋しさが激しく波立っている。

これは、鏡直弘の目に映じた真弓夫人そのままなのだろうか、それとも彼の想像力の産物か。

わたしは細部をつきあわせながら三つのストーリーを読みかえし読みかえしした。

第二話に登場するオートバイの若者は、架空の人物だろう。取材旅行中にそのような若者と出会ったのなら、鏡直弘のノートにも書かれているはずだから。

また、第一話にあらわれるモデルの若者。これは花の旅の現実のメンバーにはいないから、鏡直弘が創造したわけだが、村瀬加奈はそのモデルに〈タチオ〉というあの青年を重ねあわせたらしい。

タチオ。その名が浮かんだとたんに、わたしの思考はそれて、写真の若者の像に浸りこんでいった。

マロンが甘えた声をたてたので、我れにかえった。コーンフレークとミルクを入れた皿は、きれいに舐めつくされていた。

真弓夫人は、村瀬遼一を愛していたのかしら。新藤圭太氏は真弓夫人をうとんじ、夫人はそのために耐えがたい淋しさをおぼえていたのかしら。それとも、そのような関係はみんな、鏡直弘の想像によるものか。

真弓夫人の墜死は——。まさか、夫人が、報いられない愛のために遼一くんを殺そうとしたなど……。小説にはしばしばそういう心理の動きが書かれるけれど、現実には……。いや、新聞の三面記事などにも、愛に応えない相手を思いあまって殺したという話はあらわれるが……。

死んだのは、真弓夫人だけだった、とわたしは思いかえした。

それから鏡直弘のノートを読みなおしたが、墜死の状況は詳しく書かれてはいなかった。

ただの事故にきまっているよね、とわたしはマロンに話しかけた。

つまらないことを考えるより、第五話のプロットを練らなくてはね。

冬は花が少ないから、鎌倉建長寺のセンリョウの実にしましょうかと、那智克人が言っていた。雪の日がいいと、新藤圭太も同意していた。白一色の中で、センリョウの実の赤が鮮やかだろうと。つごうよく雪が降ってくれればいいけれど。

人が墜死する話はやめようね。話しかける相手はマロンしかいない。マンネリズムだものね。年上の女と若い男の恋物語もね。連作短篇といっても、制約は小道具に花を使うということだけなのだから、もっとヴァラエティに富んだ話にすべきだ。そうだよね。マロンは、うなずいた。

それから、明日編集者に渡さなくてはならない十枚ほどのエッセイにとりかかった。正確にいうと映画の批評紹介である。

映画雑誌の依頼で、ここ半年ほどつづいている。一昨日試写に招待されたばかりの作品だった。サスペンス物で、夫が妻を……この映画も、墜死させる話だ。

わたしは、いささかうんざりした。

それと同時に、大きな花が散りくずれるように真弓夫人が断崖を海に落ちこむ情景が、映画のシーンに重なった。

わたしは真弓夫人の顔は知らない。華麗な白い葩びらのようにスカートをひるがえし、波の逆巻く海に落ちこんでゆく姿だけが、執拗に瞼の裏でくり返された。

ペンを投げ出した。鏡直弘の死が、ふいに心にかかった。

鏡直弘が、自分では気づかず、真弓夫人の死の真相を第三話Aの中に書き記している……つまり、あの物語に書かれたような方法で真弓夫人に人為的にめまいを起こさせ、墜死させた者がいる。その犯人は、鏡直弘をも抹殺して、第三話Aが活字になるのを防いだ……。

わたしは苦笑して首を振った。

鏡直弘の第三話Aの存在を知っている者がいるとすれば、本人とわたし以外には、那智克人だけだ。

しかし、那智克人はあの三角関係に何の役割りも演じていないではないか。

わたしは電話のダイアルに指をのばした。ウィークエンドの編集部にかけようとし、思い直して村瀬加奈のアパートにかけた。加奈は仕事に出ているとみえて、留守だった。

加奈に電話したのは、彼女が一番気がおけない相手だからだ。対人恐怖症を自認するわたしは、他人と話をするのがきわめて苦手だ。まして、真弓夫人の墜死の状況について詳しく訊きたいなどと探偵じみたことを言うのは、気がひけてならない。真弓夫人の夫の新藤圭太になど、とうてい直接訊けることではなかった。村瀬遼一くんも、わたしには話しづらい相手だった。どことなく皮肉で打ちとけないものを感じさせる。

かなり迷ってから、ウィークエンドの編集部にかけた。那智も留守であった。みな、いそがしく仕事にとびまわっている。らちもないことを思いあぐねてぼんやりしているのは、わたしぐらいなものかもしれない。

「那智は今日はもう社に戻らないと思いますが、何か急な御用ですか」電話口に出た編集部員が言う。

「いいえ」

「それじゃ、明日、那智が出社しましたら、そちらに電話するように伝えます」

「いいえ、けっこうです」わたしは電話を切った。

深夜、もう一度加奈のアパートにかけた。ひっこみ思案なくせに、わたしは、ひどくしつっこくなるところもあるらしい。

電話口に出たのは、遼一の方だった。二人はいっしょに住んでいる。

「加奈ちゃんは?」

「寝てます。いま起こしますから」

いいです、わざわざ起こさなくても、と言いかけて、わたしは、「お願いします」と言ってしまった。わたしにとっては深夜の十二時一時は、もっとも活動的な時間なのだが、他人さまには迷惑な話だ。自分が寝入りばなを起こされると不機嫌になるくせに、わたしは無情に加奈を叩き起こしていた。それほどさしせまった用でもないのに。

眠そうな声で電話口に出た加奈に、明日会いたいのだけれど、とわたしは言った。すぐに質問しなかったのは、加奈があまりにもうろうとした声を出していたのと、傍に遼一が皮肉な笑顔で立っている姿を思い浮かべたからである。

「ゆうべはすみませんでした」

会うなり、加奈の方であやまったので、わたしは恐縮してしまった。

「すみませんは、わたしの言うことよ。ごめんなさいね、真夜中に起こしてしまって」

「あたし、寝つきが悪いので、コントミンをのむんです」加奈は言った。「ゆうべお電話いただいたときも、ちょうど薬が効いているときだったので」

「それは悪いことをしてしまったわね」わたしは心からあやまった。思いつめるとしつっこくなる。他人を傷つけることのないようにと臆病(おくびょう)なくらい気をつかっているのに、ひどくがむしゃらになってしまうときがある。ゆうべがそれだった。

「いえ、いいんです」加奈はくったくのない笑顔をみせた。

「お薬、常用して大丈夫なの? だんだん効かなくなって量が増えるというけれど」

「コントミンは、睡眠剤というよりは精神安定剤なの。弱い薬だから」

　鏡先生が薬の飲みすぎでなくなられたときいたときは、怖くなって、と、加奈はあたりを見回すしぐさをした。

「このモンテ・ローザで、鏡先生にお会いしたことがあるんですよ」加奈は言った。「なくなられたなんて……。あたし、あのあと薬飲むのやめてみたんだけれど、じき、また飲むようになってしまって」

「気をつけてね」わたしは言った。「鏡さん、どうしてあんな……。つい、量が増えるのかしらねえ。まさか、自殺ではないわよね」

「そういうタイプじゃなかったみたい」

「自殺するようにはみえないということ？」

「ええ」加奈はちょっと肩をすくめ、「こういうとき笑ってはいけませんね」と言った。「でも、鏡先生って、わりあい……」

「軽々しい感じだった？」

「ええ」

「お砂糖は一つ？　二つ？」

「自分で入れますから」

「新藤夫人がなくなられたときは」と、わたしは声がぎこちなくなるのを感じながら、「加奈ちゃんは、見たの？」

「落ちるところをですか？」

「ええ」

「いいえ」

　加奈は、わりあい落ちついた声で言った。時日がたっているから、今さら青ざめもしないのだろう。

「道が平らじゃなくて、岩がごろごろしているし、曲りくねっているんです。だから、少し離れると、誰の姿もみえなかったりして。どういうふうだったのか、よくわからないんです。あのとき、叫んだのは誰だったかしら」

「誰も目撃者はいないの？」

「とっさのことだったから……。みんな、動転して。兄さんは崖(がけ)の少し高いところにいて、落ちるところを見たような気がするって、あとで言っていました。目のはしを何かかすめた。考えてみると、あれが……っていうていど」

「新藤氏や那智さんは？」

「みんな、ばらばらになっていたから……」

「誰か突き落としても、わからない？」

「いやだ。突き落としたなんて」

質問の順序をまちがえた、とわたしは悔んだ。こんなことを訊いてしまったあとでは、真弓夫人と遼一のあいだに何かあったかなどと訊いても、加奈を憤然とさせるだけだろう。

「今日、あたしに何の用事だったんですか」加奈は少し声をかたくして訊ねた。

「タチオという人のことを訊きたかったの」わたしはうろたえ、真弓夫人の墜死について訊きただすために加奈を呼び出したのに、自分でも思いがけないことを言ってしまった。

「とても魅力的な青年だったわね。写真で見ただけだけれど」

「お会いになりたい？」

「ええ。だけど……」

「だけど、会えませんよね、絶対に。死んだ人なんだから」加奈の声に、珍しく皮肉な感じが加わった。

「いっしょに、新藤さんのところでモデルをしていたの？」

「彼、首輪のない犬」と加奈は言った。「太刀雄（たちお）というのも、本名ではないの。新藤先生がつけた名前。タッジオという、何か小説に出てくる少年の名前にちなんだんですって」

「タッジオ——タチオ？」

「そう。小説の題は、何だっけ……ロオマ……ナポリ……何かイタリアの街の名前がついていた……」

「ヴェネツィア？　〝ヴェネツィアに死す〟？」

「ああ、それ。知ってます？」

「有名な小説よ。トオマス・マンの」

「あたし、あんまり小説は読まないから……」

「タチオというひとは、どうして死んだの？」

「墜（お）ちて……」と言いかけて、加奈は、はっとしたように目を大きくした。

「そのひとのことを、話して」わたしは言った。

第五話　北鎌倉

たとえば、街をひとりで歩いているとき——ふいに、空気が重く息苦しく感じられることがある。なにげない調子で笑ったり喋ったり、あるいは無表情で、行きかう人々が、それぞれその背後に暗い辛い生をひきずっている。その重さに圧しつぶされそうな気がしてくるのだ。

生のドラマは目には見えないが、空間に充満した力が激しく渦巻いている。

そのときも、突然、その感覚に襲われた。人気のない店に慌しく入っていった。よそ目には気軽な買物客とうつったことだろうが、わたしはそのとき、追いつめられた小さいけもののように、薄暗いひっそりした店内に逃げこんだのだった。

入ってから気がついたのだが、そこは古本屋だった。同じような紙の集積であっても、新刊書をあつかう書店と古書店とでは、においがまるで違う。印刷のインキのにおいさえ感じられる新刊書店には、切れ味のよい刃物の鋭さがただよい、古書店には……それぞれの書物のもとの持主の、躰のにおい心のにおいがたちこめている。天気のいい日でも、古本屋の店内が湿っぽく感じられるのは、たぶん、本にしみついた旧持主の汗や吐息のせいだ。

新しい書物は、活字があらわすことしか語りかけてこないけれど、古本は、字面が与える知識のほかに、旧持主の生の重さまで背負いこんでいる。

よどんだ沼の瘴気。しかし、この瘴気にはわたしを安らがせるけだるい快さがあった。一冊また一冊と手にとって眺め、棚に戻し、わたしは店の奥に誘いこまれていった。

背に金箔で題名を押した黒い模造革表紙の薄い本に手をのばしたとき、一段と奥まったところに背を丸めている老主人と目があった。眼鏡越しにこちらをみつめて目をそらさない主人に、わたしはいささからろたえた。

本屋の主人というのは、客を皆、万引き常習者と一応疑ぐっているのではないか。

わたしはそういう、強迫観念に日頃からとりつかれている。こちらに潜在的に万引き願望があるせいかもしれない。スーパーマーケットやデパート、宝石店でさえ、こっそり一つ手の中にしのばせたいなどとは思いもしないのだが、こと書物となると、なぜか、金を払うのが不当なような……なぜだろう。気にいった書物というのは、もう最初から自分のもの、という気がしてしまうからだろうか。

その上、わたしは一度本屋で万引きとまちがえられた失敗談がある。勘定を払おうとカウンターに行き、財布を出そうとして、ハンドバッグをその前に買物したマーケットに置き忘れてきた、と気がついた。泡くって本屋をとび出しマーケットに走った。ハンドバッグは無事だったが、わたしはそのとき、まだ代金を払ってない本を小脇にかかえたままだった。本屋の店員が追ってきた。事情を早く相手にわかってもらおうとせきこみ、説明がしどろもどろになった。

わたしをみつめつづけている古本屋の老主人に——万引きじゃありません、ちがいますよ、買うつもりなんですよ、とわたしは心のなかでおろおろ弁明し、思わず、威勢のいい足どりをよそおって老主人のところに行き、その本を突き出した。

老主人が告げた値は予想以上に高かったが、わたしはにこにこして買ってしまった。こういうとき、わたしは内心をみすかされまいと、いやにはしゃいだ態度になってしまうのだ。

家にむかう帰路のバスの中で、わたしはその本の安っぽい包装紙をとりのぞいた。束は薄いが凝った装釘の本であった。背表紙の題は『ヴェネツィアに死す』。

『ヴェネツィアに死す』なら、文庫本で読んだこともあるし、ルキノ・ヴィスコンティの監督による映画も観ている。

世人の尊敬と讃嘆を享けつくした巨匠グスタフ・

フォン・アッシェンバッハが魂の底まで奪われる美少年貴族タッジオは、ヴィスコンティの創る映像においても、妖しく、無邪気に、そうして冷酷であった。ヴェネツィアの街にしのび寄る疫病の恐怖を知っているのは、少年への恋から、老醜の頬を化粧で彩りくちびるに紅までさしたアッシェンバッハひとりであり、すでに病菌を体内に宿したかもしれぬ美少年は、老人のみじめな熱い目を残酷に無視し、海辺で友人とたわむれる。

腐敗と毒の甘美この上ない地獄。文章の一部をそらんじるほどに読んだ物語なのに、無駄な買物をしたと悔いる気持が起きるどころか、満足の微笑が浮かんだのは、愛蔵するにふさわしい豪奢な装釘のためだったのかもしれない。

ところが、帰途バスの中でページをくってみて、驚いた。

最初、わたしは挿画入りなのかと思った。ところどころ、活字のない白いページに、若い男の顔や全身像、半身像が描かれてあったのである。すぐに、それがペンの手描きによるデッサンであることに気がついた。

落丁、ページの綴じちがえといった本はときどきみかけるが、これは印刷ミス。片面印刷されていない紙を折って製本してしまったものであった。

この本のもとの持主は、不完全な本をそのまま手もとに置いて、活字のぬけた白いページに気ままなスケッチを描きこんだものらしい。

ペンで描かれた若者の顔は精悍で美しく、タッジオ、と同じペンで走り書きしてあったが、ヴェネツィアでやがて死ぬべきタッジオは十四歳の少年。本のページに定着された若者は二十前後と思われた。しかも、明らかに西欧の血の混らぬ日本人の顔、服装は二十世紀初頭のポーランド貴族ならぬ、ラフなTシャツにジーンズという現代のものであった。

「次は＊＊……」とテープに吹きこまれた女の声が停留所の名を告げたとき、わたしの指は降車合図のブザーを押していた。

そして、逆方向のバスに乗りかえ、さっき立ち去ったばかりの古本屋を再度訪れたのである。

雪もよいの日、わたしは黒い模造革表紙の『ヴェネツィアに死す』一冊をかかえ、古本屋の老主人に教えられた、この書物のもとの持主の家を訪れようとしていた。

この本を売った人がわかりますか、とわたしが訊(たず)ねたとき、古本屋の老主人は、けげんそうにわたしを見た。少し用心深い顔になり、なぜ知りたいのかと訊(き)いた。

何からまいもうけ口をわたしがつかんだのではと思っているような顔つきだった。

白いページに描かれた若者について知りたいからだとは、わたしは口に出せなかった。

老主人はさんざん渋ってから、ようやく教えてくれた。売り主は幸い、老主人とはなじみのある人物だった。その家に不要になった書物をひきとりにいったこともあるという。「古雑誌が多くて、もうけになるどころか手間がばかばかしいくらいなものなんだが、古いつきあいなんでね」と老主人は言った。達者なデッサンから察せられるとおり、本職の画家だということだった。あまり名のとおった画家ではないらしい。

古いつきあいときいて、わたしはペン画の若者を老主人にみせ、この人物を知っているかとたずねてみようかと思った。しかし、けっきょく見あわせた。なぜこの男のことを知りたいのかと詮索(せんさく)がましい目で見られるのがいやだったのだ。

この若者と深い心のかかわりがあると推察される画家自身の口から、話をききたかった。

ただ一冊の本をゆかりに、見も知らぬ人をたずねて行こうというのだから、わたしにしてはずいぶん大胆な行動であった。

何日も、わたしは、老主人が書いてくれた地図を眺めてはためらっていたのだった。

灰色の、重く雪をふくんだ空が、わたしを踏みきらせた。陽光の明るい快い日であったなら、わたしの決意はくじけてしまったことだろう。

陰鬱にのしかかってくる空をはねのけるエネルギーで、わたしは自分を駆りたてて電車に乗った。

降りだしたのは、みぞれであった。泥水の飛沫がスカートにしみをつくった。靴は破れているわけではないのに、じっとりと内側まで濡れた。

農家の納屋を改造したアトリエであった。入口のわきに、センリョウの実が赤かった。

前もって葉書で来意は通じてあった。

あなたの手離された本を買いとった者ですが、とわたしは書いた。その本のことで、お目にかかりうかがいたいことがあるのです。

もの静かな、内気そうな相手だったので、わたしはほっとした。陽性で一方的に喋りまくるような相手は、こちらが黙っていても間がもてるので楽ではあるけれど、あまりおしつけがましい話し方をされると、反感が内側にこもって、苛立たしくなる。

「どうぞ」と、画家はわたしをアトリエに招じ入れた。暖房は、今どき珍しいルンペン・ストーヴで、音をたてて燃えさかっているのは石炭らしかった。

「石油のにおいが、どうにも嫌いで」と画家は言った。「電気やガスは、躰の上っつらだけ熱くなるようで」

石炭は、なかなか手に入りません。ぼくの唯一のぜいたくです。そう画家は言い、珈琲をいれてくれた。それも、わたしの豆の好みをきき、豆を挽くところからはじめて、ドリップ式でていねいにいれてくれたのである。

騒々しく自己主張はしないが、自分の気質はかたくなに貫くたちの人のようにみえ、わたしは仲間にめぐりあったような気がした。

画家だと古本屋の主人は言ったが、正確には銅版画家であるらしく、アトリエの隅には頑丈な鉄のプレスが据えてあった。

そうして、壁にかけられた数点の銅版画に、わたしは、彼がタッジオと呼んだ若者を見出したのである。

わたしは黙って彼の前にペン画の描かれたページ

をひろげた。

「ああ、これ……」

画家の表情に恥じらいともなつかしさともつかぬ微妙なものをわたしは見た。

「この本……なくしたと思っていましたが、まとめて売ったやつのなかにまぎれこんでいたんですね。ぼくは無精なもので、箱につめこんだやつをそのまま、本屋の親父にむこうの言い値のままでひきとらせ、一冊一冊ていねいに値段とひきあわせたりしなかったものですから。これは売物にはならない本ですよね。あなたには悪いことをしました。いくらで買われました？　ぼく、その値段でひきとりますよ」

「いいえ。欠陥本だからって文句を言いにきたのではありませんわ。それどころか、世界中にただ一冊だけの、すばらしい本ですわ。ただ、あなたは手離したくはなかったのではないか……。そう、私思いましたの」

「ええ。こいつを売るつもりはありませんでした」

画家は、わたしの手から『ヴェネツィアに死す』を受けとり、手のひらでそっと撫でた。

「同じモデルさんですわね」わたしは壁の版画をさした。

「タッジオ……」

「ぼくは、アッシェンバッハのように高名な芸術家ではありませんけれど」

「このモデルさんは、いま……？」

「いません」と画家は言った。「生きていません」

「ひどいなあ、ぼくを殺しちゃうんですか、先生は」

ドアのむこうから、明るい声がした。ハスキーな、それでいて、ややキーの高い声であった。

「ぼくが生きてはいないなんて」

「あれは……」

わたしは、思わず腰を浮かせた。

「タッジオは、隣の部屋に？」

画家は、困惑したように眉を寄せた。

なぜ、生きていない、などとこの人は嘘をついたのだろう。わたしをひきあわせたくなかったのか。

わたしは、隣室に通じる木の扉に目をむけた。この扉のむこうに、〈彼〉はいるのだった。

壁の銅版画に、わたしは視線をうつした。熱い血と暖い肌を持った、この銅版画の顔をした青年が、隣室で、明るい笑い声をたてているのだ。

画家は、眉を寄せ唇をひき結んだままであった。

「先生はね」と、隣室の声は言った。「ぼくを誰にも会わせたくないんですよ。それにしても、生きてはいないなんて、ずいぶんな口実ですねえ」

「こちらにいらっしゃいません？」

わたしは呼びかけた。

彼に会えることを、わたしはまったく予想していなかったのだった。いません、生きていません、と画家が言ったときも、意外な言葉とは受けとらなかった。

なぜか、わたしもまた、あのペン描きの顔を見たときから、この青年は生きてはいないと、心の奥で思っていたようだ。

それはおそらく、タッジオという名から連想したものであったろう。

これほどに美しく、しかも、タッジオと画家によって名を与えられたからには、すでにこの世の者ならぬことは当然である。

ヴェネツィアに、アッシェンバッハは死んだが、彼を天国に導いた美少年もまた、体内に病菌を巣喰わせ、ほどなく死すべき運命であったのだ。アッシェンバッハの末期（まつご）の眼は、海辺にたわむれる美少年にすでに死を視（み）ていた。たわむれているのは、死者であった。美しく輝かしい死者であった。この上なく生き生きと燃焼する生命を仮象（かしょう）とする死者であった。

彼が現在も画家と同棲（どうせい）している可能性を、わたしはまるで考えもしなかったのだ。

「こちらにいらっしゃいません？」と呼びかけながら、わたしは、木の扉が開く瞬間を、ほとんどおそれていた。

「だめですよ」

隣室のやや掠れた声は笑った。

「ぼくがそちらに行ったら、先生に打たれますもの」

「打たれるですって！」

もの静かで哀しそうな画家の眼を、わたしは見た。兇暴な力が、この眼のどこにひそんでいるというのか。

「そんな……。先生がそんなことをなさるはずがありませんわ」

タッジオは、わたしをからかっているのだ。

「先生は、ぼくを打ちますよ」

「手で？　棒で？」

わたしは、タッジオのからかいに調子をあわせた。

「笞で」

「やめなさい」

不機嫌な声で、画家は扉のむこうにどなった。

「ああ、怒らないで」

身をすくめた姿が見えるようだった。タッジオは哀しそうな声を出した。「怒らないで、先生」

「静かにしていなさい」

「こちらにおよびしては、いけませんの？」

彼をタッジオと呼ぶからには、画家は、自らをアッシェンバッハになぞらえているのだろう。タッジオに恋い焦がれた老人に。画家は、四十代半ば、まだ老いてはいなかったが。

それほどに、嫉妬心が強いのか。愛するものを、誰の目にも触れさせまいとしているのだろうか。

まさか、一人の青年を、人目からかくしつづけるわけにはゆくまい。タッジオにしたところで、そんな不自由な生活に甘んじているはずがない。

「どうでしょう」画家は、押さえた声でうながした。「このまま、おひきとりいただけませんか。ぼくの不注意から手離した本を、わざわざ届けてくださった御好意は、心から感謝します」

「彼は、ぼくが生きてはいないと言いましたね」隣室の声に嘲けるような調子が加わった。「当然ですよ。彼は、一度、ぼくを殺したんですからね」

わたしは、思わず画家の顔を見た。暗い目の奥にわたしが見たのは、何だったのだろう。

「そうです。ぼくは、彼に殺されたんですよ、一度」

「さあ、悪い冗談は、もう止めて。いっしょにお茶でも飲みましょうよ」わたしは言った。

「珈琲でしょう」隣室の声は言った。「彼は珈琲にはうるさくてね。今日は、ブルーマウンテンとモカのミックス。ちがいますか、先生？　ブルーマウンテンは高級だけれど、こういう寒い日には、いささかコクが足りないんですよね。

　ところでね、お嬢さん……奥さんかな。お声だけではわからない。まちがっていたらごめんなさい。ぼくは、そちらのたのしいパーティーに参加することはできないのです」

「先生は、そんなに怖いの？」

「縛られていますんでね」

「まあ、いやだ」わたしは、いささか気味悪いのを笑い声にまぎらせた。笑い声は妙にうわずった。

「よほど、お悪戯をなさったのね」

　どう見ても、画家の姿に縛ったり叩いたりのサディストを重ねあわせるのはむずかしかった。画家とタッジオは、ぐるになってわたしをからかっているのか。

「なに、ほんのちょっと、騒いだだけですよ」

わたしは、画家に問いかける目をむけた。

「もう、黙りなさい」画家は再びどなり、

「おやおや、こんどは、さるぐつわかな」隣室の声は、おどけた。

「ふざけているんですよ」画家が言った。

「お会いしたいわ。こちらにおよびしてもよろしいのでしょう？」わたしは画家に問いかけた。

「お嬢さん……奥さん……どちらですか」隣室の声は言った。「どうお呼びすればいいのですか」

「結婚はしていませんわ。でも、お嬢さんと呼ばれるのは、少し気恥ずかしい年ですわ」

「それじゃ、お名前……。いや、やめましょう。名前は、めったに他人に教えるものじゃない。お嬢さん、本当ですよ。気をおつけなさい。自分の名前は、かるがるしく他人にあかすものではありません。名前は、一つの護符なのです。他人に知られれば、それだけ守護力を失います」

「あなたは、謎のようなことをおっしゃるわ」

「なに、昔の人なら、誰でも知っていたことです。顔もね、できることなら、他人の目にさらさないがいいのです。あなた、眼鏡をかけていますか。色の濃いサングラスをおかけなさい。マフラーで口もとをかくしなさい。それより何より、一番いいのは、誰にも会わないことです。顔をかくし、名前をかくし、まるで地上に存在しないもののように、おすごしなさい。ぼくは、そうしています。それだけが、自分を護るすべなのです」

「でも、わたしはあなたの名前を知っていますよ。あなたの名は」

「しっ」と、隣室の声は制した。

「あなたの名は、タッジオ」

隣室の掠れた声は、笑った。

「それは、仮の名。本当の名は、誰にも告げない」

「守護力をたもつために?」

芝居のせりふじみたタッジオの話しぶりに、わたしはのせられてしまっていた。

「そう」

「それでは、あなたは自分の意志で、そこにかくれていらっしゃるの? 先生に打たれたり縛られたりするからではなく?」

「さあ、もう、いいでしょう」画家がさえぎった。画家は声を低めた。「少し、頭がおかしいのです、あれは」

「きこえましたよ」隣室の声が、おびやかすように言った。「たしかに、ぼくは、おかしいです。でも、おかしくしてしまったのは、先生、あなたでしたよね」

わたしは、立って扉の方に行った。ノブに手をかけた。思いきって扉を開けタッジオに面とむきあうことで、この何か苛立たしい会話を断ち切ろうとしたのである。

ノブはまわったが、扉は開かなかった。

「だめですよ。鍵がかかっている」

隣室の声が言い、画家が寄ってきて、わたしの手を押さえ、目で立ち去るようにうながした。

「ああ、行かないでください」

こちらの気配を察したように、タッジオが言った。

「さるぐつわをはめられる前に、笞で打たれる前に、お嬢さん、あなたにみんな、ばらしてしまいますよ。ぼくが一度殺されたというのは、本当です。その悪党に突き落とされたんだ。

ぼくが彼女を愛したから。ええ、まったくありきたりな話です。彼女というのは、先生と法的に結ばれたひとですよ。彼女は死にました。お嬢さん、あなたの横にいる男は、人殺しの悪党です。警察に言ってくれ。人殺し!」

タッジオの声は、甲高くなった。

わたしは画家と顔を見あわせた。

画家の右手がズボンのポケットに入った。まさか、と思いながら、わたしは躰がこわばった。

画家がとり出したのは、〈秘密を知ったわたしを刺し殺すためのナイフ〉でも、〈絞殺するための紐〉でもなく、鍵束であった。

画家は、扉の鍵穴に鍵をさしこみ、咎めるような目でわたしを見ながら、まわした。

隣室は、食堂らしい部屋であった。

椅子に、ジーンズにラフなセーターの男が腰を下ろし、その脚は、椅子の脚にくくりつけられ、両手首も、膝の上で縛りあわされていた。

しかし、わたしは、その縛りかたに画家のやさしい配慮を見た。紐が肉にくいこんで苦痛を与えないよう、タオルをあてた上から縛ってあったのである。

男は、うなだれていた。長い髪が額に垂れ顔をかくしていたが、その男が顔をあげたとき、わたしは、知った。ペン描きの絵で、またアトリエの壁にかけられた銅版画で、わたしが見たタッジオではなかった。中年に近い女の顔であった。

女は画家をみつめ、涙を流し、また、うつむいた。髪が垂れ、顔をおおった。

画家はわたしをうながしてアトリエに戻った。扉をしめたが、もう、鍵はかけなかった。「妻です」と、画家は言った。

それから、カップに残っていた冷えた珈琲をアルミの壺（つぼ）に捨て、新しく珈琲を淹（い）れなおしながら、——ときどき荒れるので……と、つぶやいた。——荒れたときは、ああいうふうにしなくてはならないのです……。

　香りの高い熱い珈琲を、わたしはのどに流しこみ、ようやく、いくらか心が鎮（しず）まってきた。

「では……奥さまが……」

「ぼくのかわいがっていたモデルを」と、画家はささやくように言った。手が、ほんの少し動いた。突き落とす仕草を示したのだと、わたしはさとった。

「ぼくは、愛していましたから」

　愛していたという対象が、妻なのか、モデルの青年なのか、画家はそれ以上一言も言わず、口をつぐんだ。

　わたしも、微細な点まで問いただす気にはなれなかった。

　わたしは、外に出た。雪の上に、血のしたたりを見た。——センリョウの実であった。痩（や）せた雀（すずめ）が、その紅（あか）い実をついばんでいた。

†

　突然の訪問者が去った後、画家はアトリエの扉を開けた。食堂に通じる扉ではなく、もう一方の壁についた扉であった。

　高窓が一つだけの薄暗い小さな部屋に通じていた。木のベッドに、彼が美しい少年の名を冠して呼んだ若い男は眠っていた。

　いや、すでに若くはないはずであった。彼の妻が嫉妬にかられて、夫の愛人を崖（がけ）から突き落とした事件から、十年あまりの歳月が過ぎていたのだから。

　しかし、脳細胞の一部が壊死（えし）し、精神の活動だけが死んだこの恋人の上に、時は流れを止めてしまった。

　俺は老いて行くが——と、画家は思い、眠っているやわらかい唇に静かに指を触れた。

針ヶ尾奈美子のノート（Ⅳ）

編集者に二つのタイプがある。事務的に枚数と締切日だけを指定し、できあがった原稿をそのまま受けとっていく人と、内容に丹念に目をとおし、だめを出し、納得いくまで書き直しをさせるタイプである。書いている当人には気づかない部分を指摘され、なるほど、いいことを言ってくれるとうなずくときもあるが、こちらの考えを主張して退（ひ）かない場合もある。

わたしがはじめて商業誌に小説を発表するようになったとき担当してくれた編集者は、非常に熱心な人で、一つ一つの作品について、実に細かく読みこみ、適切なアドヴァイスやサジェスチョンを与えてくれた。

ぼくは思いついたことをかってに喋（しゃべ）りますが、と彼は言うのだった。あなたは、決してそれに捉（とら）われることはない。

しかし、彼の助言が、新しい発想が生まれ発展する一つのきっかけになることは多かった。たいがいの場合、彼が示唆（しさ）したこととはまるで違ったものに結実してゆくのだが、それでも、作品が最初のものよりはるかに生彩のあるものに生まれかわるのだった。

那智克人は、わたしにはいつも、ほとんど注文はつけなかった。鏡直弘の手記によると、鏡はかなり手厳しく手直しを要求されている。

第五話を那智に渡してから、わたしは、那智が何か言ってくるだろうと思った。

加奈から太刀雄に関する話をきいてから、二週間後にわたしは第五話に着手し、そうして書きあげた。那智が何も言わずすんなり原稿を受け入れれば、わたしが二週間考えたり行動したりしたことは、みな、根もない妄想にすぎないということになるのかもしれなかった。

原稿を渡した翌日、那智は電話をかけてきた。

「お待ちしていました」と、わたしはうっかり言ってしまったので、那智は、「え？」とけげんそうな声を出した。

「お宅のすぐ近くまで来たので」と、那智は言った。「＊＊さんの原稿をもらいに来たら、まだできてないというんですよ。あと三時間ほど待ってくれ、そのあいだに書きあげるからと言われて、喫茶店あたりで時間をつぶそうかと思ったんですが、針ケ尾さんのお宅がすぐそこだと気がついて。お忙しいですか」

「どうぞお寄りになって」とわたしは言った。午後四時を少し過ぎ、わたしとしては、もっとも都合のいい時間であった。ついさっき起床したばかりで、直ちに仕事にとりかかれる状態ではない。

　ほどなくたずねてきた那智は、厚いカーテンを閉ざした部屋を見わたした。彼が訪れたのは、はじめてである。いつもは喫茶店でおちあって原稿の受け渡しをすませることにしていた。

「この部屋でいつも書かれるんですか」

「いいえ。隣の部屋よ」

「思ったより飾り気のない部屋ですね」

「いろんなものを、こまごま飾るのは嫌いなの」

「もうちょっと、バロック趣味というか、そんな部屋を想像していた」

「〈物〉というのは、それぞれ一つ一つ、力を持っているでしょう。そういう力に影響されるのがつらいときがあるわ。だから、何も置かない」

「その感じ方でいうと、壁もカーテンも床も天井も、この椅子やテーブルも、それぞれ力を持っていて圧迫してくるということになりませんか」

「そういうこともあるけれど、それは、よほどこちらの力が弱くなっているときね。ふだんは、床や壁や天井は、わたしを護ってくれるし、こういう何気ない形の坐り心地のいい椅子は、わたしを安らがせてくれるわ。花や人形はだめ。息苦しくなるわ」

「猫はいいんですか」

　わたしの足もとにひっそり這い寄ってうずくまっ

たマロンに、那智はちょっと目をむけた。

「ヤスベエくんに押しつけられてしまったのよ。この子は目ざわりにはならないわ。いまにも消えてしまいそうな感じなんですもの」

「ヤスベエくんというと、では、これは、もしかしたら鏡氏の?」

「ええ。見おぼえがあるでしょう」

「猫の人相の区別はつかない」

ブランデーをすすめると、まだ仕事中だから、と那智はことわった。わたしは紅茶を淹れレモンを浮かべた。

「〈物〉が圧迫してくる感じが怖いというのは、かなり病的ですね」那智は言った。「針ケ尾さん、少し神経症ぎみじゃないですか」

「子供のころからよ。それが強まったり弱まったりはするけれど。だから、病気というよりは、生まれつきの性質ではないかしら」

「すると、昨日いただいた第五話の冒頭のくだりは、針ケ尾さんの実感ですね。街をひとりで歩いていると、行きかう人々の背負いこんだ生の重みに圧しつぶされそうになる、という……」

「そういうふうに感じるときもあるわ」

「そうして古本屋に逃げこむんですか」

「いつも都合よく古本屋があるとはかぎらないわ」

「片面が印刷されないまま製本されてしまうなんてこと、あるのかな」

「わたし、そういう本を買ったことがあるのよ。印刷されていない本というのは、魅力があったわ」

「それじゃ、今度、束見本をあげましょうか。あれなら、まさに印刷されていない本だ」

「印刷ミスで、偶然手に入ったというところがいいのよ」

「針ケ尾さんは、いつも、自分の体験に則した小説は書かないと言って、かなり実生活を韜晦している人だけれど、時には体験談をフィクションの中に織りこむこともあるんですね」

「それは、ありますよ」

「ちょっと興味があるな。すると、第五話でいえば、どういう部分が事実で、どの部分がフィクションなのかな」

「そんなに興味がおありになる?」

「ええ。ことに……」那智は紅茶のカップを口にはこんだ。冷静な表情であった。紅茶の表面は、波立ってさえいなかった。

「ラストの部分ね、ちょっと不自然な気がしたんですが、ああいうことって、実際にあり得るんですかね」

「ラストの部分というと、どんなことを書いたかしら」

「自分で書いて、おぼえていないんですか」

「いくつも書いていると、こんがらかってしまうわ」

「崖から突き落とされ、白痴となった青年が、十年後もその若さと美貌をとどめている、彼の上には時が歩みをとめてしまった、という件りです」

「さあ……」わたしはぎこちなく微笑した。

「……なぜ、あんなつけ足しをしたのかな、と、ちょっと気になったんです」

「それは、第六話を読んでいただければわかりますわ」

わたしは言った。

「第六話? もう完成しているんですか」

「ええ」

「でも、新藤氏との打ちあわせも、まだなんですよ。彼としても撮影場所の希望もあることだろうし、早めに原稿を仕上げていただくのはありがたいんですが、今度の仕事は、フォトグラファーとの共同作業だから」

「長崎の枇杷の花なんか、どうかしら」

「長崎?」

那智は、眉を寄せた。〈枇杷の花〉にではなく、那智が反応をみせたのは、〈長崎〉という地名であった。

「淋しい小さい白い花ですけれど」

「淋しすぎはしませんか」那智は、言い返した。

「寒牡丹とか山茶花の方がいいんじゃないかな。第五話がセンリョウの実で、いかにも淋しかったでしょう。第六話は、最終回ですから、少し明るく華やかにした方がいいですよ」

「わたし、このあいだ、長崎まで行ってきましたの。長崎の茂木」

　那智は紅茶を飲み干し、「そうですか」と平静に答えた。

「いつ行かれたんですか」

「第五話を書きあげる前に」

「それは、忙しいところを大変でしたね。たのしかったですか」

「決して、たのしい旅ではありませんでしたわ」

「茂木は、枇杷の名産地ですよ。あそこの枇杷はおいしい」

「長いこと、お住まいでしたの?」

「よく知っていますね、ぼくが茂木の出身だと」

「ウィークエンドのバックナンバーの、編集後記を丹念に読みましたの。長崎特集の号に、那智さんが、茂木出身だということをちらっと書いておられたわ」

　那智は、空のティー・カップを口にはこびかけ、

「もう一杯いただけますか」と言った。

第六話　東京

「タチオは、スタジオでライトを梁にとりつけている最中に、足を踏みはずして落ちて死んだの」と、加奈は言った。

「タチオという人は、モデルでしょう。ライトの操作はアシスタントの仕事ではないの？」

わたしは聞きかえした。

「彼は身が軽くて、高いところにのぼったり、危険なことをするのが好きだったわ。一時、サーカスでオートバイの曲乗りをやっていたこともあるくらい。ほんのアルバイトよ。じきにやめたそうだけれども」

「モデルになる前？」

「そう。家出少年でね、ふらふら、気のむいた仕事をしたり、すぐやめたりしていたらしいの」

「オートバイの曲乗りなんて、素人がかんたんにできるの？」

「バイクの運転は、プロ級だったらしいわ」

「鏡さんが、バイクを乗りまわす若者の話を書いていたわね」

「ええ、あれを読んで驚いたわ。その前にね、第一話、わたしがタチオを突き落としたみたいな話が書いてあったでしょう。あのときも驚いたし、腹がたったわ。もちろん、鏡先生はタチオのことなど知らなくて、偶然だったわけだけれど」

「タチオがサーカスにいたということは、あなたが鏡さんに話したの？」

「話したかもしれないわ。でも、あたしもタチオについて詳しいことは知らない」

もう、やめない？　タチオの話をするのは。加奈は、つらそうに言った。

墜死。墜死。墜死。わたしは、ようやく、一つの意志が、ほとんどマンネリズムとも思われかねない、墜死、墜死、の話を連続させていることを知った。

真弓夫人の現実の墜死の犯人を、わたしは最初、新藤氏に擬していた。

発表されなかった第三話は、真弓夫人のアシスタント遼一くんに対する恋を暗示していた。小説では真弓夫人が遼一くんを殺そうとし、倒れかかる青年の躰に押されて自分も堕ちてゆくというふうになっているが、実際には、加奈の話によれば、遼一くんはそのとき離れた場所にいた。

わたしは加奈と別れてから、もう一度、鏡直弘によって書かれた四つの物語を読み返し、その中から、事実とフィクションを選りわけようとした。

太刀雄と呼ばれた美しい若者の墜死が、事実として、過去に存在した。

事実とフィクションの混りあった物語を重ねあわせ、更に加奈から聞いた話を重ねて、わたしに見えてきたのは、次のようなものであった。

夫を愛しながらかえりみられることのない気位の高い妻。（第一話）

夫の愛の相手がモデルの若者であることを知った妻の心に湧いた殺意。（第二話）

太刀雄を梁から墜死させる。

この方法も、第二話に暗示されている。即ち、ライトのコードの被覆を一部剝がしておき、梁にあがって作業中に通電し、感電のショックで墜落させる。

こうみてくると、鏡直弘の死の真相もまた、見えてくる。

事実そのままでないとはいえ、小説の形で太刀雄の死の真相をあばかれはじめた真弓夫人。

夫人は、鏡直弘より先に墜死している。しかし、鏡の死は睡眠剤によるものである。薬を強力なものにすりかえておくことによって、同じ分量で致死させることができる。犯人がそのころは死亡していても、なお。

だが、鏡直弘は、加奈に言われるまで、タチオという若者の存在は知らなかったのだ。

墜死、墜死、と連続し、しかもそれが実際の事件を投影する物語に仕立てて行く力を持ったものは、編集者の那智克人以外にはいなかった。

わたしは、鏡直弘がうんざりするほど何度も書き直しを命じられたということを、あらためて思い返した。

ベテランの大家なら、編集者の言（げん）によって作品の内容を変えたりすることはあり得ないが、かけ出しの新人、しかも、鏡直弘のように才能は乏（とぼ）しいくせに何とか文筆で世に出たい者にとって、編集者の助言は、命令にひとしいものだったにちがいない。鏡直弘は自分では意識しなかっただろうが、彼の作品は、那智克人によって、たくみにコントロールされたものだったのだ。

「ずいぶん、読者はめんくらうでしょうね」

第六話の原稿から目をあげて、那智克人は言った。苦笑していた。

「これが、〈第六話〉ですか。突如として、実在の人物が登場してくるのですか。しかし、那智克人だの加奈だの真弓夫人だのという名前があらわれても、読者には何のことかわからないですよ」

「まだ、原稿は残っていますわ。先をお読みになって。その上で、だめを出していただくわ」わたしは言った。

那智の長い指が原稿をめくった。この指は、太刀雄の指とは似ていないなと、わたしは思った。写真で見た太刀雄の指は、太くがっしりしていた。

それでも二人のおもざしに、どこか共通したところが……と、わたしは紅茶のカップを口にはこぶ那智に、写真でわずかに見ただけの太刀雄の顔を重ねてみる。

太刀雄。その本名も、今は、わたしは知っているつもりだ。

鏡直弘の原稿が那智によってコントロールされているという仮説をたてても、なお、那智がなぜそのようなことをしたかという理由がわたしにはわからなかった。

幾度も読みかえし、手がかりとなったのは、第三話が二つあるということであった。

活字にならなかった方の第三話――第三話A――は、幾度も推敲したあとがあるのに、雑誌に発表された第三話――第三話B――は、下書きがまったく存在していない。

「ですから、わたしは、第三話Bは、那智さん、あなた自身が書いたのだという仮説をたてました」

「ぼくが？」那智の苦笑は、いっそう露骨になった。「それは光栄だな。ぼくに物語を書く才能があると認めてくださるんですか」

「第三話からも、わたしは、フィクションの部分をとりのぞいて、事実だけを抽出しようと試みました」

カインとアベル。

浮かび上がってくるのは、弟に対する兄の異常なほどの強い愛情――執着といってもよいほどの愛であった。独占欲であった。

なぜ、鏡直弘の創作した第三話をおいて、那智が自分で書いた物語を発表したのかという疑問はさておいて、わたしは、那智の家族について調べようと思った。

加奈に訊ねると、加奈は、「那智さんは一人でアパート住まいしている」と教えてくれた。

実家は？

知らないわ。

わたしは、ウィークエンド誌のバックナンバーの編集後記を丹念に読み直した。那智が郷里について言及しているのを読んだ記憶があった。毎号、七人の編集者が、一言ずつ随想や近況報告を書いている。一人が七十字ほどの短いものである。

●旅に明け旅に暮れた。北陸の宿で、今年最後の一杯を飲み干したとき、除夜の鐘。鳴り終わって、今年最初の一杯を飲み始めた。〈森田〉

●久々に商社づとめの友人に会う。休暇をとってヨーロッパ二週間旅行から帰ったところだという。クソッ。こっちだってハワイ帰りだ。ただし、鳥取県のハワイ（羽合）。〈吉田〉

●ついにバイクを買ったぞ。深夜、高速を走りまわったが、ポリは暴走族とみとめてさえくれないのだ。バック・ミラーにうつる三十男の悲哀。

〈宇根〉

……といった短文の中から、わたしは、那智の署名のあるものを拾い出して読んだ。そうして、
●枇杷の初物が出はじめた。なぜか、年ごとに小さく萎びてゆくようだ。我が郷里茂木の肉の厚い果汁したたる枇杷は、いったい誰の口に入っているのだ。〈那智〉
という一文を発見した。

那智の郷里の住所を調べることも、わたしは加奈にたのんだ。

加奈は不審そうに、那智さんに直接訊けばいいではないかと言った。那智の身辺をわたしが調べていることを彼に知られたくはなかった。

数日後、遼一から電話がかかってきて、わたしに会いたいと言う。わたしは行きつけの喫茶店で彼と会った。

「なぜ、那智さんの郷里の住所を知りたいんですか」

加奈は、わたしに頼まれたことを兄に告げてしまったらしい。

「理由を言わないといけないの？」

「好奇心を刺激されてね。なぜ、那智さんに直接訊ねないのか。妹は単純だから、何かあなたに言いくるめられてしまったらしいけど」

「わたしの方でも、あなたに訊きたいことがあるのよ」質問を封じるために、わたしは逆に出た。

「太刀雄という人が墜死したときのことを知りたいの」

「なぜ？」遼一は表情をきつくした。

「彼の遺体は、どうなったの。誰がひきとりに来たの」わたしは、たたみかけて訊いた。

「誰もひきとりには来なかったでしょうよ」遼一は、つられて答えた。「連絡先がわからなかったんです。太刀雄のことをどうして知っているんですか」

「火葬にはしたんでしょ」

「ええ……たぶんね」

「たぶん？」

「ぼくは知らないんですよ。新藤先生と奥さんが始末はしたようだから」

「そのお骨は？」

「知りませんよ。新藤先生があずかっているんじゃないかな」

「新藤さんのなくなられた奥さまは、あなたを好きだったの？」

「不愉快だなあ。どうして、そんなことを訊くんです」

「鏡さんのノートに、そんなふうなことが書いてあったのよ。あなたと真弓さんが、いっしょに踊ったときのこと」

「あなたは、他人のノートを盗み読むんですか。意外だな。そんな卑劣なことをする人とは思わなかった。彼女とは、ときどき踊りましたよ」

「網走で」

「ああ、あのときも踊ったな。しかし、あなたの質問に対して、ぼくはどういうふうにでも答えられますよ。彼女はぼくにアツアツでした、と言ってもいいし、ぼくが彼女に恋していました、とか、あるいは、ただ、いっしょに踊っただけ、おたがい、どうってことはなかった、と言ってもいいし。どれが真実の答えか、あなた、わかりますか」

「本当のことを教えてほしいわ」

「ぼくが答えますね、それが真実だって、どうしてあなた、わかります。ぼく、いくらだって嘘をつくことができますよ」

「何のために嘘をつくの」

「めんどくさいし不愉快だからさ。こんなふうに、もってまわった質問をされるの」

「それじゃ、他人のことを訊くのなら、どう？　不愉快がらずに本当のことを答えてくれる？　真弓さんは〈太刀雄〉を愛していた？」

遼一は、いきなり拳でテーブルを叩きつけた。腹立たしさのやり場がないというように。

「あなたも、割りこもうというんですか」

「割りこむ？　それは、どういう意味？」

「鏡さんのようにさ」

遼一は、ジーンズのポケットから小銭をつかみ出し、きっちり自分のコーヒー代をかぞえた。いいのよ、とわたしは言ったが、彼は数枚のコインをテーブルに投げ出すと、出ていった。

家に帰るとまもなく、加奈から電話で連絡があった。

那智の住所がわかったというのである。

一昨年の夏、那智から新藤に暑中見舞の葉書がきた。那智は夏の休暇をとって郷里に二、三日帰っていたときで、名産の枇杷を送ったと記したものであった。

「たしか、そういう葉書があったと思い出したんです。それで、先生のマンションに行って、古い手紙や葉書を整理して、みつけたの。わたし、ときどき先生の身のまわりのものを整理してあげることがあるから」

その葉書に、投函地であたる郷里の住所が書いてあったので、うつしてきた、と加奈は電話口で読みあげてくれた。

「ずいぶん苦労したんですね。ぼくに訊けばすぐ教えてあげたのに」那智は言った。

「でも、なぜ住所を知りたいのか？　と、お訊きになるでしょ」

「そりゃあね」

「あなたに弟がいるかどうか調べたいから、と言ったら、あなたはどうなさったかしら」

わたしは那智の表情をさぐった。

「それこそ、ぼくに訊けばすむことじゃないですか」少し間をおいて、那智は言った。

「訊いて、本当のことを教えてくださったかしら」

「嘘をつく理由がありますか。ちょっと調べればわかることを」

「その、〈ちょっと調べる〉を、わたしはまず、やってみたんですわ。茂木に行き、あなたの実家を探しあて、そうして近所の人にたずねて、あなたに弟がいたことを知ったわ。家出したまま行方知れずになっている弟さんがいることを」

「ぼくはエチケットがどうのこうのと言う柄じゃありませんけれどね。あなたのやっていることは、ずいぶん……」

「礼儀知らず？」

「かなり、人を不愉快にさせる」

「もう少し読んでみて」


　那智の郷里の住所を教えてくれた加奈に、わたしは更にたずねた。

「一昨年の夏というと、『花の旅』は、まだはじまっていないころね。那智さんと新藤さんは以前から知りあいだったの？」

「一昨年の春、ウィークエンドのグラビアの仕事を新藤先生が依頼されたんです。そのときの担当が那智さんでした」

　新藤のマンションを訪れた那智は、壁にかけられた六つ切のパネルに、弟を見出した。パネルの右下の隅に、花型に結んだ黒いリボンがとめつけてあった。


「私が知りたいのはね、那智さん」

　第六話の原稿を読みつづける那智に、わたしは話しかけた。

「あなたが、どうして、弟さんの死が事故ではなく、誰かの悪意によるものと思ったのかということ」

「いったい、何の話ですか」


「これは、誰ですか」

　那智は写真をさして新藤にたずねた。

モデルに使っていた青年だと新藤はこたえた。

「いつごろから？」

「ここ半年ほど」

「名前は？」

「太刀雄」

「苗字は？」

「知らない」

「太刀雄と、自分で名乗ったのですか」

「いや」新藤は、まぶしがってでもいるように、ちょっと目を細めた。

「死んだのですか」那智の指は、黒いリボンの花をさした。

「死んだ」

「病気で？」

「ライトをとりつけようとして梁から落ちた」

　那智は、弟を求めつづけた年月の長さを思った。

弟は、あらゆる束縛をわずらわしがっていた。どれほどわずらわしかろうと、愛憎、利害、さまざまな無形の絆で結びあわされ、それによって支えられもするのが人の生なのだということを認めるには、弟は若すぎ、稚なすぎ、自分の感性以外のものを信じようとしなかった。

　見出したときは、すでに失われていた。求めつづけた〈時〉は、うつろな空洞となった。

　彼は、その空洞を何かによって埋めなくてはならなかった。そうせずにはいられなかった。

　えたいの知れぬ力——宿命と、人はそれを呼ぶだろうか——によって奪い去られた〈弟の死〉を、彼は、自分の手中に取り戻したいと切望した。


「那智さん」と、わたしは呼びかけた。

「あなたにたずねて、わたしは、第六話の欠けた部分をおぎないたいのよ。あなたが弟さんを異常なほど愛していたその心のありようは、第三話から察しがつくわ。でも、現在、分別もある大人のあなたが、弟さんの死を、自分のものにしたいと願ったのは、なぜ？　あなたは、今の自分に絶望しているの？　あなたが、自分自身の生をないがしろにして、他人の人生ドラマに割りこもうとしたのは、なぜなの。あなたの生は、それほど退屈で実りのないものなの？」

「ぼくが他人の人生に割りこもうとしたというのがどういう意味か、ぼくにはわかりかねますね」

「まあ、いいわ。とにかく、わたしの物語では、あなたは、〈弟の死〉のドラマに割りこまずにはいられない人だったのよ。自分があずかり知らないところに、弟の生があり、死によって終結した。あなたは局外者にすぎなかったということが耐えられなかった。あなたは、〈弟の死〉を、もう一度、あなたの手で組み立て直そうとした。単純な、ほとんどこっけいな事故死。あなたは、それを、もっと華麗な殺人のドラマに作りかえた。

新藤圭太、新藤真弓、村瀬遼一、村瀬加奈。弟の墜死の現場にいた一人一人を、殺人犯人に擬してみた。

事故ではない、殺人だとあなたに疑いをもたせるような雰囲気が、あの四人にあったのかもしれないわ。何かを彼らはかくしている。そうあなたは敏感に感じとった。

さりげない会話のあいだから、あなたは、四人の、それぞれの、弟に対する感情をさぐりあて、動機をひき出そうとした。

加奈ちゃんは、〈太刀雄〉を愛していた。愛が成就するときの耐えがたいほどの歓喜とおそろしさ。そういう動機を、あなたは加奈ちゃんに与えてみた。〈太刀雄〉という名が、タッジオになぞらえて、新藤氏が名づけたものだと知ったとき、あなたは新藤氏が彼を深く愛していたことを察した。

これは、真弓夫人に動機を与えることになるわ。

更に、新藤氏、遼一くん、それぞれに、動機を与えたのでしょうけれど、これは鏡氏の小説にはあらわれていないわ。書く前に鏡氏は死んでしまったから」

那智は、『花の旅』の企画をたてた。一話ごとに、一人の殺人犯を告発してゆくはずであった。そうして、その反応をさぐるつもりであった。

彼は、適当な書き手を物色した。こちらの注文を受けつけないような大家では困るのだ。サジェスチョンとアドヴァイス、だめ出しによって、彼がひそかに、彼自身の望むとおりの物語を仕立てあげさせることのできる、無器用で、あまりプライドの高くない書き手を探さなくてはならなかった。

鏡直弘に、彼は白羽の矢をたてた。

新人賞のあとは死屍累々といわれる。いったん賞をとったものの、その後芽が出なくて悶々としている書き手は数多い。

那智のもちこんだ話に、鏡直弘はとびついてきた。

プロットを作る段階で、那智は、身近な『花の旅』のスタッフに材を求めることを暗示し、だいたいこんなふうなストーリーでは、と助言し、想像力も創造力も乏しい鏡は、自分で創作しているつもりで、その実、ほとんど那智の語ったところを肉づけし、それでも自分で一篇のストーリーを書きあげたような気分になっていた。

第一話は、からぶりであった。加奈は、彼女が太刀雄を墜死させたと暗示しているような話を書いた鏡に、ひどいわ、と憤っただけであった。

第二話、第三話、第四話と、真弓、遼一、新藤を、それぞれ犯人になぞらえた話を鏡に書かせてゆく。すべてが、からぶりに終わるかもしれなかった。弟の死が事故ではなく殺人だという設定そのものが、何の証拠もないことではあったのだ。

しかし、第一話が発表された後、那智は、かすかな手ごたえを感じた。

微妙な雰囲気の変化であった。

加奈は別として、他の三人は、〈太刀雄〉の死が殺人であると知っているのではないか。知りながら、かくしているのではないか。

真弓夫人を犯人になぞらえた第二話が発表され、第三話の取材中、その真弓夫人が墜死した。

「真弓夫人は、自殺した。そう、わたしは思うのです」わたしは言った。

「真弓夫人の死にひきつづいて、鏡さんが死んでいます。鏡さんの睡眠剤を強力なものにすりかえたのは、彼女だった。真弓さんは、第二話を読んで、鏡さんが〈太刀雄〉の死の真相を知っていると怯(おび)えた。太刀雄の殺害方法が、あのストーリーの中にはっきり書かれていたし、若者と、それを愛するカメラマン、夫の愛を得られない人妻と、彼女自身の状況や心理状態も書きこまれていたからです。ほかの人が読んでもわからないけれど、彼女には、自分が告発されていることがありありとわかった。

真弓さんは怯え、鏡さんを殺そうと計った。でも、彼女の神経は、耐えきれなくなっていたのね。あの断崖の道を通るとき、発作的に投身した。

遼一くんは離れたところにいたというから、彼が突き落とすことはできないわ。

夫の新藤さん。彼は、真弓さんが太刀雄を墜死させたことを知っていたと思います。その現場にいっしょにいたのだから。復讐のために殺すつもりなら、もっと早くに、機会はいくらでもあったでしょう。

それとも、那智さん、あなたが弟の復讐のために真弓さんを？

わたしはそうは思わない。あなたは、そんな、直接的な暴力を相手に与えるタイプとは思えない」

「ありがとう、と、ぼくは言うべきかな」那智は、苦笑しているように見えた。ひどく淋しそうでもあった。

「ゲームは終わったわ」那智が手さぐりで射た矢は、早くも真犯人を貫いていた。でも、それと同時に、道具にすぎない鏡まで滅ぼすことになってしまった。

鏡の死は、那智を苦しめた。

「そうですわね」わたしは言った。

「鏡さんが死んだことで、あなたは、どんなにか苦しんだ。そう、わたしは思いたいわ」

ゲームは終わったのよ。わたしは続けた。「あなたは、『花の旅』の連載も打ちきりたかったでしょうね。鏡さんが創作した第三話のかわりに、あなたは、自分で書いた物語を雑誌にのせた。あれは、あなたの告白の書だった、弟に対する気持をあからさまに述べた。ずいぶん潤色はしてあったにしても。

わたしが書きついだ第四話は、もう、あなたにはどうでもいいものだったわけね。わたしの好きなように、第五話、第六話と書いていけば、それでかまわなかったわけ。

あなたは、まるで口出しはしなかった……」

「これが、第六話ですか」

新藤圭太は、原稿から目をあげて言った。

わたしは、八分どおり書きあがった第六話の原稿を、那智にみせる前に、新藤圭太に読ませることにしたのである。

「読者は、ずいぶん、めんくらうでしょうね」

「新藤さんは、どうお思いになります？」

「ぼくを殺人犯人に仕立てあげてないことに感謝すべきですかね」

マンションの、新藤の机の上には、小さい写真立てがあって、そこにおさめられているのは、真弓夫人ではなく、〈太刀雄〉であった。

わたしは、胸苦しい思いで、フレームの中の若々しい顔をみつめた。

「まちがっているところがあったら、指摘していただきたいのですわ」

「何も言うことはありませんよ」

新藤は重い声で言った。

「では、わたしの想像がすべてあたっていたということですの？」

「ぼくは、何も言うことはない。そう言っているだけです。あなたは、〈真実〉をただ一つに限定してしまいたいのですか。それとも、〈事実〉を知りたいのですか。つまらないことじゃありませんか」

新藤は手をのばし、写真立てにかるく触れた。

「存在しないひとの、写真だけがこうして残っている。何か不思議な気がしますわ」わたしは言った。

「一ヵ所だけ、ぜひとも訂正したいところがありますね」新藤は言った。

真弓夫人が太刀雄を墜死させたという部分だろうか、とわたしは思った。それなら、一ヵ所ではなく、全部を破壊してしまうことになる。それとも、真弓夫人は自殺ではなく、新藤が突き落としたというのか。

「今日は、おいそがしいですか」新藤は訊いた。

「いっしょに、ちょっと遠出しませんか。ぼくの車で」

「どこへ？」

「鎌倉の方です」

安定感のある運転ぶりであった。鎌倉といっても、北鎌倉のあたりであろう。山の稜線(りょうせん)が、雪もよいの空ににじんでいた。

農家のような、軒の深い家の前で、新藤は車をとめた。

車を下り、離れ家にわたしを導いた。

羽目板も柱も黒ずんだ、古い小さい建物であった。玄関は格子にすりガラスをはめこんだ引き違い戸で、新藤がブザーを押すと、少し間をおいて、重く鈍い音を立てて開いた。小柄な年とった女が、下からのぞき上げるような姿勢で出迎えた。

新藤は目であいさつしただけで、中に入った。せまい三和土は掃除がゆきとどき、下駄箱の上には小さい鉢植えがおいてあった。

新藤はさっさと靴をぬぎ、あがりこんだ。わたしも後につづいた。年とった女は、上がり框に膝をついて背を丸め、新藤の靴を直した。

まっすぐにのびた廊下の右側は洗面所や浴室、台所、茶の間などらしく、左側に襖が並んでいる。その一枚を、新藤は引き開けた。

六畳ほどの和室に絨毯を敷きつめ洋風にし、丈の低いベッドが置いてあった。

電気ストーヴが赤くついて室内はあたたかいのに、わたしは、さむけに似た感覚が背を這いのぼるのを感じた。

ベッドの毛布はこんもり盛りあがり、横たわる人の頭がみえた。

新藤が近寄り、毛布に手をかけるのを、わたしはとめようとしたが、躰が動かなかった。

新藤は、毛布を静かにはいだ。

「太刀雄です」

新藤の低い声をきく前から、わたしにはわかっていた。

「眠っています」

「あれ以来、ずっと?」

「いや、目はさまします。しかし、めざめても、眠っているようなものです」

「それでは……」わたしは、やっと、つぶやいた。

「真弓さんは……」

「誰も、知らない。真弓は、太刀雄が死んだと思った。太刀雄が墜ちたとき、真弓は失神し、その後しばらく錯乱していた。ぼくは太刀雄をここにうつした。真弓には、死んだと言った。死んだ者を、どうすることもできない。太刀雄はいま、ぼくだけのために存在する」

「あなたは……」真弓さんを殺してしまった、と、わたしは心の中で言った。直接手はくださなくても。

新藤は、眠りつづけている青年に再び毛布をかけた。

帰宅して、わたしは、第五話を書きはじめた。冒頭は、

たとえば、街をひとりで歩いているとき――ふいに、空気が重く息苦しく……

針ヶ尾奈美子のノート（V）

「ずいぶん、読者はめんくらうでしょうね」

第六話の原稿から目をあげて、那智克人は静かに言った。

「これが、〈第六話〉ですか。突如として、実在の人物が登場してくるのですか」言いかけて、ちょっと苦笑した。「ああ、こういうぼくのせりふまで、先取りして書きこんでありますね」

笑いはすぐ消え、おそろしいほど真剣な表情になった。

「北鎌倉の、どこなんです。どこにいるんです」

「〈太刀雄〉はあなたの弟だと、お認めになるの」

「そうです。彼は……」

「『花の旅』は、あなたが仕掛けた罠だということも」

荒くなる息を押さえるようにして、那智はうなずいた。

「〈太刀雄〉を墜死させた真犯人を焙り出すために」

うなずく那智に、

「そのために、真弓夫人が死に、鏡さんが死んだということも」

那智はうなずきかけ、わたしをみつめ、かわいた声で笑い出した。

「ぼくが、罠にひっかかったわけですね。北鎌倉は、あなたの……創作か。証拠のない『花の旅』の罠をぼくに認めさせるための」

どうします、と那智は言った。「今度は、ぼくを告発しますか」

「何も知らない方がよかったわ」わたしは言った。

「いっしょに、北鎌倉にドライヴしましょうか」那智は言った。「何もないとわかっていても、何だか行ってみたくなった」

「わたしも」と、わたしは言った。「文字に書いてしまうと、自分の書いた嘘が本当のように思えてくるわ。行きましょうか。まぼろしの〈太刀雄〉に逢いに」

わたしは、マロンを膝から下ろした。

聖女の島

プロローグ

暖かい陽射(ひざ)しを浴びて、めざめた。

窓から射し込む光の束(たば)は、デスクにむかってのび、そこに置かれた淡紅色の封書を浮かび上がらせていた。

小さい鋏(はさみ)は光の破片を降りこぼしながら、封を切った。

中の紙片も淡紅色で、書かれた文字は読みにくく歪(ゆが)み、光の中に流れ消えそうだが、あなたの助けが必要だ、という意味が読みとれぬほど不明瞭ではなかった。修道女は、立ち上がった。

I　修道女(マ・スール)1

1

夕陽を背後から浴び、黒々と浮き出た島は、紫金(しこん)色(いろ)のコロナにふちどられた。

〝黄昏(たそがれ)、陽が沈んでゆく〟

わたしの呟(つぶや)きは、エンジンの音と烈風に消される。操縦するのは本土の漁師で、島への定期船はなかった。

島。あれが、島と言えるだろうか。

〝だが、それは絶望した人間の最後の夕べのように、恐怖的なたそがれである。空は炎となり、フィヨルドは血の海となってうねる。橋、欄干、家、人の姿、すべて火炎のなかでゆらめく。固いものは溶け、溶け流れるものは凝固する。大気は粘り、厚い。地面は足の下でもち上り、沈む〟

ムンクの『叫び』を言葉にあらわしたイェンス・ティイスの文章を、わたしは諳じる。

〝叫びがひびきわたる。死の奈落のわきに立たされた人間の叫び〟

遠い汽笛を、わたしは聴いた。島が発した悲鳴のように、それはきこえた。

たとえば、砲弾に打ち砕かれ、坐礁し、そのまま化石となった巨大な軍艦。わたしの目前に近づきつつある島の姿は、それであった。

更に近づくと、島は、壊滅した城砦のような崩れた壁やねじ曲った鉄骨をくっきりと見せはじめた。舳先を半ば宙に浮かせ、わたしを乗せた船は、夜に追われ向い波追い波にもまれながら疾走った。

〝声は地獄のように赤い夕映えからひびき返る。否、この叫びは、ひとりのみじめな人間が死に面してあげた叫びではない。叫んでいるのは大自然である。海であり、大気であり、大地である。昼が、今、夜にのみこまれようとして、断末魔の声をはりあげているのだ……〟

島は、今、わたしの前にそそり立った。

島の東側に舟が進むと、東シナ海から吹きつける風は島自体にさえぎられ、波はややしずまった。

十メートルを越えるコンクリートの絶壁で、島の周囲は人工的に固められ、近づくにしたがって、波が打ちつけるその壁以外は視野に入らなくなった。

桟橋に船は接岸した。わたしの到着を待つように、女が、桟橋に立っていた。夕陽の光はここまで届かず、女の顔は薄墨を塗ったようだ。乳白色のビニールのコートが風にはためき、躰の輪郭をかくしていた。

女の背後に石積みの岸壁がそびえ、トンネルが黒い穴をあけていた。このトンネルのほかに、島の内部への通路は見当たらない。

船を下りるわたしに漁師は手を貸し、それから、身のまわりのものを詰めたバッグを手渡してくれた。修道会の灰色の制服の裾は汐に濡れ、脚にまつわる。

女はわたしに近づいた。わたしも歩み寄った。視線があったとたん、驚愕と憎悪が、女の顔を醜く歪めた。そう、わたしは感じた。

女は、わたしを突きとばし、方向を転じ、トンネルに駆けこんだ。わたしは仰向けにころびかけ、辛うじて踏みとどまった。船はすでに桟橋を離れていた。

トンネルをのぞく。中は漆黒だが小さい灯がちらちらしながら遠ざかってゆく。点灯した懐中電灯を持った女は、逃げながらわたしを導く結果になった。

トンネルの中の道路は、ゆるやかなのぼり坂を作っていた。

前を行く灯がふっと消えた。道がカーヴしていたのだ。道なりにわたしも曲がると再び灯が目に入った。

闇の中を二、三百メートルも歩いたかと思われるころ、行く手が明るみ、切りとられた弱い逆光の中に人影は黒くあらわれた。

トンネルを抜けると、いきなり烈風が叩きつけた。わたしは両足を踏み開いて、風に逆らった。

左手にコンクリートの四層のアパートの廃墟。右手は下の方に崩れかけた木造の小屋があった。

南北に細長い島の背骨にあたるような道の、南の端にトンネルの口はあいているのである。

道をはさんで東側は巻揚塔や倉庫の残骸が並ぶかつての鉱業場、西側は、コンクリートの崩れかけたアパートが密集する今は無人の居住地域である。

わたしに背を向け、女は、石段を上り、坂道を風に吹きとばされそうにふらふらと小走りに行く。乳白色のビニールのコートがはためき、女の躰の輪郭を曖昧にする。

うなじのあたりで短く切った髪が舞い乱れ、頭のまわりに逆立つ。

およそ五百メートルも、女のあとを追って行く間に、夕闇は海と空と灰色のアパート群を一つに溶かしこみはじめた。東側の旧鉱業場も薄闇に沈み、何か宙に架けられた道を行くような感じである。

　足もとを、何かがよぎった。小さい豚の仔であった。

　アパートは、採鉱夫や鉱山職員とその家族の宿舎として建てられたものがほとんどである。

　南北四百八十メートル、東西百六十メートル、面積六・三ヘクタール、周囲約一キロメートルというこの小島は、ひところは、海底炭田の採鉱場として繁栄し、最盛時は五千人を越える人々が密集して暮らしていた。

　最初は小さな岩礁であった。炭鉱のズリで埋立てひろげ、この大きさになった。というような知識は、わたしに備わっている。

　道の突き当たりの九階建ての建物に、女は入っていった。女の手にある小さい灯りを目当てに、薄闇の中をわたしも続いた。

　三階までのぼり、女は通路を左に折れ、一つの鉄扉を開け、中に入っていった。扉は閉ざされた。

　わたしは、その扉の前に立った。光は乏しいが、鉄扉が疥癬でも患ったように錆び、表皮が斑に剝げ落ちているのは見てとれる。のぞき窓と、郵便受けのスロットと、二つの細い開口部があり、のぞき窓は内側に鉄の蓋が下がっている。

　ノックすると、内蓋がもち上げられ、女の猜疑のこもった落ちつかない小さい眼がのぞいた。

　わたしを見さだめるように、女は、しばらく視線を動かさなかった。眼がやわらいだ。

　鉄扉は細めに内側に開いた。

「マ・スール！」

　女は、歓喜の声でわたしを迎え入れた。

「お寒かったでしょう。よく来てくださいました。あらあら、裾がぐっしょり濡れて。お召し替えにならないと。ストーヴを焚いていますから、すぐお乾きになるとは思いますけれど。まあ、わたしったら気がきかない。外にお立たせしたままで。早く、お入りになってくださいな。すぐ熱いお茶をおいれしますわ。まあ、靴も濡れておしまいになったのね。おみ足が冷たいでしょ。ストーヴの前にいらっしゃって。そのソファにお坐りになっておみ足をのばすと、ちょうどようございますわ。足台をここに置きますから。このくらいでよろしいかしら。クッションをね、背にお入れになって。あの……あの子たち、悪さはいたしませんでした？　ええ、あの……、燃してしまったものですから。ひどいこと。本当に。信じられないくらいひどいことですわ。ローズ・ティーがございますのよ。あの子たちを、ときどきここに招んでね、ご褒美にお茶をいれてあげて……。たくさん持ってきましたの。まだ残っているはずですわ」

聞きとれぬほど早口で脈絡のないことを絶え間なく喋りながら、女は、台所と居間の間をめまぐるしく行き来する。

「お恥ずかしいと思いますわ。こんなことになってしまって。自家発電の装置がここにはございますから。石炭はまだ豊富で暖房にはこと欠きませんし。ほんのちょっと助けていただけたら、きっと、また、うまくいきますわ。あの……わたし、お客さまをもてなすのが、ほんとに好きですの。さっきは、失礼しましたわ。わたしったら、馬鹿ですわね。姉と見まちがえてしまいましたの。でも、マ・スール、似ていらっしゃるわ。まさか、お姉さまじゃないわよね。ごめんなさい。違いますわ。マ・スール、あなたは威厳のあるお顔をしていらっしゃるわ。姉が修道女の服を……わたしったら、ほんとに、何を考えたんでしょう。姉は宗教心なんてこれっぽっちも持ち合わせちゃいません。俗世の事しか頭にないひとです。マ・スール、お笑いになります？　この年で、わたくし、いまだに……。お茶がはいりましたわ。おなかがおすきじゃないかしら。すぐに仕度しますわ。パンも、わたし、自分で焼きますのよ。もちろん、ご飯も炊けますけれど。ええ、食糧は大丈夫なんです。明日、倉庫をお目にかけます。鶏も飼っています。野菜も、あなた、菜園がありますのよ。舟着場からいらっしゃったらほとんど土がないみたいに見えるでしょうけれど、こちらの窓からごらんになれば、見えますわ。もう、だめね、暗くて。この島が炭鉱町だったころは、日に二回、本土から船便があって、野菜でも肉でも、はこんできたのだそうですわ。五千人もの人が暮していたのですものね。今は……。

わたしね、子供たちにすべて作らせることにしましたの。野菜も何もかも。いえ、それは、修道会の方針ですもの。あなたに御説明することはいらないわね。労働は、すばらしい療法。あの子たちは労働が嫌い……。

あの、生肉だけがね。いえ、鶏は別として」

「豚をみかけました」

わたしが女の饒舌をさえぎってそう言うと、女は小さい眼をいっぱいに見開いて、あれはあの子たちのペットなのです、と言った。

女は、いくぶん窶れて頬がこけ稜角がとがっているが、本来は丸顔であることを輪郭が示している。頬に肉がついたら、愛らしいとさえ言えるだろう。小心そうな小さい眼、きわだった特徴のない鼻、醜くはないが魅力的ともいえぬ口もと。会って別れたら、十分後には思い出せなくなりそうな、とらえどころのない平凡な顔立ち。絶え間ないお喋りは、逆上しきっているためだ。愚鈍ではなかった。

「靴下、おぬぎになります？　濡れていて気持悪いんじゃありません？　お茶、濃すぎまして？　ああ、あなたが来てくださって、どれほど……。あなたを姉だなんて、どうして見まちがえたのかしら。似ていらっしゃるわ。あなたは、もちろん、姉をご存じじゃありませんわよね。ごめんなさい。姉の話は、もうやめますわ」

淡いグレイの地味なセーターとタータンチェックのスカートは、眼尻に少し皺のある女を、流行に無関心なきまじめな女子学生のようにみせていた。

住まいは、二Kの造りである。入口に続いて板敷の三畳ほどの台所、その奥に並んだ六畳と四畳半の二つの和室は間の襖を取り払って一つづきにし、化繊らしい毛足の短い絨緞を敷きこんで洋風に使っている。四畳半の方に丈の低いベッド。わたしが通された六畳にはソファと小さいティー・テーブル。隅にライティング・デスク。家具はどれも一目で安物と知れる。二つの部屋をわける敷居のあたりにブリキを貼った台を置き、今ではめったに見ることのないダルマ・ストーヴが据えられ、石炭が燃えさかっていた。ストーヴの上の薬缶はさかんに湯気をたてていた。デスクの脇の書棚には、シモーヌ・ヴェイユの著作集、ピカートの『神よりの逃走』、エーリヒ・フロムの『悪について』、マレ＝ジョリスの『夜の三つの年齢』などが並んでいた。

デスクの前の壁に、フェルメールの『ヨゼフと少年イエス』の複製画が額に入れてかけられてある。

デスクの上の電気スタンドは、ピンクの布張りの笠をかぶせた、古くさいデザインのものだ。あまりに平凡なたたずまいは、女が禁欲的であろうとする意志のあらわれなのか、きわだった嗜好を持たないせいなのか。

「水は不自由しないんですの」と女は話題を変えた。

「井戸は水質が悪くて、飲めないんです。炭鉱が栄えていたころに本土から海底水道をひいたのが、まだ使えるので助かっているんですよ。今はこんなにひどい状態ですけれど、炭鉱町だったころは、その頃としては最新の技術が投入されて、いろいろな設備を作った、それがまだ使用可能なものが多いんです。修道会がここに施設を作るとき、壊れているものは整備しなおしてくださいましたし。あの……お風呂、いっしょに入ってくださいますわね」

女は、ふいに縋りつくような眼を向けた。

「お恥ずかしいんですけど、ずっと入っていませんの。怖くて。トイレはここにあるんですけど、お風呂は共同浴場なんです。これも炭鉱時代の遺物ですわ。あの子たちも、入りに来るんです。ええ、わかっています。わたしは、あの子たちを怖がってはいけないのよ。それではつとめを果たせませんもの。でも、わかってくださいますわね。わたくし、孤りなんです。あの子たちは……。わたくしが裸で入っているところに、あの子たちが入ってきたら……。

もちろん、女の子たちですもの。ひどいことは……。でも、あなた」

　言いざま、女は窓に近づき、カーテンをひき開けた。外は、すでに闇。何を抱くとも知れない。

「焼きつくしたのよ。火を放ったんです。あの子たちのための家に。木造の、かわいい家。修道会でわざわざ建ててくださった……。あそこに。あの広場に」

　悪い子じゃないんです、と女は強いて口調を変えた。

「みんな、かわいい、いい子なんですよ」

「家を焼いて、それがいい子？」

「お姉さま！」女は叫んだ。「ごめんなさい。あなたの眼が、いま、姉のように見えてしまった。わたし、どうかしているんだわ、ほんとに。そういうことって、ありますでしょ。並べて見れば、まるで似ていないのに、別々だと、こんがらがってしまう。あの……何を召し上がります？　パンでよろしいかしら。もし、おいやでなければ、パンを召し上がっていただきたいのよ。わたくし、今朝、いっしょうけんめい焼きましたの。ああ、きっと、今日あたり、来てくださるわ。わたくし、助けを求めたのですもの。わたくしは修道女ではないけれど、ずいぶん忠実な……。いえ、あの、パンのお話ね。焼きたてですと、香ばしくて、もっとおいしいんですけど、残念だわ。わたくし、お料理が好きなの。それも、好きな方に食べていただくのが。子供たちに食べさせるのも、たのしかったわ。でも、規則がありますから、あまりかってなことは、ね。それぞれの家に、お父さんとお母さんがいますでしょ。もちろん、偽のですけど。でも、家庭的、ってことが、あの子たちには大切なんですもの。わたくし、子供って、ほんとにかわいいと思うのよ」

「女の子しかいない〝家庭〟ね」

「ええ、それは、そう。でも、男女いっしょということになりますとね、どうしても……。男の子って、どうしようもなく暴力的ですもの。手に負えませんわ。秩序正しい、穏やかな……。まず、それが大切なの。ね、わかってくださいますでしょ。男の子を排除しているわけではありません。ある期間の隔離。すべての悪、すべての誘惑から。マ・スール、信じられます？　中学生の女の子が、セックス以外のことが考えられない状態にあるなんて。かわいそうな、かわいそうな子供たちですわ。でも、わたし、怖いの。ごめんなさい、取乱して。冷静に。そう、いつでも落ちついていようと……。こんなことになるなんて。わたしは、自分が救われるために……。パンでしたわね。トマトを入れたオムレツ、召し上がっていただけるかしら。まるで朝食みたいなメニューですけれど。以前はね、魚を釣りましたのよ、小舟を出して、みんなで。そりゃあたのしかったですわ。舟を全部、あの、処分してしまったものですから。しかたなかったんです。小さな釣舟で本土に渡ろうとして、舟がひっくり返って溺死したものが……。ええ、脱走兵です。女の子を〝兵〟と言っては、おかしいかしら。でも、あの子たちを、戦う兵士にたとえるのは、ちょっと気がきいているとお思いになりません？」

女は、高い細い声で笑った。

「自分の内なる悪と戦う兵士、という意味ですわ、もちろん。わたくしは、その指揮官というわけ。あなたは、将軍よ。強い……。策戦をたてましょうね。まず、呼び集めなくては。ジャングルに散った猿を呼び集めるみたいなものだわ。餌で釣る。何を餌にしたらいいの。あの子たちは、わたしが与えようとするものは何一つ欲しがらない。いいえ、必要なものは、とったわ。笑顔で。その笑顔が、嘘っ八。ああ、あなた、ひどい裏切りよ。愛情。何よりも大切なのは。無償の愛」

歯のあいだから、女は何かひどい罵りの言葉を吐きかけ、うろたえたように自制した。

「オムレツを作りますわ。キャベツは無農薬栽培よ。わたくし、自分がキャベツを作れるなんて、思わなかったわ。あの子たちは、労働が嫌い。大地の恵みはこんなにすばらしいのに」

女はせかせかと台所に戻り、食事の仕度にとりかかる。

三畳ほどの板敷の台所は、小ぎれいにかたづいていたが、前任者が住み荒らした痕跡は消しようがないらしく、換気ファンも戸棚も壁も、油汚れを癇性に削りとった努力が塗料までこそげ落とし疥癬病みの犬の肌を思わせた。

　ボールに卵を割り入れながら、女は、沈黙の重みを恐れるように、喋りつづける。

「ここに初めて着任したのは、夏でした。設備はすべてととのっていました。わたしを待ち受けるように。子供たちのためには、三棟の新築の小屋。いえ、小屋だなんて。家。そうですわ。ホーム。玄関があって――ふつうのうちと同じような、玄関。お父さんの部屋、お母さんの部屋。子供たちの部屋が三つから四つ。一つの部屋に三人ずつ。ま新しい畳。ベニヤ貼りの壁は安っぽいけれど、贅沢はここでは必要ないんですもの。質素で、質実で、しかも暖い。わたし、待ちましたわ、子供たちの到着を。力仕事やボイラー焚きのための雑役夫が二人、事務をとる職員が一人、そうしてわたし、四人がいっしょに先発したんです。わたしが、子供たちの家に住まないで、ここにひとりで住むことにしたのは、一つには『本部』が必要なのと、もう一つ、子供たちに不公平にならないためです。どのホームからも等距離な位置に、わたしはいなくてはいけませんもの」

　女の手は庖丁でトマトを刻む。手もとにちらちらするトマトのつややかな朱が、目に鮮やかだ。

「わたし、待ち焦れました。ああ、マ・スール、この島を取り巻く夏の海の、何てすばらしかったことでしょう。灼熱する真昼の陽。わたしは船着場に立って、子供たちを乗せた船を待ちながら、歌さえくちずさんでいました。夏の火焔のなかにさまよい出、失神するわたしの歌声。蜜色の光にまぶされた子供たちが海を渡ってくる。

　でも、子供たちが到着した日、あいにく、雨でしたわ」

　女は苦笑し、フライパンに流しこんだトマト入りの卵を菜箸の束でかきまわした。

「まあ、きれい。黄と赤が。わたし、物に色彩があることを、ずっと忘れていました。ここは、まるで、色が無いんですもの。灰色。建物も、地面も。白茶けた石の廃墟。無理よ。こんなところで、女の子に情操教育を。それも、並一通りの女の子たちじゃないわ。売春。盗み。恐喝。九つから十三、四よ。義務教育。修道会の本部は……」

　はっとしたように女は口をつぐみ、流れ出てしまった言葉のゆくえを追うように怨めしげな眼をさまよわせ、

「オムレツって、火加減が、ね。プロパンですから、火の調節がちょっと都市ガスとちがうんですの。はじめのころ、失敗しましたわ」

　オムレツを半分に切りわけて二枚の皿にのせ、女は流しの下の籠からしなびたキャベツを出した。葉を二、三枚むしりとり、蛇口の水を丹念にかけ、細く刻んでオムレツの脇に添え、ティー・テーブルにはこんできた。

「ケチャップを切らしましたの。お願いすればよかったわ。ついでに持ってきてくださるように。ああ、あたしったら！　ケチャップどころじゃないのよ。まず、家！　子供たちの。でも、もう、わたしは厭！」

　激しかけ、女は自制した。

　朝食のように簡単な夕食のあいだ、女は話題を探し快活に喋ろうとしてはどうしても気がのらないというふうに投げ出し、とうとう黙りこんだ。ひどい疲労が、眼もとの皺を深くした。

　窓の硝子戸が音をたてた。何か大きなものがぶつかったような音だ。しかし、女は――怯えきっているような女は――意外に平然としている。

「海猫ですわ。ときどき硝子にぶつかるんです。馬鹿ね」

　と、ほほえみさえした。

　皿を洗うのを、わたしは手伝った。

「さあ、お風呂」

　重大な決意をして自分をはげますように女は言い、

「洗面用具、お持ちになりました？　足りないものがありましたら、お貸ししますわ」

ご心配なく、とわたしは言った。

「そうですわね。ごめんなさい、よけいなおせっかいを言ってしまいました」

女は、のろのろと、台所の戸棚の抽出しからタオルを出し、下の開き戸を開けてそこからは石鹸の入ったプラスティックの桶を出した。そうして、デスクの前の椅子に坐りこみ、桶を膝にのせた。その動作は、いくぶん放心しているようにみえた。

「夏でも、海の上で雨に打たれつづけたら、腹が立つくらい寒くて、不愉快になりますわ。子供たちは、皆、不きげんでした。

子供たちといっしょに、お父さん、お母さんも、ポンポン船に乗っていました」

ポンポン船て、かわいい呼び名ですわね、と女は笑い、

「もちろん、偽のお父さん、お母さん。ホームは三つですから、お父さんもお母さんも、三人ずつ。修道会から選ばれてきた人たちです。そうして、三十人、いいえ、正確には、三十一人だったわ、三十一人の子供たち。少女。今は、二十八人です。三人、死にました。誰と誰が死んだか、わたしはまだ、修道会に報告はしていません。やり直させていただきたいのよ、始めから。あの子たちを呼び戻して。死んだ子たちのことじゃありません。死んだ者を呼べるわけは……。ええ、〝永遠の生命を信じます〟と、わたし誓いましたわ。洗礼を受けるときに。でも、それとこれは……。お風呂に行かなくちゃ。でも、その前に、マ・スール、あなたに承知していただいておいた方がいいかと……。

二十八人、いいえ、三十一人の子供たち。

ああ、五十人いようと、百人いようと、あの子は、目につきますわ。すらりと背が高くて、そうして、あの眸！　何かとんでもない不幸が、あの子をああまで美しくしたのではないかと……。

わたしの姉も、小さいときから、きれいな子と言われていました。いいえ、あのひとは、水ぶくれの……。ごめんなさい。あなたは、姉に似ているけれど、すばらしく魅力的です。あの子とはまた違った

美しさですけれど、どう違うか、説明する言葉をわたしは持ちませんわ。

一番、年かさです、あの子。来たときは、十四でした。今年の六月で十五になりました。誕生日、六月七日です。はっきりおぼえています。

濡れそぼった子供たちは、船を下りると一かたまりになって、わたしに視線を向けました。敵意のこもった視線の束が太い棒になって、わたしをなぐりつけました。わたしは、笑顔をつくりました。待っていたんですもの。たのしみに。もちろん、不安もありました。あの子は、最後に下り立ちました。そのとき、お父さんの一人が、あの子に手を貸そうとするのを、わたしは見ました。あなた、一番年かさの、体力だってある、しっかりした子ですよ。手を貸すなら、もっと小さい子に。そうじゃありませんこと。最年少は、九つでした。その年で、もう、矯正の必要な犯罪者ですよ。神さまは、何て不公平な……」

女は、こぼれた言葉をかくそうとするふうな身ぶりを、無意識にだろう、した。

「手を貸そうとしたお父さんは、山部国雄です。わたしは、山部とあの子は別のホームにしなければ、と、すぐに思いました。でも、籤でしたから。ホームの割りふりは。子供たちは年齢の配分がかたよらないように三つにわけ、それぞれ最年長のリーダーが、1、2、3、と番号をしるした籤をひいたのです。

お父さんとお母さんは、頭字のアルファベット順に、1、2、3、です。

お父さんは、青山総三、加藤守也、山部国雄。お母さんは、福原芳枝、石井純子、木島けいです」

女は、よどみなく名を並べあげた。

「もちろん、籤引は、集会所に皆集まって、自己紹介やら何やらすませてから、しました。集会所も焼けましたけれど、これは半焼ですみました。使おうと思えば使える状態です。明日、ごらんになってください。

そういうわけで、山部国雄は、ナンバー3なんです。そうして、梗子は、3の籤を引きあてました。桔梗の梗と書きます。あの子の名前です。浅妻梗子。

マ・スール、ご存じではないでしょうね、『浅妻船』を。琵琶湖の東の岸に朝妻の渡しというのがあったのだそうですわ。そうして、浅妻船は、遊女をのせる売色船の別名でした。

あの子に、何てふさわしい姓でしょう」

女がお喋りをつづけている間に、わたしはバッグから着替えの下着やらタオルやらを出し、用意をととのえていた。

突然、話を打ち切り、

「まいりましょうか」

女はタオルの端が垂れたプラスティックの桶をかかえて立ち上がった。

そうして、わたしに眼を据えて、

「もちろん、ご存じと思いますけれど、わたくしは、矢野藍子と申します」と名乗った。

2

藍子の持った大型の懐中電灯で足もとを照らしながら、階段を下りた。わたしの靴は水がしみているので、藍子はサンダルを貸してくれた。空洞の壁を叩くような足音がひびいた。

「滑りますから、お気をつけになってね。あの……修道会の方針に批判的なことを申しますようですけれど、わたくし、外灯は完備すべきじゃないかと思いますの。できるだけ自然のままの生活をさせることが望ましいと、上層部はお考えのようですが、この島自体が、きわめて人工的なものでございましょう？　たとえば、信州の高原地帯などでしたら、自然のままの暮らしということも、ある程度可能かと思います。でも、あなた、鉄と石の廃墟。ここでの自然って、本質的に、何なんでしょう。ここを子供たちの矯正施設の場としてお選びになったというのは……。

子供たちが、この場所から感じとるのは、〝隔離〟です。まるで手に負えない伝染病患者みたいに……。ええ、あの子たちは、たしかに、隔離が必要です。いろいろな誘惑から隔離しなくちゃいけないわ。麻薬、犯罪、性、酒、煙草、度を越えた陶酔。ある期間強制的に隔離することによって、治癒させる、という処方は正しいと思います。

でも、この闇は、いけません。いけませんよ、あなた」

藍子は、さっきの哀願するような声音とはうってかわった、断定的な口調で言った。

「わたくしの部屋をあそこにしましたのはね、ホームや集会場のある広場を一目に見わたせて掌握するのに都合がいいからでもあるんです。もっと、きれいに保存されている棟もあるのですけれど、広場から離れすぎていては困りますので。お父さんお母さん以外の三人の職員は、集会所にそれぞれの部屋を持っています。今も、そこを使っています」

藍子は、少し急きこんで言葉をつづけた。

「放火のこと、子供に死者が出たこと。なぜ、すぐに連絡しなかったのかと、お責めになるでしょう。ええ、わかりますわ。それについては、後でゆっくり御説明します。時間は十分にありますものね、わたしたち」

〝わたしたち〟という言葉が、藍子は気にいったようで、

「わたしたち、ごいっしょにお風呂に入るのね」

と、笑顔を向け、再び、道に迷った子供が助けを求めて縋りつくような表情をみせた。

建物に沿って、藍子は、光の輪でわたしの足もとを照らしながら進む。わずかな距離の間に、道は、崩れた石段になったり、坂をのぼったり下りたり、めまぐるしく変る。

建物が密着した細い路地を、壁に躰を這わせるようにしてすり抜ける。

「暗くておわかりにならないでしょうけれど、昼間、この辺りをごらんになったら、びっくりなさるわ。ゴースト・タウン。建物の死骸。いえ、建物が、か

ってに生き始めたんだわ」

　西から吹きつける風は、きしるような音をたてて建物の間を吹き抜ける。

　甲高い悲鳴のような音が、わりあい規則正しい間隔をおいて聴こえる。

「硝子よ」と、藍子は言った。

「割れてぶらさがった硝子が、窓に残った硝子を、風が吹くたびにひっかくんです。シンバルを叩くような音は、小屋の屋根からはがれたトタン板が風に煽られているんです。島は賑やかですわ。昼も夜も、無機物がこうやって合奏しています。不愉快な音楽。人間のリズムを無視した。人間とは違う生を、島は生き始めたんだわ。人間が廃棄したそのときから」

　この建物の地下に、と藍子は言った。

「共同浴場は、あるんです」

　入口を照らす懐中電灯の光は、その脇に生えた羊歯の白茶けた一群らを捉えた。

「ボイラーマンが、毎晩、お湯を沸かしていますの。それが、ボイラーマンの仕事ですから。コークスは倉庫にいっぱいあります。最後の審判の日までお風呂を沸かしつづけることができるくらい」

　冗談めいた言葉を、きまじめに藍子は口にした。ユーモアは、この女から欠落していた。

「中は三つに別れています。二つが男風呂、一つが女風呂。使っているのは、小さい女風呂だけです。あの子たちが来ていないといいけれど……」

　この建物の地下に下りる階段には、豆電灯がともっていた。

　下りきったところの広い土間の両脇に、棚を仕切っただけの下駄箱が作りつけられている。履物はおいてないようだった。藍子は、ほっとしたような笑顔をみせた。

　がらんとした脱衣所は、蛍光灯がついていた。木製のロッカーが壁付に備えてある。わたしたちは服を脱ぎロッカーにおさめた。

　藍子の躰は肉づきがよかった。肩と胸は小さいが腹から腰にかけてなだらかにふくらみ、つつしみ深い言動を裏切るように皮膚の下で気まぐれに繁殖した肉が、虚(むな)しい媚態(コケット)を誇示していた。

ゆったりと広い湯舟に肩まで身を沈め、藍子は満足の深い吐息をついた。眼を閉じ、躰が享受(きょうじゅ)している愉楽(ゆらく)の饗宴(きょうえん)に浸りこんだ。

湯の面には、天井の蛍光灯がうつって揺れていた。

「久しぶり。久しぶり」と、流し場で躰を洗うときになって、藍子はようやく声を出した。

「放火の後、あの子たちとお風呂でいっしょになったとき、わたくし、……ほら、温泉でありますでしょ、猿が野天風呂にいっしょに入っている、あんな気がしちゃったわ」

「向うも、あなたといっしょに入って、そう感じたかもしれないわ」

わたしの皮肉を、藍子は敏感に受け止め、

「あの子たちを猿にたとえたからって、おとしめて言っているわけではありませんのよ」

と、抗議した。

「了解不能の異質な存在、という意味ですわ。わたし、理解しようとつとめました」

喋りながら、タオルを持った手は丹念に泡まみれの躰をこすっている。

「ホームを焼いて、あの子たちは、群れそびえるアパートの残骸(ざんがい)のあちらこちらに散って……」

わたしと藍子は、洗い場をはさんで背を向けあい、それぞれの蛇口の前に腰を据えている。水銀がまだらに剝げた鏡が、蛇口の上の壁面に貼られ、向かいあった鏡に、わたしと藍子の顔が、無限にうつっている。

藍子は、桶の湯を肩からかぶり、躰の輪郭をふくれあがらせた泡を流すと、ふいに、わたしの隣に寄ってきて、ひそめた声で、

「あとで、いろいろお話ししますわね」

と囁(ささや)き、もとの場所に戻った。

そして、躰を丸め、髪を洗いはじめた。

背を向けあったわたしと藍子の間を、人の通りすぎる気配がした。鏡に白い躰がうつった。

ふりむくと、少女が湯舟の方に歩いてゆく。

皮膚の下を乳と蜜が流れているかと思えるような、

滑らかさ、白さだ。湯舟のへりをまたぎ越し、躰を浸した。わたしも、湯に入り、少女と眼を合わせた。

少女は、わたしに笑いかけた。好意がこもっているのか、儀礼的な笑顔かわからなかった。白桃のような頬に、うすく血がさしはじめていた。少し赤みを帯びた長い柔い髪を頭の上に巻き上げ、ピンでとめている。細い首にまつわったおくれ毛が胸乳の方までのびている。

湯の面の下で、少女の胸や腹は蒼白くゆれた。

わたしが先に上がり、脱衣所で躰を拭いていると、そそくさと藍子が上がってきた。

濡れた短い髪は頭にはりついていた。

藍子はわたしに肌が触れるほど近づき、

「あれは、蓮見マリという子です。あれで十四。ませているでしょ。おなかに分娩のあとの筋があるの、見ましたか」

と囁いた。

3

灰をかぶった石炭を藍子が火掻棒で突きくずすと、赫っと内側が輝いた。黒い石炭を手でつかんで、藍子は三つ四つ投げ込み、蓋を閉めた。

「贅沢ですわね、石炭の暖房。この赤い火が好き。わたしがここで耐えていられるのは、この火のせいかもしれませんわ」

そう言って、藍子は大きく息を吸いこみ、

「ああ、湯上がりのにおいも好き」

とつづけた。

「こんな小さなことが、ほんとに、わたしを倖せにしてくれるわ。ね、マ・スール」

いくらか、藍子は気分が鎮まっているようにみえる。

「さっきお約束したことを、お話ししますわ。聞いてください、マ・スール。とっくに報告しなくてはいけないことを、わたしは黙っていました」

「蓮見マリという子、きれいですね」

わたしは言葉をはさんだ。

「きれい？」

藍子は苛立たしげに眉をひそめた。

「きれい？　ああいうの、きれいっていうのかしら。それはまあ、かわいい顔だちかもしれませんけれど、ざらにあるんじゃありません？　わたしの姉だって、あの子より。マ・スール、あなたの方が、蓮見マリとはくらべものにならないほどすてきです。すてき、って、安っぽい言い方ですわね。あなたは、御自身を明確に把握しているという勁い感じがありますわ。姉も強かったけれど、あのひとは、ただ、我儘で癇癪もちなだけ。でも、かわいげのあるきれいな子だったから、誰も、姉の欠点には気づかなかったわ。母でさえ……母というのは、継母ですけれど……。あんなにいじめられながら、姉の悪意にはなかなか気がつかなかったのよ。父はもう、姉を溺愛して……。

マ・スール、こういううたをご存じ？」

そう言って、藍子は、詩とも俚謡ともつかぬ詞をくちずさんだ。

　姉は血を吐く　妹は火吐く
　可愛いトミノは宝玉を吐く

「異教の悪徳を秘めたようなうたですわね。その後、こう続きますの」

　ひとり地獄に落ちゆくトミノ
　地獄くらやみ花も無き
　鞭で叩くはトミノの姉か
　鞭の朱総が気にかかる
　叩け叩きやれ叩かずとても
　無間地獄はひとつみち

轟々と石炭は燃えさかりはじめ、放心したような眼を火に投げる藍子の顔を赤くゆらめかす。

　暗い地獄へ案内をたのむ
　金の羊に、鶯に
　革の嚢にゃいくらほど入れよ
　無間地獄の旅仕度
　春が来て候林に谿に

くらい地獄谷七曲り
籠にゃ鶯、車にゃ羊
可愛いトミノの眼にゃ涙
啼けよ鶯、林の雨に
妹恋しと声かぎり
啼けば反響が地獄にひびき
狐牡丹の花が咲く
地獄七山七谿めぐる
可愛いトミノのひとり旅

「子供のとき、読みおぼえたうたですけれど、〝姉〟を〝母〟といれかえたら、わたくしにぴったりだなあと、子供心に思いましたのよ」

〝母〟は、〝継母〟です、と、また藍子は言いそえた。

「生母は、わたくしが三歳の春、死にました。結核だったそうです。入院はせず、自宅の離れで療養していました。付添い看護婦として住みこんでいたひとを、母の死後、父は後妻にしたのです。そのとき、六つだった姉と三つだったわたくし、そうして父自身の世話をさせるためにね。継母は、それを光栄だというふうに感じるひとだったんですわ。

姉は、亡くなった母にそっくりだと、皆言います。わたしは写真の母しか知りません。母の病室にわたしは入ることを許されなかったようですわ。

写真の母は、きれいです。〝あえかな〟という形容詞がよく似合う。華奢なからだつきではないんですのよ。どちらかといえば大柄で骨の太い、それなのに、どうしてあんなにひっそり淋しげな……。淋しくて、しかも華やかな。大輪の白い芙蓉。マ・スール、こんな話は、ご退屈かしら。花だの芙蓉だの、気恥しいような言い方ですけれど、わたしの語彙は貧弱で、こんなありふれた形容しか思いつけませんの。でも、ありふれた言葉というものは、誰にでも通じ、共通のイメージを喚起させるキーワードではありませんかしら」

藍子は再び沈黙の中に落ちいった。

「ですから」と、突然、言った。

「わたくし、失敗したままで終わらせることはできないの」

途中の脈絡を欠いていた。

母が三歳のとき、死んだ。継母が、きた。父は亡母に似た姉を溺愛した。

そのことと、現在の仕事を失敗に終わらせることはできない、ということの間の欠落。

了解不能な欠落ではなかった。

「去年の夏から、短い間に、いろいろなことがありました。死者も……。それを一々報告したら、わたくし、免職になりますわね、当然。やり直させてください」

赫っと輝く火をみつめながら、藍子は呟くように言った。

やり直させてください。やり直させてください。

「マ・スール、あなたは、助けを求めるわたくしの願いに、即座に応えてくださいました。何も訊かずに。とにかく、来てくださいました。わたくしを救ってくださいませ。やり直すこと。もう一度最初から。ホームを作り直し、あの子たちを集め……。最初からというわけにはいきませんわね。死んだ三人の子供は取りかえしがつかない。

中断したことの再開。

そう、続きを始めさせてください。

三人は、脱走しようとして、小舟を盗み、舟がくつがえって死にました。

もう、それは、どうしようもない事実。その先を、続けさせてください。

子供たちを救うことが、わたくし自身の救いになるんです。このまま解任されたら、わたくしは、もう……」

執拗に訴える藍子は、狡猾な子供が、甘えられる相手を見さだめると、ききわけなく言いつのるさまと似ていた。

しかし、藍子が溺れかけているのだと、わたしにはわかる。助かるためには、死にもの狂いで、手に触れるものにしがみつく。

藍子の狡猾さは、自分が狡猾であることを全く意識しないところから生じていた。

わたしが一言も咎めないと見てとると、藍子は活気づいた。

「修道会に連絡して、もう一度、ホームを建て直していただけます？　簡単な小屋でいいんですわ。ごく質素な、たとえば、飯場のプレハヴ小屋のようなものだって……いいえ、木造の方が、暖かみがあってよろしいわ。まわりがこんな殺風景なんですもの。せめて……。三人のお父さんと三人のお母さんも、それを望んでいます。明日、ご紹介します」

藍子の声が、少し自信無げな様子になった。

すぐに、気をとりなおしたふうに、

「本部から視察の人をよこしたりしないように配慮してくださいませ。お願いします。この現在のありさまを見たら、わたくしはその場で解任されます。それは、わたくしに、生きる価値は無い、と宣言なさるのにひとしいわ。おまえは、〝無〟だ。おまえは、〝無〟だ。おまえは、空のずだ袋だ。

誰だって、最初は、失敗するんじゃないでしょうか。試行錯誤を重ねて、少しずつ、理想に近づいてゆく。

あの子たちだって、今のままで満足しているはずはありません。人には、放縦をのぞむ気持と同時に、律せられたいという感情もあるんですわ。向上していきたいという感情が。規律のある暮しの方が快いということに、あの子たちも、気づき始めているころです。

ここに、十分な資材さえあれば、本部に救援を求めなくとも、わたしたちの手で小屋を建て直す努力をするところです。本土からはこんでもらわなくては……。

でも、たとえ資材がここにあっても、わたしには、マ・スール、あなたが必要でした。

あなたのように、ゆるぎない意志と信仰を持った方の力添えが、わたくしには。

わたくしは、洗礼は受けましたけれど、あなたのように徹底することはできず、俗界にとどまっています。一すじ、退路を残しておくようなやり方。自信がないのです。

あなたが、いてくださる。今度は、うまくいきますわ。成功させなくては。

あの子たちに必要なのは、愛情。

わたくしね、愛情がどんなに必要なものか、それだけは、身にしみて知っています。

だからこそ、与えることもできる。

明日から、又、始まる。また、わたくし、始めることができる。

憩(やす)みましょう。明日に備えて。

マ・スール、ベッドをお使いになってください。わたくしは、ソファで寝ます。あなたもわたくしも、贅沢な快楽はいらないのよね。

眠りは誰にでも平等に訪れますわ。あのかわいそうな継母(はは)も、眠っているあいだは……。悪夢？　ええ、もちろん。でも、一晩じゅう見ているわけじゃない。夢のない眠り。眠りと死は兄弟だって、言い古された言葉。わたし、死については考えないわ。考えようと考えまいと、死は必ず、眠りと同じように」


とめどなく、藍子は、意味のないお喋りをつづける。夜が更(ふ)ける。

人の、気配。遠く、かすかではあるが、群れ、ざわめき、ひそひそ囁き、笑い……。風の音に混って。

ああ、たのしそうな。

4

「ねえ、どれがいいとお思いになって？」

朝食のあと、藍子は、寝乱れをととのえ直したベッドの上に、テーブル・クロスを三枚、それぞれ半ひろげにした。

六畳の押入の下段に、三尺幅の押入簞笥(たんす)が嵌(は)めこんである。クロスはその抽斗(ひきだし)から取り出された。

三枚とも、似たりよったりのデザインで、どれを選ぼうと大差はない。中央を白くあけ、縁(ふち)に薔薇(ばら)の連続模様をクロス・ステッチしたものである。手作りだと、藍子は言った。

わたしは、窓の外を眺めていた。

藍子が使用している部屋は、コの字型の建物の東北の隅にあり、ちょうど、広場を見下ろすことができる。

島の最東北端を占める広場は、北と東を防波堤で海とわかたれ、西は病院棟、南は小中学校の建物で仕切られ、その西南の隅に藍子が使っている建物の東北の一劃がくいこんでいる。病院棟も学校も、もちろん、廃墟である。

広場の中央には、ホームの残骸だろう、焼け焦げた木材の山があった。たいした量ではない。建物が三棟もあったとは思えないほどだ。左手に、半焼の建造物が残っている。石造りなので焼け落ちないですんだのだが、火の痕が壁に黒く這っていた。

「ねえ、どれがいいかしら」

藍子がまた言うので、いい加減にまん中のを指すと、

「そう、やはりこれね。わたくしもそう思ったわ。きっと、これをお選びになる、って」

あとの二枚を抽斗にしまい、わたしが選んだ一枚を、いそいそと、というふうに抱え、

「まいりましょう」

と藍子はうながした。

一晩ストーヴのそばに置いたので、靴は乾いていた。

並んで階段を降りると、藍子の頭はわたしの肩より少し上にあった。

背中をきりりとのばしてお歩きになるのね、と藍子は感心したように言った。羨望と嫉妬がかすかにかくされていた。膝の裏をのばしたわたしのためらいのない歩きかたをまねようとし、藍子はすぐにあきらめて、もちまえの猫背の姿勢になった。

窓から見下ろせば、広場はすぐ目の下にあるのに、密集する荒廃したアパート群のあいだの迷路のような道を廻って行かなくては、たどりつけないのである。

ほとんどが七階、九階といった高層の建物であり、それらが雑然と林立する間を、汐をふくんだ重い風が壁をゆるがせ、わずかに残っている窓硝子をきし

ませて通り抜ける。

夜の闇がかくしていた荒廃を、朝の光はあざやかにきわだたせていた。空は、切れ切れに切りとられ、廃屋の隙間に貼りついていた。地をおおったコンクリートの割れ目からのびた羊歯は、猛々しかった。

建物をつなぐ、空中のブリッジ、錯綜した階段、青黒い錆が苔状に盛り上がった鉄扉、道を曲ると突然あらわれて行手を遮る岩盤、それらは、監獄めいた印象を与えた。

そう、この荒寥とした建物群がわたしに思い起こさせたのは、十八世紀の画匠ピラネージが残した『幻想の牢獄』と呼ばれる一連の銅版画であった。

ピラネージの牢獄は、石の見た悪夢ともいうべき、時と空間の歪みによって生じた廃墟である。裂けた岩、砕けた煉瓦、崩れた丸天井、張り出して宙吊りになった梁脚、たどりつく場所のない虚しい梯子、それは強迫観念の産物のように幾重にも繰り返されて架け渡され、上るものは眩暈の空間に突き放されるのだ。もつれ乱れた回廊もまた、天空が即ち奈落であることを示す役にしかたっていない。鉄鎖、綱、滑車、巻揚機、木挽台、これらの建設用具は、ある悪意の浸透により、すべて一種の拷問具に変貌させられている。

大雨が降った後なのか、水たまりだらけだ。泥水をはねとばして、小さい動物が目の前を走り過ぎた。仔豚らしい。

「おかしいわ」

藍子はついに立ちすくみ、とほうにくれた表情をみせた。

しかし、切羽つまった様子ではなかった。

「大丈夫。やり直せばいいのよ。わたし、ときどき道がわからなくなるの。高いところから見下ろせば、一目瞭然でしょう。わたくしの部屋の窓から見下ろしたら、広場はついそこにあるでしょう。ところが、地面に下りると、ほら、こんなに、壁が行手をさえぎって、今立っている足元しかわからなくなってしまうんですもの。ところどころに地図を貼り出して、現在地、ここ、という印でもつけなくちゃと思うくらいよ。でも、もとの所に戻って、やり直せば。原点に戻る、って、よく言うじゃありません。抽象的な意味に使われる言葉ですけれど、現実の行動においても、そうなのよ。基準になるポイント。それをしっかり把握していさえすれば、何も心配はないんだわ。試行錯誤。道は、必ず、あるのよ。

わたし、子供たちに、よく、それを言いますの。あなたたちは、やり直せばいいのよ、って。一番、基の地点に立ち戻ってごらんなさい。地点というのは、継続した時間のある一点、という意味ですけれど」

藍子のとりとめない饒舌が、また始まった。

喋りながら、藍子は道を引き返す。片手にテーブル・クロスを抱え、あいた片手はいつかわたしの手を握っていた。弾力のある、ずんぐりした指だ。

「ほら、ここで間違えたんだわ。同じような建物、同じような路が並んでいるから、いつも間違えてしまう。ここに住んでいた人たちは、よく間違えなかったものだわ。でも、人が大勢住んでいたころは、建物は、画一的に造られていても、それぞれ、独特の体臭といったものを放っていたのだと思いますわ」

視線を、わたしは感じない。子供たちは、今、このあたりの建物にひそんではいないらしい。

「三棟のホームも、全く同じ造りなのに、生活がはじまったら、それぞれ貌が違ってきました。おかしなものね」

泥まみれの仔豚が走り過ぎた。

西岸の岸壁に沿った道に、わたしたちは、いつか出ていた。

桟橋や鉱業場、広場のある東岸にくらべ、西岸はいっそう荒れすさんでいる。

高い防波壁にさえぎられ、海は見えないのだが、鈍いが底深い音と共に、壁に打ち当たった波しぶきが、アパートの四階、五階の窓にまで降り注ぐ。

「反対側に来てしまったわね」

わたしが言うと、藍子は、具合が悪いのをごまかすような笑いを見せた。

「あなたが、わたしと二人で歩いていたいものだから、道が果てしなくのびるんですよ」

わたしの言葉に、藍子は、すてきな冗談をきいたというふうに、少女のような声をたてて笑った。

「ほんと。マ・スール、よく見抜いていらっしゃるわ。わたし、たぶん、職務に戻るのがいやなのよ。こんなことを言ってはいけませんわね。わかっています。でも、いつもいつも立派なことばかり言ってはいられないわ。時には、何もかも放り出したくなります。実りのない……。一人で静かに……。でも、それも地獄。軽々しく口にしてはいけない言葉ね。マ・スール、あなたと二人で歩くのは、快いわ。いつまでも、こうして歩いていたい」

「だからといって、行きつかない道を歩きつづけるわけにはいかないのでしょう。あなたは、やり直すと言った」

「そう。ええ、そうなの。……ああ、子供たちより手古ずるのは、お父さん、お母さんたちよ」

藍子は防波壁の裾にうずくまり、頭をもたせかけた。

「この石の感触が好き。守られている、という気持が強まるわ」

狭い石段が、壁の上部にのびている。

「父は、よく書斎で仕事をしていたの。子供のころ、ドアをノックするでしょ、姉がノックすると、父は、『お入り』と言うの。ノックするのがわたしだと、『何の用だね』。用がないことだって、あるわ。何となく父の顔を見たいとか……。何の用だね。わたしはドアの外で立ちすくんで……」

わたしは、裾をたくし上げ、石段を上った。

「堅い樫のドアだったわ。マ・スール！　止めて！　お止めになって。危いわ」

壁の厚みは、六十センチほどある。上に立ったとたんに、しぶきと風が叩きつけてきた。

六十センチという幅は、歩行に十分だ。平面に六十センチ幅の平行線をひき、その中を線を踏まずに歩くのは、何の困難もない。

烈風が、いささか危険を加えた。吹き落とされないために、反対側に少し重心を移さねばならない。風は海から陸に吹きつけてくるのだから、重心は海側におくことになる。

風は呼吸している。強く、弱く、リズムを持って。危険なのは、弱まったときだ。吹きつける強い力にささえられたバランスが崩れ、躰は海にのめる。

ほどよい緊張感を快く味わいながら、わたしは防波壁の上を歩を進める。藍子はそれに従って下の道を歩みながら、「マ・スール、マ・スール」と、感嘆の声をわたしの足もとにまつわらせる。

波もまた、風と共に呼吸していた。低い波が数度続いた後に、突如、防波壁も乗り越えそうに盛り上がり、壁をゆるがして砕け、しぶきは視野を覆う。一瞬、水中にあるような錯覚を与える。

睫毛を濡らした雫を払ったとき、鏡の前に立ったように、わたしの前方に、人の姿が向かいあっていた。

わたしと同じように壁の上に立ち、こちらに歩み寄ってくる。

波しぶきは二人の間を遮り、また引いた。遮られ、顕れるたびに、人影は大きく鮮明になった。

フードのついた灰色のコートを着た少女であった。コートは、修道会からホームの少女に支給された制服である。フードはかぶらずうしろに垂らしている。

「梗子！　下りなさい」

藍子が命じた。これまでに聞いたことのない、威厳と落ちつきを備えている。逆上しやすい小心な女の咽から出た声のようではなかった。

しかし、浅妻梗子の冷静さと威厳は、藍子を凌いでいた。そう、わたしの目には見えた。

浅妻梗子とわたしの間の距離は狭まり、高く上がったしぶきが去った後、二人は、手をのばせば触れ合うほどのところにいた。

梗子の浅黒い額に濡れた髪が貼りついていた。梗子の顔は、奇妙にアンバランスだ。いたずらっ子めいた表情ゆたかな眼と、意志の強さを示す角ばった顎が、不釣合なのだ。微妙な曲線を持った唇は、鋭い警句や皮肉やユーモラスな冗談を吐くのにふさわしく見えた。

わたしは、左手で裾をたくし上げたまま、右手をさしのべた。

梗子の眼は快活に笑ったが、口元は不信感を消さず、少し間をおいてから、右手をのべた。

二つの手は、風に邪魔されて、ふらふら動き、それから握り合わされた。

しぶきが、かかった。

わたしは、握手した手と裾をたくし上げた手を入れかえた。そうして、躰を道の方に向けると、梗子もすぐに悟って呼吸を合わせた。

わたしたちは、とび下りた。

下り立つと、梗子はすぐに手をはなし、廃墟の迷路に去っていった。

「梗子、お父さんは、小会議室に行きましたか」

藍子が大声で呼びかけた。返事はなかった。梗子は見えなくなった。

「梗子、皆に……」

と言いかけ、藍子は言葉をのみこんだ。無視されるとわかっている命令を口にするのは屈辱だ。

無表情なアパート群を右手に防波壁の内側の道を行くと、道は北端でカーヴし、ほどなく、ホームの残骸が散る広場にあらわれた。

半焼けの建物は、集会にも使われていた礼拝堂で、ホームと同様、修道会が建てたものである。

建物の正面の扉は木製だったために焼失していた。島の建物は鉄筋コンクリートだが木材を使った部分が多い。窓枠や手摺、廻廊などは皆、木である。鉄は、塩分に腐蝕され、じきに役に立たなくなるのだった。しかし、鉄より強い木も、島が無人になって以来の年月のうちに朽ちはて、落下し、廃墟のそここに廃材の山を作っている。

礼拝堂は、新築なのだが、火を浴びた今は廃墟としっくりなじんでいる。

礼拝堂の裏に、集会室、職員会議室、事務室、職員の私室などが付随している。

礼拝堂の部分は火が入り、祭壇などは焼けくずれ、使用に耐えない状態である。

「だいたい、あまり宗教色を強調しない造りになっていましたのよ。子供たちの中には、宗教の押しつけを非常に嫌うものもいて、逆効果を及ぼしかねませんから。それも、本部の方針でしたわね。ずいぶん柔軟なことだと、わたくし驚いたものですわ」

高窓の硝子は割れ、コンクリートの床に水が溜まっていた。

焼ける前はどんなふうだったのか、想像力で復元するのがむずかしいほどだ。何にしても、欧羅巴の礼拝堂に見られる荘重さ、神秘感は、望むべくもない。風土になじまぬものを、形だけ辛うじてととのえ、根づかせようとしているのだ。

奥の通路は、途中から床板が残っていた。焦げた部分は取りのぞいてある。そこでわたしたちは靴を脱いだ。

通路の右手、礼拝室の裏にあたる部分が、小会議室で、職員たちが集まっていた。

中央の楕円形のテーブルに、藍子は、クロスをひろげた。雰囲気を和ませるという藍子の意図は、ほとんど効果がなかった。

殺風景な教室のような部屋に、クロス・ステッチのテーブル・クロスは、ただ不似合なだけであった。八人の職員が、無表情に、黙って、わたしたちを迎えた。

上座に二つあけてあった椅子を、わたしと藍子は占めた。

「わたしたちの窮状を、助けにきてくださったのです」

と、藍子はわたしを紹介した。

藍子が言うと、

「皆さんに自己紹介していただきましょうか」

「矢野さんに名前を言ってもらえばいいですよ」

一人が長めの髪をかきあげながら苦笑まじりに言った。自己紹介など大袈裟だと思っているふうだ。

「青山総三さん」

藍子は口早にひきあわせ、更に、

「加藤守也さん、木島けいさん、福原芳枝さん、石井純子さん、お父さんとお母さんです。山部さんは、だめなのね。お父さんが一人欠席です。それから、事務の小垣(こがき)ふじ子さん」

皆に湯呑(ゆのみ)をくばっていた小垣ふじ子は、わたしに愛想のいい笑顔で目礼した。

「力仕事やボイラー焚きなどをしてもらっている串(くし)田剛一(だごういち)さんと半崎勇(はんざきいさむ)さん」

二人の雑役夫は、他の職員から少し椅子を離し、股(また)をひろげていた。

「たいそう、よいお知らせです」

と、藍子は幼稚園の教師が幼児に何か〝いいこと〟を告げるような声音で言った。

「本部では、わたしたちがやり直すことを認めてくださいました。早速、ホームの再建にとりかかってくださるそうです。わたしたちは協力して困難に当たってきました。再び、始めから、やり直しましょう。散った子供たちを集め、辛抱(しんぼう)強く、愛情を持って、教え導き、健全な社会人として、社会に帰してやりましょう」

神という言葉を、藍子は口にしなかった。職員のなかには、洗礼を受けていないものも半数以上いるのである。

5

船が、資材を運びこんできます。

マ・スール、夢のようですわ。この活気。わたくしは、実は、絶望しておりました。もう、二度と、やり直すことはできないと。土台は、もとの物を使えますから、工事の進捗(しんちょく)の早いこと。

細い柱と、ベニヤ合板の安直な工事。しかたありませんわね。焼ける前の建物も、こんなものでした。

でも、本心を言いますと、わたくし、石の恒久的な建物の方が好ましいと思います。ええ、木造の方がやわらかく暖かみがあっていいと、申しましたわ、わたくし。でも、あの子たちに、不変、永遠、という観念を持たせるには、石の家の方がいいのだと、考えが変りました。いえ、前々から、不朽の建物が望ましかったのですが、本部の方針に従うために、自分の気持をいつわっていたのです。

──わたし、しじゅう、嘘をついたわ。子供のころから。

マ・スール、あの子たちが、集まってきて、ホームの建設を眺めているじゃありませんか。あの子たちだって、嬉しいんです、自分たちのホームをまた持てることが。

大丈夫、あの子たち、戻ってきますわ。ホームができあがったら。そうして、新しい畳の上に蒲団を敷いて、のびのびと休むでしょう。

海を渡る風が、暖かくなってきたとお感じになりませんか?

ホームが完成するのは、春ですわ。

ここには、春の証しとなるような花樹も草花もありませんけれど、風が和むのでわかりますわ。花壇を作らせようかしら。いいえ、やはり、野菜を作る方が。

マ・スール、ずっと、ここにいてくださいますわね。少くとも、運営が再び完全に軌道にのるまで。

浅妻梗子と山部国雄が姿を見せませんけれど、あの二人だって、あらわれますよ、ホームができあがったら。

二人だけで隠れ住むことはできませんもの。

あらわれたら、わたし、何も言わずに、一言も咎めだてせずに、二人を受け入れてやるつもりです。

だって、何もかも、元のとおりにしたところから、やり直さなくてはいけませんもの。

生の軌跡は、修正できます。その意志さえあれば。

ああ、やり直しのきかないことも、そりゃあ、ありますわ。

死んでしまった三人の子供たち。

わたしに完璧を要求なさらないでください。

試行錯誤の過程では、犠牲もでます。やむを得ません。一つの失敗で、全部が失敗と断定なさらないでください。

失敗は、わたくしを賢くします。二度と、子供たちに舟を入手させません。

資材と人夫を運びこむ船に、子供たちがしのびこんで逃亡することのないよう、厳重に監視しています。

気骨の折れることですわ。

三十一人の少女たちを、身心ともに健(すこ)やかな、

「三十一人?」と、わたしは聞き返した。

「二十八人でしたわ」藍子は言い直し、とめどないお喋りをつづける。


身心ともに健(すこ)やかな、社会に適応できるものに作りかえ、わたしは彼女たちを社会に復帰させます。子供たちには、明日があります。未来があります。


「あなたも、かつては子供だったのよね」

と、わたしは遮(さえぎ)った。

「そのときの明日、そのときの未来が、〝今〟なのよね」

藍子は、聴こえない顔をしたが、口もとがわずかにこわばった。


舟着場は、わたしが上陸した栈橋を含めて三つあり、二つは閉鎖されていたのだが、小屋を建設する間は、開けられた。

子供たちの脱出を防ぐために職員が交替で常時監視に立っている。

脱出することはないでしょうとわたしが言うと、彼らは、わたしが何もわかっていないという顔をする。


子供たちは、今の暮しが本土の暮しより気に入っていますよ。

まさか、と彼らは嗤(わら)った。

今の暮し。廃墟のあちらこちらに散らばって、かって気ままに暮しているのですよ。

倉庫に食糧をとりに来たり、共同浴場に風呂に入りに来たりするから、つかまえようと思えばつかまえる事はできます。しかし、まとめて収容する施設がないから、ホームができるまで野放しにしているのです。ホームが完成しても、集めて閉じこめるのが骨ですな。以前は、広場の外にかってに行けぬよう、建物がとぎれて通路になる部分には金網をはって、完全にこの一部だけを区切っていたのですが。金網も補修しなくては。

そんなことを、お父さんお母さんたちは話した。

子供たちは集まってくるでしょう。ホームは再開されるでしょう。

わたしが言うと、

予言者のようですね、あなたは。あなたが子供たちを集めてくださるのですか。

お父さんの一人が言った。

いいえ、子供たちを集め、ホームを再開させるのは、矢野藍子園長の〝意志〟です。

わたしは答えた。

わたしの気に入りの場所は、浅妻梗子と出会った西岸である。更に言えば、西岸の防波壁の上である。そこに、わたしは上って腰かけ、脚を壁の外に垂らす。

凪(な)いでいる日はほとんど無い。高波が壁に激突し、しぶきを天に噴き上げる。絶えまなく海は天に呼びかけているかのようだ。

わたしの傍に、浅妻梗子が腰かける。わたしたちは、何も喋らない。語りあうのに、言葉はもっともよけいなものだ。

目の前にあるのは、波と空だけである。おごそかに、淫蕩(いんとう)に、波と空は、在(あ)る。

わたしたちは、からだがあることを忘れ、防波壁の上に置き去られた石ころのように、居る。

6

爪(つめ)をたてんばかりに、藍子はわたしの腕を握りしめる。怯えた横顔が、並んで立ったわたしの眼の隅にうつる。

「数えてみてください。マ・スール。三十一人います」

「何度も数えてみました。三十一人います。お願い。わたし、何度も数えてみました」


建物と金網によって区切られた広場は、島の東北のほんの片隅である。三十数人の人間が棲息(せいそく)するのに十分な広さだと、本部は判断したのであろう。

島じゅうに散っていた少女たちが、集合していた。職員が拡声器で呼びかけもしたのだが、それ以前に、少女たちは、新築なったホームの前に寄り集まって来たのである。あたかも、それが彼女たちの宿命であるかのように。

修築された礼拝堂が北の端に建ち、その手前に三棟のホームが並列し、南は少し空いている。少女たちは、その空地に三列に整列していた。

「二十八人のはずなんです。だって……。マ・スール、数えてみてください」

藍子は、動揺を他の者に悟られまいとするように、正面を見据えたまま、早口でささやく。

「右の端の列に十人。真中にひい、ふう、十一人、左に十人。わたし、数えちがえているのかしら、同じ子を二度数えているのかしら」

「顔でわからないんですか」

わたしは、ささやき返した。

「海に墜(お)ちて死んだ三人の顔が」

「わからないんです」

藍子は、高くなりそうな声を押し殺した。

「一人一人の顔を、全部はおぼえていません」

「それは怠慢(たいまん)ではないの」

「仕方ありませんわ」

「たった、三十一人よ」

「どの子も同じように見えますもの。よほどきわだった子をのぞいては」

「二十八人。それが、三十一人いる」

「いやだわ！」

「でも、あなたは、始めからやり直したいのでしょう」

わたしの声に、藍子の首すじは鳥肌立った。

「何もかも、最初から、同じようにやり直すのが、あなたの願いでしょう」

「子供たちが最初に来たのは、夏でした。雨が降っていました。ポンポン船に乗って、来ました。夏なのに肌寒いくらいでした」

「今は、春だから、違うというの？　少しぐらいのずれは、がまんなさい。季節はずれているけれど、子供たちの数は最初と同じ」

「だって、三人は、死んだのよ！」

「あなたの願望が、全員を呼び集めたんですよ」

「死人のくせに、生きているようなふりをして混りこんでいるのは、どの子なの！」

「名簿とつきあわせたら、わかるでしょう」

「名簿は焼けてしまいました。焼けてしまったんです、何もかも。あの子たちは、小鬼のように、事務室を襲い、書類を火に投げ込んだのよ。あの子たちの過去の汚点は、炎の中で、ひるがえり、よじれ、嬉々として燃え消えていったわ。記録がなくなれば、過ぎた時も空白に清浄になるとでもいいたげに」

「でも、あなたはそれを許さない。始めから、またやり直そうというのですものね。死んだ三人の名前もおぼえていない？」

「マ・スール、わかってください。もう、それは大変な事の連続だったの。何から何まで頭の中に整理しておくことはできません」

列の中に、わたしは浅妻梗子と蓮見マリの顔を見出した。浅妻梗子は右の列、蓮見マリは左の列の、それぞれ最後尾にいた。身長順に並んでいる。

「もう一つ、始めのとおりではないことがあるわね。山部国雄お父さんがいないわね」

わたしが言うと、

「恥ずかしくて、顔を出せないんだわ」

藍子は歯をきしませるようにして罵った。

「わたし、寛大なつもりですけれど、あの人だけは許せません」

「式をお始めなさいな」

わたしは言った。

台の上に上り、藍子は少し高いけれど平静な声で、いささかの威厳さえ添えて、三十一人の少女たちに訓示を与えた。

「海と空、このすばらしい自然に囲まれ、私たちもまた、身も心も、この自然のように、健やかに清々しくなりましょうね」

月並な言葉で、藍子の訓示は始められた。

海と空、すばらしい自然。まるで、ポスターの文句だ。灰色のコンクリートの残骸群は、藍子の表現から抜け落ちていた。そうして、海と空がどれほど兇暴無惨な力を持つかということも、海と空には感情が全く無い、ということも。

「あなたたちがこれまでにしてきたことは、ここでは、いっさい問われません。あなたたちは、新しく生まれたのです。生まれたての赤ちゃんを知っていますね。……」

熱意のこもった藍子の言葉は、少女たちの耳の外を滑り落ちてゆく。

II 修道女2

1

「山部国雄が、欠けています。

夏に始まったことなのに、今は春。

始めからやり直すといっても、これだけ違いがあるわ」

凄まじい風と波の音に、藍子の呟きは消されがちになる。

窓の外は漆黒の闇だ。少女たちのホームも灯を消している。十一時を過ぎた。

藍子が淹れたローズ・ティーの香りが漂っている。ティー・ポットには、藍子の手製のカヴァーがかぶせてある。入念にクロス・ステッチで飾ったものだ。

今も、喋りながら、藍子の手は刺繍針をはこんでいる。

「クロス・ステッチ、好きなんですのよ。単純な動作の繰り返し。それが、油絵のように重厚で複雑な色彩の図柄を描き出す。辛抱強くなくてはできないことなの。ね、わたくしたちの仕事と似ているとお思いになりません？」

「死んだ子供が三人」

わたしが言うと、藍子の手はびくっと痙攣して、針先が指を刺した。

ほとんど無意識に藍子は血の粒の浮いた指をしゃぶり、

「死んだはずの……。その話は、おっしゃらないで。山部国雄が戻ってこないことの方が大変なのよ。お父さんのいないホームでは、無意味ですもの」

「世間には、父親のいないホームは、たくさんありますよ」

「〝家庭〟〝ふつうのうち〟という意味で、ホームとおっしゃったのね。マ・スール、あなた、わかっていらっしゃるくせに、わざと意地の悪い言い方をなさる。ふつうの家庭には、子供が十人もいませんわ。それも女の子ばかり。たしかに、変則的なホームよ。でも、お父さんお母さんが揃っているのは、いいことよ。そうじゃありませんこと？　わたしね、すばらしいと思うのよ。両親がいて、和やかな、暖かい」

「偽家族」

と、わたしは続けた。

藍子は強情に、

「偽家族だって、本当の家族よりましな場合がありますわ」

と言いはった。

「マ・スール、あなたは、家族をお捨てになったのね。わたしも、捨てましたわ。だれ？」

藍子は、びくっとしたはずみに、また指を針で刺した。

ノックの音がきこえたのだ。

「だれ？　だれなの。名前をおっしゃい」

ドア越しに、太い男の声が、

「私です」

と応えた。

「私ではわかりません。名前をおっしゃい」

藍子は厳然と言い、小声でわたしに、

「死んだ子供じゃなかった。職員の誰かよ。あの声……。いいえ、まさか」

「名前を名乗らなくては、ドアを開けてもらえないんですか。まるで、戒厳令下の司令室だ」

藍子は立ち上がった。膝から布が落ちたのをかがんで拾い、テーブルに戻して、ドアに近寄った。

「山部お父さんね。悔いあらためて、出てきたのですね。よろしいわ。お入りなさい」

そう言ってから、藍子はわたしに向かい、小声で、

「まさか、害意は持っていないと思うのよ。あなたとわたしを傷つけたって、意味のないことですもの」

と、自分自身を安心させるように言い、ノブをつかんでひねった。

入ってきた山部国雄は、巨漢であった。

髪も肩も濡れていた。

「畜生」と、歯の間から罵り、山部国雄は、濡れた髪をかきあげた。

わたしに目を向け、

「失礼、マ・スール。あなたに言ったんじゃない。波しぶきが防波壁を越えてね、頭からかぶっちまった。汐水だからべとついて始末が悪い。矢野園長、腰かけてもよろしいでしょうね」

「どうぞ」

藍子は、警戒心を目の奥から消さない。

「やり直しが始まりましたね。結構なことだ。協力します。何度でも。もう一度、子供たちを、叩きなおし、やきを入れ」

「ちょっとお待ちになって」

藍子はさえぎった。

「知らない人を誤解させるような表現はやめていただくわ。やきを入れる、とは、何というひどい言い方をなさるの。やくざの集団のような」

「知らない人を誤解させる。知らない人とは、マ・スールのことですか。マ・スールなら、知らない人じゃない」

山部国雄は、わたしに共犯者めいた目くばせをし、

「やくざの集団。まさに、ここはやくざの集団じゃないですか。淫売。すり。つつもたせ。傷害犯。殺人犯」

「やめなさい！」

「殺人犯」と、山部国雄はもう一度はっきり言い、わたしに笑顔をみせた。

顎ががっしり張った山部国雄は、歯も白く大きい。

「最初からやり直しましょう。園長、あなたは、ぼくを誤解していたな、最初は。もう一度、思い違いしてください。マ・スール、このひとはね、ぼくを偶像視したんですよ、最初。ほら、こういう更生施設を扱った〈青春小説〉とか、映画なんかに、よく登場するじゃありませんか。いささか柄は悪く乱暴だが、根はお人好しの熱血漢。徹底的に子供たちを信用し、官僚主義の指導官に楯ついて、結局は、子供たちをぐあいよく矯正し、更生させちまう。何十年来、お決まりのパターンです。

　このての更生施設には、必ず、そういう役まわりの人物がいると、園長は単純に思いこみ——この人は、なかなか、単純な人じゃないんですがね——ぼくをその救世主的人物と、みなしたんですな。みてくれは、適役だ、たしかに。そうして、園長自身も、非の打ちどころのない、子供たちの味方。二人が力を合わせたら、どんな〝悪い子〟も、更生させることができる、と。更生。耳ざわりな言葉だな。マ・スール、どうして、そういう正義の熱血先生が、施設を扱ったお話や映画に必要か、わかるでしょう。安心するんだ、みんな。最後はめでたし、めでたしでね。自分たちの属する社会は、正しい。ここに適応できることが、何よりの正義」

「山部お父さん」

　藍子は、やさしい声で呼びかけた。

「あなたは、偽悪家なのよ。わざと、悪ぶっていらっしゃる。わたしを、よほど頑固なわからずやだと思っていらっしゃるのかしら。わたしだって、あの子たちが——少くとも、あの子たちのうちの何人かが、子供ではない、すでに女だということは承知し

ておりますよ。そうして、あなたをはじめ、お父さんたちが男だということも。でも、あなたをはじめお父さんたちは、自制する力を持った完全な大人よ。そうでしょ。わたし、あなたを信頼していますよ。山部お父さん。あなたが戻ってきてくださったのは、すばらしく嬉しいわ。今度は、失敗しないで、やり直しましょうね」

山部国雄は苦笑して、濡れた髪をかきあげた。

「無垢な子羊」

藍子の呟きを耳にとめ、山部国雄の苦笑に吐息が混じった。死んだ三人の子供については、話題にのぼらなかった。藍子はその話を避けていた。

「山部お父さん」

と、藍子は、右手をさしのべた。いくぶん芝居じみた仕草であった。山部国雄は、ちょっと迷ったような間をおいて、握手に応じた。

「がんばりましょうね」

と、月並な言葉を、藍子はつけ加え、山部国雄は、意味のない笑い声をたてた。

2

鍬の刃先に、春の陽射しがたゆたい、油に浸したような光を与える。固い岩石だらけの土は、鍬をはね返す。

六時起床。洗面。身支度。朝礼。朝食。学習。休憩。学習。昼食。休憩。学習。自由時間。集合。反省。夕食。休憩。団欒。入浴。就寝。

子供たちの、日課である。

〈学習〉の時間には、農作業も含まれていた。

九つから十五歳までの少女たちは、反抗の気配はいっこう見せず、さだめられた日課に従っていた。まるで、この集団生活に興味を持っているようにさえみえた。

「よォし、皆がんばってるな」

山部国雄が、それこそ〈青春ドラマ〉的な声を上げる。自分から口にした、いささか柄は悪く乱暴だが、根はお人好しの熱血漢、というステロタイプを、山部国雄は、嬉々として演じている。演じているという意識もないようで、これは、山部国雄が持っている生来の気質の一部なのだ、と、わたしは察した。

「これだけ掘っくりかえしたら、石炭が出てくるかもしれんぞ」

山部国雄の冗談に、子供たちは笑いを返さなかった。

そのかわり、青山総三お父さんが、

「鉱脈は海底にあるから、ここに畑を掘ったくらいでは、石炭は採れない」

と、冷笑的に言った。山部国雄の冗談を、無知から出た言葉に意地悪くすりかえたのだが、このとき、子供たちはいっせいに笑った。

山部国雄は、ちょっとどぎまぎした。

笑い声はすぐに止み、子供たちはまた、作業に専念した。

子供たちの動作は、感情がこもっていなかった。怠けてはいない。正確に鍬を振り上げ、打ち下ろす。

お母さんの一人、木島けいが、わたしと藍子の方に歩み寄ってきた。何か言いたそうにしたのだが、すぐ思い直したふうで子供たちの方に戻りかけ、二、三度ためらって、ようやく、藍子の傍に来た。

「うまくいっていますわね」

先手を打つように藍子は言い、木島けいは、ええ、とうなずいた。

そのとき交された言葉は、それだけだった。

子供たちが寝に就いた後、三人のお母さんが、藍子の部屋に集まった。

不定期に催される、職員と矢野藍子園長のお茶の会であった。

全職員が集まっての懇談会やら反省会やらはしばしば行なわれるのだが、藍子はその他に、種々の組み合わせによるお茶会をひらく。

三人のお父さんだけを招んだり、お母さんたちだけを招んだり、あるいは、お父さんお母さんをペアで、ホームごとに別々に招んだりもする。そういうときは、ホームは両親が揃って留守になるわけだから、他のホームから誰か一人、監視に行く。もちろん、監視という言葉は、ここでは認められていない。

藍子は、香りの高いローズ・ティーを、それぞれのカップに注ぎわけ、すすめた。

「このお部屋に来ると、島にいることを忘れますね」

色白で肥り肉の福原芳枝が言った。

三人のお母さんは、顔立ちも気質も違うが、物事の判断の基準が社会の良識にのっとってゆるがないという点では、みごとに一致している。

窓枠をゆする風の音、絶え間ない波の音が、ここが島であることを瞬時も忘れさせないのだけれど、聞き馴れてしまうと、その音も耳を素通りするのだろう。わたしの耳の奥には、いつも、脳髄にまで達する波の音、風の音がある。

「いまのところ、すべて順調なようですね」

にこやかに、藍子は三人の顔を等分に見て言う。

「ええ、すばらしく順調」

鼻にかかった声でそう応じた石井純子は、三人の中では一番年長で、五十に近い。しかし、世間知らずの品のいいお嬢さんが、そのまま皺だけ増えたというふうで、この厄介な仕事についた動機も、汚れなきお嬢さんの使命感といったものらしい。シモーヌ・ヴェイユに傾倒してもいる。両親が修道会といくぶん関わりを持っているのだそうだ。結婚し、夫に死別した後実家に帰っていたが、やがて、この非行少女矯正の仕事につくようになった、という経歴である。骨ばった長身で、痩せすぎた背を少し丸めている。

色白の福原芳枝は、ふくよかな肌がいつもしっとり汗ばんでいる。四十二歳。結婚歴はない。人は好いのだが、お嬢さん育ちの石井純子には、育ちの点で、木島けいには頭のよさの点で、コンプレックスを感じているようなのだ。しかし、そのために二人を敵視するほどの闘争心は欠けていた。

「でも、順調すぎるという気もしますね」

石井純子は、そうつけ加えた。お嬢さんではあるけれど、それだけに、物事の本質に直進する勘が機能することもある。子供たちの静かさを、石井純子は楽観視してはいなかった。

木島けいが、わずかにうなずいて同意の色をみせた。三十七歳の木島けいは、離婚し、夫やその両親と争った末、子供を手もとにひきとった。子供は保育所にあずけつとめに出ていた。つとめの帰りに保育園に寄り、子供を連れて帰宅する途中、子供がバイクにはねられて死亡した。木島けいはその後しばらく精神の安定を欠き、入院した。わたしが聞いた彼女の経歴は、そういうことであった。

「子供たちは、無気力すぎるようです」

木島けいは言った。

「規則には従順で世話がやけません。まるで、模範生ばかり集まった寄宿舎のようです。これでいいのかしら」

でも、反抗の牙を抜くために、ここに収容したのでしょう。

わたしは、声に出さず、言った。

今のようにおとなしくさせることが、ここの目的なのでしょう。過程抜きで、結果が先にあらわれてしまっては、困るのね。たきつけて、騒ぎを起こさせて、それから、叩くの？

「おとなしければ、それに越したことはないわ」

福原芳枝が人の好い笑顔で言い、

「おいしいわ」

と、丸っこい指でクッキーをつまんだ。藍子の手作りである。つられたように、石井純子も手をのばした。

「わたし、夜はいただかない方がいいのよね。また太ってしまう。青山さんたらね、こんなところにいて、こんなものを食べていて——あら、クッキーのことじゃないんですよ、このクッキー、おいしいわ、園長先生、お仕事の選び方をおまちがえになったわね——あら、また、変なこと言ってしまったかしら。あの、ふだんのホームの食事、こんなのを食べていて太るのは奇蹟だって言うのよ、青山さん。ひどいわね」

福原芳枝は首をすくめて笑い、

「食べだすと、きりがないわ。止まらないのよ。石井さん、羨ましいわ。どうしたら、そんなにスマートでいられるのかしら」

「わたしは痩せすぎ」

　石井純子は、おっとり応じた。

「これで、おなかには贅肉がたっぷりついているのよ。胸は平らなのにね。浅妻梗子だの蓮見マリだのを見ると、羨ましくなっちゃうわ」

「蓮見マリなんて、胸がこうよ」と、福原芳枝は身をのり出した。「ウエストはきゅっとしまって。あれで十四なんだから。浅妻梗子も、いい躰をしているわ」

　石井純子は、あまり好ましい話題ではないと途中で気づいたふうで、相槌を打つのをやめたが、福原芳枝は、下世話な話をひとしきり楽しげに続けた。

　木島けいはうんざりした表情を露骨にみせた。

「木島さん、あなた、さっき、何か話したいことがあるようだったわね」

　藍子が言うと、

「あ、いいんです」

　木島けいはそっけなく答えた。

「子供たちがおとなしすぎる、と言おうとしただけです」

　とりとめない雑談をかわし、やがて三人は辞去した。福原芳枝は、ちょっと名残り惜しげに、小綺麗にととのえられた室内に眼を投げてから、出て行った。

　二人だけになると、風の音が強まった。

　藍子は汚れたティー・カップを洗ってかたづけ、急にソファに躰を放り出すように坐り、手に顔を埋めた。

「疲れるわ。あの人たちの相手をしていると。ことに、福原お母さん。どうして、あんな俗っぽいことしか頭にないのかしら」

　ノックの音がした。まるで、藍子が名をあげたことで呼び戻されでもしたように、福原芳枝が戻ってきたのであった。

「ごめんなさい。まだお休みになっていませんでした？　ああ、よかった。あの……ほかの人がいるところでは、ちょっと言いにくくて。入ってもかまいません？」

すみません、と首をすくめて恐縮しながら、福原芳枝は椅子(いす)に腰かけた。さっき坐っていたのと同じ椅子である。そこが自分の定席と心得たふうだった。

「お話って、何かしら」

藍子は辛抱強く、穏やかにうながす。

「あの……すごく勝手だとわかっているんですけれど、わたし、がまんができないんです。青山さんとの組み合わせを変えていただけませんか」

「どうして？」

「あの人、わたしを馬鹿にして、皮肉だの意地の悪いことばかり言うんです。青山さんは、木島さんか石井さんと組みたいんですよ。木島さんは頭がいいから、青山さんと話がよくあうんです。二人ともむずかしい本を読んでいるし。石井さんも感じがいい人でしょ。わたしでは青山さん、気にいらないんです。だから、わざと、意地悪をして。これでは、わたし、子供たちにも馬鹿にされて、しめしがつきません。石井さんか木島さんと、ホームを変えてください」

「意地悪って、具体的に、どんなふうなの」

幼稚園か小学校の教師が子供の訴えをきくように、藍子はたずねた。

「具体的にって言われても……あの、一つ一つとりあげたら、小さなことだし、人に言ってもわからないと思うんです。言葉の調子とか、そんなことですから。わたしが太っていることを、青山さんは子供たちの前で笑いの種にするの。それも、ほんとに冗談みたいにして言うから、まともに怒るこっちが馬鹿みたいなものですけど。わたしが結婚していないことも……。そんなことをしていると、お母さんみたいにお嫁にいけなくなっちゃうぞ、なんて子供たちに……」

わたしったら、と、福原芳枝は、少し笑った。泣き笑いのような顔になった。

「こんな……おかしいですわね。いい年して。でも……」

「一度決めてしまった組み合わせを変えるのは、ちょっとまずいと思うのよ」

藍子はなだめた。

「何があったのかと、子供たちは詮索したくなるでしょうし。子供たちだって、集団生活で、気の合ったもの同士ばかりが一つのホームにいるわけじゃないと思うのよ。皆が、あの人といっしょはいやだ。ホームを変えてくれ、同室者を変えてくれ、と言いだしたら、収拾がつかなくなるでしょう」

「ええ、そうなんですけど、お父さんとお母さんがとげとげしいのも、よくないんじゃないかと思って……」

福原芳枝の語気は少し弱くなった。自分でも、いささか子供じみていると気が引けるのか。

「青山お父さんが何を言おうと、気にしないで聞き流していらっしゃいな。からかわれてあなたがむきになると、相手はいっそうからかいたくなるものなのよ」

「ええ、わかっています。わたしだって子供じゃないんですから。気にしないようにつとめてきましたわ。でも、我慢するのも限度があるって思うんです、わたし。子供たちの前で爆発しちゃったらいけないと、にこにこしているんです。そうすると、青山さんはよけいいい気になって。園長先生にこんなお願いをするのは、よくよくのことだとお思いになってください」

次第に、声が激昂してくる。

「わかりました。でも、早急には決められませんから、もうしばらく様子をみましょうね。青山お父さんには、わたしからそれとなく」

「いいえ、いけませんわ。わたしが告げ口したなんて青山さんが思ったら、それこそ、やりにくいことになります」

はい、はい、と藍子は笑顔でうなずいた。

青山さんがいつまでもあの調子なら、わたし、爆発するかもしれません、と捨てぜりふのように言い残して、福原芳枝は帰っていった。

「このお部屋はいいですね。ホームは殺風景」と、去りぎわに、また、部屋を見わたした。

「子供より始末が悪いってお思いになる？」

ソファに躰を投げ出し、藍子はわたしを見上げた。

「でもね、わたし……わかるの。意地悪い仕打ちを、具体的に一つ一つあげれば、とるに足りない小さいことだ、って福原お母さんは言いましたでしょう。そうなのよ。傷つけている方は、傷つけているという自覚もないような小さなことの積み重ね。それが、とり返しのつかない傷を作ってゆく。傷つけられる方の恨みは……」

でも、わたしには、あなたがいらっしゃる、マ・スール。藍子は縋りつくようにわたしを見た。

「姉がわたしに何をしたか……。マ・スール、あなた、もう少し違う顔をしていてくださるとよかった」

そう言って藍子は笑った。

「むりですわね。まあ、わたしったら愚かしいことを。あなたが姉に似ていらっしゃるので、つい、つまらないことを……。最初、あなたを桟橋に出迎えたとき、わたしったら、お会いしたとたんに、あなたを突きとばしたんでしたわね。本当に失礼なこと。姉と見まちがえて……。ええ、わたし、姉に小さいときから……。それこそ、一つ一つをとりあげて他人に話しても、そんな些細なこと、ってはなであしらわれるでしょうね。たとえば……姉は短大出でした。だから、わたしは、大学に行きたかったけれど、短大しか受けることを許されなかったの。父に学資の負担を四年もかけることはいけない、と姉はいうのよ。いつも、〝父のため〟というのが、姉の大義名分だったわ。本当は、姉よりわたしの方が学歴が高くなるのが、姉はがまんできなかったのよ。父は国立大学の助教授だったんですけれど、学校内部の派閥争いに巻きこまれて、退職したの。その後は私学の講師をしたり、物を書いたり。おかねはないけれどプライドは極度に高いというのが、わたしの家の家風でした。

母が早くになくなりましたでしょう。継母はおかねのことにルーズで、家計をまかせられないと、姉は早くから思いさだめたのね。高校のころから、うちの経済の主導権は、姉が握っていました。姉が主婦。継母は女中よ。お父さまにこれ以上おかねの苦労をかけないで。姉は口癖のようにそう言ったわ。

大学は四年。短大は二年。だから、姉は短大に進んだ。高卒で働くというのは、姉のプライドが許さなかったの」

藍子はまた笑った。

「折衷案というところね。学問も好きじゃなかったんですわ、あのひとは。お小遣いをね、いつも、父や継母の手からではなく、姉から、わたしは貰わなくちゃなりませんでした。短大の受験の日、わたし、電車賃がなかったの」

そこまで言いかけて、

「やめましょうね、こんな昔の話」

突然、藍子は話を中断した。

「子供たち……。みんな、何かしら傷を抱えこんでいるんだわ」

悲鳴のような声がつづいた。

「でも、わたしは、子供たちが大嫌い！」

はっとしたように、藍子は口の前に指を立て、

「いま、わたし、何て言ったの」

眼を宙に投げてつぶやいた。

福原芳枝の訴えは、ペンディングされたまま、日が過ぎた。藍子に喋ったことでいくらか気が晴れたのか、福原芳枝は、配置転換をその後口にしないでいる。

子供たちは、ますます模範的だ。不気味なほど、と職員たちは時たま口にしたが、そのうち穏やかさに馴れた。

月に二度ほど、舟が本土から必要な物資をはこんでくる。

学習は、年齢によって三つのクラスに編成され、藍子とお父さんお母さんが、教師のかわりをつとめている。

九歳一人、十歳二人、十一歳五人、十二歳八人、

十三歳八人、十四歳六人、十五歳一人。

重ったるい晩春と爽やかな初夏が汐風に入り混る夕暮れ、西岸の防波壁にわたしはもたれている。波がコンクリートの壁にぶちあたり、鈍いひびきをわたしの躰につたえる。

福原芳枝が、あたりを見まわしながら、小走りに走ってくる。

わ、と声をあげて立ち止まり、それから、近寄ってきた。

「マ・スールですわね。巌が立っているみたいに見えてしまいました。夕陽のせいですね。吉川珠子をおみかけになりませんでした？　反省の時間が始まったのに、いないんです」

「吉川珠子？」

「一番小さい、九つの。あの子が、一番、たちが悪くて眼が離せないんですよ。九つでここに送りこまれてきたくらいですから。こっちに来られるはずはないんですけれど。道路の入口はふさいでありますから。でも、あの子は躰が小さいから、どこかからもぐりこんだかも。マ・スール、お手数ですが、みかけたらつかまえて、ホームに連れてきてください。ほんとに世話がやける。でも、マ・スール、気をつけてくださいね。あの子は兇暴ですから。子供なんてものじゃないわ。嚙みつきますよ」

早口に言って、福原芳枝は走り去った。

姿がみえなくなったのを確かめ、長い灰色の裾をわたしが少し持ち上げると、猫のように小さい仔豚が走り出て、つづいて吉川珠子がスカートのかげからとび出して仔豚を追い、つかまえて抱き上げた。

「ありがとう」とわたしに笑いかけ、福原芳枝とは反対の方角に走り、すぐに見えなくなった。

福原芳枝が言ったとおり、ホームのある広場から、共同浴場への通路だけを残して、迷路のような道の入口は、有刺鉄線をからめた柵や板戸などで通行止めにしてある。柵の向うの闇の迷路は、あたかも存在しないもののように藍子たちによって無視され、ただ一すじの〝正しい道〟が、広場と共同浴場をつないでいる。

　板戸には錠前をかけ、その鍵は職員が持っている。職員と子供たちとでは、行動できる広さが違うのだが、子供たちは抜け道を幾つも知っているようで、あまり痛痒は感じていないらしい。

　壁を越えた波しぶきが、わたしの顔や肩を濡らす。別の人影が近づいて来た。

　わたしは微笑で迎えた。

　浅妻梗子は、わたしと肩を並べた。長身だが、わたしよりわずかに低い。

　黒い剛い髪がわたしの頬に触れた。

　浅妻梗子が髪をかきあげたので、頬と頬がついた。頬をつけたまま、ほんの少し、互いに顔を向け合うと、唇が触れた。

　浅妻梗子の唇はわたしの唇の輪郭をなぞるように動き、舌の先が唇を割った。

　小さいやわらかい戯れ。

　浅妻梗子のホームも、反省の時間である。

　食事前の空腹時は、あまり適当ではないのではないか、食後のくつろいだ時間をあてた方がよいのではないか、という意見も、タイム・テーブルを決めるとき出たが、食事前の方が精神が緊張していて、よい、という結論になったのだそうだ。わたしが来る前からのやり方を、再開後も踏襲している。

　わたしと浅妻梗子は、やがて、ほとんど同時にキスを解いた。

　白いブラウスと灰色のスカート。制服は、梗子に似合っていなかった。

　梗子の褐色の滑らかな肌の下に、熱くなった蜜が流れていた。

　わたしたちはもう一度唇を近づけ、小鳥のようにつつきあった。

　梗子はわたしの胸の間に顔を押しつけ、つと離れ、手を振って走っていった。

　相手はわたしでなくともかまわないのだ、と、わたしは知っている。梗子の躰が、ひたすら、みたされることを求めているのだ。飢えた小鬼のように、欲望は梗子を衝き動かす。

わたしは、藍子の部屋に戻った。

内側から鍵がかかっていた。

反省が終わって夕食になる時間だ。反省も夕食もそれぞれのホームで行なわれる。

藍子は、ホームが再開されはじめの頃は、順ぐりにホームに行き〈反省〉や〈夕食〉や〈団欒〉を共にしていたが、この頃は部屋にいることが多い。

藍子は皆と親しく溶け合おうとつとめていたが、何となくぎごちなく浮いてしまうのだった。それを自分でも悟り、むりに親しむ努力を怠るようになったかにみえる。

ノックをくり返すと、ようやくドアが開いた。

藍子はひどくうろたえたような、とろりと眼がうるんだような顔をしていた。

「お夕食ね。ごめんなさい。閉め出してしまいましたわね。手を洗いますから、ちょっとお待ちになって」

そう言って藍子は、頬から耳たぶまで、まっ赤になった。

洗面所で長い時間をかけて丁寧に手を洗い、石鹸のにおいをさせて台所に戻ってきた。

「一昨日の船で、新しい野菜が届きましたから、サラダをたっぷり作りますわ」

子供たちの菜園の収穫は、あまりゆたかではなく、結局本土からの補給に頼らなくてはならないでいる。

レタスやチッコリーを手でちぎり、布巾にくるんで叩きつけるようにして、藍子は水を切った。乱切りのトマトとボールの中で混ぜ、ボールごとテーブルに置いた。

「ドレッシングは、適当におかけになってね。誰か来たのかしら」

藍子は耳をすませた。ノックの音にしては不規則だ。

「風でドアがばたばたするのかしら」

立っていってドアを開けた藍子は、
うわァ、ァ、と、叫び声をあげ、尻もちをつきながらドアを閉めた。

「豚。あなた、巨きな豚」

ようやく息を鎮め、藍子は立ち上がった。

「そりゃ、知っていましたわ、子供たちが仔豚をペットにしていたことは。でも、ホームには連れこまなかったから、わたし、すっかり忘れていました。あの仔豚が育ったのかしら。こんな巨きな。ああ、驚いた。逃げていったみたい。いやだわ。……豚。あの子たち、どこかで内緒で飼っているのかしら。ちゃんと、許可を得て飼えばいいんです。禁止する気はないわ。でも、内緒事は困ります。少くとも、わたしには、すべて打ち明けてくれなくては。わたしは、万事を把握していなくてはいけない。そうでしょう。知らなくてもいいのなら、何も知りたくはないわ。でも、それではいけないのよね。そうだわ。そうなのよ。豚」

藍子は皿にサラダをとりわけ、ドレッシングをたぶたぶとかけた。

「猫か犬ならともかく、よりによって、豚。仔豚はいったい、どこから手に入れたのかしら。聞いてないんですよ、密輸のルートは。まさか、一頭だけですよね。番いだったりしたら、とんでもないわ。いえ、豚舎を作って飼わせてやってもいいんですけれど、豚じゃ、困らないかしら。殺して食べるわけにもいきませんでしょ。増えたら、業者がひきとってくれるかしら。もう、あの子たちのすることときたら……。あなた、こんな巨きな豚でしたよ。残飯をやっているのかしら。残りものが出るような不経済なことをしてはいけないと、お母さんたちは承知しているはずなんですけれどね。

わたし、生きものを飼うのは嫌いなんです。いいえ、わたしが冷淡だからじゃありません。どんな飼い方をしたって、生きものに無理を強いていることになるのよ。それが嫌なんだわ。子供のころ、ハムスターを飼っていたことがあります。手ざわりがよくて、かわいいと、最初は思ったのよ。友だちから買ったんです。友だちは、ハムスターを増やして、ペット・ショップに持っていくと、買ってくれるといいました。自分もそうやってお小遣いかせぎしているって。わたし、中学一年だったかしら。姉にハムスターを買うおかねをくださいとは言えませんから、父の古い本を内緒で売りました。

番いで飼いましたら、あなた、ハムスターの雄ってね、あの、することしか考えていないんですよ。一年三百六十五日発情しっぱなしで雌のうしろを追いかけまわしているの。うしろからのしかかろうとしては、雌に噛みつかれるの。雄の毛皮はぼろぼろ」

藍子は、ひとりでくっくっ笑った。

「雌は、仔を産んで……何度も産んで……ペット・ショップに持っていっても、おかねはくれなかったわ。売れるかどうかわからないからって、厄介ものをひきとってあげるというふうに恩着せがましく、只で取っちゃうのよ。雌は、うんざりするくらい仔を産んで、さっさと死んじゃったわ。その後、雄は、じきに老衰して、あまり身動きしなくなったわ。そして、内臓がどうかしたのかしら。躰が水を入れたビニールの毬みたいにまん丸にふくれあがって、きみ悪かった。ああ、いや！　ふくれあがって、ごろんところがったまま、なかなか死んでくれなかったわ。

あら、サラダだけでは、おかずが足りませんね。ハムを切りましょう」

冷蔵庫からハムの塊りを出し、藍子は豚の尻に似た形のそれを、大型の庖丁でスライスした。

「切れ味が悪くなったわ。磨がなくちゃ」

食事のかたづけがすんでから、藍子は流しの下から砥石を出し、刃物を磨ぎにかかった。

砥石は粗砥から仕上げまで、三種類揃っている。

「刃物を磨ぐの、好きなんですよ」

藍子は機嫌よく言う。

「継母は下手でね、いつも、わたしが磨いてあげていました。砥石って、とてもやわらかくて、石鹼みたいね」

「あなたは、器用なのね」

わたしが言うと、藍子は褒められた子供のように、嬉しそうになった。

「器用で、根気がいいのね」

「そうですか？」

「刺繍も上手だし」

「上手だかどうだかわかりませんけれど、好きですわ」

「お料理も好きなのね」

「材料がもっと豊富でしたら、いろいろ作ってさしあげるのに、残念だわ」

「子供たちを招んで、ご馳走してあげる、ということは考えたこともないの？」

藍子は、ちょっと眉をひそめ、それは、お母さんの仕事に干渉することになるから、と言った。

「子供たちが、それぞれ自分のホームのお母さんの料理を、何より一番おいしいと思ってくれないといけませんでしょ。ホームの食事よりわたしの招待を楽しみにするようになっては困りますから」

「お客さんごっこも、時には気が変るでしょうに」

「マ・スール」と、藍子は居住いを正し、「わたしのやり方がお気に召しません？」と詰問口調になった。

「わたしは、何も口出しするつもりはありませんよ。わたしは、ただ、あなたの傍にいるだけです」

「ええ、マ・スール、あなたがいてくださるだけで、わたくし、どれほど心強いことか。……でも、時々、あなたが怖い。あなたはあまりに姉に似すぎていらっしゃる。

専制君主だった姉。どうして、あのひとの命令に、わたしは反抗できなかったのかしら。姉の前では、わたし、否という言葉を口にできなかったわ。父の前でも……。継母の前では、継母がかわいそうで、言えなかった。わたしがいやだと言えば、困るのは継母だったんですもの」

「もう、お姉さんの話は、おやめなさい」

わたしは、ぴしゃりと言った。

藍子は、はっと身をすくめ、口をつぐんだ。そうして手もとに目を落とし、刃物磨ぎに専心した。

「あなたのお喋りは、いつも、自己弁護と愚痴ばかり。わたしは倦き倦きしました」

「ごめんなさい」

目を伏せたまま、藍子は小声で呟くように言った。

刃の上に揃えた両手は砥石の上を往き来する。藍子は、無言でその動作をつづけた。止める時を忘れたように、磨きつづける。

「先に寝ますよ」

「お風呂は?」

「今日は入りません」

「ああ、マ・スール、あなたでも、月のがおありですの。何という……。あなたでも、あのわずらわしさから逃れられないんですの。不要じゃありませんか。結婚もなさらない。子供も産まない。マ・スール、性は、あなたには罪悪なんでしょうか。わたしは、嫌い。性などというものが、なかったらいいと思うわ。両性具有というのがあるけれど、わたしは、無性の方が好き。男でも女でもない存在。あなた、天使は性を持たないのかしら」

　刃物に水をかけて洗い流し、布巾で拭い、藍子は流しの下の扉を開けた。裏に庖丁掛けがついている。刃物をそこにさしこみ、扉を閉じ、藍子は居間に来てソファに腰かけた。赤くなった指をぼんやり眺めた。おそろしく淋しそうな顔つきであった。

3

磔刑は、誰の手によってか、ひそかに行なわれた。

それをわたしに告げに来たのは、第3ホームのお母さん、木島けいであった。むやみに騒ぎ立てない分別を、木島けいは持っていた。

　藍子に報告せず、まずわたしに告げたのは、藍子の脆弱な部分に気づいていたからだろうか。藍子は、職員の前では、わたしに見せるのと全く違った平静で愛情こまやかで包容力のある態度をとっていた。自分を偽って演技しているのではなく、それもまた、本然の藍子の相であるのだ。

　わたしは、気に入りの場所、つまり西の防波壁にもたれ、波しぶきを浴びながら落日に見入っていた。

「マ・スール」と、木島けいは呼びかけた。

「恐ろしいものを見てしまいました。どうしたものか、わたしには判断がつきません。来ていただけますか」

「わたしに見せたいのですか」

「御指示を仰ぎたいのです」

「園長ではなく、わたしの？」

「はい」

　少しためらってから、木島けいは、そう言ってうなずいた。

　廃墟と化したアパート群が作る迷路に、木島けいはわたしを導いた。

　コンクリートの建物をこうも破壊しつくしたのは、塩である。塩が鉄を腐蝕する。錆び腐った鉄は膨れあがり、コンクリートを内奥から崩壊させる。

　嵐が烈しいとき、波浪は島の上を越える。岸壁の南西部の上端には、船の舳のように、波返しの反りがもうけてある。反りにぶち当った波は空中に舞い、巨大な海水の塊りとなり、横なぐりに島を襲う。

　島の西側に密集したアパート群は、波しぶきを絶えずかぶるので、かつて、この島が炭鉱町として機能していたころは、汐降り町と呼ばれていたそうだ。

　無人のスラムの、建物をつなぐ道路は、岩盤の斜面にテラスのようにはり出していたり、木の橋を架けたりしてあり、その路面に穴があいて、はるか下の地面がのぞくところもある。

「わたくしは、時々、この一帯を点検しているんです」

　急ぎ足に歩きながら、木島けいは言った。

「子供たちは、こちらには来られないようにしたはずなのですが、どうも、抜け道を作って出没しているのではないかと疑われるふしがあります。莨を喫っている形跡があるんです。職員の中に喫煙者は四人いますが、子供たちの前では喫いません。そうして、わたくしが発見した喫殻は、職員の常用しているものとは違う外国製品でした。子供たちの持物やホームの中をしらべましたが、莨は発見できませんでした。立入禁止地区に隠してあるのではないかと、わたくしは思ったのです。名前をあげて、個人を非難するのは心苦しいのですが、わたくしがホームをあけることがあります。園長にお茶に招ばれたり

――お茶！　優雅すぎますわ、こういう状況に於いては。イギリスのマダムじゃあるまいし――、そういうとき、山部さんと子供たちだけになります。山部さんは、子供たちのかってな行動を黙認しているのではないかと思うのです。それは、寛大なやり方の方が、子供には好まれます。しかし、それでは、何のための施設か、収容の意味がなくなります。社会に危険な存在だから、ただ隔離しておく。島では何をしようがかまわない、というのでは、子供たちを可愛がっているようで、実は、絶望し見放していることになります。手のほどこしようのない、病人。医者に死期を宣言されているから、残る時間は好きなことをして生きろと、そういうのと同じです。死刑囚じゃありませんよ、子供たちは。社会に復帰させるのが、わたくしたちに課せられた仕事です」

　木島けいはブリッジの穴に足をとられ、ころびかけ、手摺につかまって身をささえた。朽ちた手摺は崩れ、転落しそうになった木島けいの腕を、わたしはつかんでひき戻した。

　ブリッジや石段や崖上にはり出したテラスのような路を上り、下り、建物の隙間を通り抜け、そのあいだ、絶えず、トタン板がシンバルのように風に鳴り、硝子が甲高いきしんだ音をたて、わたしのスカートの裾は風をはらんでふくらんだ。道はしばしば、廃材の山で塞がれ、廻り道を余儀なくされた。

　かつて住んでいた人々が閉山によって立退くときに捨てていったがらくたは、そこここにいまだに散乱している。古い革靴、ゴム長、鍋、笊、箒、テレビやラジオもころがっている。それらの中には、形だけをとどめて風化しているものもあり、触れると崩れて粘りけのある砂になった。

「木島さん」

　わたしは呼びかけた。

「子供の数が増えているのでしょう？」

　木島けいは、ふりかえり、

「いいえ」

　と言った。

「収容者は三十一人。正確です」

「死者は？」

「いません」

建物の一つの中に、木島けいはわたしを導いた。

硝子の破れた窓枠の外に板戸が嵌めこんであるので、薄暗い。

木島けいは、小さいペンライトを点け、壁を照らした。

羽目板に、それは貼りついていた。竹の棒が何本か突き出ている。先端をとがらせた竹を大釘のかわりにして、打ちつけてとめたらしい。磔になっているのは、仔豚であった。

「木島お母さんは、そんなに丹念に、あの地区を点検していたのですか」

わたしから話をきいた藍子は、まず、それを問題にした。

「そんな入り組んだ奥の方まで。どうしてでしょう」

わたしの答えをうながすように、ちょっと間をおき、

「一人きりで……」と、つけ加えた。

「子供たちの隠れ処を捜すため。そう、木島お母さんは言ったんですね。それにしても、熱の入れ方が度を過ぎているとお思いになりませんか。マ・スール。たかが、莨……」

莨！　と、はっとしたように、藍子はくり返した。

「どこに隠しているかより、どうやって手に入れたのかということの方が重大ですわ。何という銘柄の莨ですか。莨を吸うのは、青山お父さんと、ボイラーの串田剛一、半崎勇、事務の小垣ふじ子の四人だけです。青山お父さんはピース、串田剛一と半崎勇はハイライト、小垣ふじ子はマイルドセブンです。物資運搬の船が入るとき、カートンで買い溜めています。外国たばこは、船は運んできません。いつ、誰が持ちこんだのでしょう。喫殻というのは、わたしは見ていません。木島お母さんは、喫殻をまず、わたしに見せるべきでした。おかしいわね。どこから……」

「豚の礫は気にならないの？」

わたしは訊いた。

「羽目板に、そぎ竹で打ちつけてあった豚は」

「何てひどいいたずらでしょうね。でも、マ・スール、それは、この島の中だけのことですわ。密輸のルートがあるらしいということの方が、大変です。あの子たちは、アルコールだの莨だの、セックスだの、そういうものに目が無いのよ。麻薬中毒からようやく脱けた子もいるのに、そんなものがまた持ち込まれているとしたら、収拾がつかなくなります。木島お母さんをここに呼びましょう。善後策を講じなくては。いいえ、あまり大きい騒ぎにはしたくありません」

第3ホームに、藍子は電話をかけ、「お茶を飲みにいらっしゃい」と誘った。施設の建物間だけに通じている内線電話である。

緊張した顔の木島けいを、穏やかな笑顔で迎えた。

「莨の銘柄は何でした？」

藍子は、そう、きりだした。

「何か名前は忘れました。たいそう強い、フランスの……」

「ジタン？」

わたしが言うと、

「ええ、それです、たしかそんな名前でした」

木島けいは、たてつづけにうなずいた。

「あなたは、莨を喫わないでしょ。どうして銘柄がわかったの」

藍子は、にこやかに、しかし、じわりとした力をこめて訊く。

「山部さんに喫殻をみせて、たずねたんです。山部さんは自分は喫いませんが、名前は知っていました」

「すると、山部お父さんも、子供たちが莨をかくれのみしていることは承知なのですね」

「ええ。でも、莨のことより、大変なのは、豚じゃないでしょうか。残酷だわ。園長先生もごらんになってください。胸が悪くなります。さわるのもいやなので、そのままにしてきました。あんなことをするのを放ってはおけません」

「ペットに飼っていた豚ですか」

「犠牲にするために飼っていたんですね、きっと」

「マ・スールにも申し上げたのですが、豚よりも、莨の方が重大です。木島お母さん、あなたは、問題の軽重をとりちがえていますよ。外との交流の秘密のルートを子供たちは持っているのでしょうか」

「どうやって交流するのでしょう」

「物資を運搬する船が、禁制品を……」

「でも、船荷の受け取りに、子供たちは関与させていません」

「こっそり、受け取っているのですよ。監視を厳重にしなくてはいけません。マリファナや覚醒剤まで持ち込まれるようになったら、どうします」

「全職員に通達なさってください。子供に甘い人がいるので、わたくしはやりにくくて困ります」

「わかりました。わたしから厳しく言いましょう」

「豚は、どうなさるのですか。わたしは、あれがあそこにあると思うだけで鳥肌がたちます。でも、福原さんなんか、あれを見たらヒステリーを起こしそうだわ。任務を放棄して本土に逃げ帰りそう」

「内密に処分しなくてはいけませんね」

「子供たちを叱責なさらないのですか」

「誰がしたことか、わからないでしょう。何も知らない子供にこの事を教えるのは、眠っているのを起こすようなものだと思いませんか。子供たちの誰かが、わたしたちを挑発しているのではないでしょうか」

「挑発なら、もっと目につくところに置くと思います。あんな奥まったところに、こっそり……」

「あなたはまた、そんな奥まったところまで、よく捜索なさったのね」

「莨などの秘密の隠し場所と、抜け道を探していたのです。まさか、あんなものにぶつかるとは思いませんでした」

「とりのぞくには、男手が要りますね。山部お父さんに」

「いいえ、あのひとは、だめです」

木島けいは、強い口調でさえぎった。

「子供に甘い職員というのは、あのひとのことです。あのひとは、子供たちに喋ってしまいます。ボイラーの串田さんが適任ではないでしょうか。串田さんは、無口で、頼もしい人です」

「わかりました。串田さんを呼んで、頼みましょう」

雑役夫(ざつえきふ)の串田剛一を呼び寄せる口実も、「お茶を飲みにいらっしゃい」であった。


四十一歳の串田剛一は、大学中退の学歴を持っている。大学時代、かなり過激な闘争活動をしたらしい。米大使館に乱入し逮捕され退学になった。背が低く、盛り上がった両肩の間に首がめりこんだような体軀(たいく)である。

「力仕事を頼みたいのです。いっしょに来てください」

藍子は戸棚(とだな)から大型の懐中電灯を出した。木島けいも串田剛一も懐中電灯持参である。陽が落ちると、懐中電灯なしでは歩けない。

藍子にうながされ、木島けいは、

「わたしも、また行くのですか」

と、渋った。

「あなたが案内してくれなくては、道がわかりません」

そう命じるときの藍子は、穏やかで威厳があった。

懐中電灯の明りが、羽目板に打ちつけられた豚に集中した。

腐臭がかすかに漂いはじめていた。濃密な甘ったるさに、脂(あぶら)っこい悪臭が綯(な)い混った臭(にお)いである。四肢(しし)の付根の皮膚をのばしてそこにそぎ竹が打ちこまれ、腹を羽目板につけた形で、豚ははりつけられていた。十分に成熟しきらない仔豚であった。不自然な形をとらされているので、皮膚が醜(みにく)くたるんで皺(しわ)をつくり、ある部分では小さい切れ目を入れたら即座にはじけかえりそうにひっぱられている。

「明りを消して」

藍子が低く短く命じた。

「蔭(かげ)にかくれて」

足音が聞こえたのである。一人ではなかった。

　藍子の命令が口をつくのとほとんど同時に、あるいはそれより一瞬早く、串田剛一は懐中電灯のスイッチを切り、木島けいもそれにならった。藍子はもちろん、命じるのと消す動作がいっしょだった。

　闇が視界を閉ざした。暗黒の中で、わたしたちは物蔭にひそんだ。

　弱い灯影が宙にちらちらと揺れ、見えかくれしながら近づいてくる。

　懐中電灯ではない。蠟燭か何かの火のようだ。灯が三つずつ、ほぼ規則正しく三角形をつくり、それが間をおいて、五組。

　ようやく、姿がおぼろげながら見えてきた。白っぽい布をかぶって顔がかくれるように垂らし、頭に輪を嵌め、火をともした蠟燭を三本ずつ立てているのであった。

　五人が一列になって進んでくる。その傍に、小さい懐中電灯を持った人物がつき添うように並んで歩いている。

　蠟燭の光が届く範囲はごくわずかなので、足もとの方は闇に溶けこんでいる。

　五人と一人は豚の前に立った。一人ずつ、豚の前に進み、何か仕草をする。固い物が触れあうような音がする。

　五人は順にその動作をし、懐中電灯の人物だけは加わらなかった。

　やがて彼らは、来たときと同じように、しずしずと去って行った。闇に呑みつくされたように灯影はみえなくなり足音も消えた。

「串田さんの懐中電灯だけ点けてください。わたしのは光が強すぎて、気づかれるといけないから、点けません」

　藍子が指図し、串田の弱い灯をたよりに、わたしたちは豚の前に佇った。

　串田が、豚を照らした。光の輪の中にあらわれるのは、豚のごく一部分である。

　釘が打ちつけてあった。

　わたしは、失笑した。何という遊びだろう。丑の刻まいりごっこ。それも、集団で。

「何の凄みもありませんね」

藍子の部屋に戻ってから、わたしは、一言だけ感想を言った。

「馬鹿げているだけだわ」

ただ一人、激情につき動かされ、なりふりかまわず深夜の道を去り、呪詛怨念を釘に託して叩きつける女の姿であれば、凄愴の気も漂うが、集団で形だけまねた遊びは、いっそほほえましいくらいのものだ。

しかし、藍子は激昂していた。

「不問に付すわけにはいきません。グロテスクで不健康はなはだしい。たとえ、遊びでも、だれか呪殺の対象はあるわけです。藁人形がわりの豚に釘を打ちこんで、誰を呪おうと……」

「おれたちに決まっているじゃないですか」

串田剛一が、ぼそりと言った。

「あれらから見たら、この島の職員は、全員、呪殺の対象です」

そのくらいのことがわからないのか、というように、串田は、顎を突き出すようにして、皆を見まわした。しかし、その視線は、わたしをそれていた。

串田が嘲笑まじりに話しかけた相手は、藍子と木島けいの二人であった。

「禁止しても無駄ですね。呪殺ごっこを禁止すれば、また別の遊びを考え出します。行為を禁じても、心の中に憎悪怨恨を抱くことまでは禁じられません」

「串田さん、あなたも、子供たちを甘やかすのですか」

「やりたいようにやらせておいた方が、悪のエネルギーが小出しに消化されて安全だという、簡単な理屈です。正論ですよ、これは」

「何か他のことで、そのエネルギーとやらを発散させる方法を考えた方がいいと思います」

木島けいが言った。

「子供たちといっしょにいたのは、山部お父さんでした」

藍子は言った。

「顔は見えませんでしたが、わたしは確信します。あなたは、どう思います、木島お母さん」

藍子が苗字の下にお父さんとかお母さんとかつけるたびに、串田剛一は、うんざりした表情をみせる。他の職員は、子供たちの前では、決まりにしたがってだれだれお父さん、だれだれお母さん、と言うが、子供のいないところでは、苗字だけを呼ぶ。藍子は、強情に、お父さん、お母さんをつける呼び方をやめない。一人でがんばっていれば、他の者もおのずと従うようになると思っているふうだった。

「たぶん、そうだと思います」

「たぶん、ではありません。あれは、山部お父さんでした。串田さん、あなたも、そう認めるでしょう」

わかりかねる、と表情で串田は答えた。

「山部お父さんが、いっしょになって、こんな馬鹿馬鹿しいことをするなんて」

「少くとも、山部さんは、それによってあれらの呪殺の対象になることを免れる……と、そう、あの人は思っているんじゃないかな」

串田剛一がそう言うと、藍子は吹きだした。

「それでは、まるで、山部お父さんが、あの呪いに効きめがあると思っているみたいじゃありませんか」

「子供たちに憎まれないですむ、という意味でしょう、串田さんが言うのは」

木島けいが言った。

「いや、豚の呪いだって、効きめがないとは言えませんよ。あれらは、丑の刻参りと犬神の呪法をまぜこぜにしているようだな。丑の刻参りは言うまでもないが、藁人形を呪う相手の形代にしている。藁人形の胸を釘で打つのは、相手の胸に釘を叩きこむことを意味している。犬神は……正確にはおぼえていないが、犬を首だけ出して地中に生き埋めにするのだったと思う。犬は飢えと渇きと苦痛に苛なまれ、怒りと呪いに錯乱する。その首を、刎ねるんだ。そうして、犬の凄まじい呪いが相手にふりかかる。

犬のかわりに、豚ですよ。豚に極限の苦痛を与え、その怒り、呪いを、相手に向かわせる。あれらにとっての相手とは、つまり、我々だ」

「わたしは、子供たちを愛しています」

　藍子は言った。

「貧しい乏しい愛かもしれませんが、ありったけを、あの子たちに注いでいます。呪いだの犬神だの、くだらない話は時間の無駄です。わたしたちが討議しなくてはならないのは、この問題をどう処理するかということ。もう一つは、蕈などをこっそり運び入れているルートの糾明です」

「あれらは、〝豚の刻参り〟と呼んでいますよ」

　藍子の言葉を聞いていなかったように、串田剛一が言った。

「串田さんは、知っていたんですか！」

「薄々は」

　串田剛一は言った。

「なぜ、早く報告しなかったんです」

「意味がわからなかったんですよ。小耳にはさんだだけだったので。このことだったんだと、やっとわかった」

「山部お父さんをどうするか……。木島お母さん、あなたホームに帰って、山部お父さんにここに来るように言ってください。あなたは、ホームに残ってください。串田さんはここにいてもらいます。証人が必要ですから。木島お母さん、子供たちには、まだ、何も言わないように」

「お茶ですか」

　と、山部国雄は部屋に入ってきた。

「気まぐれティー・タイムだな。今夜のお茶は、何のお叱言です」

「どういうつもりなのですか」

　藍子は冷ややかに言った。

「あなたは、子供たちを指導し監督するつとめは放棄したのですか」

　あっけにとられたように、山部国雄は藍子に目を向けた。

「何の話です」

「豚です。豚ですよ」

藍子の声に苛立たしさがこもった。

「何か考えがあってのことですか」

「豚？　豚がどうかしましたか」

「すっかり、わかっているのです。わたしが自分で見たのですから。豚の刻参りと、子供たちは呼んでいるそうですね」

「豚の刻参り。まんがみたいだな」

山部国雄は笑った。

「何です、それは」

「時間稼ぎはやめてください。あなたに釈明の機会をあげているのです。どういうつもりで、子供たちにあれを許したのか、しかも指導者のあなたが行動を共にしたのか、まさか、子供たちのご機嫌とりのためではないでしょう。教育的配慮があってのことだと思います。あまりにユニークすぎる配慮だとは思いますが」

「待ってくださいよ。何のことやら、さっぱりわからない」

「わたしばかりではない、串田さんも目撃しているのですよ。ね、串田さん」

「私は、顔は見なかったね」

串田剛一は言った。

「暗くて見えなかった」

「串田さん！」

「残念ながら真実ですよ。そうじゃありませんか。蠟燭の光は、顔まで照らしてはくれなかった。あの人物が持っていた懐中電灯も、自身の顔を照らしたりはしなかった。暗い中では、光源を持ったものは闇に沈んでしまうのですよ」

「あなたまで……」

「山部さん、ホームに戻って、木島さんと話しあってみるといいと思うよ。子供たちにはきかれない方が、まあ、いいだろうと俺も思うがね」

「命令は、わたしがします。串田さん。あなたの考えは、あなたの胸にしまっておいてください」

「園長から何の説明も得られないのなら、ぼくは串田くんの言うとおり、ホームに帰った方がよさそうだな。木島さんは何か知っているんだね」

最後の言葉は、串田剛一に向けられた。

「あなたは何も知らないと言うのですね、山部お父さん」

「知りませんね」

「信用しましょう」

藍子は小さい吐息をつき、目撃したことを話した。串田剛一がそれに補足した。

「男性職員が一人、つき添っていました。わたくしは、あなただと思いました。しかし、あなたではないのなら、青山お父さん、加藤お父さん、ボイラーの半崎さん、この三人のうちの誰かということになりますね。串田さんはわたくしたちといっしょにいたのですから」

藍子は、何かを追い払うように、目の前でちょっと手を振った。虫などはいない。意味のない仕草であった。

「一人の人間が同時に二箇所にいられるのでなければね」

串田剛一の冗談に、山部国雄は気のない笑いで応(こた)えた。

藍子は串田剛一の言葉を無視し、きまじめに、

「三人に問いただし、三人とも、山部お父さんのように否定したら……」

「藪(やぶ)の中ですね」

串田剛一は、また、ふざけた口調で言った。

「一度、全員で会議を開き、検討しなくてはなりませんね」

藍子は、言い、表情を押さえこむように眼を閉じた。

わたしと二人だけになると、藍子はソファに躰を沈めた。

「わたしは、子供たちを愛しているわ。お父さんたち、お母さんたちを信頼しているわ。それなのに、わたしが見たあれは……何なの。……豚は捨てなくてはいけないわ。それを串田さんに言うのを忘れた。捨てさせるために、串田さんを同行させたのに、あ

んなものを見たので、忘れてしまっていた。

捨てなくちゃいけないわ。海へ。海はすべての痕跡を消してくれる。何もなかったことにしてくれる。でも、子供のときに受けた傷は、一生残るものなんだわ。割れた陶器と同じ。継いだって痕は残るし、手荒に扱えば、また同じところから割れるわ。海だって、癒すことはできない」

「お休みなさい」

わたしは言った。


翌日は丁度土曜日なので、子供たちの学習のない午後の時間、会議が開かれた。福原芳枝と事務の小垣ふじ子が子供たちの監督にあたり、二人をのぞいた全職員が、会議室に集められた。福原芳枝に監督係を割りふったのは、昂奮して感情的になり、議事を混乱させる可能性が大きいと藍子が判断したからである。統率者として、藍子は決して無能力者ではなかった。

あの儀式に同行していた男性は誰かと、会議の席で糾明することを避けたのも、藍子の賢さであった。該当者がしらをきりとおした場合職員の間に、疑心暗鬼が生じることを、藍子は慮ったのである。

莨の件と、豚をはりつけにして、子供たちが丑の刻参りのような不愉快な遊びをしていたことだけを、藍子は告げた。青山総三、加藤守也、雑役夫の半崎勇の三人の中に、子供たちの共謀者がいれば、藍子に知られたと気づくはずである。

「やみくもに禁止したり、あれをやっていた五人を焙り出して罰を与えたりするのは、百害あって一利なしだと、ぼくは園長に言ったのですよ」

山部国雄が言うと、

「ぼくはその話は今初耳なんだが、山部さんは、前もって園長から相談を受けたの？」

青山総三が、切りこむような質問を投げた。

「まあね」

「山部さんにだけ、特別に前もって相談があったというのは、あまり愉快ではないですが」

加藤守也が言った。加藤守也はわずかに吃る。ほとんど人に気づかれぬほどだが、言葉の出だしが滑(なめ)らかではない。しかし、気どりのない、粗野ぶりもしない人柄と、ひけらかしはしないが博識な点で、職員の間で好感を持たれ、子供たちも彼にはあまり敵意をみせない。もっとも、子供たちは今のところ、どの職員にも、一定の距離をおき、特に親しまず、特に反抗的な態度もとらないというふうなのだが。

「禁止や罰で対処しない方がいいという山部さんの説には、ぼくも賛成です。豚は、まだそのままですか」

「そうです」藍子が応えた。

「廃棄しましょう。そうして、そのことには触れず、子供たちの関心を何か他のことに集中させるのが上策だ」

加藤守也がそう言うと、木島けいが、

「わたしも賛成です。健康的な、子供たちの心身の育成に効果のある、そうして、子供たちを夢中にさせるようなこと」

「畑仕事がそれに相当すると思ったのですが、今の子供たちは、土に関心を持ちませんね」

藍子が言い、

「今の子供とは限らないでしょう。昔だって、土いじりの好きなのも嫌いなのもいた。一律に、土に親しむのはよいことだ嫌うのは悪だと決めつける方がおかしい」青山総三が逆らった。

「何がよろしいでしょうね。ここでは、遠足というわけにはいきませんし」

「海釣(うみづり)」

そう言ったのは、加藤守也である。

「いいえ」藍子は即座に遮(さえぎ)った。

「釣はいけません。船に子供たちを乗せるのは危険です。波が高すぎますし、逃亡の手段を暗示するようなものです。それも、成功の可能性はないのに、夢を持たせるような手段」

「運動会。それしかないな。園長、最初からそのつもりなのでしょう。健康的で、心身育成の効果があって、子供たちが熱中できるようなもの、といったら。自分から提案せず、ぼくらの発案というふうにもってゆく。なかなか、策士だ」

青山総三は、褒めているのかくさしているのかわからない言い方をする。

「三十一人で運動会ですか」

加藤守也は言い、

「ま、それしかないか」と、うなずく。

「四十一人です」石井純子は訂正した。

「職員も加わります」

「わたくしは、競技はしませんよ」藍子は言った。

「不公平になりますから」

「常に、中立ですね」青山総三が言う。

「審判長とでもいうことにしてもらいましょう。マ・スールは、もちろん、加わりません」

「決はとってないのに、運動会をすると決まってしまったようですな」山部国雄が口をはさむ。

「前にやったとおり、なるべく、同じように。少しのずれは、やむを得ないわ」

藍子の呟きが、わたしの耳に入った。

「たった四十人の運動会。いそがしいですな」

「山部お父さんには活躍していただきますよ」

藍子はやわらかく微笑し、

「豚の除去は、串田さんと半崎さんにお願いしましょう。運動会の具体的な条項については後日あらためて決めるとして、次に、さし迫った問題の検討にうつります。莨の喫殻が発見された件です。発見者は木島お母さんです。銘柄はさっきも言ったようにジタンです」

「それなら、わたしですが」と、半崎勇が頭をかくようにして名のり出た。

「半崎さんはハイライトじゃなかったの」

「この前、船で物を運んできたのが持っていましてね、わけてもらったんです。あんな強いのを、女の子はいくら何でも喫いませんよ」

「子供たちの手に渡っていることはありませんか」

「ないでしょう。我々も注意しているし、船の連中も心得ています。荷おろしに、子供たちは参加させないし」

「それでは、この問題は解決ですね。串田さん、半崎さん、あの不潔なものの始末をよろしく」

「誰を信用したらいいのか、わからないわ」

部屋に戻ってくると、藍子は長椅子のクッションを振り上げ、床に叩きつけた。

「子供たちより、職員の方が手に負えないくらいだわ。誰か、子供たちと手を組んでいるのよ。ごきげんとりをして。莨。半崎さんがジタンを喫っているのを、いっしょにいることの多い串田さんが知らなかったなんてこと、あるかしら。それなのに、串田さんは何も言わなかった」

「半崎さんが自分から言うと思ったのでしょう」

わたしは言ったが、藍子はそんな言葉では鎮まらず、床に落ちたクッションを踏みにじった。クロス・ステッチの薔薇が足の下でよじれた。

4

気に入りの場所に、わたしは、来た。

浅妻梗子が来ているかと思ったが、姿はなかった。午後の学習が終わり、反省時間までのごくわずかな空白。その自由時間にも、職員の誰かしらの監視の眼は注がれている。

　ここがいわば監獄であることを思えば、当然のことなのかもしれない。

　子供たちは、現在の社会の秩序、モラル、制度を無視するという、〈最大の罪悪〉を犯している。そう、社会が憎み制裁を加えるのは、秩序、法律の無視、それだけだ。

　十四で性に惑溺する少女はとほうもない罪人のように見られるけれど、十四、十五が結婚の適齢期だった時代もある。

　浅妻梗子のかわりに、吉川珠子が防波壁の上に、道に背を向け腰かけていた。小さい躰は風に吹きさらわれそうに儚くみえた。

「落ちないように」

　わたしが声をかけると、

「落ちても、べつに、どうってことはないわ」

吉川珠子は、愛らしい笑顔で言った。

「死んでいるから」

「死んでいるの？」

「そう。殺されたの。園長先生に」

吉川珠子は言った。


運動会の日程と種目が検討され、決定した。

四十人が紅白二組にわかれ、勝敗を争うことになる。見物したり応援したりする余裕はない。全員が幾つかの競技にたてつづけに参加する以外に、やり方はなかった。

結局、対抗リレーと棒倒しの二種目が選ばれ、最後にフォーク・ダンスを踊って終わるという、ごく簡単なスケジュールが決まった。

棒倒しは女子にはむかない競技だけれど、エネルギーの発散にはもってこいだと、山部国雄が主張し、いつも一言文句をつける青山総三が珍しく、それはいいと賛成した。

フォーク・ダンスを提案したのは、その青山総三であった。

「近ごろの子はフォーク・ダンスなんてやらないでしょう。ディスコですよ」

小垣ふじ子や石井純子は言ったが、男性職員が全員、フォーク・ダンスに熱を入れた。

彼らは、年齢に多少の差はあるが、ほぼ、男女共学がまだぎごちなさを残しているころに中学、高校生活を過し、運動会の最後をしめくくるフォーク・ダンスに懐(なつか)しさをおぼえる世代であったというのが、原因らしい。

「前もって練習させなくてもいいんですよ。人に見せるためじゃないんだから。その場で、指図に合わせて踊ればいいんだ。ボン・ファイアをやりましょう」

山部国雄が言いかけると、

「焚火(たきび)はいけません」

藍子が甲高くさえぎった。

「対抗リレーと棒倒し、フォーク・ダンスだけでは、二時間もかからず終わってしまうでしょう」

小垣ふじ子が言った。

「もっとたっぷり、子供たちをたのしませてやることはないかしら」

「たのしませる必要はないでしょ」

福原芳枝が割りこんだ。

「ここは、懲戒と矯正の場所なのよ。たのしく遊ぶ楽園じゃないわ。ここの生活がおもしろくて、いつまでもいたいと思うようになるのでは困ってしまうわ。修道会の費用で、非行の子供たちに娯楽を提供するなんて。汗を流させればいいんです、要するに。どうしようもない……はっきり言って、屑ですよ、あの子たちは。皆さんだって、心の中ではそう思っているでしょ。口に出しては言わない、言えば非難されるのはわかっているから。でも、屑ですよ。ふつうの子供なら、あんなことはしません。矯正と言ったけれど、本当は矯正のしようもない毒麦ですよ。だから、隔離しているのよ。そうでしょ。この点は、わたしたち、はっきり認識しておく必要があるわ。社会に戻したら、何をしでかすかわからない。子供によって、程度の差はあるわ。だから、これなら大丈夫と見きわめのついた子は、社会復帰の可能性も」

「おやめなさい」

藍子が厳然と命じた。

「子供たちを、健全な、社会に順応できる人間に育成して、親もとにお返しするのが、わたくしたちのつとめです。福原お母さん、あなたには認識をあらためてもらわなくてはなりません。それで、小垣さんの提案ですが、たしかに、対抗リレー、棒倒し、フォーク・ダンスだけでは、あっけなさすぎますね。何かよい案は?」

誰も発言しないと、

「仮装パーティーはどうかしら。ボン・ファイアのかわりに」

藍子は自ら提案した。

「子供たちには、気晴らしが必要です。それがみたされないから、あんな変な遊びが生まれてしまいます。こちらから、先手をとって、おもしろい遊びの中に導き入れてやりましょう。実は、これは、子供たちの心の中をさぐり見るのにも役に立つのです。それぞれが、何に扮するのを選ぶかによって、秘し匿している内心が視覚化されます。今後の、各自に即した指導の手がかりになります。あの子たちは、今、あまりに一律に、平穏な仮面をかぶっています。それでいて、蔭では、あんな不気味なことをやっているのですから、わたしたちは、穏やかな微笑の仮面をとりはずして、その下の素顔を直視する必要があります。素顔は、好きな仮面をつけさせることによって、明らかになります」

藍子の提案は、可決された。

木島けいは反対はしなかったが、仮装などというのは、浮わついた、あまり好ましくないことだと思っている様子がみてとれた。

夜、部屋でわたしと二人だけの時を過しているとき、藍子は、

「競技というのは、つまり、敵愾心を煽りたてることじゃありません?」

と言い出した。

「一方で、協調の大切さを教えながら、他方で、敵を叩き潰す闘争心を養わせる。矛盾していると、わたくしは思いますわ。勝つためには、チームは協調しなくてはなりません。でも、その協調は、敵を倒すため、野獣の本能を満足させるため。運動会というのは、戦いのシミュレーションですわ」

あなたは、反対することもできたのですよ、会議の席で。などとわかりきったことを口にする気にもならず、わたしは黙っている。

子供たちは、従順に、運動会のプランを受け入れた。ただ一つ、子供の側からの提案があった。浅妻梗子が皆を代表して、その意志を藍子たち指導者に伝えた。

四十人を二組にわければ、二十人ずつで、数の上では公平なようだが、実際は、大人が九人、子供が三十一人と、それぞれ奇数である。これを、不公平にならぬようにわけるのはどうするのか、という疑

問を、浅妻梗子は、まず、つきつけた。

　職員たちは、子供たちが積極的になったことを喜び、まじめにその問題をとりあげた。

　大人九人は、更に分類すれば、男性五人、女性四人である。男性を一人、不参加にすれば、男二人、女二人と、公平になる。青山総三が、走るのはあまり得手(えて)ではないからと辞退を申し出た。

　子供の方は、最年少の吉川珠子を競技からはずす。珠子には気の毒かもしれないが、そのかわり、スタート合図のピストルを鳴らす役を与えれば、子供のことだから嬉しがるだろう。

　そういうことでどうか、と、職員の方から提案した。

　はい、と浅妻梗子は承知し、走者の順序はどのようにするのかと訊いた。

　年の順にしましょうか。藍子が言うと、浅妻梗子は、お父さんお母さんたちが、先(ま)ず、走ってください。それから、子供たちが、小さい順に走ります。わたしと蓮見マリがアンカーをつとめます、と言った。その提案は、即座に可決された。

　浅妻梗子と蓮見マリが、全力疾走で争うさまは、どれほど美しく魅惑的なことか。加藤守也がそういう意味のことを呟き、他の者が何人か、共感をこめてうなずくのを、わたしは見た。


　運動会の前日は、あいにく雨だった。子供たちは自発的にテルテル坊主を作った。仮装パーティーの準備もひそかになされているようだった。

　当日、雨はあがったが、土がぬかるんでいた。

「延期した方がいいかしらね」

　藍子は迷ったが、子供たちが、やりましょう、とせがんだ。

「よかったわ」と、藍子はわたしにほほえみかけた。「やっと、子供たちが意欲的になってきました。ほっとしましたわ。無気力(アパシー)はいけません」

「延期すると、気が抜けてしまいますものね」

　傍にいた石井純子が話に加わった。

「ささやかな、まるで僻村(へきそん)の学校の運動会のような催し」藍子は、呟いている。誰にきかせるつもりもない、我れ知らず唇からこぼれた一人言だった。

「いえ、どんな淋しい村の運動会でも、村の人たちが総出で応援に集まり、祭りのような賑わいをみせるものだわ。見物人は、ここには一人もいない」

　正面の号令台に藍子は立って、月並みな開会の辞をのべた。子供たちの間から浅妻梗子が進み出、凜とした声で宣誓した。正々堂々とたたかいます、というあれである。

　入場行進をしただけで、子供たちの脚は、泥沼から這い上がったように汚れた。

　すぐに対抗リレーが続いた。見物人は、零ではなかった。わたし、藍子、そうして競技に参加しない青山総三である。吉川珠子は、ものものしい顔でスタートラインの脇に立ち、ピストルの銃口を上に向けた。

　紅組は山部国雄、白組は加藤守也が、それぞれ第一走者として位置についた。

「On your mark! Get, set」

　吉川珠子の高い愛らしい声。そうして、合図の轟音。

　二人の走者は、地を蹴って競りあった。

　串田剛一と半崎勇が、位置について待機する。

　わたしは、気づいた。

　声をからして声援しているのは、二組にわかれた女子職員ばかりで、子供たちは、いたって冷静に、走者を眺めているのである。ときどき、「がんばれ！」と声をあげるのだが、それは、走者を揶揄しているようにしかきこえない。

　藍子も、感じとったようで、青山総三とわたしの表情をうかがい見た。しかし、藍子は、すぐに自分をごまかすことに決め、はしゃいだ声で、「どちらもしっかり！」などと叫んでいる。

　風が少しずつ強まってきた。汐のにおいがなまぐさい。

　山部国雄がわずかに早く串田剛一にバトンをわたし、一拍おくれて加藤守也は半崎勇にバトン・タッチした。

半崎勇は、背を丸め肘を小きざみに振る不恰好な走り方だが、スピードは速く、串田剛一との差を縮め、次の走者小垣ふじ子に渡したときは、一足追い抜いていた。

串田剛一からバトンを受けとった石井純子は、きれいなフォームでスピードをあげ、小垣ふじ子を抜いた。

「強靭だな、あいつら」

青山総三の呟きは、藍子やわたしの耳を、はっきり意識していた。

「強靭ですって?」

藍子が、たちまち聞き咎めて、問い返した。

「あいつら、って、誰のことです」

「子供たち。決まってるじゃありませんか。デッド・ヒートを、完全に無視ですよ。〝がんばれ〟なんて、言うだけ空ぞらしい。ふつう、熱狂してくるものですよ。三十人もいるわけでしょう。中に、一人や二人レースに冷淡なのがいても、大半は、いつのまにか夢中になって応援しているものじゃありませんか。強烈な意志が、子供たちを統一している。あれです」

と、青山総三は、目顔で浅妻梗子を示した。白組のアンカーの浅妻梗子は、風を受けて爽やかに佇っていた。

石井純子は小垣ふじ子を三メートル以上ひき離して、福原芳枝にひきついだ。しかし、福原芳枝はバトンを受け損なって落とした。わたし肥っているから走るのは遅いのよ、困ったわ、いやだわ、と、福原芳枝は走る前から言っていた。

福原芳枝がまごついているあいだに、木島けいは小垣ふじ子からバトンを受けとり、ダッシュした。

木島けいと福原芳枝との差はぐんぐんひろがった。木島けいが子供の走者にバトンをわたしたとき、福原芳枝は半周近くおくれて走っていた。

子供たち同士の競走になった。

「一生けんめいに走っているじゃありませんか」

藍子は、安堵したように言った。

「ほら、ごらんなさいよ、夢中で走っているわ。あれでなくちゃ」

福原芳枝のミスがたたり、紅組は半周近い差をなかなかとり返せない。

白組は、アンカー浅妻梗子の手にバトンが渡った。

浅妻梗子は、その位置に立ったままだ。

やがて、紅組のアンカー蓮見マリが、ようやくバトンを受けとった。

二人は、笑顔をかわした。

バトンを、高々と投げ捨てた。

吉川珠子が二人の傍に立ち、ピストルを上にかまえ、引金をひいた。

二人は走り出した。

子供たちの声援に、たのしげな熱が、はじめてこもった。

「団体競技を、あいつら、個人競技にすりかえてしまった」

青山総三が言い、

「予定の行動だわ。前々から計画をたてていたのだわ。陰険なやり方！」

藍子は歯をきしませるようにして呟いた。

浅妻梗子と蓮見マリは、抜きつ抜かれつしていた。

わたしには、浅妻梗子が力を加減しているようにみえた。

青山総三が、それを、声に出して指摘した。

「浅妻は、時々、わざと蓮見に抜かせている」

やがて、二人は、更に藍子たちを裏切った。

二人肩を並べ、リズミカルに足どりを合わせ、ゆっくりと走り出したのである。子供たちの声援は、二人の歩調に合わせた手拍子にかわった。そうして、揃って走り戻ってきた二人を、拍手で迎え入れた。

「やってくれるじゃないか」

青山総三が言った。

「棒倒しは、どういう手で反逆してくるのか、興味があるというものだ」

その呟きをはぐらかすように、子供たちは、棒倒しには熱狂した。

棒の根元を護るものと、攻撃するもの。チームは、それぞれ二つの役割にわかれる。男性職員が防禦のメンバーに加わり、女性職員は攻撃軍に加わっている。

青山総三は、公平を期するために、やはり競技には参加せず、藍子やわたしといっしょに見ていたのだが、

「ああ」と、大きな吐息をついた。

子供たちは、決して、子供たち同士では闘っていなかった。職員に集中攻撃をかけていたのである。

「まあ、子供たちの気晴らしにはなっているでしょうな」

青山総三は、前を向いたまま藍子に聞こえるように言った。

これもあらかじめ計画してあったように、浅妻梗子と蓮見マリがそれぞれ敵の棒によじのぼった。

そうして、敵も味方もなく、子供たちは二人がよじのぼるのを助け、妨害しようとする職員をよってたかって妨げた。

棒にのぼった浅妻梗子と蓮見マリは、笑顔をかわし、同時に、てっぺんにとりつけられた旗を抜きとった。棒をささえていた子供たちは、いっせいに倒す方に力を貸した。男性職員の力ではささえきれず、棒はかしぎ、浅妻梗子と蓮見マリは、旗をかざしながら、とび下りた。子供たちの拍手が起きた。

「いいや、満足していない子もいるはずだ」

そう、青山総三は言った。

「今のところ、職員を敵とすることで、子供たちは団結している。しかし、全員が浅妻と蓮見に心服しているわけじゃない。打つ手はありますよ。まず、二人に反感を持っているものをみつけ出す。それから、あの二人を徹底的に反目させあうことだな。仲間割れを起こさせ、団結にひびを入らせ、それから、こっちにとりこむ」

青山総三は、藍子に向き直った。

「やらなくてはいけませんよ、園長。このままでは、何のための矯正施設かということになる。分断は子供たちのための手術です」

昼食、休憩となる。職員はテントの下に集まった。

子供たちといっしょに食べてもかまわないのだが、何となくはじき出されたように、彼らは一箇所に寄り集まったのだ。子供たちは、幾つかのグループを作り、弁当をひろげはじめている。

「ひどい目にあったわ」

福原芳枝が肘の擦り傷にマーキュロを塗りながらぼやいた。

「頭を踏んづけて上っていくんですもの。ああ、痛かった」

「総攻撃をかけられたんだものな」

青山総三が言うと、福原芳枝は、

「こっちだって、総攻撃したわよ」

と、見当はずれな答えを返した。

「わかっていないんだな。職員が、連中に総攻撃された、っていうこと」

「やはり、そうだったのか」

加藤守也がうなずいた。

「どうも、おかしいと思った。こっちは棒をささえるのがせい一杯で、まわりの状況はよくわからなかったんだが、どうも、様子がおかしかった」

他の職員たちも、「そう言えば」と、思いあたるふうにうなずきかわした。

「うっぷん晴らしをされてしまったわけか」

加藤守也の声に苦笑が混る。

「笑ってすませられることじゃないわ」

福原芳枝が声をあげ、はっとしたふうで、子供たちの方をふりかえる。少女たちは和やかに弁当を食べている様子であった。

「いいんじゃないですか」

と、石井純子が、

「一度発散してしまえば、あとは、素直になるんじゃないかしら」

「舐められていますよ。絶対、よくないわ。何とかしなくちゃ」

「何とか、って、具体的にどうします?」

青山総三が、皮肉っぽく訊ねた。

「どうしたらいいか、それは皆で考えることでしょ」

福原芳枝は言い返す。

「棒倒しのときは、乱戦の中にいたからわからなかったけれど、リレーのときの状態を思いかえしてみると、浅妻梗子が、全員を掌握しているようですね」

木島けいが、そう言葉をはさんだ。

「ぼくも、そう思う」青山総三が、木島けいには、皮肉な声音を消し、まじめにうなずいた。

「さっきも、園長に提案したんだ。あの団結を、まず、壊さねばならん。一人一人は、弱小ですよ。一枚岩のようになると、子供といっても侮れない力を持つ」

「どうやって壊すの」

さっきのしっぺ返しのように、福原芳枝が逆襲した。

「浅妻梗子への信頼を失なわせる」

青山総三は答えた。

何人かの職員の表情に、わたしは、反対の色を見た。しかし、彼らは言い返しはせず、青山総三の次の言葉を待つ。青山総三は、それ以上は何も言わなかった。


午後のフォーク・ダンスはきわめてスムーズに進んだ。山部国雄がハンド・マイクで指図するとおりに、前進し、後退し、ターンし、スキップし、スピーカーから流れるテープの音楽にあわせて、整然と子供たちは踊った。

「棒倒しで発散したからよかったのでしょうね」

藍子はわたしに囁いたが、声音にいくぶん不安がひそんでいた。

閉会後、子供たちは共同浴場で汗を流し、ついでに泥まみれになった運動着の下洗いをする。洗濯機は各ホームに備えてあるのだが、いきなりぶちこむわけにはいかない汚れようであった。その後、ホームで一休みする。

そのあいだに、藍子と小垣ふじ子は、集会室にパーティーの設営をした。昨日から、子供たちに手伝わせ、ほとんどの下準備はととのえていた。紙皿だの紙コップだのは舟便で運ばれてきていた。五目ずしの具も煮上がっており、各ホームで炊いたご飯が炊飯器ごと会場に持ちこまれてある。

藍子とふじ子は、飯を飯台がわりの板にひろげて酢をふり、煽(あお)ぎさまし、具を混ぜ、大皿に盛りわける。サンドイッチを手早く作る。

机を並べ、藍子の手作りの、クロス・ステッチをほどこしたクロスがかけられた。

五目ずし、サンドイッチ、サラダ、フルーツポンチ、という和洋折衷(せっちゅう)のメニューである。

満足げに、藍子はテーブルを見渡した。

小垣ふじ子は、左手に包帯を巻いている。棒倒しのとき、転んだ手の上を子供の誰かに踏みにじられ、「骨折はしていないと思うんですけれど」、明日になっても痛みがひかなかったら、医者に行きたいと言っている。

医者にみせるためには、舟で本土に戻らなくてはならない。男手が一人とられることになる。モーターボートの操縦ができるのは、山部国雄、青山総三、串田剛一、半崎勇の四人だけであった。

五時には女子職員が設営の手伝いにくることになっているのだが、十分過ぎても一人もあらわれない。

「くたびれて、子供たちといっしょに昼寝しているのかしら。呼んできましょうか」

小垣ふじ子が申し出た。藍子は壁の掛時計に目を上げ、

「半まで待ちましょう」と、鷹揚(おうよう)に言った。

パーティーの開始は六時の予定である。五時半になっても、木島けい、福原芳枝、石井純子の一人として姿をみせないので、藍子もしびれをきらし、

「小垣さん、ご苦労ですが、お母さんたちを呼んできてください」と命じた。

小垣ふじ子が出ていった後、藍子は手近なスツールに腰を下ろした。

「小さな反抗はありましたけれど、マ・スール、運動会は成功とみなしてよろしいのよね。フォーク・ダンスは、きちんとやったのですもの。棒倒しって、もともと、本質的に、兇暴(きょうぼう)性を誘い出す競技ですわ。でも、あれで、思いっきり発散しちゃったから、結果的にはよかったのよ。皆、おなかをすかせているでしょうね。五目ずしって、何かとても、〝家庭的〟

って感じがしません？　わたくしもおなかがすいちゃったわ」

くすっと藍子は笑った。

外が賑やかになった。笑い声をたてて、子供たちが入ってきた。テーブルのまわりに腰を下ろす。

藍子は見まわす。職員が一人もいない。

浅妻梗子と蓮見マリが最後に入ってきた。

二人は藍子に近づき、両側から挟むように立ち、
藍子は絶叫した。浅妻梗子と蓮見マリは、両側から洋庖丁を藍子の脇腹につきつけていた。

ほかの子供たちが、藍子をロープで縛り上げた。背もたれのある椅子に腰かけさせ、椅子ごと縛って身動きを不可能にしたのである。

藍子の顔は驚愕と恐怖で、おそろしく醜くひきつり、一声叫んだ後は、声も出ないふうだ。

子供たちはテーブルのまわりに腰を下ろし、浅妻梗子と蓮見マリをみつめ、二人がうなずくと、「いただきます」と、まことに躾のよいあいさつをし、五目ずしを紙皿にとりわけ、サンドイッチをとり、和やかに食べはじめた。

「マ・スール、マ・スール！」

藍子はようやく声を発した。

子供たちが、「いただきます」と日常的な月並な礼儀を守ったのがおかしくて、わたしは少し笑っていた。

「マ・スール、解いてください。あなたは、どういうつもりなの。黙って見ているんですか。解いてください。痛いわ。梗子、マリ、ロープを解きなさい。何てことをするの」

子供たちに尋ねなくとも、わたしには視える。第3ホームでは、浅妻梗子が、木島けいに庖丁をつきつけ、木島けいを人質にして山部国雄の行動の自由を奪い、二人を縛り上げたのだ。各ホームで同様のことが行なわれた。

小垣ふじ子、串田剛一、半崎勇、みな、縛り上げられている。

「そっちのサンドイッチ、とって」

「スープ、お代わりいるの、だれ？」

「マ・スール。あなた、黙って見ているの？　なぜ？　なぜ？　あなたは……あなたは……嘘！　いいえ、いいえ、そんな……」

身もだえながら、藍子はわたしをみつめ、その眼が、眼窩から突き出そうに大きく見開かれる。

藍子は失神した。その寸前、

お姉さま……、

呻き声が、こぼれた。

III　藍子

1

深い沈黙の底の安らぎから、引きちぎられるように、目覚めた。

悪夢の中に陥ち込むような感覚を伴なった覚醒であった。

マ・スールはベッドの傍の椅子に腰を据え、私に感情を見せぬ眼を放っている。

束の間の倖せな失神から、耐え難いほど不愉快な島の日常に、私は連れ戻されたのだ。

私の部屋であった。失神したのは集会室だから、誰かが私をここに運んだのだ。職員は子供たちに縛られ監禁された。運んできたのは、マ・スールだろうか。子供たちが手を貸したのか。

水から揚った鮪のような躰を何人もの子供たちに

神輿のように担ぎ上げられた姿が眼裏に浮かび、屈辱と憤りに身の内が熱くなった。

憤怒が私に力を与え、私は、マ・スールを睨みつけた。

姉……ではない。

似てはいるけれど、決して、姉ではない。

かすかな目眩をこらえて私は起き直った。

私を窮状から救い出すために修道会から派遣されてきたはずなのに、この女は、一言の助言すら与えてはくれず、いくぶん面白そうに私を見ている。

姉は、いつも、私が困るのを面白がっていた。たとえば、短大の入試の日、私は試験場に行く電車賃がなかった。月々、わずかな小遣いを姉の手から渡されていたけれど、それは必要最低のものを賄うにも足りないほどで、受験当日、財布の中みが、ほとんど空になっていた。姉に頼むと、私の金づかいの荒さ、計画性の無さを、姉は責めた。試験に遅刻しそうで、私は半泣きになった。継母も、手もとに自由に使える金は持っていない。金銭の出納はすべて姉が管理している。父には言えなかった。お姉さまが電車賃をくれないなどと父に告げたら、父は、私の告げ口根性が卑しいと叱るだろう。私はますます父から疎じられるだろう。

姉に言わせれば、私はたいそう厄介な、世話のやける気むずかしい子供であったそうだ。

私は周囲の者をてこずらせた記憶はない。逆に、自制してきた、耐えてきた、という思いばかりが鮮烈なのだ。

父は、母が中学生のころ家庭教師に来ていたのだそうだ。子供のころから、母は、少し淋しげでしかも華やかな美少女だった。家庭教師をやめてからも交流はあり、父の目の前で母は匂やかに成長した。母の両親や親族の反対を押し切って、父は母を妻に迎えた。母の実家は富裕な商家で、固い、そうして経済的には恵まれない学者の卵とでは育った環境が違いすぎるというのが、実家が反対する理由であった。

母は早世した。亡母の実家の人々は、亡母に生きうつしの姉を、いつくしんだ。しばしば、姉は亡母の実家に泊りがけで招ばれ、家に帰ってくるときは、新しい服を着け、よい匂いを漂わせていた。クリスマスには、子供の身の丈ぐらいありそうな西洋人形だの、本物のお茶が飲めそうなままごとセットなどが姉に贈られた。愛娘を奪いとり貧窮の中に死なせた――と実家では思っている――父に顔立ちが似た私が、亡母の実家の人々の気に入られないのは当然だった。

「マ・スール、お父さんやお母さんたちは、縛られたままなのですか。子供たちは、どうしていますの。まだ集会室で騒いでいるのですか」

　突然、今おかれている立場を思い出し、私は叫んだ。自室で、ぼんやりと過去の破片をつづり合わせている場合ではないのだった。

　自分で見て来なさい、というように修道女は顎をしゃくった。その仕草も、何と姉に似ていることだろう。姉は、油紙に火という形容がぴったりな早口でまくしたてるときと、口をきくのも馬鹿らしいというふうに仕草で命令したり蔑んだ表情を言葉の代りにしたりするときがあった。

　私が姉を話題に持ち出すと、修道女は、うんざりした顔をみせ、時には、おやめなさい、とぴしゃりと言うようになったので、ことさら口に出すのは控えているけれど、姉のことを心から追い払うのは不可能だ。

「見に行くのは、怖いのです」

　正直に私は言った。

　子供といっても、数は三十一人もおり、しかも年長の者は体力も強い。浅妻梗子は、子供たちを自在に操っている。人質に刃物を突きつけ、男子職員の攻撃を封じ縛り上げるという悪辣な手段さえとっている。私も縛り上げられた。

　子供とは呼べない。

　悪魔だわ。私は思わず口走り、こぼれた罵言をいそいで拾いかくそうとした。

　悪魔。あの子供たちが悪の権化であるなら、私は、何なのだろう。

「ああ、マ・スール、子供たちのこんな行為を、もし他人からきかされたら、信じる人はいないでしょうね」

「今、子供たちは全員、集会室に集まっているのですよ」

ほとんど冷淡にきこえる声で、修道女は指摘した。

私は、笑いだした。

「ほんと。やっぱり子供ですわね。することが抜けているわ。——でも……罠ではないかしら」

そう言ったとたんに、鳥肌が立った。

各ホームには、それぞれ職員が縛られたまま放置されている。なぜ、マ・スールを縛らなかったのだろう。

救出したければ、かってにどうぞ、と言っているふうだ。

職員の拘束を解いたら、今度は子供たちが手ひどい罰を受ける番だ。

手ひどい罰……。彼らがすでに、罰としてこの島に監禁されている事実に、私は思い当った。

単なる刑罰ではない。更生のための収容施設である。彼らの牙を抜き、社会に順応できる子供に変質させることが、私たち職員の責務なのである。体罰は、彼らの反抗心、敵愾心を激化させ、結束を固めさせるばかりだ。

子供たちを愛し、子供たちから愛される。それが、理想だ。愛し、そうして愛される。私は、子供たちを愛そうとし、愛されたいと願った。不幸な私であるからこそ、できると思ったのだった。

愛されない苦痛を知りぬいている私だから、愛されぬために傷ついた子供たちを愛することができる。子供たちの傷を理解できる。子供たちも、私には心をひらいてくれる。そう思い、私はこの仕事を引き受けた……。

子供たち一人一人は弱小だが、一枚岩のように結束すると侮れない力を持つ。団結を、まず、破壊せねばならない。そう青山総三は主張し、その具体的な方策まで口にした。子供たちを掌握している浅妻梗子への信頼を失なわせる。そのためには、蓮見マりと浅妻梗子を敵対関係にしろ。
浅妻梗子を犠牲にすることで、他の子供たちを救え。

青山総三の言葉が意味するのは、それだった。

よりよいやり方は、浅妻梗子を手なずける事だと、私は思う。手なずけるというのは不穏当な表現だ。浅妻梗子を職員の側に立たせ、私たちの意図どおりに子供たちを動かさせる。

だが、それは、不可能だ。浅妻梗子は、私たちに心服することは、決して、ない。彼女は、あらゆる点で、私たちよりすぐれている。そう、私は内心認める。美貌。才気。自分よりすぐれたものを周囲に見出せなかった、それが、浅妻梗子の不幸なのかもしれない。

そうして、万一、彼女が職員の側につくことがあったら、子供たちの大半は彼女を見捨てるだろう、ということも、私には予測がつく。徹底して、私たちより上位に立っているがゆえに、そうして私たちを侮り、蔑み、敵対しているがゆえに、子供たちは彼女を統率者と仰いでいるのだ。そう自覚するしないに拘らず。

一人を犠牲にすることで、三十人が救われる。

いいえ、そのうち三人は、すでに死者……。

しばらく意識から離れていたことが、くっきりと思い出された。

私は混乱し、両手に顔を埋めた。

浅妻梗子への子供たちの信頼を失なわせる。

その言葉だけが、頭の中で鳴っていた。

「マ・スール」

私は顔をあげて呼びかけた。

「許されることでしょうか。いいえ、あなたが禁止なさっても、私は、青山お父さんの提案を、採りますわ。職員会議にかけた上でのことですけれど、汚ないやり方だと非難なさいますか。それでしたら、もっとよい方法を教えてください、具体的に。子供たちを愛せよとおっしゃるのでしょう。愛していますわ、わたくし。ですから、こんな島に、他のすべてを投げうって、来ました。子供たちと共に暮らそうと。
かわいそうな子供たち。たしかに、世間の目からみたら、手のつけようのない非行。不良。福原お母さんなんか、あからさまに屑と。私は、そんなことは言いません。子供たち、一人一人、事情があるのです。そうしてまた、生まれついての性格も。マ・スール、性格というものは、人間が負わされた十字架ですわ。そうじゃありませんこと。生まれたときは、どの赤ん坊も同様にまっ白な紙のように清らかで無垢だ、なんてことはありません。白紙が環境や何かで後天的に染めわけられてゆくんじゃないんです。生まれつき、人に愛される性格の子と、愛されない子。ひがみ屋。楽天家。独自の色を持っている――神さまに持たされている……。神さまが、一番不公平なのよ。性格は、その子の責任じゃありませんわ。そういうふうに生まれてしまったんですもの」

「おやめなさい」

修道女が言ったが、私はひるまず続けた。

「だから、ここにいる子供たちは、かわいそうだと、私は言っているんです。あの子たちのせいじゃない。そういうふうに生まれついた。愛していますわ、子供たちを。でも、このままでは、だめなのよ。子供たちに、私たちを頼らせなくては。愛させなくてはとは言いませんわ。愛は強要できるものではありませんもの。でも、せめて、頼らせなくては。子供たち、一人一人は弱い存在なのだと自覚させ、教え導くものが傍にいることに気づかせなくては。そうしなくては、この施設は機能しません。マ・スール、わたくしは、浅妻梗子を犠牲にします。あの子を、子供たちの偶像の地位から転落させます。浅妻梗子は、立ち直れない打撃を受けるでしょう」

――自殺するかも……という考えが、心に浮かんだ。浅妻梗子はプライドを打ち砕かれる結果になるのだから。

浅妻梗子の自殺。心の底に、私は、快哉の声を聴いた。

決して、他人には言えない言葉。しかし、私は、私自身を欺くことはできない。

浅妻梗子の破滅は、私には、この上なく快い。私に欠けているすべてを持っているあの少女を、私は、妬み、憎んでいる。何とも浅薄な卑しい、たわけた言い草だけれど、ごまかしようのない事実だ。

優れているというだけならまだしも、浅妻梗子は、自分でも優れていることを知っており、私には目もくれない。

もし、彼女が、自分の優位に気づかず、私に心を開いたら、ああ、どんなにか、私はあの子を愛するだろう。

修道女は黙って私をみつめていたが、ほとんど感情の動きを見せない眼に、このとき、瞋りの色が仄見えたように、私は感じた。

懐中電灯で足もとを照らしながら、私はホームへいそいだ。修道女は、十歩ぐらい後を歩いている。

子供たちはパーティーを続けているとみえ、集会室の窓は明るいが、ホームは三棟とも闇に沈んでいた。

第3ホームに入り、灯りをつけた。山部国雄は台所の椅子に腰かけていた。山部国雄を椅子に固定したロープは調理台の脚に更にくくりつけられていた。

「まあまあ、山部お父さん、何という恰好でしょう」

私は、ころころとはずんだ笑い声をたて、縛めを解きにかかった。

さるぐつわはめてないのだが、ぶざまな姿を恥じてか、山部国雄は無言である。しかし、私の声を聞きつけたのだろう、奥から、「園長先生！」と木島けいの声がきこえた。

「先生！　ご無事だったんですか」

「今まで、園長はどこにおられたんですか」

手首に残る縄目のあとを撫でながら、ようやく、咎めるような声音で、山部国雄はたずねた。

私は返答につまった。

「園長は襲撃されなかったんですか」

「縛られたけれど、マ・スールが助けてくださったのです」

私は早口に説明した。

「山部お父さん、子供たちのことですが、処分は慎重に考えましょうね。いま、皆さんの縄を解きますが、その後、すぐに子供たちに報復の体刑など与えないでください。会議を開き、方針を決めましょう。行動はその後です」

てきぱき指図して、私は山部国雄の質問を封じた。

「山部お父さんは、第2ホームへ救出に行ってください。私は木島お母さんの縄を解き、それから第1ホームに行きます。あなたはその後、小垣さんたちを救出してください。そうして、全員、第3ホームに集まってください。単独で子供たちに何かしないでください。いいですね。必ず、ここに集合してください」

山部国雄は、かがみこんで、自由になった両手を使い足首の縄を解いた。

私は木島けいが縛られている奥の部屋に向かった。

修道女は、手は貸さず、眺めている。行動には一切関知しない、と決めているように。

「……子供たちが、なぜ、マ・スールが私の拘束を解くのにまかせたのか、わたくしにも理由はわかりません。わたくしは、気を失ない、気がついたら、自分の部屋にいました。そんなわけで、みなさんの救出が遅れたのです」

私に注（そそ）がれる職員たちの眼に、私は不信の色を読みとる。修道女がその間何をしていたかということは、誰も問題にしない。彼女はただそこにいるだけで手は貸さないということを、皆、暗黙のうちに容認しているふうだ。

私は、はっと気づき、言葉をつけ加えた。

「皆さんは、わたくしが子供たちと何か気脈を通じているのではないかと、疑っていらっしゃる。わたくしがすぐに救出にかけつけなかったからです。

なぜ、わたくしをすぐに自由にしたのか、理由がわからないと言いましたが、今、わかりました。皆さんの疑いの眼を見て、わかったのです。それです。

それこそ、子供たちの狙いだったのです。わたくしを疑わせる。わたくしに対する不信感を皆さんに持たせる。わたくしと皆さんを離反させる。

おそろしい悪知恵です。一筋縄ではいきません」

「だからといって、あのまま放っておくのですか」

青山総三が苛立たしげに膝をゆすった。

「いいえ。もちろん、対策を立てます」

「わたしは、いや！」

福原芳枝が、悲鳴のような声をあげた。

「もう、止めさせてもらいます。本土に帰るわ。こんな怖ろしい……」

「そうはいかないよ」

串田剛一が、薄笑いを浮かべた。

「途中で任務を放棄して逃げ帰ることはできませんよ」

「子供たちをつけあがらせます」と、木島けいが言葉を添えた。

「自分たちの力を過信させます。後に残るものが、やりにくくなるわ」

「だって、殺されるかも……」

福原芳枝が言うと、串田剛一は、また、くすくす笑った。

「全くだ。奴ら、おれたちを殺すこともできたんだよな。蟻の群れがライオンを喰い殺すみたいにな。ある種の蟻は、耳の鼓膜を噛み破って躰の内部にもぐり込み」

「止めて！」

「殺せるのに、殺さなかった」福原芳枝の悲鳴を無視して、串田剛一は続けた。

「殺さないどころか、園長は拘禁せず、我々を救出するのにまかせている。これは、つまり、奴らは遊んでいるんだ。殺さないまでも、我々全員の自由を奪えば、島を脱出することもできる。連絡用のポンポン船を、年長の奴なら操れるだろう。奴らは、逃亡の意志はない」

「遊び！」石井純子が、呆れたように、「これが遊び。とんでもない危険な遊びだわ。今度は、わたしたち油断しませんもの。園長先生、まじめな話、あの子たちの処分をどうします。二度とこんな事態を起こしてはなりません」

「厳重な処分」と、半崎勇が割り込んだ。

「ボイラー係の私が口を出すのは越権かもしれないが、先生たちのやりようは、なまぬるすぎるよ。思いっきり、がんとやらなくてはだめだ。指導者が舐められちゃあおしまいだよ。全員縛り上げて海に漬け半殺しにするくらいのことを、一度はやらなくちゃ。怖がって逃げ出すなんて、もってのほかだ」

「徹底的な体罰。皆さんも、それに賛成ですか」私は職員を見まわした。

「わたしは、反対です」

木島けいが言った。

「ここは、監獄ではありません。愛の実践の場です」

「それは理想論よ」きいきいと、福原芳枝はさえぎった。「今まで、わたしたち、愛してきたじゃないの、子供たちを。やさしく、寛大に。役目を分担しましょう。強い、時には怖い父親。やさしい、忍耐強い母親」

「ぼくたちにぶんなぐらせ、その傷を母親が手当てしてやって、子供たちの歓心を獲得しようというわけか」青山総三が皮肉に笑った。

「憎まれ役は、必要なのよ」福原芳枝は言いはった。「まさか、わたしたち女性に暴力をふるわせ、慰め役を男が引き受けようなんて、思わないでしょ」

私は、青山総三が〝子供たちの団結を壊す〟案をむしかえすのを待った。私から言い出すのは得策ではない。私は、決を与える立場である。私が一方的に命令するより、職員の間から方策が提案される方が望ましいのだ。

幸い、福原芳枝が、思い出して口にした。

「青山さん、ほら、子供たちの団結を壊すと言っていたじゃないの。あれは、どうなのかしら」

青山総三は、うかがうような視線を山部国雄にまた走らせ、その目を私に向けた。

私は無言で、誰かが口を切るのを待った。

「団結を壊す」と、話に加わったのは、山部国雄だった。「たしかに、青山くんはそんなことを言っていたな。具体的に、どうやって」

「山部さんの気にいらない方法だよ」挑むように、青山総三は言った。

「どういう方法です。具体案はあるんですか」

口数の少い加藤守也が訊いた。

「山部さんが反対するのが目に見えているから、言いづらいな。しかし、ほかの皆さん、どうですか。ぼくの案にまさる案を山部さんが提出すれば別だが、代案のない場合、事を大局からみて検討してもらえるでしょうね」

「何だか、ひっかかる言い方だな」山部国雄は不快そうな表情をみせた。

「山部さんのお気に入りにかかわるやり方なのでね」

「ぼくのお気に入り?」

「リーダーを失なえば、団結はくずれる」

「リーダー」と、山部国雄は意味もなく繰り返した。誰を指すか即座に悟った顔色だ。

「浅妻梗子ですか」石井純子が念を押した。

潔癖に反論するかと私は思ったが、石井純子は、私の予想に反し、納得したようにうなずいた。木島けいも、非難の色は見せない。気づかわしげな表情を浮かべたのは、加藤守也であった。浅妻梗子は、同性には目障りな存在なのだ。

「石井さん、反対しないの?」青山総三は、皮肉な口調で、「あなた、信者だよね。一匹を救うために、九十九匹を放ったらかす、という有名なたとえ話があるな。ぼくは、その反対のことを提案したんだよ。三十人を救うために、一人を犠牲にする」

私が修道女に言ったのと同じことを、青山総三は口にした。

「具体的な方法は?」

そう、木島けいが言った。

2

私は、恐ろしい空無の中にいる。

虚無から生まれ虚無に還る風が吹く。紗幕を透して視るように、私の目に、燃えさかる炎が視える。炎はなつかしく私を呼ぶ。

私は死せるもののように風に漂い、やがて、炎は黒い灰と化し、修道女が私に背を向け、窓辺に佇っていた。

又、目覚めてしまったのだ。地獄色の日常に。

マ・スール。

ほとんど声には出さず、私は呼びかけた。

暖かく抱きしめてくれる腕が、私は欲しかった。

修道女は、私の方に向き直った。

「お早うございます」

朝の爽やかであるべき挨拶に、吐息が混る。

私は、あなたの寝顔を見たことがない。

「マ・スール」

呼びかけたものの、言葉は続かなかった。

泣き出すか、叫ぶか、のど元まで溜っている力を、私は押しこらえた。

島の日常は、再び、一見平穏なものに戻っている。

あの乱脈な一日は、私たち職員が見た悪夢であって、実在はしなかったとでもいうように、子供たちは、以前と同じ従順さで日課をこなしている。

あれは、何だったの。私が叫びたくなるのも、当然ではないか。

あの暴動を無視してみようと決めたのは、たしかに、私たち職員の側だった。子供たちの結束を砕くという計画をその陰にひそめてはいるのだが。

子供たちは、私たちのやり方に歩調を合わせた。苛立たしいほどの従順さ。あの暴動を咎められないのを、少しも不思議がらないような態度。

「何か、おかしいわ」

私は呟く。

日常の時間にぽっかりと穴があいていて、そこに楔を打ちこんだような手応えのなさだ。

大地はすかすかに鬆が入っている。踏み出した足の下で霜柱のように砕け、空洞に墜ち込む。目眩が私を襲う。

「マ・スール、救けてください」

「救けています」

修道女は、私のかすかな呟きに、明晰に応えた。私は跪き、修道女の右手を両手でつかんだ。空をつかむのではないかという不安が一瞬心をよぎった。修道女の手は、木を彫ったもののように固く、暖かみを欠いていた。私はその手に唇を押しあて、祈るように額に押しいただいた。

「救けてください」

泣いてしまったら、楽になるだろう。しかし、涙は出なかった。

お姉さま。私は呟いた。

姉の強い力を、私はこの時、求めていた。

姉であったら、こんな場合、どのように対処するだろうか。もちろん、姉はヴォランティアに身を挺するような人ではない。自分の利益しか考えなかった。しかし、あの力が、いま私に備わっていたら……。

握りしめていた手の力を抜くと、修道女は、又、私に背を向けた。

私はベッドの脇に行き、そこに膝をついて、両手を組み頭を垂れた。禱りは、自然に、私に訪れた。私は無力なのです。救けてください。でも、御心のままに。最後の言葉も、自然に口をついた。私の瞼は湿りかけ、すぐに乾いた。

3

穏やかな日が、苛立たしく続いている。単調な日課。従順な子供たち。凄まじい風と波しぶきさえ、単調なリズムの繰り返しに堕落している。

しかし、うわべの従順さに、もう瞞着されはしない。おとなしい仮面の陰で、彼らが何を企んでいることか。

素早い目くばせ。しのび笑い。背後に、私は幾度もそれを感じる。

そして、私たちも、企んでいる。

「正しい道を進んでいるのでしょうか」

私は、修道女に問いかけた。言葉で答えてはもらえないと承知しながら。

「でも……前にも、同じやり方で失敗した。そう思うのです。子供たちを分裂させようと、前にも試みた。そうして、失敗した。そうではなかったでしょうか。あなたはご存じない……。ああ、やはり、浅妻梗子を犠牲にするのは……。しかし、他にどんな方法が」

ノックの音がした。かろやかなノックだが、鉄扉は慄えて赤い錆をこぼした。

「お入りなさい」

訪問者は、蓮見マリである。私が〃お茶〃に招んだのだ。

「お掛けなさい」

私は、やわらかい声で椅子をすすめた。

浅妻梗子と蓮見マリを対立させる。そのために、私は、蓮見マリを手なずけ、浅妻梗子に対する敵愾心をかき立てなければならない。

――何という愚劣な、醜悪な、卑劣な手段。

最初から承知の上で、止むを得ないと割りきったつもりであった。そうして、最も卑劣な役まわりは私がすすんで引き受けた。

しかし、あどけない美貌と豊潤な躰を椅子にくつろがせた蓮見マリの視線にからめとられたとたんに、私は言いようのない深い自己嫌悪に捉われた。

売春と美人局の常習犯、十四歳の娼婦は、私たちの卑しい策略を見抜き、嗤っていた。

薄く嗤いながら、ローズ・ティーのカップを口もとにはこぶ。

わたしが指導矯正を委ねられた子供たちは、何か異様なものに変質している。

あまりにも、冷静すぎる。

泣きわめいたり、悪態をついたり、反抗したり、そういう感情の動きが、この子供たちには欠落している。

子供たちはさんざん、反抗し、暴力をふるい、それが何の役にも立たぬことを思い知らされ、自らの意志でか、あるいは必然的にか、感情を鋼鉄化してしまったのだろうか。

この間の暴動が、なつかしいくらいのものだ。しかし、あの暴動も、狂熱的なオルギーにつき動かされたものではなく、妙に整然と冷静で秩序正しかった。

浅妻梗子一人の統率力によるものではない、子供たち自身が、私たちの常識を越えた、何か変に冷やかなものに変ってしまっていたのだ。

従順ではあっても、萎縮(いしゅく)してはいない。

「おいしい?」

まるで媚(こ)びているような自分の声に、私の嫌悪感は強まった。

「はい」

模範的な礼儀正しさ。今すぐ社会復帰させても、何の問題もないような。しかし、決して、悔い改めてなどはいないのだ。

私は、以前目にした、女子少年院を素材にした劇画を、この時思い出した。手のつけられない反抗的な少女を、教官が躰を張って更生させる物語であった。逃亡して、前にいた暴力団員のもとに少女は走る。教官はそこをたずねて行き、暴力団員に半殺しの目に会わされる。血まみれになりながら少女を返してくれと団員に訴える教官に、少女は心をうたれ改悛(かいしゅん)し、みごとに更生する、というような物語であった。

私の子供たちは、感情のほとんどをこわされつくしている。そう思ったとき、

「帰りなさい」

絶望的な声が、私の咽(のど)から迸(ほとばし)った。

「帰りなさい、帰りなさい、出て行きなさい」

私はテーブルに顔を伏せ、拳(こぶし)が板を打ち叩いた。

「出て行きなさい」

ひっそりした気配に、私は打ちひしがれた目をあげた。

絶叫が咽をついた。

私の目の前で椅子から立ち上がろうとしているのは、人の姿には見えぬ、何か焼け爛(ただ)れた棒杭(ぼうぐい)に、目鼻が辛うじて流れかかりながら固まってついている、といったふうなものだった。

ちらりと見ただけで私は突っ伏してしまったのだ

が、それは瞼の裏に焼きつき、しかも、溶け流れかけた眼は、明らかに、笑っていた。私に向けた微笑ではない。私を越えて、私の背後にいるマ・スールに……。

目を閉じているのも、開けるのも怖ろしい。目をつぶり突っ伏していれば、その異様なものが襲いかかってきそうだ。しかし、瞼を開ければ、あれが見えてしまう。私は夢中で椅子を滑り下り、テーブルを楯に、ようやく相手に目を向けた。

蓮見マリが愛らしい微笑を浮かべ、会釈して部屋を出て行くところであった。

蝶番をきしませ、錆びた鉄扉は開き、閉まった。テーブルの脚をつかみ、床に腰を落とし、私は胴震いが止まらなかった。

「マ・スール。これは、夢の中？　わたしが見たのは、何？」

修道女は、ローズ・ティーの入ったカップを私に差し出した。唇のはしからこぼしながら、私は飲み干した。

「幻を……視てしまった。わたし、頭がおかしくなりかかっているのかしら」

香りの高い紅茶は、少しずつ、落着きをとり戻させた。

三人、死んだ子が混っている、ということを私は思い出した。

蓮見マリがその一人だというのだろうか。

そんな筈はないわ、と、私は自分に答えた。

緊張を強いられる重責を担った毎日は、私に、過ぎた時を忘れさせる。ホームが再建される以前のことを思い出そうとすると、記憶がひどく曖昧なのだ。穴だらけのぼろ布。虫に喰われた地図。

姉との葛藤、家族と暮らしていた子供のころの記憶は、描きたての漆絵のように隅々までこの上なく鮮やかなのに。

島で、子供たちが三人死んだ。そのことだけは、くっきり記憶に刻まれている。しかし、誰が、どのようにして、ということは欠落しているのだ。

私は、自分の記憶が曖昧なのを認めるのが怖かった。

た。他の職員にそれを知られるのもいやなので、その事実から強いて目をそむけてきた。

三人の死者が、子供たちに混っている。

それを、他の職員たちが問題にしないのは、なぜだろう。私は今まで、そのことを彼らに確かめることもしないできた。

なぜ？

とたんに、私は、笑い出した。

つまり、死者なんて、いなかったのだわ。

私の何か思い違いだ。欠落した記憶もあれば、後から作られた偽の記憶も混っているということなのだ。

死んだ子供なんて、おりはしないのだ。誰一人、そんなことを言って騒ぐものはいないじゃないか。

それでは、今、私が視たあれは、何？

極度の疲労が作り出した幻覚。

冷静に、現実的な話を、私は口にしようとつとめた。

しかし、現実は、やりきれない状況なのだ。

「わたしがあの子を丸めこもうとしたことを、あの子は見抜いたわ。白い手、愛らしいくちびるに、私はもう少しでキスさえするところだった」

わたしに触れられるのをいやがって、蓮見マリは、あんな幻を私に視せたのだろうか。

およそ非現実的な考えが、頭を掠めた。私はその妄想を笑い捨てた。

「子供たちは、もう、決して私を信頼することはない」

それでも、私はやらなくてはならない。

私は、理性的な、分析的な言葉を喋りつづけた。

「一つ、気がついたことがあるの。マ・スール。わたしのあの子たちは、たぶん、まわりが望んでいるような人間になるためには、自分自身であることを止めなくてはならない、そういう子供たち……。生き生きと、本然の姿で生きようとすると、まわりの型からはみ出してしまう。叩かれ、削られ、それでも妥協して、向うの型に自分を嵌めることはできないとなったら、壊れる以外にはないわ。浅妻梗子は頭がよすぎた。蓮見マリは年齢より大人の女でありすぎる。ほかの子供たちも、それぞれ……」

私はベッドに腰を下ろした。

「社会にとって都合のいい型。それに嵌っているのが正常な子供。ああ、いやだ」

修道女の眼が、私に向いた。

「マ・スール、姉の話をくどくど喋るのをあなたは制止なさった。だから、こらえてきましたけれど、今夜は喋らずにはいられないわ。躰の中に手に負えない猿がいて、のどを突き上げたり引掻いたりして、喋れ喋れとけしかけるのよ。姉と父が、継母を追いつめたのよ。まず、それを納得してくださらなくてはいけないわ」

修道女は、窓ぎわの椅子に腰かけ、静かにローズ・ティーをすする。

喋ろうとすると、呼吸がつまった。

話させまいと阻止する力が、私の中にある。

「だめだわ。喋れない」

「お姉さんを突き落としたこと?」

「違います! 突き落としたんじゃないわ!」

なぜ、姉が墜ちたことを修道女は知っているのか。

最初から執拗につきまとっている疑惑が、またよみがえる。

マ・スールは、姉に似すぎている……。

「お願いがあります。マ・スール。しばらくの間、わたしを、一人にしてください」

「私が外に出た方がいいの?」

そう問いかけた修道女の声には、私がはじめて耳にするやさしさが籠っていた。――そう、私は感じたのだが、これも錯覚だろうか。

修道女は、影のように部屋の外に出て行った。扉のきしむ音を聴きながら、私は、ほうっと深い息をついた。

姉と修道女が同一人であることは、あり得ない。

姉は、死んだのだから。

でも、島に三人の死者が……いいえ、それは私の記憶の間違いだと、今、思ったばかりではないか。

私は迷信深いたちではない。むしろ、理に合わぬことは認めぬ方だ。理屈っぽいと、姉は私を非難した。父も、私が理屈を言うのを嫌った。言葉では咎めないが、かすかに眉（まゆ）をひそめ、私を無視した。継母は私が理屈をこね出すとすぐに、あたしは頭が悪いから藍子（あいこ）さんの言うことはわからない、と逃げるのだった。

原理的に。根本的に。というのが、あなたの口癖ね。いやな癖。かわいくないわ。

姉は私にしかめ面（つら）をみせて、そう言うのだった。

「かわいくないわ、あんたって」

継母が、私にそう言った。

「見たんでしょ」

「見ない」

私は、言いはった。

「見たなら、見たでいいのよ」

二階からいそいで下りてきた継母は、少し息を切らしていた。

私はそのとき、庭にいた。夏草が茂っていたのをおぼえている。短大に入った年の夏休みで、私は、朝顔の添え竹をたて直していた。土をいじるのが、私は好きだ。あまり質のよくない庭土を掘りかえし、肥料を鋤（す）きこんだり球根を植えたりするのは、うちじゅうで、私一人だった。

姉はすでに短大を卒業して、銀行に就職し、そのときは夏休みをとって、一週間の予定で海外に旅行に出ていた。

家は古い木造の二階建で、姉は二階に自分の部屋を持っており、夏の夕方など庭を見下ろす出窓に腰かけて涼（すず）むのが姉は好きだった。

その窓から、継母が躰をのり出しているのに、私は気づき、驚いた。父以外の者が——つまり、私や継母が、部屋に入るのを、姉は絶対に許さなかったからである。

継母は手に茶色い硝子（ガラス）のびんを持っていた。

蓋（ふた）を開け、中の液体を出窓の手摺（てすり）の隅に注いでいるのを、私は見た。鼻孔を刺すような臭（にお）いがかすかに漂った。

見上げている私と継母の目が合った。継母は私を凝視し、唇が白くなり、――藍ちゃん、あんた、いたの……、掠れた声で呟き、窓のかげに顔がかくれた。

そうして、ちょっと間をおいて、息を切らした姿を縁側にあらわしたのであった。

外出するって言ったじゃないの。継母は、子供が地団駄を踏むような口調で詰り、見たんでしょ、と言った。見ない。私は言ったのだった。

姉が墜ちたときも、私は庭にいた。海外旅行から帰った翌日の夕方であった。窓を開け、姉は出窓に腰を下ろし、洗い髪をドライヤーで乾かしはじめた。古い木製の出窓は、姉の体重を支えきれず、壊れた。姉の躰がのけぞった。

骨折ぐらいですむ高さだったが、墜ちた場所に、鉄のレーキが櫛のような刃先を上にして放置されていた。

レーキをそこに置き忘れたのは、私であった。

姉の墜死は、出窓の手摺が腐蝕しているのに気づかないで凭掛ったための事故と認定された。誰も継母を咎めるものはいなかった。塩酸などによって人為的に腐蝕を早めることができると考える者もいなかったのである。

父に叱責されたのは、レーキを置き忘れた私であった。しかし、ありふれた不注意である。父も、姉の死を私のせいにすることはできなかった。その翌日、姉が観光地で投函した絵葉書が届いた。

葬儀の日、継母は弔問客の前でしきりに哭き、その後はのびやかになった。

私も解放感をおぼえ、少しの痛恨もないことが、私を苦しめた。

レーキを、刃先を上にそこに置き放したとき、かすかな期待がなかったとは言えない。

夕食の膳に、継母は、うっかりしたように姉の食器を並べることがあった。そうしては、父の反応をたのしんでいるふうであった。

継母が子供を生むことを父が許さなかったという

話を、私は中学に入った年に継母からきかされている。継母は一度中絶させられ、その後、不妊手術をほどこされた。孕んでは飼主が困る雌猫のように。中絶も不妊手術も、父の従兄である医師が行なった。中絶のとき、父の依頼で、麻酔はかけなかった。麻酔を使わない方が躰の恢復が早いという理由による。継母に寝こまれるのは、不便なのだ。

私の心の中に石のような硬い無感動な部分ができたのは、その話をきいて以来である。

姉の死から一月あまり経って、私は、継母が食器を洗いながら小声で歌をくちずさんでいるのを耳にした。生まれてはじめてきいた継母の歌声であった。私は、旧教系の教会に通うようになり、入信した。しかし、何も変ったようには思えなかった。良心の痛みが訪れぬことに、私は絶望的な苦痛をおぼえるのみであった。

私が結婚に興味を持たず、教会の母体である修道会のヴォランティア活動に専心するのを、父は厭がった。姉の死で私の不注意をきびしく責めたために、私がそんなふうになったと、父は思ったのだ。

旧い記憶の底から、死んだ姉がたちあらわれるなど、あり得ないことだ。

しかし、姉の意志が、あの修道女を動かしているということは、考えられないだろうか。

〝憑く〟という現象を、私は否定しない。

そうであれば、マ・スールは、私を救けるためではなく、姉の復讐の具として、ここに来たということなのか。復讐者と、私は、寝室を共にしているのだろうか。

そんな馬鹿げたことはない、と私は笑い捨てようとした。修道女が姉に操られているのであれば、とっくに、私をもっと苦しめているはずだ。報復のために、姉があらわれたのであれば。

マ・スールは、冷やかに手を拱いて傍観しているだけだ。それとも、行為にはあらわさなくても、悪の意志を島に及ぼしているのだろうか。子供たちのあの暴動。あれは、姉の悪意のあらわれか。

我儘で自分かってで、自惚れが強いだけであった若い娘を、死は、何かとほうもない本質的根元的な、悪の原理を持つものに変容させたとでもいうのか。

そう思ったとき、奇妙なことに、恐怖が薄れているのに私は気づいた。

恐怖は、相手の正体がわからない、意図もわからない、というところからくる。

死んだ姉は、今や、私にとって、恐怖の対象ではなかった。

生きている私の方が、死者となった姉より強い。

まるで天啓のように、そういう考えが浮かんだ。

強がりではなかった。むしろ、少しも恐がっていない自分を、私は訝しんだのだ。

幼いころから姉に押さえつけられ、姉には絶対服従であることを習慣づけられた私。

船で島を訪れた修道女をはじめて見たとき、姉が出現した、と思い、恐怖のあまり海に突き落とそうとした。

子供たちに縛られる私を冷然と見すえている修道女に姉の貌を認め、失神した。

それほど、怯えていたのに、今、このとき、なぜ恐怖におののかないのか。

私の方が、今や、姉より、強い。

この島を支配しているのは、私なのだ。

それも、当然湧いた想念であった。

人一倍臆病で、自信がなくて、何事にも消極的な私が、なぜ、〝島を支配しているのは私だ〟などと……。

それどころか、事態はきわめて悪い。最悪といってもいいほどだ。

蓮見マリに、彼女を手なずけようとする私の卑しい意図を見抜かれてしまった。浅妻梗子と対立させようという計画まで悟ったかどうかはわからないが。

子供たちは、私を信頼していない。冷やかに心を閉ざしている。

職員も、私に心服してはいない。

救いを求める必死な呼びかけに応じてあらわれて

くれたマ・スールは、救助どころか、ひょっとしたら、姉の悪意の具現者かもしれない。

こんな閉塞(へいそく)的な状況にあって、〝島の支配者は私だ〟などという楽天的な考えがどうして生じたのか。〝支配〟。それは、私からもっとも遠い言葉であった。

私は、父に支配され、姉に支配され、他人に支配されるのに狎(な)れていた。支配される側に先天的にいるのだと認めてしまえば、気分は楽だ。しかし、意識下に、抑圧されるのと同等の――いえ、それ以上に強い力で、支配したいという願望も起きていたのだろうか。

だからこそ、私は、問題児矯正施設の長を志願したのだったろうか。自分では、社会奉仕のへりくだった心からと、これまで、思っていた。

とにかく、今、私は、死んだ姉に優越感を持ち、親近感さえ抱きはじめている。

死んだ姉を、生きている私が支配してみせる。

そう昂(たか)ぶって思う一方で、なぜ？　と、もう一人の私が訝しんでいる。弱虫でひっこみ思案の私が、姉に勝つだの島を支配するだの、まるで誇大妄想狂だわ。

私は、気が狂いかけているのだろうか。

狂うのなら、完全に狂ってしまいたい。狂ったおかげで、強く、そうして安らかになれるのであれば。

島を支配する。姉に勝つ。

一点の疑念もなくそう信じこめば、それは当人――つまり私――にとっては幸福な事実になるではないか。客観的にはどうであろうと。

突然、私の意志・思考とはほとんど無関係に生じた妄想めいた考えの肥大を、私は待ちのぞんだ。

そうよ。私は支配者だわ。

――これは、まるで、姉の思考の型ではないか。

姉がとり憑いているのは、マ・スールではなく、私か。

島を支配する、などとうそぶいているのは、私――矢野藍子――ではなく、姉なのか。

姉に勝つ。いえ、私にとり憑いた姉が、すべてに勝つ、と言っているのだろうか。

私の心は、死んだ姉に侵されつつある、ということだろうか。

姉のように美しく、姉のように強かったらと、ずいぶん思ったことはあった。

しかし、消極的で臆病でいじけていようと、私は、姉より、事象の本質を見究めたいという欲求の強さ、いわば、〝求心力〟に於て、すぐれている。それが、私の自負であった。

その私の力と姉の力が合体したら、それこそ、島を支配するくらいたやすいではないか。

そう思ったとき、またも、唐突な考えが浮かんだ。

死んだ姉に、私は招びかけてさえいた。

お姉さま。死んだお姉さま。お継母さまの仕掛けた細工と私が用意した凶器の罠によって殺された、哀れなみじめなお姉さま。

私にとり憑きたいのなら、そうなさるがいいわ。

あなたは、私に利用されるだけよ。

あなたの力を使って、私は、あなたを越えた強者になるわ。

美しくもなるわ。

強い人間は、美しい。

マ・スール！

私は、呼んだ。

声を出したかどうか、自覚はない。心に思っただけのような気もした。

修道女は、入ってきた。

帽子の前を低く下げ、修道女の顔は影の中に沈んでいた。

「わたくし、もう、あなたを恐れませんわ。あなたの助けがなくても、やってのけられます。結局のところ、あなたは、何もしてくださらなかったわ。ただ、見ているだけ」

もちろん、と私は言い添えた。

「あなたがいてくださる――わたしを見守ってくれる誰かがいる――ということは、たいそう心強くはありました。でも……」

「私がいなくなった方がいいの？」

「ああ……いいえ、ええ……」

私は口ごもった。

力強く、あなたなど要らない、と言い切るには、まだ、狂いが足りない。

生来の弱気が首をもたげる。

「魚の鱗にマニキュアを塗って、腿に貼っていたわね、あなた」

修道女が言った。

「三つか四つのころ。人魚になるのだと言って」

「そんな小さいときのこと、憶えていませんわ」

「頼りない記憶の持主ね」

と言って、修道女は少しのどをそらせた。笑っているように見えた。

「この島に、初めて着いたときのことぐらいは憶えているでしょうね」

「もちろん」と私は言ったが、情景は視えてこなかった。

修道女は、私の記憶が不確実なことを言いたてて、私が指導者として失格であると認めさせたいのだろうか。

「子供たちと、船で来たんですわ。波が荒くて、酔う子もいました」

「いいえ、あなたは、開園の前に、責任者として三度、来ているのよ。最初は、何もない、荒寥とした、廃墟だった。ユダの荒野のよう、と、あなたは呟いた」

「ええ、ええ、そうでした。もちろん、そうよ」

「ユダの荒野を、見たこともないくせに」

姉を思わせる口調で、修道女は言った。

「写真で見たわ。荒野といっても、砂漠ではないのよ。岩山だらけなの」

「写真で見たのよね。あなたって、いつも、そう。自分の眼で見たんじゃないのよね。複製。偽もの。まがいもの。あなたの、偉そうな苦悩。自分だけが敏感でデリケートで、世界の苦しみを共苦しているとでも言いたそうな」

姉の声で、相手は言いつのる。

声ばかりではない。私の前には、姉が、腰かけていた。

「あなた、私に勝つんですって」

　姉は笑った。黒い美しい大きな眼が、挑戦的な光を帯びた。

「私より、あなたの方が強いんですって」

「私は、あなたを殺したわ。殺した者と殺された者と、どっちが強いか、子供にだってわかるわ」

「私が、あなたに殺された？　冗談じゃないわ。私が殺された、だって」

「あなたは、死人じゃないの。私は、生きている」

「どうして、そう言えるの。生きているのは、私。あなたが、死人。そうは思わないの？」

「思わない。思わない。私は生きているわ」

「さあ、どうかしら。あなた、何も思い出せないんでしょ」

「思い出せるわ。子供のころ、私ったら、魚の鱗にマニキュアを塗って……だれがマニキュアなんて持っていたのかしら……。継母(はは)は、そんなおしゃれじゃなかったわ。姉だって、子供だったはずよ。マニキュアをするような年頃じゃなかった」

「ほら、ごらんなさい。あなたは、人の話を鸚鵡(おうむ)のようにくり返しているだけ。あなたは、からっぽなのよ。虚(うつ)ろなのよ。何も実体は無いの。兎(うさぎ)より臆病で、兎ほどの能力もない。そのくせ、傲慢(ごうまん)なのよ。自分の虚ろを、宝石みたいに錯覚して、あなたに、殺人なんてできるものですか」

「でも、私は……」

「置き忘れただけじゃないの、レーキを」

「でも、あなた、それで死んだんでしょ。私が用意した凶器で、あなたは死んだ」

「死んでいるのは、あなたよ」

「比喩(ひゆ)的にはね。たしかに、私は、生き生きと生を謳歌(おうか)するような生き方は、したことがなかった」

「それでいて、子供たちには、〝健康的に、前向きに、明るく、たくましく〟と要求するのよね」

「それは、あなたじゃないの。俗っ気のかたまり。鼻持ちならない俗物。見栄(みえ)と体裁だけ。からっぽなのは、あなただわ。永遠、神性、そういうことについて、ちらりとでも考えたことがあって？」

「わざわざ考える必要はないの。私は、私のままでいて、祝福される存在なのだから。あなたのように、何もないみじめな人が、何か高尚ぶったことを口にして、それで自分をごまかし、慰めているのよ」

「もう、たくさん。消えてちょうだい」

「消えるのは、あなたよ」

姉は、笑った。私は全身に鳥肌が立ち、声にならぬ叫びをあげた。

地獄の日常に向かって、私は、めざめた。

昂揚した気分は、消えていた。かすかな残滓が、心の底に残ってはいたが。

修道女は、私の傍の椅子に静かに腰を下ろしていた。

どこまでが現実でどこから夢に入りこんだのか、私にはわからなかった。めざめている今が夢であり、姉と罵りあっていたあれが、現実ではないのか。姉を殺したというのも夢に過ぎず、現実の私はまだ、無力な少女で、父と姉と継母の、きりきりと肌にくいいるような絆にがんじがらめにされているのだろうか。私は、虚ろな穴のような笑顔を、修道女に向けた。

4

夏の陽に黄色く焼かれるグラウンドを、自室の窓から私は見下ろしている。

三十一人の子供たちが、山部国雄の指図でリズム体操の最中だ。

修道女は傍の椅子にいる。威圧感、圧迫感をあまり受けなくなった。彼女の存在をほとんど気にかけないでいられる。

浅妻梗子に対する子供たちの信頼を砕く。

それは、とらなくてはならない手段なのだわ。

修道女に向ってではなく、自分自身に、私は語りかける。

蓮見マリと対立させる。

子供たちを分断する。

そうして、私たちが掌握する。

プログラムの骨格はできているのだが、具体的にどうしたらいいのか、私は未だ（いま）に見当がつかない。

職員も、悪辣（あくらつ）な方策を考えつくには、人が好（よ）すぎる。皆、策士ではなかった。

私たちの思惑には無頓着（むとんちゃく）に、子供たちは再び穏やかな日々を送っている。

今も、山部国雄の笛の合図に合わせて、九歳から十五歳までの女の子たちが、一つの糸につながれたように、統一された動きをみせている。

しかし、もう、だまされはしない。仮面の下から剝（む）き出された兇暴（きょうぼう）な顔。

浅妻梗子と蓮見マリは、いたって仲が好（よ）い。目立つほど親密なわけではないけれど、不和の影は毛先ほども見えない。

これは、私たちの常識に反していた。

両雄並び立たず、という諺（ことわざ）は、真理をついている。蓮見マリは、浅妻梗子を凌（しの）ぎたいはずだし、浅妻梗子は蓮見マリの擡頭（たいとう）を許さないはずだ。

はずだ、と思っても、現実はそのとおりに動いていなかった。

子供たちが仲良く生活し、問題を起こさなければ、それに越したことはない。最良の状態だ、と、知らぬ人は言うだろう。子供たちの過去、そうしてこの間の暴動を、知らぬ人たちは。

単調な動きを、笛の合図に合わせて、子供たちは繰り返している。

浅妻梗子と蓮見マリを、いがみ合わせなくては。

その考えは、執拗（しつよう）に、私の頭を占めた。

何のために闘わせるのか。それが、善なのか、悪なのか、それらのことは、私の脳裏からぬけ落ちた。

金属的な笛の音は、短かく断続して、一定のリズムを持って私の脳を打った。

浅妻梗子と蓮見マリが、争う。闘う。たてがみを振り乱した二頭の獣のように。

その情景を私は思い浮かべ、陶然（とうぜん）とした。息づまるほど、それは、美しい光景にちがいない。

争いは、突然、起こった。眼裏の情景が現実になった。映像が肉体を持ったかのように。

子供たちが、何がきっかけだったのか、隊形をくずし、とっ組み合いをはじめたのである。

山部国雄が、何か体育の授業の一環として、レスリングごっこでも命じたのかと、私はとっさに思った。

しかし、そうではないようだった。山部国雄も、あっけにとられて、子供たちを眺めている。

山部国雄の眼に、次第に、陶酔感があらわれはじめた。

子供たちは、自ずと、それぞれの年齢に見合った相手とつかみ合い、なぐり合っていた。それが、二組、三組ともつれ合い、めちゃめちゃに入り乱れた乱闘になっていた。

ホームや事務室から、職員たちが出てきた。

彼らも、少し離れたところに立ち止まり、手を束ねて眺めている。

どうしようもない。

手がつけられない。

やりたいだけやらせれば、自然に、疲れてやめるだろう。

そんな口実を、めいめいがもうけているのが、私には感じられる。

しかし、彼らは、ひきこまれて眺めているのだ。

コロシアムの底で血みどろで傷つけあう戦士たちを見物するローマの貴族を、私は連想した。

中でも、きわだって猛々しいのは、浅妻梗子と蓮見マリの決闘であった。

施設に送られる前、ズベ公として名を売っていたという浅妻梗子は、剽悍な攻撃をかけ、長い脚が弧を描いて蓮見マリを蹴りつける。美人局であげられた蓮見マリは、軟派専門の経歴に似合わぬ果敢で身軽な応酬をした。身をすくめ、かいくぐって襲撃をはずし、浅妻梗子の脚をすくいこもうとする。とび跳ねて、梗子は、マリをのめらせ、上からおおいかぶさった。組みあって、二人は地をころげた。

荒ら荒らしいが、二人の動きは、むしろ優雅にさえみえた。

幼い子供たちは、じきに格闘に疲れた様子で、へたばりこみ、息を切らしている。

他の者がみな争いをやめても、浅妻梗子と蓮見マリの決闘はつづいていた。

二人の手に匕首を持たせたいと、私は思った。擦り傷や掻き傷、そんななまぬるいものではない。刃物による鮮烈な血こそ、二人にふさわしかった。切り裂き、切り裂かれ、血の網目模様に彩られ、やがて、夕日を浴びて斃れ、朝日と共によみがえる。

串田剛一が、長いホースをひきずって、二人に近づいた。ホースの先端からは、烈しい勢いで水が噴き出している。

それを、二人に向けた。先端を指で押しつぶしたので、扇型にひろがった水は、いっそう烈しさを増した。

水を浴びせられ、その滝のような流れの中で、二人はなおしばらく、闘いつづけた。

それから、別れ、しりぞいた。そのとき、二人が握手をかわすのを、私は、見た。

――あれは、何だったの。

結局のところ、私たちは、子供たちにからかわれただけだったのだろうか。

あの闘争は、私たち職員の、他人には明かされぬ内面をひき出してしまった。子供たちの喧嘩を、陶然と眺めている教育者など、あっていいものか。

私たちは誰一人、教育者の資格はない。

しかし、陶然とさせる、奇妙な魔力めいた力を、子供たちは持っていたのだ。そうも、言える。

人間は誰しも、普遍的に、本質的に、嗜虐性を持っており、凡庸な常識の典型のような福原芳枝でさえ、例外ではないということか。

夜、ベッドに横たわりながら、私は自問した。

浅妻梗子と蓮見マリが、壮絶にみえる闘争のあと、握手して別れ、その後子供たちは、昂奮の余波にいくぶん頬を紅潮させながら各ホームに戻り、就寝までの時間を平静に過した。

「おちょくられたようなものですな」

半崎勇が感想を述べたほかは、職員は、この事に言及したがらなかった。酔ったように暴力沙汰を見物していた自分自身が信じ難い様子だ。忘れたい、と、誰しも思ったのではあるまいか。

私も、理性は、とんでもないことだ、と言う。しかし、快い陶酔感が、ベッドに横になっても消えなかった。

性の極致の甘美な悦びは、こういう感覚ではないのだろうか。

私は、実際にその感覚を男から与えられたことはなかったが。

だからといって、私が常に、血の惨劇に性の悦びをおぼえるというわけではない。レーキの刃に貫かれた姉の骸は、私に、解放感を与えはしたが、肉体の快楽を味わわせはしなかったのだ。

血は、闘争は、美しいものと結びつかねば、性の愉悦とはなり得ないのだ、と、私は気づいた。

この発見は、私をおののかせた。今、はじめて気づいた血の悦びは、私をとんでもない方向に駆り立てそうだ。……いえ、はじめてではない、と囁く声がある。

はじめてではないでしょう。

その声が、誰かに囁かれたのか、心の中で生じたのか、私にはよくわからなかった。

この奔馬にうち跨ったら、私は自滅する。

識ってはならぬ悦びだ。

私は、呻いた。苦痛と悦びの混った呻きであった。

傍に気配を感じて目を開くと、修道女が立って私を見下ろしていた。私は薄笑いして、

「何でもありませんわ」

と言った。

修道女の表情は、感情をうかがわせなかった。

まったく唐突な、子供たちの乱闘。あれは、何だったのだろう。

職員をからかったのか。しかし、それにしては、子供たちは真剣だった。からかうために、あんな、

自分たちの肉体をいためつける手段をとるとは考えられない。

私は、思いあたった。

あのとき、私は、執拗に、浅妻梗子と蓮見マリが闘うことを希(のぞ)んでいた。妄想に浸っていたと言ってもいい。

私の眼裏には、くんずほぐれつする二頭のしなやかな獣の姿があった。

それが具現したかのように、乱闘は生じた。

二人だけではなく、子供たち全員を捲(ま)きこんでのことではあったが。

私の欲望が——あるいは、妄想の力が——グラウンドに波及し、子供たちに影響したのではあるまいか。

私が思いあたったことというのは、それであった。

もちろん、常識で考えたら、あり得べきことではないかもしれない。しかし、私はすでに、姉の力が私に備わった、——あるいは備わりつつある——と、認めたのだ。これとて、ふつうには、あり得べからざることであろう。

人の潜在能力は、えたいの知れぬものだ。常識の枠組など、その力にくらべたら、ほんの一小部分に過ぎない。

そう、私は思った。

私の力が、彼らを操った……。

だが、彼らは、単純に操られてはいなかった。

彼らもまた、集団の意志を持っていた。

浅妻梗子に統率され操られた意志かもしれないが。

彼らは、私の力がひき起こした闘争を利用し、職員の内面の醜悪さを暴露させた。痴呆(ちほう)のように恍惚(こうこつ)と、闘争にみとれていた大人たち。

私も、彼らによって、悖徳(はいとく)的な性感を知った。私にとっては、それは、よかったのだ。このような悦びの感覚を知らずに生きることにくらべたら。この快楽は、善なのだ。悪魔にとっての、善(よ)きこと。

浅妻梗子と蓮見マリは、最後に、握手をかわしあった。彼らの勝利をよろこぶように。彼らは、闘いあってみせることで、私たちに闘いを挑んだのだ。

私は、そう、結論した。

5

私の意志が、現実に、島を支配しつつある。

まだ完璧(かんぺき)な強さを持たぬゆえに、私の意図するところより幾分歪(ゆが)んだ形で顕現(けんげん)するのではあるけれど、そうして、対抗する力に押されがちではあるけれど、もし、この直感が誤っていなければ、私は、力を強めるべくつとめよう。

そう、私は己(おの)れに語りかけながら、視線が注がれる気配を感じ、振りむいた。修道女が薄い笑いを含んで、私に目を放っていた。

「あなたは、きまじめなのね」

修道女は、囁くような声で言った。その声音(こわね)にも、笑いがあった。底意地(そこいじ)の悪い笑い、と私は感じた。姉が私に向ける笑いには、いつも、この見下(みくだ)したような優越感があった。――いいえ、修道女は、姉ではない。


「つとめる、ですって。まるで優等生の言い草ね」

あなたは、姉ではない。姉ではない。

私は、意志力をその言葉に集中した。

姉の力は、私が利用するのだ。邪悪な力が備わったとき、人は、神を超える。神は、無力で、ひがみっぽくて、いくじなしで、できそこないのものしか造れない造物主だ。

「私が禱(いの)っていますから」

修道女は、脈絡のない言葉を口にした。

姉であれば、〝禱る〟などという言葉を口にすることはあり得ない。

何もできない、無能な助力者。ただ、突っ立っているだけの、でくのぼう。それが、この修道女だ。何のために来てくれたのやら。

そう思いながら、私は、修道女に、あなたは不要だ、とは言えなかった。今、修道女が去ったら、私は、肉の一部をもぎとられるような欠落を感じるのではあるまいか。

私は修道女に、いくらか尊大な笑顔を向けた。あなたを受け入れてあげますよ、という気持を含めて。居候(いそうろう)に向ける寛大な女主人の笑顔とは、こういうものだろうか。

来なさい、と、私は念じた。

夜に呑(の)まれようとしているホームを見下ろし、浅妻梗子を思い描き、私のもとに来なさい、とひたすら命じる。

夜の闇は烈風をはらんで膨(ふく)れあがり、銀の条目(すじめ)が亀裂を走らせる。

実験であった。私の思念が、はたして、どこまで効力を及ぼし得るものか。

浅妻梗子は手強(てごわ)すぎるのではないか。そう、逡巡(しゅんじゅん)する気持がある。すると、〝大丈夫よ〟姉の声が私の中でせせら笑った。

私は、思わず、マ・スールに目を向けた。

マ・スールは姉ではない。そう打ち消しながら、私はまだ、一抹(いちまつ)の疑念を捨て切れないでいたのだ。

姉は一人の修道女に憑いてここにあらわれ、そうして今は、私にうつり憑いた。私と姉は合体した、と私は思うのだが、修道女はいったい、何を考え、どのように感じているのだろうか。

私はすぐに、雑念を追い払った。

浅妻梗子をここに呼び寄せ、愛撫(あいぶ)し、凌辱(りょうじょく)する。

いったい、こんな考えは、私の深層の願望なのか、姉のあくどいいたずらか。

生前の姉は、俗物だった。美と通底する醜行など、思いつきもしない人だった。すると、これは、私自身の欲情か。

このような疑念は、妄想の集中力を弱める。

窓からホームを見下ろし、

おいで、私は叫ぶ。

梗子、来なさい。一人で。ためらわず、まっすぐに。私の腕の中に。

ホームには、テレビは置いてない。有益と職員が判断した書物が備えてあるだけだ。

姉は血を吐く……

忘れていた俚謡(りよう)の詞が、ふと口にのぼった。

妹は火吐く
可愛いトミノは宝玉を吐く

こんな不健全な詩句をのせた書物は、ホームには置いてない。愛とヒューマニズムの勝利の物語。笑いが、私の口を衝いた。

ひとり地獄に落ちゆくトミノ
地獄くらやみ花も無き

そう、地獄に落ちたわ。

私は呟く。

鞭で叩くはトミノの姉か
鞭の朱総が気にかかる
叩け叩きやれ叩かずとても
無間地獄はひとつみち

このうたは、悪を魔を誘い出す呪文のようだ。

お姉さま、あなたに叩かれなくても、私は無間地獄の一つみちを……来たわ！　出て来た。

青ずんだ薄闇の中にあらわれた小さな影を私は俯瞰する。

暗い地獄へ案内をたのむ
金の羊に、鶯に
革の嚢にゃいくらほど入れよ
無間地獄の旅支度

影は、暴い汐風に吹きちぎられながら、歩いてくる。

春が来て候林に谿に
くらい地獄谷七曲り

やがて、視界から切れた。

籠にゃ鶯、車にゃ羊
可愛いトミノの眼にゃ涙

影は見えないが、確実に近づきつつあるのだ。

薔薇色と神秘なる青ほのめく一夜
われらかたみに交さなん　ただひとすじの稲妻を

風に軋む鉄扉を打ち叩く音を、私の耳が捉えた。

――別離の思い堪えがたき長き歔欷さながらに……

「お入りなさい」

私は迎え入れるべく扉を開け放った。

「あの……たしか……夕食の後で来なさいと、昼間言われていたと思うのですが……」

珍しく自信なげに浅妻梗子は言った。

「ええ、そうよ」

わきたつ声を強いて鎮め、私はソファに浅妻梗子を導いた。

「何の御用でしょうか」

「お坐りなさいな。私とあなたと、二人だけのお茶の会よ」

警戒を解かない顔つきで、浅妻梗子はソファの端に腰かけた。

少し浅黒い肌の滑らかさ。唇のかげの白い歯とやわらかい舌を、私は思った。

「お父さんやお母さんたちとは、よく、お茶の会をするんですよ。あなたたちともね、一人ずつ、くつろいでお喋りする時を持とうと思って。ローズ・ティー、好きかしら」

「わかりません」

「飲んだこと、なくて?」

「ありません」


「それじゃ、わからないわねえ。いい香りでしょ」

この次は、睡眠剤を溶かしこんだお茶をふるまおう。

ひところ、睡りから見放されていたときに医者から貰った薬剤を、私は冬ごもりする栗鼠のように貯えてある。

眠らせて、死んだような躰を愛撫する。その悪徳の極みこそ、快楽の極みだと、私は、なぜか識っている。

どうして、こんな悪徳を私は思いついたのだろう。姉だって、考えもしなかったはずだ、生前は。姉はデカダンスとは無縁の人だった。

レーキの刃に貫かれ、血にまみれて倒れていた姉の骸は、私に性の悦びを教えはしなかった。骸は醜悪でみじめであり、手を触れたくもなかった。ただ、それだけだ。

浅妻梗子が眠りに落ちたら、私は服を脱がせ、まだ少し固い乳首を口に含むだろう。胸から腹に手を滑らせるだろう。

ティー・ポットの紅茶をカップに注ぎながら私は思い、溢れこぼすような失態はせず、どうぞ、とすすめた。

「お砂糖は？」

「いりません」

「そう、その方がいいのよ、もちろん」

　私は浅妻梗子の隣に並んで腰を下ろした。スカートをへだてて、腿がふれあった。

　そのとき、私は、こちらに目を向けているマ・スールに気づいた。彼女の表情は、うとましそうにも、哀れんでいるようにも見えた。

　次に私がとる行動が、私には視えた。だが、ノックの音が、幻景を消した。

　訪問者は、山部国雄であった。

　浅妻梗子は、ほっとした気持をあらわに見せ、立ち上がった。

「お迎えが来ましたから」

　と、浅妻梗子は言い、山部国雄の腕に軽く手をかけた。

「もう、用事はすんだの？」

「すんだようです」

　二人は、私に会釈し、出て行った。

「マ・スール、わたしは恥ずかしい」その叫びがのど元までふくれあがったが、私は歯をくいしばって声を洩らさなかった。

「この次は、もう少し……。今日は手始めですもの。まだ馴れていないんだわ」

「悪に？」マ・スールが言った。

「いいえ、快楽に。善と悪ではないのよ。禁欲と享楽だわ」

「あなたはこれまで、禁欲の生を生きてきた？」

「すべて、押し殺してきたわ。でも、今、わかりかけている。わたしの快楽への欲求は、とほうもなく大きい。浅妻梗子の血と、蓮見マリの血の味の違いを、わたしの舌は予感しているわ。思っただけで、躰が慄えるわ。わたしだけじゃない。誰だって、快楽への欲望は隠し持っているんだわ。持っているということさえ気がつかない人も多い。死ぬまで気がつかないですめばね。でも、わたしは気づいてしまった」

　私は窓辺に佇ち、外の闇に眼を放った。

　稚い子ののど首に歯をたてる感触が、私をうっとりさせた。

6

　吉川珠子を、私は膝にのせ、あやしている。もっと幼い子が欲しい。九つの吉川珠子は、幼児の無邪気な肉づきを、すでに失ないはじめている。

　姉をレーキの刃で貫いて以来、私は、結婚と出産を自分に禁じた。勝利のよろこびを味わっていると私は認めず、贖罪を、己れに課した。

　防波壁の上に腰かけ、私が膝に抱いているのは、あるいは私も持てたかもしれない、やわらかい生きものだ。

「珠子ちゃん」

　意味もなく呼びかけ、私は珠子の髪を撫でる。指でかきあげてもかきあげても、汐風が乱す。

　吉川珠子は、背骨をしゃんとのばし、ぎごちなく私の膝に腰かけている。私はくにゃりと寄りかかってほしい。幼児が全身を母親にゆだねるように。

「珠子ちゃん、お母さん、て呼んでみて」

　珠子は唇をきゅっと結んでいる。

「珠子ちゃんは、ここ、楽しくて?」

「いいえ」

「楽しくないの? 困ったわね。どうしたら楽しくなるかしら。してほしいことを言ってごらんなさい」

「何もないわ」

「何もないの? そんな筈は」

「みんな、あなたが取り上げてしまったわ。あたしは今、何も持っていない。なんにも」

「そんなことはなくてよ。あなたの欲しいもの、本土から取り寄せてあげましょう。お人形? 本?」

「あたしは、何も持っていない。名前もない。あなたが奪ってしまった」

「あなたの名前は、吉川珠子、よ」

「いいえ。あたしの名前は、奪われちゃった。あなたは、何でも持っている。あたしは、持っていない。名前もない」

強情に、吉川珠子は言いはった。

私は少しおどけて、脅すように人さし指をたて、吉川珠子の鼻の先で振った。

「悪い子。そんなことは言わないものよ」

「言っても言わなくても、同じことだわ」

「珠子ちゃん、お母さんが欲しいでしょ。ホームのお母さんは、偽のお母さん。わたしが本当のお母さん」

「お母さんは、人殺しだわ」

「どのお母さんのこと？　珠子ちゃんを産んだ、本土にいるお母さん？」

「あなたよ」

「わたしが、人殺し？」

強い風が吹きつけた。風が吉川珠子の顔から、子供らしいやわらかい頬や、小さいつんむりした鼻や花びらのような唇を、攫い奪った。珠子の顔が、髑髏めいた影を帯びたのである。錯覚は一瞬で、愛らしい顔立ちが、すぐに戻ってきた。

「あなたは、また、あたしを殺すわ」

「殺すものですか、こんなかわいい子を」

丸みを帯びた唇を、私は吸った。継母は、妊る機能を、父と姉に奪われたのだ、と、私はこのとき連想した。私と姉の世話に専心させるために。

正確に言えば、姉はそのときはまだ子供だったのだから、父に加担したわけではないのだけれど、父と姉は、一体だった。姉の死によって、父は、無力な並の初老の男になり下ってしまった。

「わたしはあなたを特別かわいがってあげるわ。あなたは一番小さいんですもの」

「でも、殺すのよね」

「いいえ」

「あなたは、殺したのよ。又、殺すわ」

吉川珠子は強情だった。

私は親指の腹で吉川珠子ののどを撫でた。少し力をこめれば、子供の細い首の骨は折れるだろうし、その快楽の予感は私を掠めたけれど、私は、やさしいくちづけを額に与えただけで、獲物を膝から下ろした。

――私は、殺したのかしら。

珠子は消え、かわりに、マ・スールが隣りにいた。

「わたし、思い出せないわ」

私の口調は、何かたどたどしかった。

「ホームを再開する前、どんなふうだったのかしら」

「知らない人が今のあなたを見たら、倖せそうと思うかもしれませんね」マ・スールは、防波壁にもたれて言った。高みに腰かけた私は、地にとどかぬ足をぶらぶらさせながら、笑った。快い笑いであった。

「ええ、わたし、何だかたのしい気分よ。たのしいことがいろいろ起こりそう。浅妻梗子と蓮見マリの血の味をくらべてみるわ。吉川珠子にわたしのお乳を、ああ、今、吸わせてあげればよかった。そうすれば、あの子も喜んだでしょうね。きっと、ここがたのしくなったに違いないのに。今度、吸わせてやりましょう」

「あなたは、少し思い出す努力をしてみたら」

「部屋に戻るわ」

私は防波壁から身軽にとび下り、歩き出した。

マ・スールは、背後から語りかける。

「思い出しても何の役にもたちはしないし、あなたは、そうやって、痴呆状態に退行した方が楽でしょうけれど、私は放っておくわけにもいきません。思い出そうとしてごらんなさい」

そう言いかけ、無理にはすすめませんけれどね、とマ・スールはつけ加えた。

「わたし、思い出していますよ。いいえ、思い出すどころか、いっときだって忘れたことはないわ」

しばらく、黙って、私たちは歩いた。部屋に入り、窓を背に、私はマ・スールの方を振り向いた。

「いっときだって、忘れたことはないわ。わたしは、姉を殺した。そう思うたび、大声をあげて笑いたくなるわ。姉はもう、何もできない。骨と灰よ。わたしは、姉に勝ったのよ」

長椅子に腰を下ろしたマ・スールは、感情をあらわさない声で、

「そうして、あなたも壊れた」と言った。「壊れないように、わたしは力を尽くしたのだけれど」

「レーキの刃は、姉の躰を突き抜けて、その刃先は少し汚れていたわ。太陽が降り注いでいた。たいそう静かだった。虻の羽音。いえ、陽の光が注ぎかかる音だったのかしら。血を吸った土は玉虫色だった。蟻が地に貼りついてもがいていたわ。血に溺れたのかしら」

「島に来てからのことを思い出してごらんなさいと言っているのです」

「模範的なヴォランティアじゃありませんでした？でも、過ぎたことを思い出して何になりますの。それより、未来に目を向けなくては、明日に。明日、わたしは、小さい子供たちを……」

　私の眼に、部屋の情景と重なって、幻が視えた。首をひきちぎられた吉川珠子が、人形のように床にころがっていた。修道女にそれが見えないように、私はごまかし笑いをして、床の上を手でおおう仕草をした。

　こんなことを、私は願っているのかしら。

　おお、いやだ。まさか……。

「わたし、残酷なことは大嫌いですわ。もの静かで、穏やかで、でも芯はしっかりした、そういうのが一番好もしいと思います」

　そう言いながら、私は、床に落ちている子供の腕を拾い、放り上げ、受けとめた。床に坐りこんで腕にかぶりついている小鬼の姿が視えたので、しっ、しっ、と追い払った。小鬼は、理不尽に叱られた子供のような恨めしげな眼で私を見上げ、膝に這い上がってきた。彎曲した長い爪が腿にくいこんだ。

「そんなのと遊ぶのはおやめなさい」

　修道女が言った。

「これは、かってにあらわれた幻ですのよ。現実のものじゃありません。マ・スールは、これが見えるんですか」

「島に来てからのことを、思い返してごらんなさい」

私は首を振った。そうして、マ・スールの傍に歩み寄り、床に横坐りになって、膝に頭をもたせかけた。

「あなたは、もしかしたら、わたしの本当のお母さまなのではないかしら。そうでしょう？　お母さまが来てくださったのでしょう。もう、わたしはどうにもならないの。疲れてしまったの。わたし、せいいっぱい、努力したわ。何とか、すべての事がうまくいくようにと。子供のころから、つとめてきたわ。継母を、わたしはかばってあげなくてはならなかった。父も姉も、継母にひどいことをするんですもの。わたしが子供だから、何もわからないと思って。でも、子供の眼って鋭いのよ。わたし、継母が気の毒で、いっしょうけんめい慰めてあげたわ。味方になってあげた。でも、その継母は……姉を殺したのよ。出窓の手摺に細工して。そうして、地面にレーキを、刃を上にして置き放しにしておいた。父には、わたしがレーキを置き忘れたと言ったわ。継母をかばうために、いじらしいこと。でも……一度口にしてしまうと、それが事実になるんだわ。姉を殺したのは、わたし。ええ、せいせいしたわ。わたしは姉を殺した。それなのに、少しも心が痛まない。わたしは、そんな自分が怖くなった」

「レーキを置き放しにしたのは、誰なの。継母？　あなた？」

「わたしよ。でも、どうでもいいんだわ。どっちでも。わたしは継母の共犯者。わたしは、入信した」

「あなたの追憶は、傷のついたレコード。いつも同じことの繰返しで、そこから先へは進まない」

「その後は〝現在〟になるのですもの。思い出す必要はないわ」

と、私は修道女の言葉を断ち切った。そうして、生母のにおいを深い記憶の底からよみがえらせようとした。三つの年まで、私は生母のにおいに触れていたのである。それは、私のどこかに、今もなお、在るはずであった。

7

夢ともうつつともつかぬ心地よい退行。生母のにおいの中への埋没。しかし、夢にはめざめがあり、私は強引に立ち直らされた。無責任な無為から、全責任を負った統率者へ。夜から昼へ。

つまり、私は、唐突に覚醒したのである。睡っていたという自覚はなかった。むしろ、憑きものが落ちたといった方が適切かもしれない。

私は、正常な気分に立ち戻ったのである。

夜から昼へ、というのは比喩にすぎず、現実の時刻は、黄昏を過ぎ、まさに〝夜〟になろうとしている。

私を覚めさせたのは、ノックの音であった。

福原芳枝が、いまにもヒステリーを起こしそうな取乱した様子で入ってきた。

「吉川珠子が、いないんです。また、どこかに隠れちゃって」

吉川珠子。私は、ぞっとして思わず室内を見まわした。四肢のちぎれた子供の姿など、もちろん、床の上にころがってはいない。あれは、私の視た幻だ。

しかし……、防波壁の傍で遭ったのは……。

私の脳裏に、思いもよらない光景が、ふいにくっきりと視えた。

私の手が、吉川珠子を、海にむかって突き落としたのだ。

そんなことは、あり得ない。

しかし、私の手もまた、やわらかい小さな躰を突きとばした感触を、まざまざと感じた。

助けを求め、私は眼をさまよわせた。窓ぎわに佇ち、窓の外の夜に顔を向けている修道女を、見た。

——あいかわらず、あのひとは、ここにいるだけだ。私のために何もしてくれはしない。

「島じゅう、探しましたか」

私が言うと、福原芳枝は、感情を爆発させた。

「無理だわ！　島じゅうなんて、探せっこないじゃありませんか。廃墟のジャングルだわ、ここは。金網でかこって、私たちの目のとどく範囲から外には出られないようにしてあるはずだけれど、どこかに抜け道があるのよ。子供たちは、かってに出たり入ったりしているのに違いないわ。吉川珠子だって、放っておけば、また戻ってくるに決まっています。だって、いつまでもひとりではいられませんもの。ほかの子供たちが、こっそり食物を運んでやれば別だけれど。でも、何のために、そんなことをするの。ただ、わたしたちを困らせるため？　困らせておもしろがっている。たちが悪いわ、ほんとに。根性曲り。どうしましょう。放ったらかしておいてみましょうか。でも、万一、何かあった場合、わたしの責任になるし」

「福原お母さん、施設が再開される前のことを、おぼえていますか」

　私が訊くと、福原芳枝は、けげんそうに私を見、そんなことは、今、問題ではない、という意味のことを、ぶつぶつ言った。

「わたしが怖いのは、これをきっかけに、また子供たちが何かひどい事を……」そう、福原芳枝は続けた。

「青山さんだの加藤さんだの、男子職員が手わけして吉川珠子を探しているんです。女子職員だけでは、子供たちの押さえがききません。わたし、怖くて……ホームに残っていられなくて……。また、刃物をつきつけられたら……」

「それで、ここへ？」

　私の声音に皮肉を感じとったのか、福原芳枝はいっそう激昂した。

「ええ、そうよ。逃げて来た、っておっしゃりたいんでしょ。わたし、逃げてきたのよ。あなたになら、子供たちは、ひどいことはしませんもの。この前だって、あなたは大丈夫だったじゃありませんか。どういうことなの。園長が、まさか、子供たちを煽動してるわけじゃないんでしょ。そう言う人もいるんですよ。わたしは、まさか、って言っているのよ。でも、園長先生は、何も、手をうたない。浅妻梗子と子供たちを分裂させるなんて、口先ばかり。あなたは、無能なんだわ」

言いすぎたと気づいたように、福原芳枝は丸っこい手で口を押さえた。

「わたしは、無能ですか」

自分でも異様なほど冷やりとした声が、私ののどから出た。

福原芳枝の眼が大きくなった。醜く顔をゆがめ、叫び声をあげて福原芳枝は後じさり、一気に部屋をとび出していった。

私は呆(あき)れ、それから壁にかかった鏡をのぞいた。常にかわらぬ私の顔が、あった。

長椅子に私は腰を落とした。

私が吉川珠子を海に突き落としたなど、そんな妄想に捉われてはならない。私は、無能な統率者ではないし、まして、理由もないのに愛らしい子供を海に突き落とすような兇暴な殺人鬼でもない。

そう思うのだが、子供を突き落とした感触は、まぎれもない明瞭さで、私の手によみがえってくる。

厚い忘却の雲がふいに破れ、裂け目から記憶が輝き出た。しかし、明瞭な記憶はごく一部に過ぎず、手のひらによみがえった記憶の他は、あいかわらず雲の中だ。

〝あなたは、また、わたしを殺すわ〟

防波壁のところで吉川珠子が口にした言葉が、耳に残っている。

〝また〟と、吉川珠子は言った。

〝あなたは、殺したのよ。また、殺すわ〟

私は、先に一度、吉川珠子を殺した、というのか。

焼け落ちたホームが再開される前、三人、死んだ。その記憶は、私の中に残っていた。でも、子供の数が減っていないのを誰も怪しまないから、私は、自分の記憶違いだと思い直し、自分を安心させていたのだった。

それなのに、吉川珠子は、私に殺されたと言う。

私は狂っているのかしら。

そう認めてしまえば、何もかも納得がいく。どんな奇妙なことが起ろうと、それは、私が狂っているからだ。事実が、いびつなレンズを透して視るように、ゆがんで私の眼に映るからだ。あるいは、眼に映ったものに、脳がゆがんだ認識を与えるからだ。

しかし、狂人は、自分が狂っているという病識は持たないものなのだそうだ。

狂っていると怯える私は、正常な人間ということになる。奇妙なパラドックス。

常識ではあり得ないことを、認識の歪みとして除去すれば、正常な事実が明らかに見えてくるのではあるまいか、と私は思いあたった。

死者が、子供たちの中に混っている。そのために生じる人数の食いちがいを、職員の誰もが無視している。

これは、あり得ないことだ。

故に、以前に子供たちが三人死んだという私の記憶はまちがっている。

死んだ子など、いはしない。

故に、吉川珠子は死者ではない。彼女が私に殺されたと言ったのは、吉川珠子が故意についた嘘――私をからかうつもりだったのか――、あるいは、防波壁のところに於る珠子との場面は、私の夢。

私の唯一の異常は、記憶にあいまい、あるいは不明なところがある事と、夢と現実の区別が往々にして混乱する。この二点だけだ。

これほど論理的に自己分析できる私は、狂者ではない。

結論が出て、私は気分が晴れ晴れした。

「マ・スール」

私は爽やかに呼びかけた。

「お茶にしませんこと」

「吉川珠子の行方不明を、本土の警察に届けるつもりはないのですね」

修道女に訊ねられ、

「ありません」

私は応えた。

そのとき、私は、子供のころに読んだ童話を思い出した。アラビアン・ナイトのなかの一話である。

私が読んだのは、子供向きに書き直された他愛ないものではなく、重厚な装幀の、完訳の全集であった。よほど古い版とみえ、伏字（ふせじ）だらけでしかも旧仮名遣（づか）いというおそろしく読みづらいものだったが、革表紙に金の箔押（はくお）しで題字と唐草（からくさ）模様を浮き出させたそのデザインだけでも、独特な異界に私は誘いこまれるのだった。

物語の中で物語が語られ、その中に更に別の物語があるという、入れ子細工の迷宮を私はさまよい歩き、そのなかでもとりわけ心を惹（ひ）かれたのは、下半身が石になっている若い王子の物語であった。

いいえ、私は思い違いをしているのだろうか。半身石になったのは、巨大な黒人だったろうか。

その全集は父の蔵書であり、物々しい書棚（しょだな）に並べられ、私は手を触れることも禁じられていた。わずかな隙（すき）に盗み読みしたので、気に入った話があっても繰返し読み直す暇はなかった。素早く一瞥（いちべつ）しただけなのである。濃密な完訳に触れた後では、子供向きのものはあまりに味気なく、私はその後児童書のアラビアン・ナイトは見向きもしていないので、石になった王子――あるいは黒人――の話も再読していない。

そのために記憶は曖昧（あいまい）だが、私がふいにこの物語を思い出したのは、私自身が石化しつつあるような感じを持ったからである。

躰は、柔軟に動いている。決して、硬直したわけではない。しかし、感情が石化しつつある。

「大胆になったんですわ。何も怖くない」

私は、マ・スールに言った。

「吉川珠子が行方不明。それが、どうだっていうんでしょう。たいした事じゃないわ」

「そう？」

短く、マ・スールは応えた。

「最初から、そんな子供はいなかったと思えばいいのよ。もてあましものだった子供よ。親も学校の先生たちも手を焼いて、見捨てた子よ。その子供一人のために、ここが閉鎖されることになってはいけないわ」

「わたしは、あなたを見捨てませんよ」

マ・スールは言った。

「何が根本的に究極的に最も重要な問題かといえば、私が、この仕事をやり抜く、という事なんだわ。意志の問題よ。強情な意志は、他の感情を鈍麻させ、石に変える。私は、戦闘の指揮官にもなれるわね。至高の目的に邁進するために、犠牲者が出ても心は痛まない。石ですもの。私は傷つかない」

あなたは、突き落としたのよ。

耳もとに囁く声を聴いた。修道女だろうか。

私は彼女に目を向けた。視線が合った。先に目をそらせたのは、私だった。

「私は、ここに、子供たちの楽園を作るの。のびやかに、生き生きと暮せるような。犯罪者であろうと、ここでは受け入れられるのよ。私は、すべての子供を、おおらかな愛情で包むわ」

「あなたは、支離滅裂ね」

私は手をのばし、修道女の口をふさぐ仕草をした。

「子供のころ、そんな場所があったらどんなにいいだろうと切望したわ」

「修道会は、あなたに期待をかけたのよ。信頼もしたようね。あなたは、思慮深く、やさしく、そしてしっかりしているようにみえたから。でも、無理に作った姿勢だったのね。あなた自身さえ、自分をそういう人間と錯覚していた」

「期待に応えなくては。私を、修道会は、信頼してくださったのよ。私を認めてくださったのよ。私は無能じゃない。そうでしょ?」

「ええ、あなたは、一生懸命やったわ。自分が壊れてしまうほどに」

「ありがとう。でも、まだ、終わってはいないのよ。私は、今、やり直しているの。一度は失敗した。今度は失敗しないわ。子供たちを愛し、おおらかに、愛し、……すてきじゃないこと。海、自然。空」

廃墟、と、また囁く声があった。

「子供たちは、ここで、自然を愛することを知るんだわ。都会の悪に蝕まれた子供たちが、子供らしいのびやかさを取り戻すのよ。あの子たちを蝕んだセックス。ゆすり、賭博。ああ、セックス……」

私は波立ちかけた気分を、そらせようとした。何か兇暴なものが、海面下のうねりのように騒ごうとしているのを感じかけたのである。私は戸棚からやりかけのクロス・ステッチを出した。針に刺繍糸を通そうとすると、手がふるえた。

「吉川珠子をどうするの」

忍耐強く、マ・スールが言った。

「放っておきましょうよ」

「皆が探しているわ。でも、吉川珠子を発見することはできない。あなたが海に突き落としたんですものね」

「嘘！」

「本当よ」

「いいえ。私は、姉の躰に突き刺さったレーキの刃はおぼえている。でも……」

私は、はしゃいだ声をあげた。

「無い事にしちゃえばいいのよ。さっきから、わたし、そう言ってるじゃありませんか」

「ほかの人が、納得すると思うの」

「忘れさせます。わたしが奇妙な支配力を持っていること、ご存じでしょう。ある程度は、わたしの思いどおりになるのよ。まだその力を使いこなせないから、完全にうまくはいかないけれど、徐々に上手になるわ。力も強くなる。お父さんお母さんたちの意識を、わたしは、支配できるのよ。忘れなさい、と命じるわ。吉川珠子など、存在しなかった」

そう言いながら、私は少し不安になった。

姉と一つになったと実感するとき、私は、強くなる。しかし、その力が常時あらわれるわけではないのだ。

「本土に連絡することは、絶対、いけないわ。ここを、警察だのマスコミの人たちだのに荒らされてはいけないのよ。マ・スール、それはわかってくださるでしょう」

修道女は私を見つめただけであった。

扉が叩かれ、鉄錆が散った。今度は、女子職員が三人、顔を揃えていた。木島けい、石井純子、そうして二人の後ろに福原芳枝もおずおず従っていた。

「ほら、何でもないじゃないの」

木島けいが振り返って福原芳枝に小声で言った言葉を、私は聞きとった。

「福原さんからお聞きになったと思いますが」

木島けいは三人を代表して、私に言った。

「吉川珠子が、姿が見えないのです。今、青山さんたち男子職員が探しています」

「ええ、さっき、聞きました」

「まだ、みつかりません。どうしましょう」

「そのうち、戻って来ますよ」

私は明るい声で言った。

「この島の中なら、何も心配はいりません。猛獣がいるわけではないし」

冗談さえ、口を出た。

「ええ。でも、足を踏みはずしそうな危険な場所はあります」と、石井純子が言い、木島けいがすぐに続けた。

「仕切りの中にいれば安全なんですが、子供たちはどうも、抜け道を通って、かってに出入りしているらしく、時々、いないことがあります。でも、食事には顔を揃えますし、こんなに暗くなっても戻ってこないことは……。壊れたブリッジから落ちて、足腰を痛めて動けないでいるようでしたら、放ってはおけません。ひどい怪我をしていたら、手遅れということも考えられます」

「そうね。探しましょう。といっても、皆で騒ぎたてると、子供たちを不安にさせます。不安は暴挙の引き金になります。お母さんたちは、ホームに帰って、平静にしていてください。探索はお父さんたちに任せましょう。わたくしも、探します。あなた方は、子供たちを動揺させないようにつとめること。よろしいですね。早くホームにお戻りなさい」

「園長先生は、落ちついておられますね」

石井純子が感心したように言ったが、福原芳枝は、まだ疑わしげな怯えたような表情を目から消していなかった。さっき、私は、よほど凄まじい異様な形相を福原芳枝に見せたのだろうか。

三人はひきあげた。

「マ・スール。教えてください。私は、本当に、吉川珠子を殺したのでしょうか」

「過失といえるでしょうね」

修道女は言った。失神が再び私を襲った。

ほんの一瞬の意識喪失であったようだ。くらりと眼球がひっくり返ったような感覚をおぼえ、次の瞬間、床に倒れている自分に気づいたのである。

吉川珠子を、私が、殺した。

修道女は、そう明言した。過失、と言ったように思うが、それは私が絶対認めたくないことだ。私には、吉川珠子を殺す理由がない。

しかし、私は、先ほど視た無気味な幻を思い返さずにはいられなかった。首のちぎれた子供の影など、今の私には嫌悪感をもよおさせるばかりだ。それなのに、あのとき私は、壊れた人形をもてあそぶ子供のように、それとたわむれていた。私の中に、吉川珠子への憎悪が潜在していたのだろうか。

憎んでいる、と、かすかに肯(うべな)うものがある。

吉川珠子ばかりではない、子供たちすべてを、そうして、職員のすべてを、私以外のすべての人間を、私は憎んでいるのでは、ないだろうか。すべての人を愛し、そうして愛されたいと、これほど願っているのに。

愛したいのではない。愛されたいのだ。それにもかかわらず愛されないゆえに、憎むのだ。

「そうですわね」

修道女に向かって、私は呟いた。

「でも、どうしようもない堂々めぐり。私は本当に、吉川珠子を殺したのでしょうか」

同じ質問を、呆(ほう)けたように、私は繰り返した。修道女は、殺した、と、すでに答えたのだ。二度めの質問に、いいえ、殺してはいません、という答えが返ってきたところで、私は疑念に悩まされるだけだろう。一つの質問に相反する二つの答えは、何も答えないのと同じことだ。

私が到達した結論は、もう一度、意志による支配力を試してみよう、という事であった。

　多少の歪みは生じるかもしれない。そうして、その歪みを、小ざかしい子供たちにまた利用され、変な騒ぎになるかもしれない。

　それでも、吉川珠子を捜索するために本土から人を呼ぶなどという事態になるよりは、はるかによい。

　私は無能ではないという事を、誰よりもまず、私自身に証せねばならないのだ。ここの運営が軌道に乗り、成功と自他ともに認め得るようになるまで、不祥事は隠しとおさねばならない。

「あなたは、つまり」

　と、修道女が言った。

「自分の救いだけを考えているのね。他人をそのために利用しているわけね。あなたは、ひところ、軽度の精神障害を持つ人の施設でヴォランティアをしていた。弱い人たちといっしょにいると、気が楽だから。優越感を保てるから。自分はあの人たちよりは倖せだと、確認できるから。でも、自分では、そういう人たちを利用し踏みつけにしているとは少しも気づかないで、自分の傷つきやすさを自慢にさえ思っている。そういう、傲慢な愚者なのよ、あなたは。頭のいい莫迦なのよ」

「あなたはそうやって、ただ私を責めるために、ここに来たの？」

　私は嘲笑った。しかし、マ・スールと喧嘩したくはなかったので、すぐに表情をとりつくろった。見すかされただろうなと思いながら。

「わたしは、吉川珠子のことを皆が忘れるように、意識支配をしなくてはならないの。手を貸していただきたいわ」

　私は窓ぎわに佇ち、闇に沈むホームを見下ろした。小さい灯りが滲んでいた。

　長い思念の後に、灯は静かに消えた。

Ⅳ　破局

麦藁細工の人形のように、子供たちは、見える。職員の命ずるままに動いてはいるものの、生気も覇気も見られない。職員たちも、何だか妙に個性を失ない、決められた日課のとおりに躰を動かしている。

吉川珠子の不在を気にかけているものは、一人もいないようだ。

つまり、私の意志が島を支配したと言えるのだけれど、私が望んでいるのは、こんな無気力な、幽霊がうごめいているような状態では、ない。

一糸乱れぬ統率。それはもちろん、私が望むところであるけれど、活力と笑い声にみちたものでなければ、いけない。

生き生きと、汐風に髪をなぶらせ、頬を上気させ、走りまわる子供たち。静粛になるべき時には、ぴたりと、ストイックに静まる。

そうでなくてはならないのに、子供たちは、命令に従って、立ち、坐り、歩き、走っているだけで、内にひそむ起爆力さえ消失しているようなのだ。

表面従順ではあるが、いつ攻撃を始めるかわからない恐ろしさ。それが、感じられない。

躰の中には、血や肉のかわりに木屑でも詰まっているみたいだ。問いかければ、答える。あたりさわりのないことを。突っこんだ質問をすると、〝わかりません〟、愚鈍な返事が返ってくる。少しにこにこしながら。

これも、子供たちの叛逆の一手段なのだろうか、と私はかんぐるのだが、もしかしたら、取り返しのつかぬほど、子供たちを壊してしまったのだろうかという怯えもふとおぼえる。

支配力を強めすぎ、子供たちを生ける屍にしてしまっては、大失敗だ。

力の加減というのは、何とむずかしいのだろう。

だからといって、子供たちが最初にホームに送られてきたころの、あの粗暴で反抗的で陰湿で、言いようのない無法状態……と、私は思い返し、とぎれていた記憶が、突然、その部分だけ鮮やかなのに驚いた。

　ホームが焼け落ちる前の事は、なぜか混沌としている。よほどひどい衝撃を私は受けたのだろうか。肉体的にか精神的にか、それすらもさだかではないのだけれど、強い衝撃が記憶の一部を不明にするのは、ごくありふれた当りまえのことらしい。

　子供たちがホームに放火した、三人の子供が死んだ、辛うじて意識にあるのは、それぐらいだった。子供の死は、どうやら私の記憶違いらしく、吉川珠子は、今度、初めて死んだのだ。——それも、何だか私が海に突き落としたらしい……まさか。

　三人の子供が死んだ、と私が思いこんでいたのは、これから起きる事の予兆を感じとっていたのだろうか。つまり、あと二人、これから、死ぬ……。

　ともあれ、子供たちが初めて島に着いたときの情景がくっきり視えたことを私は喜んだ。

　これをきっかけに、記憶の上におおいかぶさっている忘却の厚い壁がくずれ落ち、すべてが明瞭になってくれれば……。

　思い出せなくても、施設の運営にそう不自由はないし、私は職員の眼をうまくごまかしているらしくて、誰も私を怪しみはしないのだから、このままでもかまいはしないのだけれど。

　整列せよと命じても、子供たちは、ふてくされたようにそっぽをむき、隊列をととのえようとはしなかった。所持品は全部検査したはずなのに、子供たちの中には煙草をかくし持っている者がいた。私たち職員の目の前で、どこからか一本抜き出した煙草をくわえ、ライターで火をつけた。

　男子職員にも、暴力を行使することは私は絶対に禁じていた。

　ひとりの職員が——どのお父さんだったろうか——ライターをとり上げた。煙草もとろうとすると、子供は、後ろにはねとんでその手を避けた。私は近づき、煙草を消しなさいと、静かに命じた。子供は私をみつめていたが、火のついた煙草を、さしのべた私の手のひらにねじりつけて、消した。そのとき、私は、ひそかに喜びを感じたのだったと、思い出した。この痛みは、必ず、報われる。これによって、私は子供たちと心を通わしあうことになるだろう、そう思い、微笑さえ浮かべていた。

私は、一途に、この仕事に自分を賭けていたのだった。

男子職員の前で肌を見せ、秘所まで見せて誘惑しようとしたのは、誰だったろうか。

私は、手古ずり、時には押さえきれぬほど烈しい怒りをおぼえ、卑しい小狡い子供たちを嫌悪し、それでも、愛した。無償の愛以外に、この子供たちを救うてだては、

「救う？」

修道女が、皮肉な笑いのこもった声で言った。

「ええ、そうよ」

私は言い返し、せっかく開けかけた記憶の水路は、また閉ざされた。

しかし、私は、その堰を何とか切り開けようとつとめた。

かすかな手がかり。ほんのちょっとしたヒント。

修道会の上層部は、私を深く信用してくれていた。自分の救いのために弱者を利用していると修道女はずいぶん辛辣なことを言ったが、私は誠実であり真摯であり、邪念はなかった、と、誰はばかるところなく言える。よしんば、窮極の願いが自らの救済であろうと、私が子供たちを救おうとすることに、咎められるような邪心はない。

「いいえ、あなたは、怖がっている。自分が救われることのない存在だと認めるのを。そのために、あなたは、救援を求め、ホームを再建し、やり直し、最初の失敗はなかったことにしてしまおうと、やっきになっている」

「子供たちを立直らせるのに成功するのは、悪いことじゃありませんでしょ。でも……こんなふうではいけないわ。どうしたらいいのかしら。マ・スール、救けていただきたいのよ。あの子たちを、快活な、

健康な、社会に順応できる、よい子に」

「鋳型に嵌めて、JISマークを捺すのね」

「わかっています、あなたの言うことは。でもね、結局、求められるのは、順応、それだけなのよ、にこにことね、何の疑いも持たず……」

「健気にね」

「そう健気」

私とマ・スールの苦い笑いが、はからずも、一致した。

私だって、無理な要求だと承知している。でも、それを否定したら、破滅しかないじゃないの。

「健気印が社会のJISマークなのね」

私は言い、私の背中にも、そのマークが焼きつけてあるのだろうなと思った。

しかし、私は、斜にかまえて何もせずに薄笑っているわけにはいかないのだ。健気印と嗤われようと、子供たちに野放図な放埓も無気力な従順も許すわけにはいかない。中庸。ほどよいバランス。正常な社会人とは、まるで、綱渡りの曲芸師だ……と内心思っても。

「目にあまるんです」

憤激した声で、福原芳枝は訴える。

この激昂は、いくらか好い徴候なのではないかしら。私は、あまりに空虚な平穏、無為に、うんざりしていた。

「石井さんや木島さんとも相談して、二人とも、やはり園長先生にお話しした方がいいと言うもんですから」

そこまで言って福原芳枝は言葉を切り、あとを続けろと促すように、木島けいを見る。木島けいは、石井純子と目顔を交した。積極的なのは福原芳枝一人で、あとの二人は、あまり気が進まないようだ。

「ね、ちょっとひど過ぎるのよね」

福原芳枝は、二人に話しかける。

木島けいが、しぶしぶというふうにうなずいた。

「何がひどいんですか」

私は福原芳枝に目を向けて訊ねた。

木島けいと石井純子は、けだるい様子で椅子の背にもたれている。

まるで、島じゅうが、子供も職員もいっせいに躁鬱病の鬱状態になっているみたいだ、と私は感じる。

福原芳枝の活気が、いっそ頼もしいくらいのものだ。

「山部さんと浅妻梗子です。他の子供に悪影響を及ぼします。でも、わたしたちの口からは注意できませんわ。妬いているのかなんて思われたら、嫌ですもの」

「以前にも、あの二人は、問題を起こしたんじゃなかったかしら」

私がそう呟いたとき、窓ぎわに佇ったマ・スールの眼が、強く光って私の方を見た。しかし、マ・スールはすぐにまた暗い窓外に目を放った。

「人目につかないところで、二人は抱きあって、あの、あの、キスまでしているんです。困ります。子供たちの風紀を取りしまらなくてはならない立場なのに」

ホームが焼ける前――第一次ホーム期とでも呼ぼうか――の情景が、又一つ、視えた。

子供たちが本土でつきあっていた男たちが島に、船でこっそり忍んで来たことが、何度かあった。

子供たちは実に巧みに職員の眼をごまかし、抜け道を通って廃墟のアパートに入りこみ、男――といっても、ごく若い、十五、六から七ぐらいの少年たち――と逢いびきし、躰をかわしあう時を持った。それを職員から知らされ、私は、現場にそっと行き、目撃した。女の子と少年が、半裸でもつれあう姿は、私を逆上させた。

その一人が、幼い吉川珠子だった。

そう思い出したとき、私は、声をあげた。

珠子を海に突き落とそうとしている私の姿が視えたのである。

そんなはずは、ない。子供たちは、船で脱出しようとして溺れたのだ。思い違いか。私の意識が、かってにでっちあげた偽の記憶だろうか。

「園長先生、どうします?」

「わたくしが善処します」

私は、強く言い、三人を帰した。

山部国雄と浅妻梗子。この森閑と半ば睡ったような島で、二人は、行動を起こした。

何か起これと望む私の意志が、この事態をひき起こしたのか。それとも、以前に一度起こったことが、再び形をとったのだろうか。

たしか、二人は、問題を起こしたことがあったのだ、と私は思ったが、はっきりした情景は見えてこなかった。

何にしても、好ましいことだ。これを利用して、島を活性化できる。そう、私は思った。

今度は、失敗すまい。子供たちのエネルギーを、上手に善導し、活き活きとした、しかも秩序ある共同体を作り上げよう。

浅妻梗子と山部国雄が愛しあっている。

「けっこうなことだと思いますわ。ねえ」

マ・スールに私は言った。

「愛。何よりも大切なのは、それですわ。山部お父さんは、子供たちに、美しい恋愛のお手本を見せてくれると思います。そうして、出産ということになったら」

「おやめなさい」

修道女は、さえぎった。

「どうして、いけませんの？」

「あなたは、自分が何を言っているのか、わからないのですよ」

「いいえ、よくわかっています。愛。どうして、この言葉を口にしてはいけませんの」

「あなたに必要なのは……」

言いかけて、修道女は口を閉ざした。

翌日、私は、第3ホームに行ってみた。ここしばらく、ホームには足を運んでいない。各ホームに干渉がましく私が顔を出すのはよくないと自制したつもりなのだが、もしかすると、責任を回避したかったのだろうか、という気がしてきた。

日曜日で、学習は休みである。こういうときこそ、子供たちはのびのびと羽をのばし、お父さんお母さんを困らせるくらいであってほしいのに、事態は私の想像以上に悪化していた。

蛹になりかかった虫のように、子供たちは壁にもたれて足を投げ出したり、寝ころがったりしており、皆をリードして活気づけなくてはならない木島けいまでが、何かぼんやりと座卓に頬杖をついている。

「まあまあ、あなたたち」

私は、せいいっぱい明るい声をはり上げた。

「外はすばらしいお天気なのですよ。もったいないじゃありませんか。うちの中にひきこもって。風は少し強いけれど、それだって気持いいくらいです。さあ、外に出て遊びましょうよ。私もいっしょに遊ぶわ。ほかのホームのひとたちも、みんな、こんなふうに閉じこもっているの？　よくないわ。みんなで遊びましょう。鬼ごっこ？　陣取り？」

誰か一人ぐらい、そんな子供っぽい遊びはいや、とか、気持の悪い猫撫で声は出さないでよ、とか、反抗しないものか、と私は思った。

以前、子供たちがよく毒づいた言葉だ。

ばばァ、うるせえや。あんたなんか、何も知らないお嬢さんのなれの果てじゃないか。男とやったこともないんだろう。しゃぶの味も知らないで偉そうな口をきくなって。

そっちはわたしたちのおかげで自分の存在理由をやっとみつけているんだ、と生意気な口をきいたのは、浅妻梗子だった、たしか……。

ああ、私は、ずいぶんいろいろなことを思い出しはじめている。

子供たちの悪罵に私が小ゆるぎもせず対等に、いえ、むしろ上位に、立っていられたのは、姉を殺した悪人で、私も、あるからだ。

あなたたちの悪事、そんなものが何なの。賭博、不純異性交遊、ゆすり、つつもたせ、かわいいものじゃないの。

姉殺しの記憶を持たなかったら、私はとうに逃げ出していた。いえ、そもそも、この仕事につくことなど考えもしなかっただろう。

「浅妻梗子さんがいませんね。おや、山部お父さんは？」

「知りません」

木島けいがのろい声で言い、躰を引きずり上げるようにして立ち上がった。

「皆さん、外に出ましょう。いいお天気です」

子供たちは、見えない糸でつるし上げられたように立ち上がり、入口の方に行く。下駄箱からめいめいの靴を出し、外に出て行った。

私は隣の部屋をのぞいた。浅妻梗子と山部国雄は、そこにいた。二人の姿勢は奇妙なものだった。離れて腰を下ろし、畳についた片手に躰の重みをかけ、互いの方に少し身を乗り出しながら、そこで躰の動きをとめていた。硬直したように。

しかし、石化してしまったわけではなかった。私が声をかけると、二人はゆっくりと首を私の方に向けた。

「抱き合わないの」

私は焦れて、足を踏み鳴らした。

「抱き合って、キスをしなさいよ。山部さん、あなたはそうしたいんでしょ。浅妻、おまえも、山部に抱かれたいのでしょう。思いどおりにしたらいいじゃありませんか。あなたたちが前に何をしていたか、私だけではない、皆知っています。あなたたちは、廃墟のアパートの一室で、心中した」

あっ、と私は悲鳴をあげた。とんでもない言葉が口からとび出したのに、あっけにとられたのだ。

心中。三人の死人、と、記憶に刻みこまれていた、そのうちの二人は、これなのだろうか。

誰がどのようにして、と、それが判然としないまま、三人の子供が脱走しようとして溺れた、と、かってな記憶を作り上げていたのだろうか。

スキャンダルを揉み消そうと、職員の考えは一致した。子供たちは幸い、気がついていなかった。私たちは、二人の骸を海に埋葬した。そうではなかったろうか。確かに、そうだった。

ホームの運営が強固なものになるまで、こんな不祥事を公にはできない。子供たちには、二人は事情があって本土に戻ったと話した。浅妻梗子が、島に来る前に起きた事件の参考人として本土の警察に呼ばれた、山部お父さんは付き添っていった。そう話したのである。

本部には、もう少し後で、二人が誤って海に落ちたと報告する。いま、子供たちを動揺させる事は避けましょう。職員会議で、そう決めたのではなかっただろうか。

「あなたたちは、死人。そうなの？　あなたたちは、心中したの？　いいえ、私の間違いね。何とかおっしゃい。あなたたちが心中したという私の記憶は、嘘(うそ)ね」

「わたしたちが心中？」

二人は、うっすら笑って言った。

「してほしいんですか」

山部国雄の口調が、私の記憶をまたあやふやにした。

二人が心中した。そうであったら、他の職員が、二人を怪しまないわけがない。

妄想だ。おかしな偽の記憶が、私を混乱させる。

「心中しろと、命じるんですか、あなたは」

山部国雄は言った。

「いいえ」

私はあわてて言った。私は、島を支配しかけている。うかつな事は言えない。私の言葉がそのまま形をとるとしたら。

「山部お父さん、あなたは、浅妻梗子を愛していらっしゃる」

私は二人の傍に横坐りになった。

「美しいことね」

羨(うらや)ましいことと言いそうになり、言いかえた。

「ぼくは苦しみましたよ」

山部国雄は言った。彼が自分の言葉を喋(しゃべ)りはじめたので、私は少しほっとした。

「ぼくは、ここの子供全員を善導する責任がある。一人の少女を愛することは、ここでは、悪だ」

「わたしは、誰でもよかったのよ」

浅妻梗子が言った。

「たまたま、彼が一番積極的だった。それだけ。ほかの男たちも、わたしを抱きたがっていた。わたしと、蓮見マリちゃんをね。ほら、何ていったっけ、フェロモン？　あれが、わたしとマリちゃんは濃厚なんだって。わたしは、セックスは別に好きじゃない。でも絶対いやってほどでもないわ。どうでもいい。どうせ、同じようなものよ。何がどうだって」

　単調な熱のない声で浅妻梗子は喋り、ちょっと視線を泳がせた。

「マ・スールはいないの？　わたし、あの人は好きよ。男にキスされるより、あの人にキスされる方が気持がいい」

　浅妻梗子の言葉が耳に入らないかのように、山部国雄は続ける。

「梗子に、一目で、ぼくは惹かれた。完全に、女だ、この躰は。しかも、少女の残酷、少女の清冽、それを兼ね持った躰だ。これ以上のコケットリーがありますか。しかし、ぼくは自制した。この恋情を、ちらりとものぞかせまいと努力した」

「まるみえだったわよ」

　浅妻梗子は言った。

「絶えず、わたしは聞いていたわ。好きだ、愛してくれ、ってこの人が言うのを。わたしだけじゃない、みんな、聞いていたわ」

「そう。でも、愛されるというのは、好いことよ」

　わたしはうなずいて言った。

「非行は、愛情の欠如から生じるのだわ。山部お父さんは」

「その、誰だれお父さん、誰だれお母さんて、偽善ぽい声で言うの、やめてくれないかな」浅妻梗子は言った。「鳥肌が立つわ。ここで、何が厭ってね、あんたのその話しぶりだよ。猫撫で声。お茶を淹れましょう、だの、テーブル・クロスをどうとかだの。やめてほしいわ。みんな、言ってるよ。吐き気がするほど厭だって。偽善者」

「ああ、やっと、以前のようになってきましたね。その反抗的なところから、やり直さなくてはいけないのだわ。反抗のエネルギーというのは、若い人には大切なものよ。決して、失なってはいけないのだわ」

うんざりしたように、浅妻梗子は肩をすくめた。

「ホームのお父さん、お母さんの」

「うるせえや」梗子はどなった。「今度、その偽善者声を出したら、ぶっ殺してやる」

「梗子」すがりつくように、山部国雄は、浅妻梗子の腕をつかんだ。梗子は静かに、山部国雄の手をひきはがした。

そうして、すっと立ち、部屋を出て行った。戸口で振り返り、

「心中じゃないよ。教えてやらあ。あたいは、その男に殺されたんだ。心中なら上に無理がつくやつだよ」

捨てぜりふを残した。

山部国雄が、後を追った。

ひどいでたらめ。

後にとり残された私は、苦笑した。

無理心中だって。まあ、何という事を言うのでしょう。子供のくせに。


子供というものは、明るく、前向きに、健康的に、未来への希望に溢(あふ)れて、強く、正しく、清潔に、生きるものなのです。二十一世紀をになうのは、彼らではありませんか。

呪文(じゅもん)のように、私は呟きつづけた。明るく、前向きに、と、空虚な言葉を。

私はホームを出、二人を探した。山部国雄が建物のかげに入って行くのを見た。

閉ざしても、閉ざしても、破れた笊(ざる)のように、子供たちはどこかしらに抜け穴を作る。

私の心の奥底に、それをおもしろがっているところがあるようなのだけれど、私はいそいで、その不謹慎な気分を封じこめた。

釘(くぎ)を打ちつけて通路をふさいだ板が、押すとはずれた。

前に、子供たちが豚(ぶた)を殺して壁に釘で打ちつけ、変な儀式をやっていた、あれも、この道を通ったのではなかったかしら。

私は思い出していた。あれは……豚の儀式は、以

前にも、ホームが焼ける前にも、やっていた。子供たちがやっていることを知り、私は不愉快さ不気味さにほとんど逆上した。

そうして、それからほどなく、浅妻梗子と山部国雄の骸を……。

思い出したくない事が、ヴェールをはいで牙を剝く。

豚の儀式を禁じた後、私は、始終、ほかに抜け道はないかと廃墟をしらべてまわるようになり、あるとき、二人を発見したのだった。

そうだ。場所は、わかっている。私は、足を速めた。

錆びた鉄扉が半開のまま動かないアパートの一室。

浅妻梗子と山部国雄はそこに倒れていた。

山部国雄の手に刃物があった。二人の躰は血を流しつくしたように蒼黒く、ふやけ波打った畳はその血をことごとく吸いこんでいた。かすかな腐臭。

私は、混乱してきた。この死、いえ、殺害、は、いつ行なわれたというのか。

今ではない。しかし、ホームが炎上する前にあった事としては、骸はまだ腐敗が少なすぎる。

とにかく、何がどうであれ、私は失敗したのだ。その証しである二人の骸。

いいえ、まだ、やり直せるわ。そう、二人は本土に戻ったことにして。何とか糊塗して。

私は、失敗するわけにはいかない。無能な人間だと認めてしまったら、もう私は……。

姉を殺しながら、穏やかな暮しを父と営んでいる継母を、私は思い浮かべた。私が、罪を負い滅亡する役まわりをひき受けねばならないのですか。

いやだ、と私は拒否した。

やり直そう。やり直そう。最初から。

どんなことがあっても、挫けてはいけない、と言ったのは、父ではなかっただろうか。

私は、根気がないと、しばしば父に叱られたものだった。学校の教師も、それが私の欠点だと言った。図画や工作の時間に、作品を最後まで完成させず、途中で捨ててしまうからだ。

根気がないのではない。私は、不完全なものが嫌いなのだ。美しく完成された姿は脳裏にあるのに、私の手は醜い不完全なものしか作り出さないから、私は絶望して途中で投げ出していたのだった。念入りに、綿密に、精魂こめて作るのだけれど、そのために時間内に間にあわなくなる。あとはざっと仕上げて提出しなさいと教師は言い、私は未完の作品を叩きつぶす。図画であれば、画用紙をくしゃくしゃに丸める。ふだんはおとなしくて従順な生徒なのに、そのときは、手がつけられない強情を発揮していたようだ。

他人に誤解されると、言い開きをせず、心の中で相手を蔑む。それも、幼いころの私であった。

小学校の一年のときだった……と、二人の骸を後に、アパートを出、西北岸を歩きながら、遠い、些細な記憶がよみがえる。どうでもいいような事ばかり、どうしてこうも明瞭なのだろう。色紙を蝶の形に切り、画用紙に貼ることを、工作の時間に命じられた。

私が提出した作品を一目見て、教師は、もっとていねいに貼りなさい、と、つっかえした。

翅の両端に糊がついていなかった。

私は、蝶の翅だから、ひらひら動くようにと工夫したのだった。教師の目の前で、私は画用紙を破った。説明する事を思いつかなかった。

手に負えないひねくれた子供だったなと、今になれば思う。

失敗を他人の目にさらすのも、極度に嫌だった。

生まれついての性格は、一生、なおらない。

防波壁にもたれると、波しぶきが頭にかかった。

そうして、私は、はっきり思い出した。私の手は、たしかに、吉川珠子をここから突き落とした。

ホームが燃える前の事を、私は言っているのだ。

二人の骸を発見し、茫然と、私はここを歩いていた。そのとき、吉川珠子と行き合ったのである。

子供がいるべきではない場所である。珠子の方でも、はっとして身をひるがえし、逃げようとした。

私は、追った。逃げる鼠を猫が本能的に追うように。

すばしこい珠子の動きは、私の怒りを誘発した。

それでなくても、浅妻梗子と山部国雄の死は私を逆上させていた。

　吉川珠子は、石段を身軽に駆け上がり、壁の上に立った。そのとき、私は石段の下まで追いついていた。夢中で石段を上り、途中から手をのばして、吉川珠子の足首をつかんだ。

　吉川珠子は私に目を向け、怯(おび)えた表情で、私の胸を指し、

「血!」

と叫んだ。

　そのとき、更に数歩上った私を、眼球がくるりとひっくり返って周囲が空白になる感覚が捉(とら)えた。

　私の手は、珠子を海に突き落としていた。

　二人の骸に触れてついた血を、見咎(みとが)められた。そう思ったとたん、私の手は反射的に動いていたのだ。

　私は逆巻(さかま)き泡立つ海をとても見下ろしてはいられず、地面にくずれるように坐った。

　私には、許されるべき、一(ひと)かけらの余地もなかった。

　幼い子供と無力な生き物の受苦(じゅく)だけは、絶対に、許せない。許容できない。そう、私はいつも思っていたではないか。自分が子供のとき苦しんだから、子供の苦痛は、人一倍、我が事のように体感できる。子供を苦しめる事には、どんな弁明も通用しない。そう、身にしみて思っていた私が、吉川珠子を……。

　浅妻梗子と山部国雄の骸を発見して、私は錯乱(さくらん)しきってはいた。しかし、それは弁解にはならない。理性の手綱(たづな)が切れたとき、私の本性が牙を剝き出したのだ。自衛本能が猛然と行動を起こした。自衛本能ばかりではない。それまでに圧(お)しかくされていた激しい力のすべてが、あの瞬間に結集し、炸裂(さくれつ)した。

　波が岸壁を打ち叩いた。


　明らかになった記憶に打ちひしがれながら、私はホームに足を戻した。

　まだ、やり直せるのではなくて……と、弱々しく呟きながら。

　三人の死者を出し、ホームは子供たちによって焼

かれたけれど、私はとにかく、ここまで再建したではないか。マ・スールの助けを借りて。

ホームは潰滅はしないわ。

何とか、考えよう。しかし、何と困難なのだろう。子供たちは、すっかり生気を失なってしまっている。職員も。彼らを活気づかせなくては。

あたりが薄昏いのに、私は気づいた。

もう、日没か。ずいぶん速く時が経つ。

それとも、私はよほど長い時間、自失していたのだろうか。

廃墟のアパート群の間の、迷路じみた道を、私は歩く。風が鋭い唸りをあげて、壁の間を吹き抜ける。亀裂の走る壁の一部が、欠け落ちてくる。四ツ角では木屑がつむじ風に舞っている。

足もとは闇に沈みはじめた。

ホームは、三棟とも、森閑としていた。灯さえともっていない。夕食の時間だろうに。

第3ホームに入り、電灯をつけた。子供たちは、部屋の畳の上に棒きれのように眼を開けたまま、横たわっていた。木島けいも、同様である。

私は声を上げて叫び、揺り動かした。反応はなかった。

第2ホームに行ってみる。ここでも、子供も職員も眼をぽっかり開けて横になっていた。第1ホームに足を運ぶのが、私は恐ろしかった。先に、事務室をのぞく。ここでも、事務の小垣ふじ子と二人の雑役夫が虚ろな眼を開け放心していた。最後に第1ホームをのぞき、島じゅうの全員が、私一人を除き、手のほどこしようのない、深い無為に陥っている事を知った。

どのように物音をたててもゆさぶっても、彼らを覚めさせることはできない。私は、バケツを棒で叩いたり、わめいたり、こっけいな努力を続けた。

台所におかれたライターが、私に最後の手段を思いつかせた。第1ホームの台所の紙屑籠に、私は食用油を注いだ。それから、ライターで火をつけた。火事。この恐怖こそ、彼らを活気づけ、行動に駆り立てるに違いない。火事よ！　と叫びながら、私は第2ホームに走り、放火した。更に、第3ホーム、そうして事務室にも火を放った。

外に出て、待った。

闇は島を暗黒に塗りこめ、炎が美しく火柱を噴き上げた。

誰一人、走り出てくる者はいない。

炎に照らし出されて、マ・スールが、私の向い側に立っていた。

「どこにおられたの。あなたの助けが必要です。何とかしてください。このままでは、皆、焼け死んでしまいます。私は、皆を、奇妙な沈滞(ちんたい)から脱(ぬ)け出させようとして、火をつけたのに」

「そうだったかしら」

修道女は、私をみつめた。私と修道女の眼はからみあった。

「そうだったかしら」

修道女は、深い声でくり返した。

悲鳴が、のどを衝(つ)いた。

「あなたは……」

「ええ。私は？」

「あなたは……」

風に煽(あお)られ、火勢はいっそう強まった。

火の粉が黒い空に燦爛(さんらん)と散り、流れ、舞った。火柱は、風に吹きなびき、右に左にゆらいだ。

島全体が炎と化したように見えた。

「本土からも、この火は見えるでしょうね」

修道女は言った。

再び、私は叫んだ。

「あなたは」

「お言いなさい。私は？」

「あなたは、私」

私は叫んだ。ようやく、私は、楽になった。息苦しくかぶさっていたものが、すっぽりとれたように。

「あなたは、私なのね」

修道女は、ゆっくりうなずいた。

「私は、あなた」

私は、地に膝(ひざ)をついた。私のした事は、明白になった。

手に負えない子供たち。確執の絶えない職員。理想的な楽園であるべきホームは、混乱と喧騒と紊乱した風紀の巣となり果てつつあった。子供たちのもとの仲間は、時々本土から船でしのび込み、それを発見し追い返すのに手を焼いた。私は絶望しながら、くずれ倒れようとする家屋を一人で支える努力をしているつもりだった。

そんな中で、浅妻梗子と山部国雄の骸を、私は発見したのだった。山部国雄が浅妻梗子に心を奪われ理性を失ない、兇行に及んだものらしい。廃墟のアパートの一室に血溜りに伏した二人を見た。それにひきつづき、逆上した私は、吉川珠子を海に突き落としてしまった。いえ、壁の上にいるのを抱き止めようとして……ああ、そのときのことは、よくわからない。抱き止めようとして、はずみで珠子が落ちたと、思いたい。

始めから、やり直したい。子供のころ、描きそこなった画用紙をくしゃくしゃに丸めたように。失敗したきびがら細工を叩きこわしたように。私の思考は、一瞬の間に、子供に退行した。

しかし、大人の悪知恵も、私には備わっていた。

夕食のスープに私は睡眠薬を溶かし入れて給した。

そうして、全員が睡りこんだホームに、火を放った。

それが、これだ。

熱風を浴びながら、私は切望しつづけた。

もう一度、やり直せたら。始めから、やり直せたら。

助けてください。あなたの助けが必要です。助けてください。

人は誰でも、意識の下に、表面にあらわれた自分とは正反対の自我が存在している。私の必死の叫びかけに、それは、応えた。

私の前に、あらわれた。燃える炎を前に、私の意識は、島の再建を私に描いてみせた。

一度起こった事が、少し歪んであらわれたに、それは、すぎない。

やはり、起きてしまったことは、起きてしまったことなのだ。やり直しはきかない。それでも、なお、私は祈らずにはいられない。

　助けてください。もう一度、やり直させてください。

　マ・スールの姿は消えていた。

　やがて、この火を遠目に見た本土から船が来るのだろう。そうして、私は、現実の獄に投ぜられるのだろう。

　その前に、もう一度、やり直させてください。今度こそ、うまくいくのではないでしょうか。私は、自分の愚かさを知りました。卑劣(ひれつ)な弱さも知りました。でも、子供たちを愛そうとした事も事実です。かつて姉を殺害した私には、すべての救いはあらかじめ失なわれているのでしょうか。

　もう一度、意識の中の幻影の世界でけっこうです、やり直させてください。子供たちが、明るい無邪気な笑顔で私に手をさしのべるホームを作らせてください。

　助けてください。あなたの助けが必要です。助けてください。

エピローグ

暖かい陽射(ひざ)しを浴びて、めざめた。

窓から射し込む光の束(たば)は、デスクにむかってのび、そこに置かれた淡紅色の封書を浮かび上がらせていた。

小さい鋏(はさみ)は光の破片を降りこぼしながら、封を切った。

中の紙片も淡紅色で、書かれた文字は読みにくく歪(ゆが)み、光の中に流れ消えそうだが、あなたの助けが必要だ、という意味が読みとれぬほど不明瞭ではなかった。修道女は、立ち上がった。

Fin

◎聖女の島

本文中の詩は、西条八十「トミノの地獄」から引用しました。（作者）

付録① 文庫・ノベルス版解説

解説（講談社文庫『聖女の島』）

綾辻行人

まずは、いきなり私事になってしまうけれど、皆川博子さんへの謝罪から。

ごめんなさい、皆川さん。

あれは今から三年と四ヵ月前——一九九一年の四月下旬のことです。京都在住の僕が、仕事で上京の折りに町田の竹本健治さんの家へ転がり込み、そこで高熱を出して寝込んでしまったことがありましたよね。それを聞いてあの時、お見舞いにマスクメロンを送ってくださったの、憶えておられますか。

告白します。

あの立派なメロンを、僕たちは、ふざけてサインペンで落書きだらけにしてしまったのです。僕が描いたのは、楳図かずお先生のマンガ『14歳』の主人公チキン・ジョージ博士の絵でした。そして、何とも珍妙な様態になってしまったそのメロンを見ながら僕たちは、「ああ、何てひどいことを。せっかく皆川さんが送ってくれたメロンなのに……」と云ってへらへら笑っていたりしたのでした。とんでもなく失礼な奴らです。

ごめんなさい、皆川さん。

気を悪くなさいますか。でも、そのあとちゃんと、メロンは全部食べました。とっても美味しかったです。

この告白を目にして、皆川さんが憤慨されることはないだろうと甘く考えている。「まあまあ、困った人たちねえ」というふうに目をしばたたかせて、ころころと笑い転げる様子が見えるようである。

仮に再び僕が竹本さんの家で寝込んでしまうことがあったとしたら、きっと皆川さんはまたメロンを送ってくださると思う。ただし、そのメロンにはあらかじめ「落書き禁止」とでもいった落書きがしてありそうである。

それにしても思うに、これはなかなか暗示的なエピソードでもある。皆川さんのメロンに楳図先生のマンガを描いてしまったという、この点がだ。

皆川博子と楳図かずお、この二人の創作者には何だか妙に似通ったところがあるよね、というのが、最近になって僕と竹本さんとの間で持ち上がってきた大胆な文学的仮説だからである。あまりに大胆すぎる説なので、その詳細をこの場で明らかにすることは避けたい。ここではさしあたり、「激しい落差」というキーワードを提示するだけにとどめておこう。

冗談はこの辺りで措くとして。

先頃、この九月に出版芸術社から刊行される皆川さんの短編集『悦楽園』を読む機会に恵まれた。本の帯裏に二百字程度の推薦文が欲しい、と編集部から依頼があり、ゲラがまわってきたのである。

二日かかって（実は僕、本を読むのが遅いのです）収録された十の短編を読み上げ、僕が第一に抱いた想いは――。

皆川さんって、怖い。

本気でそう思ったのである。よく知っているあの穏やかな笑顔に、闇の中を自在に跳梁する黒衣の魔女の像が重なって見えた。

僕などが皆川作品の推薦文だなんて、何ておこがましい、と思いつつもそれを書いた。次のような文章である。

本書に収められた十の短編はどれも、〈異形の愛〉を描く。〈異形の愛〉とはすなわち〈狂気〉である。〈狂気〉とは云うまでもなく、我々すべての中にその可能性が埋め込まれた〈心の形〉である。

〈現実〉という名の〈幻想〉を舞台に――

昏く燃え続ける情念を。鮮やかに弾け散る激情を。残酷でしなやかな悪意を。恐ろしくも甘美な悪夢を。

……

濃密な闇のキャンバスに皆川博子が描く絵は、鳥肌が立つほどに、凄まじい。

これはまったく、掛け値なしの僕の感想だった。「鳥肌が立つほどに」とあるけれど、本当に僕は、一つの短編を読むごとに、「ひえー」とか「すげえ」とか呟きつつ、鳥肌を立てていたのである。まさに「凄まじい」という形容がふさわしいと思った。

その日の夕方、皆川さんに電話をかけた。そうしてひとしきり、いささか興奮気味に作品の感想を述べたわけだが、皆川さんはさかんに「ごめんね。あんな暗い出口なしのお話ばかり読ませちゃって。きつかったでしょ」というようなことを云っておられた。

「いえいえ、とんでもないっす」

僕は笑って応えたが、そこで思わず、

「皆川さんって、実はとても怖い人だったんですね」

かなり真剣な調子でそう付け加えた。

「そんなことないよぉ」

というのが、皆川さんの返答であった。もちろん「怖い人だったんですね」と云われて「はいそうよ」と応える人もあまりいないだろうけれど。

「綾辻君も知ってのとおり、本人はこんなパッパラパーなのよぉ」

こういう時の皆川さんの口調は、何と云うのだろう、それこそ無垢な少女のように可愛らしい。二まわり以上も年上の先輩作家を捕まえて「可愛らしい」とは甚だ失礼な云い草だけれども、実際そうなのだから仕方がない。だからつい、「そうか。パッパラパーか。そうなのか」と変な納得をしてしまったりするのである。

初めて皆川さんとお会いしたのは、前記のメロンの一件から一ヵ月ほど経った頃だったろうか。それ以前から幾度か手紙をやりとりしたり、電話でお話ししたりしたことはあったのだが、いかんせん僕が京都在住だもので、なかなかお会いする機会が得られなかったのだった。

西麻布のとあるフランス料理店だった。会食のセッティングをしてくれたのは講談社の名物編集者Ｕ氏で、この時は確か、竹本健治さんと歌手の谷山浩子さんも一緒だったと記憶している。

ちっちゃくて細くて可愛らしいご婦人、というのが、そこで僕が皆川さんに対して持った第一印象だった。何時間かお話をした後も、その印象が変わることはなかった。

思えば、あの時僕が持参してサインをお願いした本が、他ならぬ本書『聖女の島』の親本であった。

「大好きなんです、この作品」

僕がそう云うと、

「ありがと。わたしもとても気に入ってるのよ、これ。でもね、なかなか分かってくれる人がいないのよねー」

そんなふうに応えながら、さらさらとサインしてくださった。こちらがびっくりするほどに、たいそう照れ臭そうな様子でおられたのをよく憶えている。

以来、上京して機会があるとしばしば皆川さんとはお会いしている。カンヅメの陣中見舞いに来てくださったこともある。夜中に電話をして「書けません。つらいよ、しんどいよ」と愚痴をこぼすこともたまにある。そんな時、皆川さんは「わたしもしんどいよぉ。書けないよぉ」と口真似をされる。若者言葉をいち早く自分の会話に取り入れるのがお得意、とも見える。一時期ジャニーズ系の某アイドル・グループのファンだったという噂も聞くが、あれは本当かしら。

九二年に僕が推理作家協会賞をいただいた時には、文字どおり我がことのように喜んでくださり、受賞パーティーの折りに僕が壇上で挨拶をした時などは、見ていた皆川さんの方が緊張してしまって、「息子の授業参観に行った母の心境だったわ」とか。ちなみに皆川さんは、先の編集者Ｕ氏の夫人Ｋ子さんと仲良しなのだけれど、このパーティーにはそのＫ子さんも来てくださっていて、彼女には「弟の学芸会を見にいった姉の心境だった」と云われた。齢三十過ぎにしてそのように云われてしまう僕の方にも、ひょっとすると問題があるのかもしれない。

そんなこんなで、いつしか皆川さんは綾辻行人の「東京の母」ということになってしまったようなのだが、それはともかく、初めてお会いしてから今日に至るまで、「ちっちゃくて細くて可愛らしいご婦人」という皆川さんのイメージはまるで変わっていない。

ところが、である。

なまじご本人に対してそういうイメージを強く持ってしまっているものだから、作家皆川博子の作品を読むと、毎回決まって大きなショックを受ける。あまりのギャップの激しさに、それこそ何が現実で何が妄想なのか分からないような、すこぶる面妖な気分になってしまうのである。

『悦楽園』のゲラに続いて、この小文を書くために『聖女の島』を読み直した。

一九七二年に長編児童文学『海と十字架』を上梓、翌七三年に「アルカディアの夏」で小説現代新人賞を受賞。以降皆川さんが、ミステリから幻想小説、恋愛小説から時代小説、伝奇小説とさまざまな分野にわたって旺盛な創作活動を続けておられる事実は、今さら僕などが詳説するまでもないことだろう。

『聖女の島』は八八年八月に講談社ノベルスより刊行された書き下ろし長編なのだが、この作品のあと皆川さんは、現代物の長編を一つも書いておられない。時代物の方の仕事が忙しくて、ということだけれど、時代小説音痴の僕にとっては少々寂しい話である。

本編の前にこの解説を読まれる方も多いだろうから、ここで物語の筋立てを紹介したりすることはいっさいしない。迂闊にそれを行なうことが許されないような種類の小説である、とだけ述べておく。

それではあまりにも掴みどころがなくて不安だという方には、これは第一級の長編ミステリです、とまでは僕がこの場で保証してさしあげよう。ただし、殺人事件が起こって警察の捜査が始まって……というふうな、当たり前の推理小説ではまったくないので、ご用心を。「幻想ミステリ」という言葉が、やはりこの作品には最もふさわしいだろうか。〈現実〉をあくまでも〈現実〉としてしか捉えられない手合い（悲しいことに、いまだ何とその数の多いことか……）には絶対に書けない、そんなミステリ。

今回久しぶりにこの『聖女の島』を読み返してみて、案の定、僕はまたしても大きなショックを味わわざるをえなかった。一度読んでストーリーを知っていてなお、「鳥肌が立つほどに、凄まじい」と感じたのである。

一人称の叙述、助けを求める女と助けにやって来た女、舞台となる「島」の風景、そこに収容された少女たち、そして事件……それらのすべてから立ちのぼる、何とも云えず妖しい、朦朧とした香り。時には静謐に、時には激しく、時には歌うように、時には荒れ狂うように……変幻する筆遣い。しかもそれが実は、この異常な物語をぎりぎりの危ういバランスで成立させるための、作者の緻密な計算に基づいたものだということを、再読して今さらのように思い知らされた。

皆川さんって、怖い。

読み終えて、僕がその想いを新たにしたことは云うまでもない。

仮にそう云って電話をしたなら、皆川さんはきっとまた、「そんなことないよぉ」とあの可愛らしい声でおっしゃるだろう。いやいや、しかしそれに騙されてはいけない。

皆川博子は、恐ろしい作家なのである。

（一九九四年八月、記す）

講談社文庫『聖女の島』（一九九四年十月）所収

解説（講談社ノベルス『聖女の島』）

恩田陸

「トリッキーである／技巧的である」というのが決して誉め言葉ではなく、むしろ悪い意味で使われることが多い、と気づいたのは小説家になってからのことである。

　本格ミステリやページターナーと呼ばれるエンターテインメントを偏愛してきた私は、このことに大層当惑した。更に、自分がエンターテインメントを対象とした賞の候補になるようになると、選評に溢れる「造りこみすぎ」「どんでん返しがリアリティを損なっている」「どうしてオチを付けたがるのか」などという、「トリッキー」なもの、もっとはっきりいうと「面白いもの」への憎悪としか思えないフレーズにあぜんとすることになる。

　世の中、どうなっておるのか。えんえんと続く愚痴と自己弁護である「私小説」や、退屈な登場人物の芸のない芝居を見せられる「自然主義」的近代の小説から逃れるために、我々はエンターテインメント界を目指したのではなかったのか。

　そんな疑問を抱きつつも、「次回への引き」と「先の読めない展開」を考えることにエネルギーを費やしてきて十数年。いつも励みとし、目標としてきたのは、皆川博子の存在だった。「トリッキーであり、技巧的であり、面白すぎて禍々しくて美しく、なおかつ知的で人間への洞察力に溢れている」。どうだ、これならば文句ないだろう、と特に近年、『死の泉』以降、皆川博子の趣味全開と思われる綺羅星のごとき作品群を目にして、勝手に溜飲を下げてきたのである。

　とはいうものの、私が最初に皆川博子という人のイメージの凄まじさに圧倒されたのは、拙著のあとがきにも書いたことがあるが、一九九五年に、ある雑誌で一緒にホラー短編を競作した時のことである。

それは今や伝説的な作品になっている「結ぶ」という短編だが、このごく短い小説を読んで、私は「いったいこの人の頭の造りはどうなっているのか。どこをどうしたらこんな話が生まれてくるのか」とぶっとんで平伏したのであった。

それまでの私は、皆川博子はどちらかといえば「幻想的で色彩豊かな、ちょっと変わった時代小説をメインに書く作家」というイメージだった。『壁――旅芝居殺人事件』や『みだら英泉』『妖櫻記』といった小説のイメージだけでなんとなくそう感じていただけなのだが、この時から全く見る目が変わったことを告白しておく。

数年前に初期の作品（一九七九年）『花の旅 夜の旅』（このタイトル、素晴らしい）を読んだ時は、『死の泉』にも通じるメタフィクショナル的指向に、「もうこの頃からやってらしたんだなあ」とにやにやし、やはり「造りこみたくなる」のは、ある種の小説を偏愛する小説家にとっては性としか言いようがないのだ、としみじみした。

さて、『聖女の島』である。

伝説的といえば、こちらも伝説的な作品だった。

しかし、寡聞にして私はこの小説を読んだことがなく、「凄いのがある」と噂を聞いた時には既に絶版になっていて、知り合いの編集者に頼んで読ませてもらったのを覚えている。

それまでにも主に松本清張の作品で知られるカッパ・ノベルスはあったものの、新書版のノベルスという形態が華々しく売り出されたのはカドカワ・ノベルスが一大ブームになってからで、後発の講談社ノベルスは割に地味な印象だった。けれど、当時は既に廃れかけていた本格ミステリがコツコツ出されていたので今にしてみると結構読んでいたのだが、なぜか『聖女の島』には気付かなかったのだ。

廃墟の島に修道院のシスターがやってくる。

不良少女たちを収容するホームが放火されて焼け落ち、ホームを立て直す救援を求められてやってきたのだ。

　まず、この設定だけでぞくぞくする。なんとまあ、禍々しくて、美しいイメージなのだろう
『聖女の島』は一九八八年の刊行である。

　日本がバブルに浮かれ始めた頃だ。まさかこの数年後にバブルが弾けて「失われた十年」と呼ばれる不景気にあえぎ、廃墟ブームがやってきて、この小説のモデルとなった長崎の端島（通称「軍艦島」）に廃墟ツアーの観光客が押し掛けるようになるなんて、誰が想像できただろうか。

　そして、この作品は、今や簡単に「サイコ」と呼ばれるようになった、『羊たちの沈黙』をはじめとする異常心理犯罪ものというテーマが現れるよりも前なのだ。

　やはり皆川博子は「とっくにやっていた」のである。

　だが、そのテーマの先取りや内容の超絶技巧はともかく、今回改めて読み返して感じたのは、その洗練された雰囲気と、全編を覆う不思議な美しさである。

　およそ「聖女」「修道院」という言葉くらい、その硬いイメージとは裏腹に、いかがわしさ、偽善、残酷さ、淫卑さ、といったものを連想させるものはない。それらがすべて含まれているのに、ここには不思議な軽やかさと、静寂と、ユーモアすら感じられる。

　こういう作品が支持され、復活するということは実に正しく、心強い。

　今また誰にというのでもないが、にやにや笑いながら「どうだ、これなら文句ないだろう！」と改めて言いたくなってしまうのだ。


『聖女の島』

講談社ノベルス（二〇〇七年十月）所収

付録② インタビュー集

華麗で懐かしい怪異

聞き手・東雅夫（ひがしまさお）

ドンデン返し的な怖さが快感

――モダンホラー的なものには、あまり積極的な御関心がないとか？

皆川　そうですね、一つ二つは読んでいるんですけれど。たとえばS・キングの『ミザリー』などを読んでも、ただ脚を切られて閉じこめられちゃって逃げられないから怖い、自分を閉じこめた女性ファンが狂的になっちゃって怖いってことで、結局、現実面からそんなに奥へ行ってないんじゃないかという感じがするのね、それで面白くないのかなと思ったりして。『ペット・セメタリー』は入院していたときに読む物がなくて、病院の売店で買って読んだんですけど、結局あれはW・W・ジェイコブズの『猿の手』のヴァリエーションみたいな気がして、だったらむしろ『猿の手』のほうが惻々（そくそく）と怖かったなあと思ったり、もっと掘り下げたものが書けないのかなと思ったり。生意気な言い方になっちゃうけれど……。六〇年代の末頃、怪奇幻想物がたくさん出たときに、いろいろと読んじゃったものだから、それであんまり新鮮な驚きがなくなったのかな、今読んでも。そういうものを全然読まないで、キングやなんかに入っていけば非常に面白いんだろうと思うんだけれど、ある程度免疫（めんえき）ができちゃっているからダメなのかしら。

――スプラッター的なものは？

皆川　あれはただ生理的に怖がらせるだけというか。でも、最近『寄生獣』って漫画があるでしょ、あれにはまっちゃって（笑）。血みどろは嫌いといいながら、けっこう自分でも書くんですけどね（笑）。

――そうしますと、皆川さんにとって、小説における怖さというものはどの辺にあるとお考えですか。

皆川　最初から怖いぞ怖いぞ、というのではなくて、普通にすっと読んでいって最後にひっくり返されたときに、わっ、これは怖いと思うような……。最近読んだもので、本当にすごいなと思ったのは、吉田知子さんの「お供え」という短篇ですね。日本に古くからある、合理的なもので隠されてしまっているけれど、理屈では説明できないような怖さに、一瞬パッと光があたった怖さ。シャーリー・ジャクスンの短篇「くじ」に、ちょっと読んだ印象が似ていますね。もちろん「くじ」を頭に置いて書かれたというのではなくて、全然別個に書かれたのに、そこから現れてくる怖さの質が共通しているというか。吉田さんの初期の『無明長夜』とか『蒼穹と伽藍』とか、ああいうのも本当に面白かった。

古いところでは、内田百閒の「冥途」、あれはやっぱりすごいわね。それから泉鏡花の「高桟敷」。小品ですけど、あれのラストが怖くてすごく好きだわ。ああいう怖さは本当に好き。鏡花は全部を読んでいるわけではなくて「高桟敷」のことは『小説幻妖』で知ったんですけど、わあ、こんなすごい作品があるのかと思って。

マンディアルグの『ポムレー路地』は、ラストで突如グロテスクになる。快感！　でした。

ホラーではないですけれど、高橋たか子さんの『誘惑者』、怖いわね。非常にリアルに書いてるんだけれど、いわゆるリアリズムじゃなくて、もっと形而上的な世界というか……。

結局、私はただホラーというよりも、幻想的、耽美的なもののほうが好きなのね。中井英夫さんや赤江瀑さんのものはもちろん大好きですし、それから山崎俊夫の短篇はどれも、それこそ耽美で妖異で好きだったな。でも、この頃ヘンな耽美が流行りだしちゃって、耽美というとあっちのほうに取られちゃって、ちょっと困るんだけど（笑）。いつだったか旅行に行って、若い女の子と一緒になって、「私、ジュネを全部持っています」と言うから、ジャン・ジュネ全集のことだと思って、これは話があいそうだと嬉しがったら、雑誌の『ジュネ』だった（笑）。

――やはり耽美ということでは、御自身の作品とも通じるような、アーティフィシャルな作品がお好きなんでしょうか。

皆川　そうですね、人工的な世界。ただ表面の日常をそのまま写したような作品というのはあまり好みません。自分が生活しているのに、その生活をまた活字で読むことはないじゃないか、という気がして。極力、人工的な世界のほうが好きみたい。

――そうした世界への嗜好というのは、やはり小さい頃から?

皆川　子供の頃はなんでもかんでも、面白かったのね。ただ、冒険小説は昔からあんまり興味がなくて、子供のときに読んで、これが私に影響を与えたのかな、と思うのは、たとえばハウプトマンの『沈鐘』という非常にロマンティックな戯曲とか、ピランデルロの戯曲で『作者を探す六人の登場人物』とか、ジュリアン・グリーンの『閉ざされた庭』(原題は『アドリエンヌ・ムジュラ』)という、少女の悲惨な話とか。だいたい暗い話が好きだったのね、暗くて閉じこもっていくようなのが(笑)。明るく元気に頑張りましょう、というのは何だか嘘っぽくて。だから、倉阪鬼一郎さんの『怪奇十三夜』は面白かった、なにか懐かしいような感じがして。

――暗く閉じこもる少女というと、たとえば『巫女の棲む家』が思い出されますが。

皆川　あれは実はリアルな体験を書いたというか、七割ぐらいは本当の、私が体験したことなんです。

――あの作品の尋常ではない怖さは、そのあたりに原因が……。

皆川　でも、むしろ、そういうホラーとかオカルト的なものに対する拒絶反応が一時すごく強かったのね。十五から二十二歳ぐらいまでのいちばん多感な時期に、父親の関係でそういうことと密接な関わりがあったものですから、それが私は嫌で嫌でしようがなくて、それを父親の圧力でああいう生活を強いられていたので、ものすごく拒絶反応があって、それがやっとこの頃になって、そういうものを自分と距離を置いて、面白く材料にして、自分も遊んじゃうということができるようになったのかなと思うんです。

――子供の頃に読んで怖かったものは？

皆川　そうですね、たとえば亂歩の「踊る一寸法師」とか。亂歩の大人向けの作品は、小学生の頃に読むとそれは怖い。大人からは絶対に読んではいけない、悪徳の書みたいに言われていたし。それから谷崎潤一郎の「人面疽」も小学生の頃読んで怖かった。あの頃は全部ルビが振ってあるから、子供でも大人の本がみんな読めちゃうんですよね。そうすると子供向きのものはとても食い足りなくて、谷崎だとかそういうのをみんな読んじゃうわけね。〈日本文学全集〉や〈世界文学全集〉が身の周りに一杯あったんですよ。それからもうちょっと大衆的な読物では〈現代大衆文学全集〉と〈世界大衆文学全集〉。これにユーゴーからディケンズから、いろんなものが入っていて。坪内逍遙訳のシェイクスピア全集もあったし。だから、常識的に文学全集に入っているような小説や戯曲は子供の頃にみんな読めちゃった。その点では恵まれていたというか、あんまり小さいときに読んじゃったから、充分に理解しないうちに、あれは読んだこれは読んだ、となっちゃってる面もなきにしもあらずなんだけど。子供のときだと何でも新鮮で面白いから、たいていのものが読めてしまうんですよね。ただ、プロレタリア文学だけはダメだった（笑）。

――まさに読書三昧の少女時代。

皆川　もう本漬けだったの。だから頭でっかちになってしまって。動くことは一切できない。走れば転ぶ（笑）。

死者たちの懐かしい世界を描く

――ホラーやオカルトへの拒絶反応というお話がありましたが、でも、そういう方のお書きになる作品が、それこそ初期の『愛と髑髏と』以来、妖しく怖い幽明の世界であるというのが面白いですね。
皆川　自分としてはホラー的なものを書いているという意識は全然なくって、書きたいように好きに書いちゃうと、なにか自然に死人が出てきたりしてしまう。死人が出ると怖いっていうのが普通あるけれども、私は死人のほうに懐かしさを覚えちゃうというか、怖くないんですよね。むしろ自分が生きている普通の、政治経済的な社会のほうが暴力的で怖い。自分が非常に無力だということを子供のときから痛感させられちゃってるからじゃないかな……。ただ、幽霊を書いてはいても、死んだら霊魂が残るとか、死後にも意識があるとかは考えていない、死んだら何にも残らないだろうと思っているんですけれど。

——そうすると、いわゆる宗教的なものに対する関心とかはあまりないわけですか。

皆川　何かに救いを求めるような気持ちは切実にあるけれど、いい加減なところでごまかされて、これが救いだとか、これが神だ宗教だって妥協したくはない、という。ただ、まったく唯物的なところだけで終わるんじゃなくて、生命のような普遍的なものは存在していると思うんです、無限大の。それがあるとき形を取れば生きているということになるし、死んでしまったら、生命の無限の海のなかへ溶けて、意識はもちろん無くなってしまう、というふうなものかな、と。『妖櫻記』のなかで、甦った桜姫に言わせている言葉、あれがいちばん自分にぴったりする感覚なのね。だからあれは物語の嘘として書いてるんじゃなくて、自分の実感としてそういうのがあるの。でも、見方を変えれば、個の意識がまったくなくなっちゃうというのは無いというのと同じことなんだから、そこに生命があると言おうが無いと言おうが同じなんだけれど、でも、やっぱりあるんじゃないかな、と……。

——死んだら無だと思っている方が幽霊を出してくるというのがまた面白いですね。

皆川　そう思っているから自由に出してきて遊べるんじゃないかな。ただ、私の父は死んでも霊魂はちゃんと意識があって残っているんだと、いまだに頑として信じている人で、だから私、すごく憂鬱だったの。死んでからもまだ意識があって、いろんなものが周りにあっていろいろやられるんじゃ死んでも救いがないと思って（笑）。

もちろん私だって、もしも幽霊を現実に見てしまったら怖いでしょうけれど、幽霊を見たという類の話は全部嘘というか錯覚だと思う。父親がそういうふうだったから、霊媒が家に来て心霊写真を撮ったりするんですよね。人の前にぼうって白いものがあるのを、「これが霊魂だ」とか言うわけ。実は手前にあった花がピンぼけで写ってただけなのに（笑）。子供だって分かるのよね、そういう霊媒がいかにインチキかということは。

　でも、神秘的なものが絶対ないとは言い切れない、どこかでそういうものを信じたいって気持ちがあるのかもしれない。というのはね、ここ（山の上ホテル）で泊まって、翌日綾辻（行人）くんと初めて会う約束をしてたんですよね。ところが、泊まって目が覚めたら、綾辻さんは高熱で来られませんという言葉が頭にあるの。変な夢を見たなと思って、夕方の待ち合わせだったんだけど、ロビーで待ってても来ないのよね。おかしいなと思って家に帰ったら、編集者からファックスが入ってて、綾辻さんが熱を出したので今日はキャンセルしてくださいって。これは何なんだろう、私は超能力者なのかなと思ったのね（笑）。ところが前の晩に、実は睡眠薬をのんでいて、眠ってるあいだに電話がかかってきて、朦朧として電話に出て、綾辻さんが熱で云々というのを編集者から聞いていたんですよ。でも、睡眠薬をのんでいたので、電話を取ったことを全然覚えていなくて、ただ、高熱で来られないという言葉だけが意識に残ってたのね。あれは気持ち悪かったな（笑）。電話のことが後で分からなければ、私は超能力者だと思ってたわけで。そういうふうに、どこかで信じたいというか、信じてしまう心もあるような気がする。

——綾辻さんにも今回インタビューすることになっているんですが（「人外のものの恐怖」、『幻想文学講義——「幻想文学」インタビュー集成』収録）、あちらは『殺人鬼』みたいなスプラッター・ホラーをお書きですよね。

皆川　でも、綾辻くんの場合はスプラッターでも、あれだけどぎつく書いていても、なぜかあまり生理的な嫌悪感を感じないんです。不思議ですよね。私は綾辻くんの東京の母ということになっているんですけど（笑）。

歴史と戯作の世界を綯い交ぜる

――ところで、作家を志されたきっかけは。

皆川　作家を志さなかったんですよね（笑）。こういう言い方をすると逆に傲慢な感じがするかもしれないけれど。読むことがとにかく好きで、ずっと読み続けて、読んでると書きたくもなるということが一つあった、でも小説というのはとっても難しいもので、自分にそんな才能はない、書くのは手の届かない世界だと思っていたんです。一時ミステリーが好きだったんですが、二十年くらい前に松本清張さんの社会派が隆盛になって、人工的なものがまったく拒否されちゃった時代がありますでしょ。私は本格物のほうが好きだったものだから、それで抵抗のつもりというのでもないけれど、そういうものを書いて乱歩賞に一度応募したんですよ。それが最終候補になって、選考委員の南條範夫先生が、この人は普通の小説を書けそうだからと『小説現代』に応募させてみろと編集者に勧めてくださったんです。私は、書けない書けないと騒いだんだけど（笑）、一つ書いて、小説現代新人賞に出して、最終候補に残ってまた落ちて。もうやらないつもりでいたんだけど、もう一度やれと言われて。それで書いたのが「アルカディアの夏」で、それが受賞したら、とにかく毎月短篇を書け、長篇も書いてみろと言われて、やってるうちに、推理作家協会賞をいただいた『壁――旅芝居殺人事件』で、やっと自分の書きたいものと読者が受け入れてくれるものの接点が見つかったような感じで、あそこから、わりと楽に書けるようになったんです。

――「アルカディアの夏」が七三年で『壁』が八五年ですから、その間十年以上！

皆川　その間十二年、泣いてたの（笑）。はじめの頃、自分の好き勝手なものを書いたんですけど、そうしたら「こういうのを書いちゃダメだ」と言われて。高橋たか子さんとか吉田知子さんとか、ああいう観念で造り上げたような世界、それでいて自分を素直に投影しているというようなものが、自分としてはいちばん書きやすかったんですが、それを徳間書店でやったものだから（笑）、向こうが困っちゃって。どの出版社がどういう傾向だということも全然知らなかったの。初めのうちは書かせてくれれば、ほいほい嬉しがって自分の書きたいものを書いてたから。そのあとは自粛（じしゅく）しました。

――八〇年代の半ば以降、御自身が思っていらした世界に近いようなものを出せるようになったということですか。

皆川　そうですね。ただやっぱり発表する場所によって、自分の書きたい部分を殺してやらなきゃならないときもあるし。『妖櫻記』なんかは本当にのびのび書けたんですけどね。山東京伝（さんとうきょうでん）の『櫻姫全伝（さくらひめぜんでん）曙草紙（あけぼのぞうし）』の登場人物を作品のなかに引っぱり込んで、そうするともう、怨霊（おんりょう）だろうがなんだろうが、最初から割り切っちゃって、「これは戯作（げさく）の世界です」って感じだから、今の合理的な考えにとらわれないで書けるから。

――京伝など江戸期の読本（よみほん）の世界に関心を持たれたのは、いつ頃からですか。

皆川　子供のころは、江戸の読本も身近にあったから、自然に読んでいましたけれど、あらためて関心を持つようになったのは、ここ十年くらいですね。一時期、日本の古典に対して拒絶反応を持ってたことがあるの。戦争で非常に日本的なものを押しつけられて、敗戦でそういうものがひっくり返っちゃったでしょ。しかも私は、戦後もなお、父の妙な神道（しんとう）イズムに押さえつけられていたのでその反動もあって、日本の古典に目を背（そむ）けていたんだけれど、ただ、やっぱりいつかは帰っていく世界だろうな、とは思ってました。日本の古典というのは帰っていこうと思えばいつでも帰っていけるという気があって、それで書き始めた頃はむしろ現代に目を向けていたんだけれど、やっぱり古典の世界に帰ると思っていた以上に広がりがあって、いくらでも深くいける世界なので、面白いなと。

――そうしますと、現代物の怪奇幻想的な傾向の世界を、よりいっそう広げていくような方向で、時代物をお書きになっている？

皆川　そうね、江戸時代の荒唐無稽な戯作的な世界と、きちんとした歴史の流れとを両方結びつけたもの、それをもっと書いてみたいという気持ちがあるんですけれども。玉藻前の伝説ってあるでしょ、時代的に、ちょうど崇徳院のちょっと前なんですよね。それで玉藻前と崇徳院を結びつけて、源平の歴史的なものを絡めてやりたいなと思っているんだけれど。幻想に歴史を絡めたほうが、厚みが出ると思うのね、糸の切れちゃった凧みたいにならないで。それから累の話を江戸初期の歴史的なことと絡めて書きたいなという構想も一つあって、それはたぶん書き下ろしでやることになるだろうと思います。

――歴史と戯作の世界を結びつけるうえで御苦労などは。

皆川　これが全然苦労がなかったの。『妖櫻記』を書いているときの楽しかったこと（笑）。とっても楽に双方が絡まっちゃったのね。今、静岡新聞で戦国物を連載しているんですけれど、これはなるべくそういう戯作的な荒唐無稽は抑えていこうとしているから、もうしんどくて（笑）。人間の動かしようがない。

――『妖櫻記』ではキャラクターなど、原典とはかなり大胆な読み替えがあって面白いと思うんですが、そういうのは資料を読んでいて、お好みのキャラクターからイメージを膨らませていくわけですか。

皆川　野分御前はそうでしたね。でも、阿麻丸や百合王は、こっちが勝手に創ったキャラクターです。阿麻丸がいちばんすんなり感情移入できたわね。そのアンチとして、百合王がいるわけで。百合王を書くおかげで、阿麻丸のほうをいくらでもネクラにできるし（笑）、阿麻丸がいるから百合王は外へ向かって、いくらでも暴力的にできるし。ただ、暴力のための暴力というのは書きにくくて、百合王の場合は悲惨な生い立ちがあるから必然的にああいうふうになっていったということで書けるけれども、権力者で暴力的というのは、こっちが好意を持てなくてなかなか書けない。あっ、でもネロは好きなんだ(笑)。ヘリオガバルスとかも。

――最初から起承転結を考えて書かれるわけですか。

皆川　それが全然できないの。まず、情景が浮かんで、何だか分からないけれど、とにかく書いていくのね。そうするとだんだん広がっていって、物語が出来ていく。『妖櫻記』の場合では、最初の二つの殺しの場面がまず浮かんで、あと、あれは歴史的に大きな事変が三つあるから、その流れに沿って。一応の骨組みたいなものは歴史の流れのほうにあるから、いかにして荒唐無稽なものをそっちへもっていくか、ということでしたね。だから百合王やなんか、最初に出てきたときには、どういう人物になるのか自分でも分からなかったのね。何だか知らないけれども、ああいうフリークスが出てきちゃったのよ(笑)。

抑圧される少女への共感

―そうした幻想的・伝奇的な傾向のものとは別に、直木賞受賞作『恋紅』のような普通の時代小説をお書きになるようになったきっかけは。

皆川　その前に『壁――旅芝居殺人事件』を書いて、芝居のことやなんかを調べて、それがあったものだから。自分が書く書かないに関わらず、資料的なものを読むのは好きなんです。それで矢田挿雲の『江戸から東京へ』を読んでいたときに、三人兄弟の芝居というのが幕末に人気があったけれども、すぐに消えちゃった、という話があって、私は消えちゃうものが好きなのね、やっぱり。時代の価値観の変化によって滅びちゃうものが好きなので、そこに興味があって、そこで「何でも好きなものを書いてみろ」と新潮社の編集者からお話があったときに、それをまず書こうと思ったの。そうして視点をどこに置こうかと思ったときに、やはり私は少女が書きやすいので、主人公を少女にした。なにしろ、ああいうふうに親に抑圧される少女というのが非常に書きやすいので（笑）。

――そういう意味では、幻想的なものでも、普通の時代小説でも、少女的なるものというのが、どうしても出てくる。

皆川　そうね、いちばんの基本に、無力な少女というものが存在しているみたいね。少年を描いても、無力な少女みたいになってしまうんだけれど。現実的な面で無力だからこそ見える面というのがあるのね。普通の現実生活で、会社生活とかそういうものだけに目がいっている人には見えないものが見えるんじゃないかな、と。人の心の弱さとか辛さとかに目が届くのは、やっぱりそういう弱さ辛さを知っている者なんじゃないかと思う。でもこういうことを、あからさまに文章にしちゃいたくないから、そういうところを陰に秘めて、それは物語の底に埋めておいて、物語を作って、底にあるものがじわっと滲(にじ)んでくればいいなと。いやでも滲んじゃうんじゃないかとも思うけれども。

――古典と幻想ということでは、『変相能楽集』のように、能を小説化するような試みもなさっていますよね。

皆川　能といっても、私は謡曲の言葉に非常に惹(ひ)かれるので、実際の能はほとんど見ていないんですよね。あの言葉から、いくらでもイメージが広がっていくでしょ。『変相能楽集』を連載したときは、雑誌の編集者は困っていたけど、私はやりたい放題をやっちゃって（笑）、ことにあのなかで戯曲形式みたいにしたものは、誰が読んでも分からない、私が一人で分かっている、らしくて。自分ではこんな分かりやすいのないと思って書いたんだけど。イメージの連想から連想へ飛んでいくような……何も分かりにくいことないはずだと思うんだけれど（笑）。その言葉一つからどれだけ別の世界へ引っ張っていけるかっていう面白さがありましたね。

――『うろこの家』も、非常に風変わりな趣向の怪奇幻想短篇集ですが、あれはどういうきっかけで。

皆川　あれはもう、画家の岡田嘉夫(おかだよしお)さんが、「怪談絵本をやろうよ」と言って、のっけから怪談ということでやったんです。文庫版のあとがきに書いたんだけど、私は、昔からあるような怪談話に岡田さんが絵をつけて、私が二、三行ちょこちょこっと説明を書くだけだと思ったから「やろうやろう」と言ったら、そうじゃなくて、一篇ごとにまったくオリジナルな話を創作するんだって（笑）。だから、けっこうしんどかった。はじめは私が物語を創って岡田さんが絵をつけてたんですけれど、岡田さんがノッちゃって、私の書くのが間に合わないのね。「自分が好きな絵を勝手に描くから、それで話を作れ」ということになって、全部で十二篇あるんですが、そのうち五つは岡田さんの絵が先行してるの。それがまた、すっ飛んだ絵を描いてくるから、どうしようかと思って（笑）。

——絵双紙風ということで、やはり江戸文芸とか古典的なテーマを意識されて……。

皆川　古典的なものは特に意識しませんでしたね、花と、もう一つ小道具を素材にして好き勝手に作ろうということだけで。いちばん理想的な形は、上田秋成で、抑えて冷たい感じで、ごちゃごちゃ飾りつけないで、すっきりした形でしかも非常に怖いという、特に崇徳院のことを書いた「白峰」ね。あれが秋成のなかではいちばんすごいなと思いますね。あざとくなくて、しかもピンと張りつめていて。だけど私は装飾過剰なほうが書きやすいものだから。『うろこの家』は、目一杯、装飾過剰にして楽しんでやったの。時代も場所も一つ一つ変えてね。

——初版のハードカバーでは、造本も大変に凝っていて、全体が江戸の絵双紙風にしてありましたが、ああいう試みというのは。

皆川　広告まで入っていたでしょ、江戸の絵双紙みたいな。

——遊び心のある本でしたね。

皆川　でも、あれを担当した女性編集者が亡くなってしまったから、もうああいう本は作れないんじゃないかと危ぶんでいるんですけど。出来ればまたやりたいですね。でも、あれは相当疲れますよ。絵を描きやすいような場面を作らないといけない。岡田さんのほうで、ああいう絵が描きたい、こういう絵が描きたいというのがあるのね。私が文章であんまり書いちゃうと、絵に出来なくなっちゃうわけね。だから、ちらっと言葉を一つ二つ混ぜておいて、あとは別なことを書くとか、また、岡田さんが上手にその行間を掬って、文章に書いてないところを絵にしていくんだけれど、それが逆になってから、大変だったのよ。振袖を着たような鼠がいて、男と女が毛氈から浮き上がっている絵があって、女が裸で踊っている絵があって……いったいこれからどういう話を作れというんじゃい、っていう感じ（笑）。

――それでは最後に、これから書かれる御予定の作品のことなど。

皆川　クラシックの声楽に、カストラートってあるでしょう。変声期前の少年に去勢手術を施して、成長してもボーイソプラノを保つようにした歌手のこと。『幻想文学』のアンドロギュノスの特集（第31号）でも取り上げられていたけれど、あれを素材にした長篇ミステリーを、もうずいぶん前から構想していて、これからようやく取りかかる予定なんです。まだちっとも書けないんだけれど。

（一九九四年三月八日　お茶の水にて）

『幻想文学講義――「幻想文学」インタビュー集成』
国書刊行会（二〇一二年八月）所収

皆川博子インタビュー

聞き手・千街晶之（せんがいあきゆき）

千街　皆川さんは今年、『開かせていただき光栄です』で第十二回本格ミステリ大賞を受賞されました。受賞の際の感想をお聞かせください。

皆川　たいそう嬉（うれ）しく、光栄でした。受賞に際してのご挨拶（あいさつ）でものべましたが、本格ミステリ作家クラブの会員なのに、本格は難しくて書けず、会員の資格がないと、内心忸怩（じくじ）でしたので、少しほっとしました。でも、この先本格を書き続けられる自信はまったくありません。綾辻行人（あやつじゆきと）さんにお呪（まじな）いをしていただこうかしら。

千街　近年はドイツを舞台にすることが多かった皆川さんの作品の中で、イギリスが舞台というのは珍しいのですが、作品の発想はどのように生まれたのでしょうか。

皆川　『解剖医ジョン・ハンターの数奇な生涯』という伝記を読んだのが、きっかけです。解剖バカの、なんとも愉快な人で、『開かせて……』のダニエル先生は、ジョン・ハンターから生まれました。ハンター氏がロンドンで活躍していたので、拙作もイギリスが舞台になりました。彼がフランス人でパリで働いていたら、フランスを舞台にしたでしょう。もっとも、フランスでは合法的に解剖用屍体（したい）が入手できたので、話が成り立ちませんね。

千街　『開かせていただき光栄です』はユーモアの要素が顕著（けんちょ）な作品でした。皆川さんの作品では、歴史伝奇小説『妖櫻記（ようおうき）』などにもユーモアの要素が見られますが、ミステリでは珍しいように思います。ユーモア色の濃いミステリに挑戦した理由についてお聞かせください。

皆川　ジョン・ハンターのキャラクター、および解剖というブラックな素材から、自然にユーモラスな話になりました。解剖中、ワンコが喜び勇んで内臓をいただく図は、当時の銅版画にあります。絵を見ただけで笑えます。五人の弟子たちと先生、犬が、かってにどたばた暴れてくれました。バケツ転がしのスラップスティックは、書いていて楽しかったです。

千街　皆川さんの読書歴についてお聞きしたいと思います。

皆川　きっかけがあって本好きになったのではなく、身の回りに本が沢山ありましたから、物心ついたときはもう、物語の中に浸かっていました。生まれつきの性質もあるかもしれませんね。弟二人と妹が一人の四人きょうだいですが、同じ環境にあって、本の虫になったのは、私と下の弟の二人だけです。上の弟と妹は、読書に興味を持っていません。

ミステリとの出会いは、小学校に上がる前、大人の雑誌の付録に再録された江戸川亂歩「人間椅子」を読んだのが最初だと思います。由利先生と三津木俊助の探偵譚（横溝正史）も、そのころ、大人のいけない雑誌で読みました。父が開業医で、待合室に患者さん用の読み物雑誌が沢山おいてあったのです。子供には禁断の書でしたから、内緒で読みました。小学校低学年の時、叔父の部屋に『現代大衆文学全集』という悪い本が揃っていて、読破しました。その中の一冊に江戸川亂歩がありました。「二銭銅貨」や「心理試験」などと一緒に「踊る一寸法師」も載っていて、毒々しい挿絵が怖かったです。横溝正史『真珠郎』は単行本でうちの応接間の本棚にありました。後ろめたい思いをしながら、隠れ読みしました。待合室の隅の栗色の書棚には『世界大衆文学全集』という小豆色の表紙の本がずらりと並んでおり、これも片端から隠れて読みました。探偵物では、ホームズとルコック探偵がありましたが、抜きん出て面白かったわけではなく、デュマやユーゴー、ポーの方が好きでした。あ、ポーも探偵物ですね。小学校の後半は、世界文学全集（新潮社）と世界戯曲全集、シェイクスピア全集、その他もろもろにどっぷり浸っていました。読書に関してだけは、実に幸せな時期でした。ポーはこっちにも入っていましたが、それ以外にミステリはなかったと思います。その後は戦争激化、空襲で、本が乏しくなりました。
ミステリの面白さを知ったのは、戦後、ハヤカワのポケミスが刊行されてからです。お金がないから、貸本屋で借りまくり、クリスティ、カー、クイーン、ブランドと、読みあさりました。

千街　最近読んだ本（ミステリでなくても差し支えありません）で印象的だったのは何でしょうか。

皆川　直近ですと、ソローキン『青い脂』、フエンテス『誕生日』です。何年か前になりますが、アンナ・カヴァンの『氷』が、わけのわからなさにおいて、印象強烈でした。このごろは、資料読みで手一杯で、それ以外の本がろくに読めません。悲しいです。

千街　ご自分で小説を書くようになったきっかけは何でしょうか。

皆川　たぶん、読みふけっているうちに、溢れて書き始めたのだと思います。

千街　一九七二年の第十八回江戸川乱歩賞に『ジャン・シーズの冒険』という作品を応募して最終選考に残っています。以前、この作品のトリックをのちに『知床岬殺人事件』で活用したとお聞きしましたが、原型はどのような作品だったのでしょうか。

皆川　あのころ、フォークソングの学生グループ〈ソルティ・シュガー〉が大流行していました。それを発想のきっかけに、四人の若者がフォークのグループを作り、全員麻雀狂なので、雀士をもじって〈ジャン・シーズ〉と名乗り、その中で殺人事件が生じ、というような話でしたが、誰が犯人で誰が殺されたのか、何が動機だったか、もう忘れました。デビュー後、応募原稿を読んでいた編集者に、麻雀のこと、何も知りませんね、と指摘されました。私の父親（明治生まれの国粋男）は、麻雀は亡国の遊びだ、と罵倒していました。叔父たちはやるので、牌だけは子供の時見ていました。ルールは後年、夫に教えられましたが、理解できませんでした。ブリッジも夫が教え込もうとしたのですが、まったくわかりませんでした（本格が書けないのも当然です）。夫は碁もけっこう強いらしいです。私には、碁がもっとも理解不能です。不肖の妻です（そのくせ、『ヒカルの碁』は、おもしろかった。読了しても碁がわからないのは変わりませんが）。

千街　一九七三年に小説現代新人賞を受賞し、中間小説誌が主な作品発表の舞台となってからの思い出についてお聞かせください。

皆川　乱歩賞選考委員のお一人だった南條範夫先生が、普通の小説が書けそうだからと、「小説現代」編集長氏に薦めてくださり、編集長から、南條先生のご推挽があったから新人賞に応募するようにと、お話がありました。困惑し、悩みました。当時の中間小説は、成人男子を読者とする風俗小説が多く、私には書けない、というのが正直な気持ちでした。「飲み屋もバーも知らないから書けません」と言ったら、「小説は何を書いてもいいのです」と諭されました。編集長Ｏ氏は、井上ひさしさんや戸川昌子さんを育てた名伯楽といわれた方だそうで、その方に勧められるというのは、ありがたいことではないかとも思い、おろおろして、講談社からの電車の中で、でも書けないよ〜と泣き、立ち寄った喫茶店でも泣いていました。一度目は最終候補止まりで、やはり私には無理なんだと、ほっとしていたら、再挑戦しろといわれ、泣く泣く書いたものの、こんな子供っぽいのを選考委員に読まれたら恥ずかしいと身をすくめていた「アルカディアの夏」が入選してしまい、その後、書き続けるようになりました。編集部に、新人を育てようという熱意があり、ほとんど毎月、短編を書かせて頂きました。犬かきもできないのに背の立たない海に放り込まれた状態でした。同時進行で長編の書き下ろしも命じられ、悲鳴を上げながら書きました。書籍の担当編集の方も熱心に見てくださり、『夏至祭の果て』は、ゲラが赤でぐちゃぐちゃになり、二度目のゲラもぐちゃぐちゃになり、四度ぐらいゲラを出していただきました。Ｏ編集長と担当してくださった編集の方々に感謝は尽きません。

千街　今年（二〇一二年）亡くなられた赤江瀑さん

も、皆川さんとほぼ同時期に中間小説誌で活躍していましたが、やはりお互いに意識する存在だったのでしょうか。

皆川　赤江瀑さんは、新人賞では、私よりたしか二年ぐらい先輩だと思います。まだ大人の小説を書くなど思いつきもしない幸せな読者だったころ、書店で手に取り、夢中になって読んだのが、赤江さんの短編集『獣林寺妖変』でした。新人賞をいただいて小説誌に書くようになってから、赤江さんのこういう現実離れした小説が載るのなら、私も何とか書けるかな……と思いました。お互いに意識するのではなく、私の方が一方的に、赤江さんの筆力を尊敬していました。

千街　初のミステリ長編『ライダーは闇に消えた』は文庫化されていませんが、これはどうしてでしょうか。また、オートバイや若者の青春が当時の皆川さんの作品ではよく扱われていますが、関心のあるテーマだったのでしょうか。

皆川　文庫化されなかったのは、親本が売れなかったからだと思います。日下三蔵さんが来年（二〇一三年）、初期の長編短篇で文庫化されていない物や、単行本未収録作を集めて、本にしてくださる予定です。その中に、『ライダー……』も入るのですが、恥ずかしいです。

　バイクは、弟がナナハンをぶっ飛ばすオトキチで、いろいろ教えてくれました。大人の世界のことはよく知らないので、若者を主人公にした話が多くなりました。

千街　『壁――旅芝居殺人事件』や『妖かし蔵殺人事件』で芝居の世界を扱っていますが、芝居の世界に関心を持ったきっかけは何だったのでしょうか。

皆川　舞台を見るのは好きなのに、親が厳しくて、子供の頃はなかなか見せてもらえませんでした。『壁』は、白水社のシリーズの一冊として書いた物で、そのときの編集者が旅芝居に興味を持っていて、題材として勧めてくれました。生まれて初めて、大衆演劇というのを観ました。カルチャー・ショックでした。あちらこちらの小屋を取材し、大阪では、日本一の汚さを誇る小屋に入り、暖房がストーブ一つなので震えました。旅役者さんたちと親しくなり、楽しかったです。

千街　映画や演劇などから作品のアイディアを思いつくことはありますか。

皆川　ない……と思いますが、観たものが記憶の中に蓄積され、無意識に滲むということはあるかもしれません。

　来年『少年十字軍』という書き下ろし長編がでますが、登場人物の一人は、ルイ・ジュヴェの風貌を思い浮かべながら書きました。

『開かせて……』を書いたときは、映画『トム・ジョーンズ』のＤＶＤを、一八世紀風俗を知る参考に、観ました。盲目の判事ジョン・フィールディングの兄であるヘンリー・フィールディングの原作によるものです。登場人物たちが、トム・ジョーンズを美男だ、美男だというのですがトムに扮した役者はちっとも美男ではありませんでした。

千街　イスラエルが舞台の『光の廃墟』など、海外を舞台にした作品が幾つかありますが、取材旅行にはよく行かれたのでしょうか。また、（国内・海外を問わず）旅はお好きなほうですか。

皆川　外国を舞台にするときは、現地取材が絶対必要ですし、現地でないと手に入らない資料もあるので、どこへでも――アマゾン河までも――行きましたが、もう、体力的に、国内旅行も無理です。

　旅行は子供の時から嫌いでした。家族が揃って旅行するとき――戦前ですから、せいぜい日光とか箱根ぐらいですが――留守番するから、かわりに本を買ってと、いうふうでした。しぶしぶ同行しても、乗り物の中では本ばかり読んでいて、少しは窓の景色を見なさいと、親に叱られました。

千街　『花の旅　夜の旅』は作中作と、それを書いた記述者の周りで起きる事件とがパラレルに描かれる構成でした。のちの作品でも作中作の趣向はたびたび出てきますが、お好きな理由についてお聞かせください。

皆川　好きな理由は、わかりません。書きやすい。

物語世界を奥行き深くできる。そんな理由でしょうか。

千街　『聖女の島』は皆川さんの作品系列の中でひとつの転換点であり、幻想ミステリの書き手からの支持が極めて高い作品でもあります。この作品が生まれた経緯をお聞かせください。

皆川　編集者から言われたのは、ホラーでした。でも、いわゆるホラーは苦手なので、かってにああいう話にしてしまいました。

軍艦島写真集を見て、荒涼たる景色に惹かれました。文章は、迫力という点で、すぐれた写真には敵わないなあと、筆力の足りなさを痛感しました。風の音、トタン板の鳴る音まで聞こえてきそうな写真でした。あのころは、軍艦島は一般人の立ち入りは禁止でしたから取材はできず、情報源はその写真集だけでした。

千街　『聖女の島』発表前後、新本格がムーヴメントを起こすなど、ミステリ界に変化が生じましたが、皆川さんはそれをどのように感じましたか。また、ご自身の創作への影響はありましたか。

皆川　社会派、および社会派の名を借りた風俗小説が全盛でしたから、新本格の誕生は、心強く、嬉しかったです。私自身への影響はなかったと思います。時代物を書かされていた頃でしたから。今は、いろいろなタイプのミステリが書かれ、幅が広がり、書き手も自由に解き放たれていると思います。

千街　『死の泉』は、年間ベストテン投票などで上位にランクインしたり、第三十二回吉川英治文学賞を受賞するなど、一時期時代小説作家のイメージが強くなっていた皆川さんが久しぶりにミステリ作家としての存在感を示した長編でした。この作品についての思い出をお聞かせください。

皆川　時代物で直木賞をいただいたので、その後ずっと、時代物作家とみなされ、自分では江戸の市井人情物は興味ないし……で、悩んでいました。時代物で、書けてよかったと思えるのは、『花闇』と『妖櫻記』の二本だけです。そんなときミステリマガジンの編集長竹内さんから、書き下ろしをと言われました。ハヤカワの読者なら、外国を舞台にした、日本人が登場しない物でも読んで頂けるのではないかと思いました。ちょうど新聞や週刊誌の連載が続いている時期だったので、すぐには取りかかれず、お話をいただいてから書き出すまでに十年もかかってしまいました。冒頭の部分だけでも、数回書き直しています。ヘリコプターの取材もしましたが、結局使わなかった。根気よく待ってくださった竹内さん、ありがとうございます。これで、本当に自分の書きたい世界が見つかりました。呼吸が楽になった感じです。

千街　『死の泉』『薔薇密室』など、近年ドイツを舞台にした歴史ミステリが多いのは何故でしょうか。

皆川　子供の頃から、ゲルマン神話が好きでしたし、ドイツの小説（ホフマンなど）や戯曲（シラー、グリルパルツェルなど）に親しみをおぼえていました。小説・戯曲は、ドイツ、ロシア、北欧、アイルランドのものが好きでした。『死の泉』はレーベンスボルンに興味を持ったことから始まったのですが、書いている間に、多くの資料を読み、そこからさらに、他の物語が派生しました。

千街　『倒立する塔の殺人』は戦時中から戦後すぐにかけての学校を舞台としていましたが、時代の変化とともに変節する大人と、それに逆らうように物語の世界に倒立して生きる少女たちの姿が印象的でした。登場する少女には、戦争を経験された皆川さんご自身の思いも投影されているのでしょうか。

皆川　もろに経験が投影されています。殺人事件は起きませんでしたが。敗戦となるや、教師だの新聞の論調だのが一八〇度ひっくりかえったのが、いまだに許しがたい怒りとなっています。戦時中は滅私奉公・忠君愛国・軍国主義を標榜し鼓舞したくせに、敗戦の八月十五日から一月も経たない九月、〈私は共産党員です〉という札を誇らしげに（こっちに言わせれば、いけしゃあしゃあと）胸につけ、再開された授業では、教科はそっちのけで共産主義を熱烈賛美宣伝しやがった馬面の教師に、私たち女学生がひそかにつけた綽名は、バカヒンでした。みんな、思いっきり嫌っていました。それが、作中のゲビタコのモデルです。
　母校はコーラスが盛んで、生徒は、休み時間など、しばしば三部合唱を楽しんでいました。でも、ソシアル・ダンスの授業や、防空壕内のダンスは、虚構です。体操の授業で習ったダンスは、コチロンとマズルカです。

千街　『倒立する塔の殺人』は児童向け叢書から刊行されていますが、児童向けと大人向けで、対象となる読者層の違いを意識することはありますか。

皆川　少年少女を主人公にするというだけで、あとは、それほど意識しません。
　子供の頃、メリメの『マテオ・ファルコーネ』を、上野の児童図書館で、原作に忠実な訳で読みました。父親の留守中、父親の友人が官憲の目を逃れ、助けを求めたので、匿ってやる。ところが役人に餌をぶら下げられ、隠した場所を教えてしまう。後でそれを知った父親は、背信した息子を銃殺する、という容赦ない話です。メリメの冷静な筆致に凄みがありました。その少し後、少年雑誌で、時代を日本の戦国にした、翻案を読みました。子供は最後まで、父の友人を裏切らず、匿い通すという美談に変えられていました。拷問にあっても口を割らなかったのなら立派ですが、知らないと繰り返しただけで役人も納得して帰るという、原作の迫力も魅力も、かけらもない、ふやけた話になっていました。子供向きに甘くした話は、子供の時から嫌いでした。

千街　いわゆる名探偵のような存在は皆川さんの小説にあまり出てきませんが、書くのはお好きではないのでしょうか。あと、他の作家が生み出した名探偵で、お好きなキャラクターがありましたらお聞かせください。

皆川　名探偵は、事件の外側にいる。それが、私にとって書きづらい原因だろうと思います。
　好きな名探偵は、断然、山田風太郎『妖異金瓶梅』の応伯爵です。

千街　皆川さんにとって理想の本格ミステリとは。

皆川　考えたことがなかったです。お答えするのが難しいです。本格については、大勢の方が、これぞ、という考えをお持ちでしょうし、それぞれ説得力があります。

鮮やかなトリックだけに絞ったものも、面白いですが、トリックを骨とすれば、そのまわりの肉がジューシーでゆたかな、小説として上質なものも好きです。最近では、後者である深水黎一郎さんの『ジークフリートの剣』に感嘆しました。

千街　ミステリを執筆する場合、動機、犯行トリック、真相の意外性といった要素のうちどれを重視しますか。また、ミステリの構想を練る時に最初に思い浮かぶのはどれでしょうか。

皆川　一つの場面が絵のように浮かんだとき、書き始めるので、およそ本格にそぐいません。

千街　ミステリを執筆する際、最初から細部まできっちり考えてから書き始めるタイプでしょうか、それとも、当初の構想を変えることはありますか。

皆川　前のご質問と同じ答になります。途中で変わることもあります。だいたい、あまりミステリを書いていない……。

千街　今年の作品についてお聞きします。『双頭のバビロン』は流麗な幻想譚でしたが、謎解きの要素もありました。この作品はどのように生まれた物語でしょうか。

皆川　東京創元社の編集の方からお話をいただいたとき、前から書きたいと思っていた映画界を素材に、エーリヒ・フォン・シュトロハイムを一部モデルにしようと思いました。その打ち合わせの時、編集の方が、「某さんが、皆川さんが上海を書いたら面白そうとおっしゃってましたよ」と言われたので、ハリウッドと上海を舞台に決めました。シュトロハイムはウィーンの出身なので、三つの頽廃都市が結びつきました。

千街　今年は七北数人さん編で、一九七〇年代の単行本未収録短編を集めた『ペガサスの挽歌』も刊行されました。こういった初期の作品で、ご自身で特に愛着のある作品はどれでしょうか。

皆川　初期のは、手探り状態で悪戦苦闘した形跡が露骨で、特に愛着というのはないです。あまり読んで頂きたくない作もあります。

千街　作家生活が四十年を超えましたが、ここまで書き続けてこられた原動力は何でしょうか。

皆川　日常生活に興味がなくて、物語の中にいるのが好きという性癖のせいでしょう。幸い、書けと言ってくださる編集者、出版社があったので、続けられました。千街さんをはじめ、何人かのよき理解者に恵まれたことも大きいですよ。

千街　今までのご自身の作品をふりかえって、そこに一貫して流れているものは何だとお考えになりますか。また、大きく変わった部分があるとすれば、それは何でしょうか。

皆川　〈負(ふ)〉です。

健康的な社会が求めるまっとうなものに、背を向けています。

子供のころ読みふけった、ストリンドベリ、ジュリアン・グリーンなどから、影響を受けているのかもしれません。

タイトルは忘れましたが、アイルランドのロード・ダンセイニの戯曲に、背景は大きな窓一つで、数人の男たちが会話を交わしているのがありました。窓は不透明です。それを開けようとしては、躊躇(ちゅうちょ)する。開けると人間の根源に関わる何かが見えるはずだ。「ゴドーを待ちながら」の源流みたいな話です。思い切って開けた窓の向こうは、何もなかった。絶対の空無。これを読んだ時の衝撃は大きかったです。十かそこらの子供でしたから、ほんとに怖かった。どんな怪談より怖かった。足もとがゆらぎました。

〈無〉は、〈無限の有〉でもあるのではないか。近年は、そんなふうにも思うようになりました。『妖櫻記』を書いた頃からです。来年ポプラ社の書き下ろし『少年十字軍』が刊行されますが、隠れたテーマは、この〈無〉の闇と、〈無限の有〉＝光、です。答はでませんが。

少し変わったとすれば、私自身が、いくらか、光の存在を感じられるようになったということでしょうか。でも、根本のペシミズムは変わりませんね。

敗戦の世界逆転、大人不信が加わりますから、オプティミスティックになれるわけがないです。『双頭のバビロン』のゲオルグはとってつけたようなハッピーエンドを嫌悪していますが、作者の心情そのままです。

千街　最後に、今後刊行される予定の作品と、これから書きたい作品についてお伺いします。

皆川　来年前半に、先に述べた『少年十字軍』が出ます。小説宝石に連載中の『海賊女王』も、たぶん、来年中に単行本になると思います。ミステリマガジンで連載が始まった『アルモニカ・ディアボリカ』（『開かせていただき光栄です』の五年後の話です）が、来年末には単行本になるかな。書くの、のろいから、どうかな。小説現代から、来年が創刊五〇周年なので、それにあわせて連載をとお話をいただいています。来年末からの予定です。あちこちガタのきている体が、何とか持ちこたえてくれることを切望しています。

　それらとはまったく別に、リーダビリティ無視の、好みに淫した物――註からそのまた註にひろがって、いつか本筋が消えてしまい、代わって註が一つの物語を形成していくとか――を書きたいとは思うのですが、そんな贅沢をする余裕も能力もないだろうなぁ。

（二〇一二年十月十七日）

『2013本格ミステリ・ベスト10』原書房（二〇一二年十二月）所収

ロング・インタビュー

聞き手・日下三蔵

受賞について

――日本ミステリー文学大賞受賞、おめでとうございます。これまで錚々たる方々が受賞されている賞ですが、まずは受賞のご感想をお聞かせください。

皆川　歴代の受賞者のお名前を見ると、畏れ多いです。ことに、敬愛する山田風太郎大人のお名前の裾に連ねていただくのは、なんとも光栄です。

賞の趣旨は、推理小説の発展に貢献した作家・評論家を称揚することにあるわけですが、私、あまり貢献していない……。

――いやいや、そんなことはありません。

皆川　この賞は、前もって候補になったことを知らされていないので、お知らせをいただいたときは、

凄いサプライズでした。

日下さんもご存知のように、私、難聴がひどくて（老化です）、会話は相手の方に筆談していただく状態です。まして、電話となると、ほとんど聞き取れません。担当の編集の方たちはそれをご存知なので、いつも、やりとりはメールかFAXです。光文社の担当の方とも、いつもそうしているのに、突然電話がかかってきたので、「よほど緊急なことですか？」とお訊ねしたら「ええ、緊急なんですよ」と大きな声でゆっくり、受賞のことを伝えてくださいました。思いがけないことでうろたえていると、続いて、「実は今、お宅のそばの駅にいるんです」とおっしゃいました。

つまり、私がどうしても聞き取れない場合には、直接うちまできて、告げてくださるつもりで、駅で待機していてくださったの。駅舎もない、吹きさらしの小さい駅なんです。都心から一時間近くかかります。受賞に至らなければ、そのまま黙ってお帰りになるつもりで、ホームで携帯を握っていらっしゃ

ったのだと思ったら、涙が滲んでしまいました。普通なら、電話一本ですむところを、わたしの聴覚障害のために、ほんとに、お手数をかけてしまいました。そして、その足でうちまでお運びくださって、祝意をのべてくださいました。嬉しかったです。今も、あのときの編集の方のお心遣いを思うと、うるうるしちゃいます。

——担当の方も嬉しかったと思います。各社の編集者や作家、画家、書評家には皆川ファンが多いですが、皆さん作品だけでなく皆川さんご本人の大ファンでもあります。

皆川　わ、光栄です。

戦前・戦中——少女時代の読書

——戦前から戦時中の読書環境、印象に残っている作品を教えてください。

皆川　身の回りに本が多かったので、物心ついたときは、もう、どっぷり浸っていました。

　子供のときですから、ことさら、どの作家が好き、というより、目につく本を片端から読んでいる状態でした。

　父が開業医で、自宅の一部を診療所にしていました。待合室に患者さん用の雑誌が備えてあるので、読みふけったのが、学齢前から小学校二年の一学期までです。子供が読んではいけない雑誌なので、隠れて読みました。雑誌は「キング」だったと思います。横溝正史の由利先生と三津木俊助の探偵物が、口絵つきで載っていました。

　怖かったのは、亂歩の「人間椅子」。雑誌の付録に再録されたのを、幼稚園のとき読んでしまったのです。待合室は、畳の座敷に、白いカバーを掛けた長椅子が一つと安楽椅子が二つ置いてありました。椅子に腰掛けるのが怖くなりました。親が与えてくれるのは「幼年倶楽部」や絵本ですから、まったく物足りないです。

——そんなに小さい頃から探偵小説の洗礼を……。

皆川　そのころは、渋谷に住んでいました。近くに東横百貨店があり、本の売り場に通って立ち読みすることをおぼえました。小学校の一年のとき、長時間はいられないから、数日通って、少年小説を一冊まるまる読み終えました。見逃してくれたやさしい店員さん、ありがとうございました。『涙の握手』というタイトルでした。外国の話ですが、作者は日本人でした。

――講談社から出ていた水守亀之助の作品ですね。三一書房の少年小説大系に入っています。

皆川　これも小学校一年の夏休み、父が属していた何かの会で、会員の子供を一週間ぐらい海の家に合宿させるのがあり、それに参加させられました。海に入るのは嫌だったけど、年上の人が持ってきている本を読めるのが嬉しかったです。少女雑誌の付録で『三吉馬子唄』というのを読みました。歌舞伎の『先代萩』を西条八十がリライトしたものです。須藤重の挿絵つきでした。これ、二十年ぐらい前かな、古本屋で一万円近い値がついていました。他愛ない話なのに。

　小学校二年の夏、家族が世田谷の新しい家に越しました。子供が増えて、渋谷の家は手狭になったからです。父は世田谷から渋谷に通っていました。渋谷の家には、祖父母と父の弟妹たちが住むようになりました。

　これで、一挙に、爆発的に本が増えた！　というのは、新しい家の応接間の本棚を埋めるために、親が全集本を買い込んだからです。円本流行のおかげで、いろんな全集をひとまとめに買えました。渋谷の家にも、叔父叔母の持ち物である本がどっと置かれました。渋谷の家には、世界大衆文学全集、現代大衆文学全集があって、読みあさりました。

　世界大衆文学全集は、『三銃士』とか『洞窟の女王』とか、今でも読めるのが多かったですね。探偵物では、ホームズの諸作と、『ルコック探偵』が入っていました。ポーも一冊。モルグ街からアッシャー家まで、代表作が一通り収録されていました。

――江戸川亂歩名義で渡辺啓助・温の兄弟が訳した短篇集ですね。

皆川　印象が強いのは、ユーゴーの『九十三年』です。岩波文庫で、今でも読めますね。フランス革命時の、ヴァンデの叛乱を舞台にしたもので、革命軍に対抗する老貴族が、かっこうよかった。『双頭のバビロン』で、主人公である映画監督に、『九十三年』を映画化したいと言わせています。

山田風太郎さんも、この全集をおそらくお読みになっていたと思います。天草四郎を主人公にした話で、船に乗せた大砲がとめてある綱がゆるんで甲板上を暴れ回るシーンがありますが、『九十三年』に示唆を得られたと思います。私も今「小説宝石」で連載中の『海賊女王』に、この大砲暴走を用いました。

――風太郎さんの作品は島原の乱を扱った「不知火軍記」という中篇です。その改造社の「世界大衆文学全集」はかなり売れたようで、今でも古本屋でよく見かけます。

皆川　現代まで読み継がれている名作から、まったくの愚作まで、玉石混淆の全集でしたけど、子供のときは、つまらないと思ったのはなかったです。夢中で読みふけりました。エインズワースの『倫敦塔』で、ジェイン・グレイの悲劇を知りました。映画にするために書かれたハルボウの『メトロポリス』は、SFの走りですね。

全集以外の単発の本では、岸田國士訳のルナアル『にんじん』に深く共感しました。

それからホフマン『黄金寶壺』『牡猫ムルの人生観』。これは猫が書いた原稿と、猫の飼い主の蔵書のページがごたごたに入り混じって、そのまま出版されたという形をとっています。こういうの、やってみたいな。

――『牡猫ムルの人生観』は都筑道夫さんも読まれていたそうで、初期の傑作『三重露出』に影響がうかがえます。

皆川　このころ、ディケンズ全集（チッケンス物語全集という名前でした）が全巻、どんと届いて、歓声をあげたのですが、大人の本だから読んではいけないといわれました。もちろん、隠れて読破しました。訳者は松本泰だったと思うけど、黒岩涙香の訳本みたいに、登場人物の名前を全部日本の名前にしてあるの。ああ、黒岩涙香も、従姉妹の家にあって、よく読んだな。ボアゴベの『鉄仮面』が、『薔薇密室』に影響を与えています。

――おお、なるほど。

皆川　平凡社の「現代大衆文学全集」は、子供心にも、いけない本を読んでいるなと、うしろめたかったです。両性具有とか、男も女も蕩かし尽くす美貌の役者（『花闇』に書いた田之助です）とか、この全集で知りました。大衆小説の人気作家を網羅していましたね。吉川英治の『神変麝香猫』『鳴門秘帖』、三上於菟吉の『敵討日月草紙』、国枝史郎の短篇集（「染吉の朱盆」が印象に残っています）。探偵小説では、江戸川亂歩や小酒井不木の短篇集。亂歩は初期の名作が収録されていました。「鏡地獄」が怖かったな。

――一冊千ページもある全集なので、初期作品がごっそり入った江戸川亂歩集の充実ぶりは只事ではありませんでした。

皆川　その全集とは別ですが、知人の家に春陽堂文庫の白井喬二『富士に立つ影』が揃っていて、読みたおしました。白井喬二には『祖国は何処へ』というこれも春陽堂文庫の長尺物があって、たいそう面白かった記憶があるのですが、後年、図書館で読み直したら、まるでつまらなかった。臺次郎というしっかり者の主人公より、旗之助（名前はうろ覚えです）というつっころばしの方がちょっと魅力がありました。琉球あたりまで流れていって、そこの女ともちゃもちゃあって、女が歌うのが、「ぽふりなうして、そでひっちかあめ、おみゃなわんどっか、この雨に」というのでした。下駄を隠して袖捕まえて、お前さん、行っちまうのかえ、この雨に、という意味です。その歌も、出てきませんでした。私は昔、何を読んだんだろう。

――『祖国は何処へ』は春陽堂の日本小説文庫で全九巻の大長篇です。

皆川　母が国文科出身だったせいか、馬琴とか京伝を原文のまま活字印刷したのがうちにおいてあって、

『南総里見八犬伝』『近世説美少年録』など、それで読みました。

小学校の後半は、世界文学全集（新潮社）、世界戯曲全集、シェイクスピア全集、明治大正文学全集などを、読みふけりました。

これは、好きな作家、作品をあげだしたら、きりがないです。読むもの読むもの、面白かった。ことに好きだったのは、ロシア文学。ドイツ古典劇。アイルランド（イエイツとかロード・ダンセイニとか）。フランスではシラノ・ド・ベルジュラックが面白くて、去年（二〇一二年）出した『双頭のバビロン』の決闘場面に少し引用しています。ピランデルロの『作者を探す六人の登場人物』が、おそらく初めて接したメタ形式です。ミュッセの『ロレンザッチョ』も好きで、これは短篇「薔薇忌」に影を落としています。

ストリンドベリのダークな戯曲に圧倒されました。小栗虫太郎もストリンドベリを愛読したと何かで読んだ気がするのですが、おぼえ違いかな。

ドストイェフスキーは、この全集で読んだのは『罪と罰』だけでした。『白痴』と『カラマゾフの兄弟』を読んだのは、戦後、十六、七のころです。『白痴』は、内緒ですが萌え読みしました。好きな小説の筆頭です。

レオニード・アンドレイエフの『殴られるあいつ』という戯曲が、シニカルで好きだったのですが、読み返したくてネットで検索したら、平林たい子の同題の作品ばかり。内容が全然違います。アンドレイエフのはうろ覚えですが、貴族の男が人生に絶望し、サーカスの道化、ただ殴られるだけの役に、自ら望んで雇われ……という話です。映画にもなっています。『あの紫は』の中の一篇に、これが引かれています。

シェイクスピアは坪内逍遙の物々しい歌舞伎調の訳でした。

うちにあるのだけでは足りなくて、友達の家に遠征し、書棚をあさりました。伏せ字だらけの大人用『千夜一夜』がずらりと並んでいてわくわくしました。

特にミステリーが好きということはなかったです。傾向としては、幻想的、反自然主義的なものがこのころから好きでした。

全集以外ではジュリアン・グリーンの『閉ざされた庭』（戦後グリーン全集が出されたときは、原題のまま『アドリエンヌ・ムジュラ』というタイトルになっていました）が、強烈でした。これ以上暗鬱な話はないだろうというくらい。でも、あの小説に捉えられた方はほかにもいて、萩原葉子さんが、ご自作に同じタイトルを冠しておられましたし、倉橋由美子さんも『偏愛文学館』にこの書をあげておられました。ジュリアン・グリーンはカトリックなので、救済を、安易に考えてはいなかったのではないかと思います。

女学校に進むころから徐々に戦争が激化し、二年生の三学期の終りに疎開して、身辺に本がまったくなくなりました。食糧もですが、本に飢えました。活字に飢えました。もう、禁断症状。牛乳瓶の紙蓋を見て、ああ、ここに〈活字〉が……と懐かしみました。

女学校四年の夏、敗戦で、秋に東京に戻りました。渋谷の家は焼けましたが、世田谷の方は焼け残っていました。蔵書は、疎開させようと送ったのが、途中のどこかで空爆にあい、焼失しました。

戦後から七〇年代へ――愛読書の山々

――戦後、「宝石」をはじめとした探偵小説雑誌がいくつも創刊されて新しい作家が出てきました。印象に残っている作家、作品、エピソードなどがあればお聞かせください。

皆川　探偵小説雑誌「宝石」に、いつ目をとめたのか、おぼえていないです。一九四六年創刊ということですが、創刊号からは読んでいません。戦後派五人男（山田風太郎、高木彬光、島田一男、香山滋、大坪砂男）の方々が作品を発表されるようになってからかな。お小遣いが乏しくて新刊では買えず、古本屋に月遅れが出ると買って、読み終わると売って、次のを買うというふうでした。

——いまの子供のゲームソフトと同じスタイルですね。高価な娯楽だったことがわかります。

皆川　単行本になったのを貸本屋で読んだのと、雑誌で読んだのが、記憶がごっちゃになっていますから不正確ですが、香山滋の「月ぞ悪魔」や「蠟燭売り」「キキモラ」などは、「宝石」誌上で読んだと思います。「蠟燭売り」の叙情性が好ましくて、後年、「心臓売り」を書いたとき、あれを思い浮かべていました。

山田風太郎『厨子家の悪霊』は、貸本屋で見つけました。大坪砂男の「密偵の顔」にまつわるエピソードがあって、日下さんが編集なさった創元推理文庫の大坪砂男全集の第二巻に寄稿しました。

——まさに「密偵の顔」が収録されている巻だったので、いただいた原稿を読んだときには驚きました。

皆川　風太郎の初期の作と大坪砂男の作には、敗戦直後の荒んだ虚無感が横溢していると感じます。「黒衣の聖母」は、あの時代だからこそ成り立つ話しだし、『十三角関係』の荊木歓喜は、あの時代の象徴のような存在ね。

——昭和三十年代にスタートした忍法帖は、どう読まれましたか？

皆川　風太郎にのめり込んだのは、これも貸本屋で『甲賀忍法帖』を読んでから。当時、貸本屋は新刊が出ると、ほとんどすぐに棚に並べたので、見逃さず読んでいました。結婚して幼い子供がいる時期で、泣いている赤ん坊を片手であやしながら、読みふけりました。忍法帖は全部読んだ（はずだ）けど、一番好きなのは、『風来忍法帖』。ラストが蕭条としていて。福田善之の『真田風雲録』のラストみたいな雰囲気。

明治物も凄いよね。『警視庁草紙』も『明治断頭台』も、歴史の事実をふまえた上であれだけ奇想をふくらませて、しかも、本格ミステリとしてがっちり構築されている。ミステリで一番好きな名探偵は？　って訊かれると、名をあげるのが、『妖異金瓶梅』の応伯爵なの。犯人は毎回わかっているのに、どうしてあんなに面白いんだろ。犯人に到達する過程と犯行の動機が意表をつくからかしら。
　島田一男は、初期の『古墳殺人事件』や『錦絵殺人事件』を面白く読みました。『錦絵』は、たしか、ワッツの絵を錦絵風に描いた絵が、使われていましたよね？　ワッツは好きなので、いっそう興味を引かれました。

――島田さんも「宝石」に載ったときの挿絵に感激して、画家の方に原画を譲っていただいたそうです。

皆川　城昌幸の幻想的な掌篇も好きでしたが、まとめて読んだのは、幻想小説、怪奇小説、伝奇小説の出版に勢いがあった七〇年代だと思います（このころは、もう、買って読んでいました）。

――桃源社の『みすてりい』か牧神社の『のすたるじあ』あたりでしょうか。いい作品集です。

皆川　七〇年代前後の出版物から受けた影響は大きいです。ラテン・アメリカの文学が盛んに紹介されたのも、国書刊行会が幻想文学を主とした本を刊行するようになったのも、この時期で、好きな本にたくさん出会えました。子供のとき読んだ文学全集は、一番新しいものでも二〇世紀初頭で、一八～一九世紀が主でしたけど、七〇年代には、二〇世紀のコンテンポラリーな海外小説――それも幻想を主題とした――に接することができました。シュルツ、ドノソ、コルターサル、アラバール、ジュリアン・グラック……。川村二郎先生がホフマンスタールやムジール、ノサックなどを次々に訳出しておられたし。『薔薇密室』にボアゴベの影響と言いましたけれど、ドノソの『夜のみだらな鳥』（集英社）が、もっと全体的に影響しています。ストーリーではなく、雰囲気ね。
　新人物往来社は歴史小説のイメージですけれど、ここが〈怪奇幻想の文学〉全七巻のシリーズを出していたり、牧神社だのコーベブックスだの南柯書局だの創土社だの、小規模な出版社が幻想系の本を精力的に出したりで、豊潤な時期でした。小学生のころが、読書第一次黄金期なら、七〇年代とその前後数年ずつは、第二次黄金期でした。

――〈怪奇幻想の文学〉は紀田順一郎、荒俣宏の両氏のセレクトですね。

皆川　最近また、藤原編集室さんや白水社、河出、国書などががんばってくださって、海外の奇想、幻想小説が刊行され、楽しいです。でも子供の頃、若い頃と違って、こちらが咀嚼力、集中力が落ち、ばりばり読み進められなくて悲しい。

――七〇年代には、国内でも桃源社の〈大ロマンの復活〉から角川文庫の横溝正史ブームに至る大衆小説復権の流れがありました。立風書房、番町書房、三一書房、薔薇十字社などから全集がたくさん出ています。

皆川　六〇年代あたりから社会派が主流になって、社会派の名を借りた風俗小説が全盛で、〈探偵小説〉が好きだった私は、味気ない思いをしていました。七五年に「幻影城」が創刊されたのは嬉しかった。泡坂妻夫さんと連城三紀彦さんを愛読しました。

――リバイバル・ブームは社会派一辺倒の揺り戻しで、そこから生れた「幻影城」の出身作家を経て十年後に新本格ミステリが出てくるわけです。話を昭和二十年代に戻すと、ポケミス（ハヤカワ・ポケット・ミステリ）の発刊（昭和二十八年）は、どのようにご覧になっていましたか?

皆川　衝撃的に新鮮でした。なにしろ予備知識が全然ないですから、意外な犯人、意外な犯行方法、一々驚いていました。クリスティー、カー、クィーン、クリスティアナ・ブランド、そしてボアロー＝ナルスジャック、マーガレット・ミラー、ヘレン・マクロイなどが楽しかったです。

　どれも面白くて順番などつけられませんが、強いて言えば、ボアロー＝ナルスジャックかな。雰囲気のダークさと、登場人物はごく少ないのに、見事にまとめてある点に惹かれたようです。ブランドの『自宅にて急逝』も好きでした。カーは面白いけれど文章が読みにくいと思っていたのですが、『曲がった蝶番』を新訳で再読したら、読みやすかった。

デビュー前後――児童文学から大人の物へ

――ご自分でも小説を書いてみようと思ったきっか

けとデビュー前後の苦労話などをお聞かせください。当初は児童文学を書かれていましたが？

皆川　創作をしたいという気持ちは、潜在的にあったようですね。一番最初に書いたのは、一九六三年か六四年ごろでした。講談社が児童小説を募集している広告を見て、少年を主人公にした物なら、書けるかなと思いました。キリシタンに興味があったので、書いてみたら、一応最後まで書けたので応募しました。『やさしい戦士』というタイトルで佳作になりました。このころ、佳作は単行本にはならないけれど、プリントして仮綴じして、送ってくれたのです。そのときは、それで終わりました。

その次は七〇年ごろ、大学闘争とかいろいろあったあのとき、熱気に煽られるように、突如、いろいろと書けてしまったのです。児童劇を募集していたので、二本書いて送ったら、一本が採用され上演されました（未採用だった一本が、今度ポプラ社で刊行される『少年十字軍』のもとになりました）。

さらに学研の児童文学賞に『川人』という作品を送りました。これが受賞し、受賞作は単行本にするという話だったのですが、指の間に膜がある一族という設定が、差別問題に抵触するとチェックが入り、お蔵入りになりました。弟の友人で印刷会社を経営している人が、惜しいからと、児童物の出版社に紹介してくれました。その社の編集長が、うちは読者対象の年齢が低いからと、高学年向けも出している偕成社に、さらに紹介してくださいました。『川人』のほかに何かあったら見せるようにといわれ、『やさしい戦士』のプリントをお送りしました。偕成社に呼ばれ、編集長が、「細部をもっとていねいに書き込みなさい」と、欠点をいろいろ指示してくださいました。全面的に改稿して、再度、送りました。

ほどなく、もう一度偕成社に呼ばれました。

編集長に「これは、うちで本にします」と力強く言われたときは、嬉しかったです。タイトルの変更と、ほかに何カ所か、細かい部分を直すように指摘されました。社を出てから、道端の石に腰掛けて原稿を広げ、手を入れ、その足で社にとって返し、見て頂きました。タイトルは『海と十字架』になりました。

これがデビュー作です。同じ時期に乱歩賞に応募して最終候補になり、選考委員のお一人だった南條範夫先生のご推挽で、小説現代新人賞に応募、最終候補に残り、落ちてほっとしていたら（大人の小説を書く自信は全然なかったので）、編集長に強く勧められて再度応募、と、いろいろ重なりました。『海と十字架』が刊行された翌年、二度目の応募が実って新人賞をいただき、おぼつかなく、大人の小説を書くようになりました。

――児童ものの頃から時代小説を書いておられますが、資料集めはどうされていたのでしょうか。『夏至祭の果て』では取材旅行もされたそうですが。

皆川　『やさしい戦士』に手を入れ、『海と十字架』にする過程で、マカオに取材に行きました。ツアーに入ったのですが、お客さんは私以外全員、カジノでギャンブル。私だけ、砲台跡などに取材に行きました。

さらに大人の物の書き下ろしをすることになったとき、『海と十字架』の素材をもっと掘り下げて書こうと、平戸から隠れキリシタンの島に渡り、取材した結果が、『夏至祭の果て』に結実しました。

――初期の短篇は異常心理を扱った濃密な犯罪サスペンスが目立ちます。この頃の作風についてはいかがでしょうか。

皆川　突然、大人の物を書くことになったので、何をどう書いていいのか、手探り状態でした。担当の編集の方に、自分の中を掘り下げろ、と言われて、掘り下げたらろくなものが出てきませんでした。初期の物は、試行錯誤の軌跡です。

「ジャンルの枠」とのたたかい

――最近、七〇年代の未刊行作品を集めた『ペガサスの挽歌』（烏有書林）の解説で七北数人さんも書かれていましたが、この頃の短篇は迫力のあるものばかりです。凝った構成の長篇『花の旅 夜の旅』で本格ミステリ、作品集『愛と髑髏と』で幻想小説と作品の幅がどんどん広がり、八五年の『壁』で推理作家協会賞を受賞されています。ここまでかなり早かったように見えるのですが？

皆川 「二時間で軽く読み捨てできるものを書け。ページの下が白いものを書け（つまり、改行を多くし、漢字を少なくするの）。タイトルには必ず〈殺人事件〉をつけろ」と言われた時期が長かったですから、全然、早いと思えないです。新人賞応募を勧めてくださった編集長やそのときの担当編集者とは別です。本当に自分の書きたいものがわかり、書かせていただけるようになったのは、『死の泉』からですし。筆力不足だったからやむを得ないですけど。

――ノベルスの書下ろしは八二年の『虹の悲劇』から八八年の『聖女の島』まで十一冊あって、その間に推理作家協会賞と直木賞を受賞されています。直木賞の選評では池波正太郎と村上元三が時代小説をもっと書くように勧め、陳舜臣が推理小説も忘れずに、とコメントしていたのが印象的でした。この頃、推理小説、時代小説、幻想小説の比重は、どうお考えでしたか？

皆川 一九八〇年ごろ、テレビのクイズ番組でこういう問題が出ました。

ローラースケート競技が日本で行われるようになったとき、所属すべき団体がなかった。それで、次の団体のどれかに所属させた。どれでしょうか。

1 陸上競技連盟
2 スケート連盟
3 自転車連盟
4 スキー連盟

正解は、3の自転車連盟でした。どちらも道路上の競技という理由によるのだそうです。

その当時、あなたの書く物はレッテルが貼りにくくて困る、と編集者によく言われていました。どのジャンルに入れても、はみ出してしまう、と。私も困りました。あの～、ジャンルが先にあって、それにあてはめて小説を書くのではなく、作品がまずあって、それからジャンルができてくるんじゃないでしょうか……と、心の中でぼそぼそ反論していました。

非日常的な世界を強引に構築する。意識下の世界を明るみに引きずり出す。

当時は、そんなことを考えて書いていたと思います（今も、その傾向があります）。ミステリーというジャンルに、無理やり入れていました。ローラースケートを自転車の仲間に入れたみたいに。

書きたかった方向は、シュール・リアリズムでしたが——安部公房が好きでしたし——、中間小説誌という発表場所では無理でしたね。わかりにくいと、さんざん言われました。

——ちょっと早過ぎましたね。今ならそんなことはないと思います。

皆川　ノベルスの何々殺人事件を書きつづけさせられ（あなたはノベルス作家だから、と編集者に言われ）、行き詰まった心境でいたとき、新潮社の編集者から書き下ろしのお話をいただきました。白水社の『壁』で推理作家協会賞をいただいた頃です。『壁』は日本風景論というシリーズで、中井英夫さん、塚本邦雄さん、赤江瀑さんと、私の敬愛する方々が執筆しておられました。小説ではなく、エッセイなのですが、私はエッセイは書けないので、ミステリ仕立てにすることを許していただきました。殺人事件とタイトルにつけるのは嫌いでしたが、これは、ミステリなのだということを明らかにするために〈旅芝居殺人事件〉と、副題をつけました。他社の編集者に、「うちでは、こういうのは書かないでください」と釘を刺されました。やはり要求されるのは、読み捨て本だったのね。読み終えたら読者が中身を忘れてしまうようなのを書け。そうすれば、読者は、また同じようなのを買ってくれるって。その方だけの考えだったのでしょうが。

新潮社からお話があったとき、『壁』で旅芝居を調べたのと、吉原に興味があって（閉ざされた特殊な場所なので）資料を集めていたので、その二つを結びつけて『恋紅』が生まれました。

時代物を書きたいわけではなく、興味を持った題材を生かせるのが、たまたま幕末だったんです。

それで直木賞をいただいたので、今度は時代物作家に分類され、困りました。江戸のことは何も知らないので、一作ごとに資料を調べました。知らないことを調べるのは好きなので、まあ、よかったですけど。歌舞伎の知識もいくらか増えたけれど、専門の方にくらべたら、まるで付け焼き刃の素人です。

黙阿弥が、「嘘を書くのは作者の特権。知らないで間違えるのは作者の恥」という意味のことを言っています。私も、それを心がけていますが、時々無知をさらして恥ずかしいです。

そういう次第なので、比重を自分で考えて配分という状態ではありませんでした。

――ノベルスでは編集者から「書きたいことを書くな」と言われたそうですが（無茶苦茶ですね……）、その中でも『巫女の棲む家』や『聖女の島』のような作品を書かれています。「書きたいことを書いた」という傑作『聖女の島』は、ちょうど新本格の若手作家が次々と登場しつつあった頃に出ていますが、そうした時代の変化はどのように感じておられましたか。

ようやく、仲間と巡り会えたな……

皆川　講談社の宇山日出臣さんの尽力で、新本格の方々が出てこられたときは嬉しかったです。社会派および社会派の名を借りた風俗小説全盛でしたから。現状からは想像がつかないくらい、作り物は排除され、本格は息絶え絶えの時代でした。

宇山さんは、ノベルスのイメージも、一新されました。それまでのださい表紙を辰巳四郎さんのイラストにし、あの判型を生かした、スマートな物にされました。

宇山さんは直接の担当者ではなかったのですが、中井英夫さんの本を作りたいために、それまでのお仕事を辞め、講談社に入ったという方ですから、話が合いました。綾辻行人さんの『迷路館の殺人』が出たとき、破天荒ぶりが楽しくて、宇山さんにそう言ったら、「ご本人に、直接言ってあげてください」と言われ、お手紙を書きました。綾辻さんとは、それ以来のおつきあいです。最初、新本格の方々には風当たりが強くて、鮎川（哲也）先生が文庫の解説で、本格の若い芽を潰すな、という意味のことを書いておられましたね。

あれ以来、山口雅也さんの『日本殺人事件』とか、面白いのがいろいろ刊行されるようになって、ミステリの世界が広がりましたね。

――九〇年代には幻想小説と時代小説が多く刊行されました。幻想ものが増えたのは『薔薇忌』が柴田錬三郎賞を受賞された影響でしょうか。

皆川　幻想短篇集『薔薇忌』で柴田錬三郎賞をいただいたとき、ちょうど、週刊文春で『妖櫻記』の連載が始まるところでした。草双紙のでたらめと厳正な史実をまぜこぜにした、反リアリズムの話を書こうと思っていたので、幻想小説を認めていただいたことで力づけられました。シバレンさんは、リアリズム重視の直木賞選考委員の中で、ただお一人、「小説は花も実もある絵空事を」と主張しておられた方ですから、ぶっ飛んだ話を書いてもいいのだと、白玉楼中のシバレンさんからお墨付きをいただいたような気持ちになりました。

幻想小説集の刊行が増えたのは、私が我が儘なものを書いてきた結果だと思います。わからないと言われても、日常リアリズムは、どうしても書けないです。

――九四年にぼくの作った『悦楽園』、東雅夫さんの作った『巫子』と、発掘作品集が相次いで刊行されました。あとで『作品精華』を一緒に作らせていただいた千街くんを含め、評論家、編集者に皆川さんの熱心なファンが多いのは面白い現象だと思います。

皆川　日下さん、東さん、千街さん、皆さん、幻想・怪奇・伝奇小説――非日常的な物語――を愛される方々ですよね。黒田夏子さんの名言を借りて、「生きている間にみつけくださって」ありがとうございます、と心からお礼を申し上げます。

私が書き始めたころは、幻想小説はわからない、リアリズム以外は受けつけない、と明言なさる編集者が何人もおられました。好きな作家は？　と問われて、幻想作家の名を幾つかあげたら、「変なのが好きなんですね」と言い捨てられました。

　ようやく、仲間と巡り会えたな……。

『死の泉』から現在まで

――愛読している作家の方にそう言っていただけるのは光栄です。ミステリ作品としては技巧を凝らした九七年の大作『死の泉』が読者からの注目を集めました。ミステリ専門の早川書房からの書き下ろしということで、これは手加減なしなんだな、と思いました。この作品の手ごたえはいかがでしたか？


皆川　『死の泉』を書けたのは、当時のミステリマガジン編集長T内さんのおかげです。

　書き下ろしをとお話をいただいたとき、ハヤカワなら、ヨーロッパを舞台にした、日本人の出ない話でも大丈夫だろうと思いました。小説を書き始めた七〇年ごろ、レーベンスボルンに関するノンフィクションを読んで、いつかこれを素材に書きたいと思っていたのです。

　体力がないため旅行は苦手で、その上、年も年でしたから、資料だけで書こうと思ったのですが、場所のイメージがつかめず、一大決心をしてドイツに取材旅行しました。現地では思いがけない大きい収穫がありました。ヒトラーの山荘、洞窟、地底湖などを見ていたし、かつての施設だった建物が現存していたし、かつての施設だった建物が現存しることができました。全部、作品に使いました。楽しかったな。

　これが幸い好評だったので、以後、ヨーロッパを舞台にしたものを書けるようになりました。時代物で悲鳴を上げていたので、起死回生です。

　それでも『死の泉』を書いた当時は、まだ、日本人がなぜ外国の話を書くのか、と難じられもしました。日本人が中国の話を書いても何の異議も出ないのに、ヨーロッパだとなぜいけないのだろうと思いました。今はもう、そんな声はないですよね。

――ゼロ年代からは海外を舞台にした長篇が増えますが、「書きたいこと」を伸び伸びと書かれているなあ、と思います。一千枚クラスの大長篇でも、題材と時代を問わず読者を引き込む構成力について、秘訣などあればお聞かせください。

皆川　秘訣って、別にないですよ。好きなように書いているだけで。長篇は絵空事ですから、逆に細部はできるだけきちんと調べて、リアリティがあるように心がけています。一番最初に偕成社の編集長に教えられた「細部を丁寧に」を守っています。シバレンさんの「花も実もある」の〈花〉が物語の華麗な嘘を意味するなら、〈実〉は、小説内のしっかりしたリアリティを指すのではないかと思います。

――『死の泉』以降、最近の『倒立する塔の殺人』『開かせていただき光栄です』『双頭のバビロン』などの作品を読んでいると、皆川さんは山田風太郎でいうと明治ものの時期に入っておられるんだなあと感じます。技巧が極限に達してどんな題材でも最高の料理にできてしまうというか。

皆川　風太郎さんのお名前と共に語っていただくのは畏れ多いです。

――今後の連載と刊行予定、書いてみたい題材などお聞かせください。

皆川　「小説宝石」に連載中の『海賊女王』が、この対談が活字になる頃は終了しているのではないかと思います。順調なら、夏頃、遅くとも年内には単行本になるはずです。

「ミステリマガジン」に連載している『アルモニカ・ディアボリカ』は、予定としては九月には完了して年内に単行本、なのですが、『海賊女王』に手こずって、『アルモニカ』の書き貯めを食いつぶしている状態なので、どうなるかな……。

ポプラ社の書き下ろし『少年十字軍』が、これは確実に三月に出ます。

そして、日下さんが編纂してくださっている初期の作品を集めた『皆川博子コレクション』全五巻（出版芸術社）が、三月から隔月刊ね。ありがとうございます。

『少年十字軍』も『コレクション』も、佳嶋さん、木原未沙紀さんの装画と柳川貴代さんの装幀が素晴らしいです。こんなにたくさん出るの、初めてです。

――あとは、なぜか文庫になっていなかった『結ぶ』と『鳥少年』が、未刊行作品を増補して創元推理文庫に入ります、河出書房新社からは最近の実験的な幻想小説をまとめた単行本も出ます。

皆川　日下さんには大変お世話になっています。ありがとうございます。新作の予定としては、今年の末から「小説現代」で長篇連載が始まることになっているのですが、まだ、内容は決定していません。資料を集めている段階です。

　書いてみたいのは、およそ商品にはならないであろう、シュールな物。私家版でなくては無理ね。それから、本の造りに仕掛けがあるものとか（泡坂さんがすでに、凄いのを二冊もやっていらっしゃるけど）。でも、そこまで手を延ばす体力も時間もないな。

――最後にミステリの好きな読者にメッセージをお願いします。

皆川　私が偏愛する作家の一人石上玄一郎は、処女出版の著書の後書きに、こう記しています。

〈自分のやうな作風のものが世間であまり歓迎されるとは思はない。（略）もし幸いに自分がこの貧しい著作を通して何人かと相知ることを得るなら、それはたゞかりそめの契りに終らぬことを固く信じて疑はぬ。〉

拙作を手にしてくださる方々に、同じ言葉を捧げます。

ありがとうございます。

「ジャーロ」（光文社）第47号（二〇一三年四月）掲載

ぶつかりインタビュー　定綱が訊く

聞き手・佐佐木定綱

詩歌との最初の出会い

定綱　今日は作家の皆川博子さんにお越しいただきました。ぼくは初めて読んだのは『死の泉』で、第二次世界大戦下ドイツのレーベンスボルンというアーリア人の人口増加を目的とした施設の話です。この本を読む数年前にドイツとポーランドに行き、アウシュビッツとビルケナウという強制収容所を見て来たこともあり、戦慄と興奮に包まれながら夢中で読みました。また、『死の泉』に付されている北村薫さんの解説「甘藍と牡蠣殻」を読んで以来「甘藍」という言葉に憧れていて、「山をなす甘藍に牙突き立てん夕餉のゴールデンレトリバー」（『短歌』二〇一八・一）という歌を作ったことがあります。皆川さんは詩歌も多く読まれており、今日は詩歌全般へのお話を伺えればと思います。

　まず、初めて詩歌を読まれたのはいつ頃でしょうか。

皆川　小学校へ上がるか上がらないかくらいです。幼年雑誌に選者の選んだ子どもの書いた詩が載っていて、こんな詩でした。

　ボクハ　オキクナタラ／ヘイタイサンニ／イカンナラン／テッポニウタレテ／シナンナラン

　講評では子どもの愛国心を褒め称えていましたが、そうではないだろう、子どもの哀しいあきらめの歌だと思ったのね。そのころに覚えたのが百人一首の「来ぬ人をまつほの浦の夕凪に焼くや藻塩の身も焦がれつつ」で、これは『小太郎と小百合』（楠山正雄　一九三三　講談社）という小説に載っていました。この二人が別れ別れになった時に、小百合の乳母が別れた人に会うにはこの歌を書いた紙を枕元に置いておくといい、おまじないの歌で会えますよというので覚えたのが最初です。小学生のころ、たぶん母の本だと思いますが、西条八十の『砂金』があったので、それを愛読して大好きになりました。
八十はフランスの十九世紀頃の象徴派の詩人の影響を強く受けているんですね。メーテルリンクの「ペレアスとメリザンド」と八十の「悲しき唄」を並べて読むと、明らかね。

定綱　ほんとだ。「三人の姉妹」（メーテルリンク）、「三人の寡婦」（八十）。

皆川　あの頃は、横瀬夜雨、薄田泣菫、北原白秋などの詩集が身近にあって、自然に読み覚えたの。これも（『横瀬夜雨詩集』）全部ルビが振ってあるから七つ八つの子どもでも読めるんですよ。

定綱　七つか八つでこれを⁉　すごい。

皆川　久世光彦さんは、幼稚園のころ、菊池寛の『第二の接吻』を読んだと仰ってました。当時の本好きな子は、ルビさえあれば、大人の本でも読みまくったのね。夜雨の「行けども〳〵／帰らざる／人を送りて／野は青く／野は青くして／乱れ飛ぶ／花の行方は／まぼろしの」が好きだったの。女学校の時の校長先生が容姿に似合わないセンチメンタルな先生で、朝の講話の時にこれを書いたものを壁に貼ってとてもセンチメンタルな声で朗唱したの。あら、好みが同じだわと思って（笑）。
うちはめったに子どもの本を買ってくれなかったのですが、めずらしく宮沢賢治の本を買ってくれて。でも、「銀河鉄道の夜」が入ってなかったの。だから未だに読みそびれてて。その中で「原体剣舞連」というのがとてもよかったの。

定綱　それは知らないですね。でも、「銀河鉄道」を読まれていないのは意外です。

皆川　家にいろんな文学全集が揃っていて、現代大衆文学全集、世界大衆文学全集、明治大正の日本文学全集、新潮社の世界文学全集などがぞろっとあったから、片端から親の目を盗んで読みふけりました（笑）。親が怒るんですよね、大人の本を読むと。だから応接間の椅子のかげに隠れて。だけど、（私の）娘が小学生のころは、漫画ばかり読んでと叱ったりして。ところが娘にこれ（『11人いる!』）がおもしろいからと萩尾望都さんを教えられて、ころっと転向しちゃって（笑）。その後は一緒に漫画も読むようになりました。

定綱　文学全集をそんな小さいころに読まれていたんですね。

皆川　小学生のころ、「少女の友」「少女倶楽部」が少女向けに出ていて、「少女の友」は頽廃的といわれていて、中原淳一の絵などがたくさん入っていて、うちの親はとってくれないから、いとこの家で熱心に読みました。それにはフランスのサンボリズムの詩などが口絵に載っていて、ヴェルレーヌの「巷に雨の降るごとく／わが心にも涙ふる。」なども自然に覚えました。

定綱　少女向けの雑誌に詩が載っているというのは今では考えられないですね。それもヴェルレーヌとは。

万葉集との出会い

皆川　小学校五年のときにシェークスピア全集（坪内逍遙訳）、女学校一年生のときに万葉集を読みました。それが私の土台になっていると思います。

定綱　女学校一年って何歳くらいですか。

皆川　今の中学一年ですね。今の中学一年から高校二年までが旧制の中学校と女学校。

定綱　えっ、十二歳で万葉集！

皆川　これは今も出ていますけれど斎藤茂吉の『万葉秀歌』を読んで、好きになりました。私だけじゃなく、万葉集好きな女学生、多かったですよ。ちょうど戦時中だったから、長歌の一節「海ゆかば水漬く屍　山ゆかば草むす屍　大君の辺にこそ死なめかえりみはせじ」などが軍国主義に利用されてたりしましたけれど。

　有間皇子の悲劇の歌、「家にあれば笥に盛る飯を草枕旅にしあれば椎の葉に盛る」「盤代の浜松が枝を引き結びま幸くあらばまたかへりみむ」や大津皇子、大伯皇女の悲劇の歌「我が背子をやまとへやると小夜更けてあかとき露にわが立ち濡れし」がとても好きです。また大津皇子と石川郎女のやりとりも。

私は草壁が好きですが、大津皇子の悲劇の方がよく伝わっていますね。草壁皇子はあまりすぐれた歌を残していないと言われるけれど、その草壁皇子の死に際して舎人たちの詠んだ歌、「東の瀧の御門にさもらへど昨日も今日も召すこともなし」「島の宮上の池なる放ち鳥荒びな行きそ君いまさずとも」は真情がこもっていると感じます。

笠郎女が大伴家持に歌を贈ったけれど、少しも応えてくれないから詠んだ歌「君に恋ひいたもすべなみ平城山の小松が下に立ち嘆くかも」「あひ思はぬ人を思ふは大寺の餓鬼のしりへに額つくごとし」は楽しいですね。（夫が流罪になった）狭野茅上娘子の「君が行く道のながてを繰り疊ね焼き滅ぼさむ天の火もがも」は激しい感情がほとばしり出ていますね。それからこれは東歌ですが、「稲つけばかがる我が手を今宵もか殿の若子がとりて嘆かむ」。その後、戦争が激しくなって本もなくなって悲しい思いをしました。

好きな詩歌

皆川　戦後になって本屋で（小林秀雄訳の）ランボーの詩集をみつけたの。ことに「酩酊船」。ハンザの商船が海洋で蛮人に襲われ、乗組員はみんな殺され、無人となった船がアメリカ大陸の方まで流れていく。この詩に、たいそう惹かれました。

一九七〇年代になると、現代詩文庫（思潮社）が出て、吉岡実、多田智満子などを知りました。『絵小説』（二〇〇六　集英社）では私が好きな詩を選んで、それを宇野亞喜良さんにお渡しして絵を描いていただき、その詩と絵をもとに私が短篇を書くという試みをしました。この仕事は楽しかったな。

定綱　『絵小説』は美しい本ですね。詩に絵に物語と贅沢な越境がなされている。「魂は、泳ぎが大好きだ。泳ごうとして、人はうつ伏せになって身をのばす。魂は関節から外れ、逃れ出る…」（アンリ・ミショー「怠惰」）この本は入手できますか。

皆川　なかなかないみたい。木水弥三郎の『幻冬抄』という詩集からも引きました。

定綱　「冬といふ字がすきだつた／むかしのゆめを冬とよんだ」いいな、これ。

皆川　あ、嬉しい！　好きな歌として太田代志朗さんの『清かなる夜叉』からいくつか挙げますね。「いづかたの刺客にあらん昏れゆきて詩歌てふくれなゐの一刃」、「薄化粧したる敦盛哀しさの透きてたゆたふ歌のひとふし」。

定綱　塚本邦雄はどうですか。

皆川　塚本邦雄の初期の作品、「馬を洗はば馬のたましひ冱ゆるまで人戀はば人あやむるこころ」（『感幻樂』）などが好きで、『感幻樂』や『日本人靈歌』をよく読んでいました。

定綱　僕も初期の作品が好きです。

皆川　それで塚本さんの文庫版の全歌集が出たでしょ。

定綱　これ（文庫版塚本邦雄全歌集）ですね。

皆川　わぁ、すごい（定綱さんの貼ったたくさんの付箋をみて）。

定綱　ちょっとはずかしい。

皆川　佐佐木さんのお家の伝統的な歌風と塚本さんはちょっと違うように思うけれど。

定綱　どうでしょうね。「心の花」は伝統と革新の理念でやってますから、なんでもありなんです。

皆川　定綱さんご自身の歌は独特ですね。「「三本脚の鴉」と書かれ仕方なく三本脚の鴉降り立つ」ってそれだけでもユニークなのに、さらに〈「さんぼんあしのからす」〉とかいとけ。げんじつなんざことばしだいだ！　ほら、みろ！〉ってルビがついていて、しかもそれが歪んでる。二重奏になっている。定綱さんの独創ですね。こういう手法、筒井康隆さんの小説にもないなあ。どきっとするほど凄い発想ですね。革新ね。

定綱　うーん、革新の方なのかな（笑）。

皆川　塚本邦雄の作品に初めて出合ったときは、革新的だと感じました。

定綱　初めて読まれたのはいつごろですか。

皆川　いつだったかな。塚本さんはエッセイも七〇年から八〇年代にかけてたくさん出されているでしょう。その頃からかな。歌も好きだけど、シャンソンなどについて書かれたエッセイも好きで。それで、この第八巻を読むとずいぶん変わっていて、驚いたの。

定綱　そうですね。初期とはかなり違うと思います。ぜひ歌の読みや感想もお聞かせください。

皆川　塚本邦雄の短歌は、日常のことや私的な感情の表白は意図的に排除されていて、そこに惹かれたのですが、晩年の作品集第八巻では、戦争を経験して年を経た方の感慨が、皮肉や諧謔味も交えた表現であらわされていると感じました。短歌や俳句についてまったく素人の私が何か言うのは烏滸がましいのですけど、共感をおぼえました。私も戦争の一時期が何より強烈な経験で、年を経るほどそれが強く蘇るのを実感しているからでしょう。『汨羅變』の「露の夜をしき鳴くあれは「とどめ刺せ、とどめ刺せ」てふ鐵の蟲」の「鐵の蟲」は武装を連想させるし、蟋蟀の「綴れ刺せ」が「とどめ刺せ」になるんだなァ。

定綱　『辺境薔薇館』のインタビューで、三橋鷹女や西東三鬼が好きだとおっしゃっておられましたが。

皆川　鷹女の「カンナあの紅食ひなばいのち灼け死なん」は七・七・五ですが、「カンナあの紅」という言い方が好きで、「紅のカンナ」とか「カンナの紅さよ」とかいう言い方ではないから下の句に繋がるのだと思います。「夏痩せて嫌ひなものは嫌ひなり」は、「夏痩せて」がなかったらただの自分の好き勝手だけれど、「夏痩せて」があると、堪えて堪えてそれこそ痩せる思いをしてそれでもどうしても嫌いなものは嫌いだと言い切っている感じ、この「夏痩せて」がとても効いていると思う。

定綱　短歌はどうですか。中井英夫の『虚無への供物』などがお好きとおっしゃっていますが、短歌の世界だと中井は優秀な歌人を輩出した編集者としての側面が強いです。中井の見出した寺山修司、春日井建などは読まれたことがありますか。

皆川　寺山さんの短歌はあまり読んでいないんです。

春日井建も読んで好きだったけれど、歌集は持っていません。中井英夫さんの詩集は読んでます。わりに気持ちを率直に出した詩などを。

創作と詩歌

定綱　では、創作と詩歌についてうかがいます。『辺境薔薇館』で「私の書くもの、ほとんどが意識的に、あるいは無意識に、先人の作の影響を受けていると思います」「短篇集の『蝶』は、詩とか俳句とか短歌がまずあって、それから発想していくという形をとっています」とおっしゃっていますが、詩歌がどう小説に広がっていくのでしょうか。

皆川　そういう方法論があるわけではなくて、自分の発想だけだと知識はとぼしいし、発想の幅が決まっちゃう感じがして、短歌や俳句、詩を読むとそのなかのちょっとしたことから自分だけでは思いつかないような方に発想が広がっていく。それで詩歌の恩恵を受けています。「蝶」では齋藤愼爾さんの『二十世紀名句手帖』（全八巻）という、現代の俳句がそれぞれのテーマによって収められているものから拾わせていただいて、自分の作品の発想源にしました。

定綱　「蝶」という作品には「冬に入る白刃のこころ抱きしまま」（別所真紀子）、「萬緑や死は一弾を以て足る」（上田五千石）、「次の世もまた次の世も黒揚羽」（今井豊）、「滾り立つもの皆眠らせよ春の雪」（音羽和俊）など俳句が多く引用されています。インパール戦線から帰還した男が、作り物のような現実のなかで、拳銃と拳銃から放たれた弾丸がもたらす死のみを真実とする話と読んだのですが、間に引用されるこれらの俳句の切れ味がすごくて。唯一本当の現実である拳銃の鉄の感触のような俳句にもどきりとさせられました。ご自身でも詩や短歌、俳句を作られたことはおありでしょうか。

皆川　難しくて作れません。小説と違いますね。定綱さんの作品を読ませていただいて、ここからこう跳ぶんだと、参考になります。

定綱　散文と韻文の違い、それぞれの強みだったり弱みだったり、比べて感じることはおありですか。
皆川　短いほど難しい気がします。目の前にあるものをただ描いてもしようがない。定綱さんの「自らのまわりに円を描くごと死んだ魚は机を濡らす」、そういうところに着眼するのだなと感心しました。普通なら死んだ魚の方に目がいくところを、そこから広がっていくのが短歌や俳句を作る方の柔軟な思考の動きなのかなと。小説だとダラダラ描写していくところを、間を取っ払っちゃって、ここからここへ跳ぶような、どうやったらこういう発想が出てくるのだろうと思って、とても参考になります。

幻覚と幻想

定綱　今はどのようなものを読まれていますか。
皆川　今、必要があってゲオルク・トラークルの詩を再読しています。
定綱　コカイン過剰摂取という死因がすごいですね。
皆川　彼は十代半ばから二十七歳で死に至るまで薬物中毒者でしたけれど、薬の影響と詩の表現力との間に、関連性があるのかどうか、確定はできません。「夢と錯乱（さくらん）」の「夕暮れ、父は老人になった」、「グロデク」という詩、「夕暮れ　秋の森が鳴り響く／死の兵器に、黄金の野が、／青い湖が、その上を太陽が／ひときわ暗く転がっていく。夜が抱く、／死んでいく兵士たちを、その砕かれた口から漏（も）れる激しい嘆きを。」など、イメージと表現に魅力がありますね。
　多田智満子さんが、医師の実験のひとつとしてＬＳＤを体質に合わせてごく軽く飲まれたことがあるそうです。そこで幻影を見たことをエッセイに書いておられて。それが「薔薇（ばら）宇宙」という詩になっています。その時に多田さんがご覧になったのは、一輪の大きな薔薇が浮かんで、その花びらが一枚一枚めくれていくのがずーっと見えている。ただ、それは目を閉じていないとだめで、目を開けると普通（現実）だったそうです。
　多田智満子さんは、ＬＳＤとは関係なく、常にすぐれた詩をあらわしておられます。トラークルも、薬に関係なく、発想の奔放さと表現のゆたかさを身につけていたかもしれません。そうして、彼が従事したグロデクの戦線の悲惨は、薬物の助けを借りなくても、彼をしてすぐれた詩を書かしめたかもしれません。

　二十年ぐらい前南米に取材旅行に行ったことがあって、ちょうどそのとき胃の具合がとても悪くて、検査をしたら胃潰瘍寸前だったんです。だから鎮痛剤と精神安定剤と導眠剤を処方してもらったの。本来なら時間をあけてその時々にのまなくちゃいけないのを、旅行の都合で寝る前に全部一緒にのんじゃったことがあって、そしたら幻覚というものを本当に見たんです。それは実体があるように見えるのではなくて、投影されているように、あ、これは幻覚なんだなとわかる状態で、それが南米だったからか、アンリ・ルソーの風景画が壁に映るように見えて、そこに銀の砂が絶え間なく落ちてくるというのが、目を瞑っていても開けていても見えている。でも薬のせいだとわかっているから怖くはなかった。ただ、色彩がすごくうるさかった。音がうるさいというのはあるけれど、色がうるさいというのはその時が初めてで、とてもおもしろい体験でした。それからは気を付けて一緒にのまないようにしているので、一晩で終わりましたけど。

定綱　すごい体験ですね。それは小説にはされなかったのでしょうか。

皆川　本にはなっていないのですが、今は廃刊になってしまった小学館から出ていた文芸誌に、南米を舞台にした長篇を書いたときに、その幻覚のことも入れました。

定綱　いつも作品の出だしの一撃でやられてしまいます。例えば、「風」の「庭は、寝がえりをうって、背をむけた」。

皆川　これは賛否両論だったの。（編集者に）「わかりません。どうやって庭が背をむけるんですか」って（笑）。詩を書かれる方はすぐ受け入れてくださる。日常的なガチガチな人は全く見当がつかないみたい。

定綱　これをこのままなんとかして短歌にできないかと思うほど魅力的です。

皆川　短歌だとどうなるのか、定綱さんの短歌化、読みたいです。

短篇と長篇

定綱　出だしの一文はきっちり決めて書き始められるのでしょうか。推敲時に入れ替えたりなさいますか。

皆川　出だしの一文がきちんと決まった時は、その後わりと書きやすいですね。ことに短篇の時は。長篇の出だしは苦労します。

それと発表する場とか編集者にもよりますね。編集者がよくわかってくださる方だったら、とんでもない発想でも安心して書けます。書き手でも円城塔さんはすごい発想のものを書かれますね。

定綱　円城さんは僕も好きです。

皆川　そうでしょうね。感覚に共通するものがあるかもね。それから飛浩隆さんなど。そういうものを受け入れる土壌が読者にも編集者にも出てきて、今はずいぶん幅広くなったと感じます。ただ、このごろは読書をしてなくて、資料読みばかりです。

定綱　長篇を書かれてますからね。小説を書かれている時は、他の人の小説は読まれないのですか。

皆川　他の方のを読むとそちらの世界に入りこんでしまって書けなくなっちゃうの。あ、今度出る『クロコダイル路地』（二〇一九　講談社文庫）は一〇〇〇ページを超えています。親本は上下二巻なのを出版社の意向で一冊にまとめたから、鈍器になる厚さです（笑）。

定綱　長篇を書く構成力はどこからくるのでしょうか。

皆川　その時によって違いますね。だいたいの目星はつけるけれど、行きあたりばったりとか。山尾悠子さんが、長篇を書くときに始点と終点は見えているけど、その間はその時々で動くとおっしゃっていたけれど、私は終わりも見えないで書き出している（笑）。

定綱　小説の書き進め方はどのようになさっているのでしょうか。短篇は一気に？

皆川　短篇も一気に書ける場合となかなか書けない時がありますね。「猫舌男爵」を書いた時は、「猫舌男爵」という言葉ひとつから連想がどんどん広がっていって、とんでもないでたらめな話になっていきました。「結ぶ」という短篇は、「そこは縫(ぬ)わないでと頼んだのに、縫われてしまった」という一文から始まって、どうなるのという感じで書いていったら、最後はひどい終わり方を。そんな話になるとは思いもよらなかった（笑）。

定綱　短篇も決めずに書かれることがあるのですね。長篇はどのくらいのペースで？

皆川　若い頃は一日に二十枚くらい書けましたが、今は一日二十行くらい。それで長篇を書こうというのですから恐ろしい（笑）。

幻想の着想

定綱　僕は幻想が好きで、「お七(しち)」という作品は体内に火を宿した女性が町を焼く話です。

皆川　「髪を梳(くしけず)ると火が出る」というのは、そういう体質の女がいるというような話が江戸時代に言い伝えられていたらしいの。

定綱　なるほど。そこからきているんですね。「龍騎兵(ドラゴネール)は近づけり」では、勝男という男がバグパイプになってしまったり。

皆川　これはふわっと浮かんだのです。自分で思わなかったようなことが。幻想というのは理論的にきちんと考えて出てこなければいけないという説もあるのですが、私はその説からいうと落第ですね（笑）。

定綱　幻想はどのように着想されているのでしょうか。

皆川　それがわかれば教えてほしい（笑）。方法論を確立して書いていらっしゃる方や、本格ミステリーだと骨組をガチッと決めてそこに肉付けしていく書き方の方が多いですが、私は骨がなくて。

定綱　では、ひとつの細胞から始まるのでしょうか。皆川さんの物語は生物が生まれて生長していくようですね。

皆川　歴史的な史実に則って書いていく場合は、史実と史実の間をどういう想像で結ぼうか考えます。『聖餐城』という（ドイツ）三十年戦争の話を書きましたが、あれは三十年戦争というガチッとした骨組みがあるので、その中でこちらの作った人物を動かしていったので、わりに書きやすかったです。

ただ、歴史上の有名な人物にはあまり興味がなくて、名もない人間がそのなかでどういうふうに感じたか、どういう行動をとるか、そういう方が興味があります。なかなか教科書通りには動かないですね。

定綱　だから少年が主人公になることが多いのですか。

皆川　書きやすいので。でも、現実の少年はあれを読んだら、俺たちこんなんじゃないって言うでしょうね。実際に見かける少年はあんなふうではないし。別に美少年と書いていないのに、読む方が美少年に変換してくださる。

定綱　確かに記述にはないですね。作品を作り上げる時に重要視していることはありますか。

皆川　リアルでないものを書くけれど、作品のなかでのリアリティはしっかりしていないといけないというのがひとつ。それから書いていると登場人物が勝手に動き出すのね。しかたないからそのいう通りに書いていくと、うまく話が進んでいくのです。ときどき思うのですが、物語（作品）って完全なこうでなくてはならないという形が既にあって、それをこちらが手探りで書いていく、そういう感覚を持つことがあります。まちがったことを書くと、つまり完全な形から外れると行き詰まっちゃうので、ある程度もとにもどって書きだすと完全な形に合っていれば、うまくいく。実際にはそんなことなくて、自分で考え考えやっているわけですが、やはりこれはこうでなくてはならないという形があるという気がします。

定綱　仏師が木の中に仏様の姿を見て彫ると聞いたことがあります。小説でそれは初めて聞きました。

皆川　ヨーロッパの彫刻でも言われていますね。大理石の中に既に完成形があって、それを彫刻家は彫り出していくのだと。書いているものによっては彫り出していく感じの時と、完成した絵があって、それがバラバラに紙で隠されていて、それを自分でめくっていく感じの時もあります。最初に少しだけ見えている部分を書く、そうすると別のところが見えてきてそこを書く、そうしていくとだんだん他の部分と繋がっていくような。

定綱　すごく刺激的なお話です。

皆川　その言葉はこうでなくてはならない、他の言葉では言い換えできない。短歌でもこの言葉は絶対動かせないとか、完成した形に近づくためにはこうだとかないですか。

定綱　その言葉でなくてはならないというような必然性ですね。短歌は言葉が動かないように推敲する感じはあります。

皆川　短歌のような字数が限られた中では、だからこそ「この言葉」というのが必要なのでしょうね。

定綱　作品を考えたり思いついたりするときは、どこから始まるのでしょうか。

皆川　これも教えてほしい（笑）。短歌はどう?

定綱　出来事だったりシーンが思いついたりでしょうか。皆川さんは最初に何が浮かびますか。

皆川　長篇の場合は素材から入ります。お宅（紀伊國屋書店二子玉川店）の歴史の棚をみて、これはおもしろそうだなって。ドイツ三十年戦争のことを書いた時、お宅の棚で『ドイツ傭兵の文化史』というのを見つけて。傭兵って前からおもしろそうだと思っていたのですが、それを読んだのが刺激になりました。それまで傭兵をロマンティックに想像していたのですが、あれを読んだら残酷極まりなくてひどいことをしていてロマンの欠片もなかった。

定綱　短篇のときはどうですか。

皆川　短篇は難しいですね。何か天啓のようにふっと浮かんでくれたら、そこから広がっていくのですが。年をとると想像力の飛躍が難しくなりますね。常識に縛られちゃって。

定綱　皆川さんでもそうなんですか。皆川さんは始終インスピレーションが湧いているのかと思いました。

皆川　湧かないですよ。湧いてくれれば楽なんだけど。若い方のものを読むと、柔軟で、ああ、こういう発想をするんだととても刺激になります。だから定綱さんの短歌は興味深かったです。発想が飛躍するんだなと思って。

定綱　ありがとうございます。よろしければ次回作の構想などをお聞かせください。

皆川　早川書房さんの「ミステリマガジン」で、目下、連載中です。これが難路で、苦労しています。その次に、河出書房新社さんの「文藝」誌に長篇を連載するお約束があって、少しずつ準備しています。ハンザの主要都市リューベック、ノヴゴロドと、その中継地であったゴットランド島のヴィスビーの三都市を舞台に、ハンザの初期、最盛期、衰亡期を、起承転結のある一貫した物語ではなく、散文詩のフラグメンツを連ねたように書きたいな、と、思っているのですが、書ける自信はないです。体力が衰亡期で……。

定綱　今日は楽しいお話をありがとうございました。

（二〇一九年一月十七日、ＨＵＧＯ＆ＶＩＣＴＯＲ玉川髙島屋Ｓ・Ｃ店にて）

『歌壇』（本阿弥書店）二〇一九年四月号掲載

『夜のアポロン』インタビュー

聞き手・朝宮運河

デビュー以来四十五年以上にわたり、豊かな物語を紡ぎ続けてきた孤高の作家、皆川博子さん。彼女の幻の作品を集めた『夜のアポロン』（日下三蔵編、早川書房）が、今年三月の刊行以来話題を呼んでいます。同書は一九七〇年代から九〇年代にかけて執筆され、雑誌などに発表されたまま埋もれていた名品の数々を、評論家の日下三蔵さんが発掘したファン垂涎の一冊。闇に惹かれ、罪に落ちてゆく人びとの姿を描き出し、読む者を陶酔させる幻想ミステリの世界について、皆川さんにインタビューしました。

「驚異的なクオリティ」の短編群

――『夜のアポロン』は一九七〇年代、八〇年代に書かれた初期作品を中心に、これまで単行本未収録だった幻のミステリ十六編を収めた短編集です。これらの短編が今日まで埋もれていたことに、まず驚きました。

皆川　理由は単純で、本にしようという出版社がなかったんですよ。短編のオーダーはあちこちからいただいていたんですが、書いたらそれっきりで、短編集にまとめようという話にはならなかった。たぶん一冊目の短編集の『トマト・ゲーム』が、あまり売れなかったからだと思うんですけど。

――しかしいずれ劣らぬ名品揃い。本書の編者である日下三蔵さんの言葉を借りるなら「驚異的なクオリティ」の作品ばかりです。

皆川　そうでしょうか。デビュー当時は何をどう書いていいのか分からなくて、ずっと手探り状態だったんですよ。素人の習作を雑誌に載せていただいて、原稿料までもらえるなんて申し訳ないことだなと思っていました。当時の編集者からは「毎号目次に名前が出なかったら口惜しいと思いなさい」と発破をかけられましたけど、とてもとてもそんな勇ましい気持ちにはなれなかったですね。

――皆川さんが小説現代新人賞を受賞してデビューされたのが一九七三年。当時は〈中間小説〉と呼ばれるエンターテインメント文芸の全盛期でしたね。

皆川　あの頃の中間小説誌って、会社帰りにバーで一杯引っかけて帰ろう、という元気なサラリーマンが主な読者層で、わたしのような世間知らずの主婦が書いていいような場じゃなかったんですね。

　小説現代新人賞の選考会で、ある選考委員の先生が「この人は何も知らないで書いているね」とおっしゃったらしいんですが、後日それを聞いて、見抜かれちゃったなと思いました。わたしは女子大を中退してから、お見合い結婚をして、子どもが生まれてという当時の奥さんのお決まりのコースしか歩んでいない。お勤めすらしたことがないので、デビューしてから本当に困りました。社会勉強として時々飲みに連れていってもらいましたけど、わたしはお酒が一滴も飲めませんから、麦茶で雰囲気だけ味わって（笑）。

「家庭の主婦ということを忘れちゃだめ」と言われ

――本書の表題作「夜のアポロン」は、サーカス団の若いオートバイ乗りとダンサーの人生が交錯するサスペンスフルな恋愛ミステリです。どんな経緯で執筆された作品でしょうか。
皆川　それがまったく覚えていないんです。これを表題作にしますという連絡をいただいても、内容が思い出せなくて。どうしてこんな小説を書いたんでしょうね。当時、四つ年下の弟がオートバイによく乗っていたので、初期はオートバイの話がいくつかあるんですね。ただサーカスのオートバイの曲乗りは、写真か何かで見たことがあるだけで、実際目にしたわけではないと思います。
――続く「兎狩り」は中年男性二人が若者を兎に見立てて〈狩る〉という犯罪小説。いかにも皆川さんらしいショッキングな短編だなと思いました。
皆川　これがですか？　イヤだあ（笑）。中年男性を見ていると、生き生きした若者に妬みを抱いているんじゃないかと思える瞬間があって、そこから想像を膨らませた作品です。

書き始めた当初は自分のお嬢さん的なところをぶち壊したくて、あえてアンモラルな題材を取り上げるようにしていました。お行儀のいいものは、断じて書かないぞと。

当時、主婦はこうあるべきという枠がかっちり決められていて、そこからはみ出すと後ろ指を指されてしまう時代でした。わたしも新人賞を受賞した直後、「家庭の主婦ということを忘れちゃだめだよ」と周りの人たちに何度も言われました。現実がそうだったからこそ余計に、小説ではアンモラルな世界を描きたくなったのかもしれません。

――女性視点のエロスを描いた作品も多数含まれていますね。湖畔での秘められた体験を描いた「サマー・キャンプ」、バレリーナが不実なダンサーに狂わされてゆく「はっぴい・えんど」などです。

皆川　当時は官能シーンのある作品が求められていたんです。自分としては大の苦手で、できることなら書きたくなかったですね。一度ある雑誌で〈最初から最後までベッドを下りない小説〉の特集があって、わたしだけは病院のベッドを下りない話を書いてごまかしたことがあります（笑）。

赤江瀑さんがいたからやっていけた

――皆川さんと同時代、耽美的な作風で知られる赤江瀑さんも活躍されていました。赤江さんには影響を受けているそうですね。

皆川　とても影響を受けています。当時の中間小説誌に載っているミステリって、現実に立脚した男女関係を描いたものがほとんどだったんです。でなければ社会派かトラベルもの。そこに赤江さんが颯爽とデビューされて、日常とかけ離れた世界を、きらきらした言葉で表現してくださった。こういう方がいるならわたしもなんとかやっていけるかもと感じられた、心の支えのような存在でした。

赤江さんと同じようなものは書けませんけど、せめて恥ずかしくないものを書こうという気持ちはずっとありましたね。実際にはなかなか誉(ほ)めていただけなかったですが、『トマト・ゲーム』に収録した「獣舎のスキャット」と「蜜の犬」はお気に召したみたい。倫理的に問題があるので、最初の文庫版からは省いた二編ですが、これはいいとおっしゃってね。

——今回個人的に心惹かれたのが、非行少女の更生施設を舞台に〈笛吹き男〉の噂(うわさ)を扱った「魔笛」という作品でした。本書に先だって刊行された幻想小説集『夜のリフレーン』（日下三蔵編、KADOKAWA）とも響き合うような、不穏で幻想的なムードが漂っています。

皆川　これもどこから思いついたんでしょうね。『聖女の島』という長編で、更生施設を舞台にしたのでその影響かなと思ったんですけど、年表を確かめるとこの短編の方が先なんですよ。

　わたしの家はとても厳しくて、わたしも勇気がなかったので、不良の世界とはまるっきり縁がありませんでした。だからこそ憧(あこが)れる気持ちがあったんだと思います。一歩道を踏み外したら、自分も向こう側に行っていたかもしれない、という感覚もあったでしょうね。幻想的な要素は意図して入れていたわけではなくて、書いていると自然にこうなってしまうんです。

——その他、時代ものの「死化粧」、洒脱(しゃだつ)な暗号小説の「ほたる式部秘抄」と、さまざまな種類のミステリが収録されていますが、ほの暗い人間心理に向けられた視線は一貫していますね。

皆川　やっぱり世の中のことを知らないですから、社会派ミステリはいくら書けと言われたって書けません。でも人の心ならいくらか知っているし、書くことができるかなと思ったんです。

　読者としてはアガサ・クリスティーとかエラリイ・クイーンのような、トリックのしっかりした本格ミステリが好きです。一九五三年に早川書房の〈ポケミス〉が創刊されて、海外のミステリを夢中になって読みあさりました。自分でもその手の作品を書きたいんですが、頭の作りがずさんなので、本格ものは書くのが一苦労ですね。

友達と遊ぶより、部屋で本を読んでいるのが好き

――もうひとつ印象的だったのが、孤独な少女がミシンの下に居場所を求める「閉ざされた庭」という作品でした。こうした言いようのない淋しさや寄る辺なさも、本書全体を貫くテーマですね。

皆川　この齢になっていうのも気恥ずかしいんですが、そこは自分の性格が投影されていると思います。子どもの頃から友達と遊ぶより、部屋で本を読んでいるのが好き。大人になって家庭に入ってからも、主婦という役割にうまくはまることができませんでした。世間と折り合えないという感覚が、ずっと昔からあるんです。幻想的なものを好む方は、わたしに限らず大抵の皆さんがそうだと思いますけど。

――大いに共感します。では全十六編中、特に思い入れのある作品はどれでしょうか。また初期作を久しぶりに読み返してみてのご感想は。

皆川　思い入れがあるのは「塩の娘」というごく短い作品です。小説の取材で訪れたヨーロッパで、岩塩坑を見た経験が下敷きになっています。マンションの一室で奇妙な死を遂げるKという男性は、取材に同行していただいた評論家の小森収さんがモデル。自分の作品を久しぶりに読み返してみての感想は、暗いなあということですね（笑）。なんて暗いものを書いていたんだろう、と。

――昨年はデビュー四十五周年を迎えられ、記念本『皆川博子の辺境薔薇館』（河出書房新社）も刊行されました。半世紀近くにわたって、物語を紡いでこられたその原動力は何でしょうか。

皆川　くり返しになるようですけど、やっぱり日常になじめない、違和感があるというのが原動力じゃないでしょうか。物語の世界だけは、自分の好きなように想像ができますから。デビューした当初は物語が次々と湧きだして、書かずにはいられないという気持ちになったものでした。最近はもう枯れてしまって、締め切りに追われなければ、書けなくなってしまいましたけど。

『死の泉』が、作家人生の転機に

――一九九七年発表の歴史ミステリ『死の泉』（早川書房）が、作家人生の転機になったとよくお話しされていますね。

皆川　ええ。それまではあまり興味のないジャンルを、求められるままに無理して書いているようなものでした。『死の泉』は翻訳文学に強い早川書房さんからの依頼だったので、思い切って外国を舞台に、非日常的な題材を扱いました。すると予想以上に多くの方に読んでいただけて、他の出版社でも外国もの、幻想ものを書けるようになったんです。まあ『死の泉』以外はそんなに売れなくて、わたしと同じような趣味の方はやっぱり限られているんだな、というのも分かりました（笑）。

――近年は十八世紀のロンドンを舞台にした『開かせていただき光栄です DILATED TO MEET YOU』が若い世代に受け入れられ、豊穣な皆川ワールドが〈再発見〉されるという現象も起こっています。

皆川　『開かせていただき光栄です』は、わたしにしては本格ミステリを意識した作品です。楽しみながら書いたものですが、幸い若い読者にも喜んでいただけて。過去の作品にまで手を伸ばしてもらえているのは、本当に嬉しいことだと思います。もちろんそれは日下さんや東雅夫さん、千街晶之さんなど埋もれた作品に光を当ててくださった評論家の皆さん、応援してくださる編集者さんのおかげでもあります。

――現在は『ハヤカワミステリマガジン』にて、アメリカ独立戦争を背景にした『INTERVIEW WITH THE PRISONER インタヴュー・ウィズ・ザ・プリズナー』を連載中。こちらの展開も気になるところですが、今後の執筆予定について教えていただけますか。

皆川　『インタヴュー・ウィズ・ザ・プリズナー』は、『開かせていただき光栄です』シリーズの三作目。まだ完結までは時間がかかりそうですが、アメリカに渡って牢に囚われたエドワード君が、安楽椅子探偵として活躍する予定です。

その次にはハンザ同盟を扱った歴史小説を、河出書房新社の『文藝』に連載する予定です。ハンザ同盟の中心都市リューベックと、交易のあったロシアのノヴゴロド、その中継地点であったスウェーデンのゴットランド島を主な舞台に、さまざまな時代の断片的なエピソードを連ねて、ひとつの流れが見えてくるような作品にできれば、と思っています。

――なんと魅力的な設定！　創作意欲はいつまでも尽きることがないですね。

皆川　意欲はあっても体力がないので困ります。今ならどれだけ趣味に走ったものを書いても受け入れてもらえるんでしょうけど、わたしの方がへろへろになっちゃって。なんとか毎日パソコンの前に座ろうとはしているんですが、ペースが遅くていやになっちゃいます。

――ところで、今回のインタビューは「朝宮運河のホラーワールド渉猟（しょうりょう）」という連載企画なのですが、皆川さんにとって〈怖いもの〉とは何でしょうか。

皆川　あらゆるものが怖いです。現実的な恐怖も、非現実的な恐怖もどちらも苦手ですね。それこそ道路を歩いていても危険な目に遭（あ）いそうな気がしますし、幽霊の絵やお話は作り物だと分かっていてもぞっとします。怖がりなのは幾つになっても変わらないですね。

ブックサイト「好書好日」（朝日新聞社）二〇一九年六月二十二日

あとがき

『花の旅 夜の旅』は、小説誌ではなく、誌名をおぼえていないのですが、通販のカタログ誌みたいなところからミステリー連載の依頼を受けて書いたのでした。デビューして数年、ほぼ無名のころです。それと月刊連載ということを利用して、読者をだます仕掛けを考えたのですが、却下され、現行の形にしました。

連載終了後、講談社が単行本にしてくださいました。私の希望で金子國義氏に装画をお願いし、瀟洒なハードカバーの本になりました。その後文庫になるとき、編集部の意向でタイトルが変更されたのですが、後に日下三蔵さんが再文庫化してくださったとき、原題にもどしました。

E・T・A・ホフマンの『牡猫ムルの人生観』は、面白い構造を持っています。ホフマンの飼い猫ムルが自分の人生観を紙に綴るのですが、そのとき、飼い主の蔵書のページを破っては吸い取り紙の代わりにしました。飼い主ホフマンはそのまま印刷所に渡したから、猫の自伝と音楽家の自伝が滅茶苦茶に入り混じった本ができあがってしまった、ということになっています。二つをまぜこぜにする悪戯を、私も試みたいなと思いながら、機を得ませんでした。もはや気力も体力も残された時間もなく、いささか心残りです。

本の作りそのものにトリッキーな仕掛けをほどこす趣向は、泡坂妻夫さんが圧倒的に凄いものを二作著しておられます。

『聖女の島』は、講談社ノベルスで、ホラーという注文で書きました。ちょうど、スティーヴン・キングとかクライヴ・バーカーとかディーン・クーンツとか、モダン・ホラーが人気を得ていたころだったと思います。私はホラーと銘打った作品はあまり興味がなく、ほとんど読んでもいないので困りましたが、生活リアリズムの枠を取っ払ったシュールなもの、と勝手にホラーの枠を広げて書きました。

軍艦島の写真集を見て、衝撃を受けていたところでした。いまは観光地になっているようですが、一九八八年当時は、一般人は立ち入り禁止でした。荒涼とした廃墟の、風の音まで聞こえてくるような写真集でした。マルグリット・ユルスナールの『ピラネージの黒い脳髄』（多田智満子訳）に掲載されているピラネージの版画とイメージが重なりました。

ノベルス版ですが、その編集者に課されていたノベルスの制約を無視しました。

この二作は、のびのびと好きなことを書いたので、復活はたいそう嬉しいです。

長篇推理コレクションには、インタビューも数本掲載されています。古いものまでよく発掘してくださったと、日下三蔵さんに感謝しています。

ここ十年ほど、私は老化による聴覚障害が進み補聴器でも効果のない段階で、普通のインタビューはできないのです。メールでやりとりする、あるいは、質問を先にメールでいただき、お目にかかって、それをもとに喋り、その場で筆談による質問もお受けし、お答えするという厄介な方法をとっています。

そのため、一つの質問に私が長々と一方的に喋るという、いささか不自然なことになり、インタビュアーの方（かた）にもご苦労をおかけしています。第二巻に載った小森収（こもりおさむ）さんとのは、まだ普通に聞こえていた時期なので、楽しくやりとりできたのでした。

二〇二〇年六月

皆川博子

編者解説

日下三蔵（くさかさんぞう）

　現在入手困難な著者のミステリ長篇を集成する《皆川博子長篇推理コレクション》、第四巻の本書には、七九年に刊行されたトリッキーなミステリ『花の旅 夜の旅』と、八八年に刊行された幻想ミステリ『聖女の島』の二作を収めた。かつて、この組み合わせで扶桑社文庫の《昭和ミステリ秘宝》シリーズから『花の旅 夜の旅』を出したことがあり、当初、このシリーズの対象外だろうと思っていたが、奥付を確認すると二〇〇一年八月で、なんと二十年近く前の本であった。品切れとなって久しく、古書店では定価の数倍の値が付いてしまっていることもあり、第四巻に収めることにした次第。

　四巻にまとめた八作のうち、『花の旅 夜の旅』だけがハードカバーで刊行されており、八〇年代のノベルス作品を復刊するというシリーズのコンセプトからは若干外れるが、作品の完成度と面白さを優先して、柔軟に対応すべきところだろう。なお、本稿には、扶桑社文庫版の解説の一部を使用していることをお断りしておく。

　『花の旅 夜の旅』は通販業界の老舗（しにせ）・千趣会（せんしゅかい）の発行する月刊誌「デリカ」の七八年五月号から翌年四月号まで一年間、『花の旅』のタイトルで連載され、七九年十二月に講談社から、現在のタイトルで刊行された。八六年十二月に講談社文庫に収められた際に、『奪われた死の物語』と改題されたが、これは編集者サイドからの発案で、著者の意向にそったものではなかったので、扶桑社文庫版で元のタイト

『花の旅 夜の旅』
講談社版カバー

『奪われた死の物語』
講談社文庫版カバー

『花の旅 夜の旅』
扶桑社文庫版カバー

ルに戻した。
金子國義画伯の絵で飾られた初刊本の帯には、「官能長編ミステリー／〝花〟にひそむ罪の匂いと殺人のテーマ／恐るべき罪狩りのゲームが始まった！／気鋭の作家が新趣向で描く推理小説問題作」とある。

売れない作家・鏡直弘のもとに、企画小説「花の旅」の連載依頼が舞いこんでくる。さまざまな花の名所をグラビアで紹介するから、それに合わせた短篇小説を添えてほしいというのだ。意気込んで企画に取り組んだ鏡だが、編集者、カメラマン、モデルらと取材旅行をつづけるうちに、ある違和感を感じるようになる……。

実際に雑誌に発表されたという設定の作中短篇と、それを書く作家のストーリーが並行して進んでいき、最後に見事な融合を遂げるのである。都筑道夫の『三重露出』を思わせるメタ・ミステリの傑作。著者にうかがったところ、執筆中は特に『三重露出』を意識しなかったが、もちろん読んではいたので、影響はあったかも知れない、とのこと。なお、登場する二人の作家、鏡直弘と針ケ尾奈美子は、いずれも皆川博子のアナグラム。作中では、鏡直弘が女名前のペンネームとして自分のアナグラム「皆川博子」を使用する、という人を喰った設定になっているが、実は連載に当たっては、さらにとんでもない趣向を考えていたようで、この飽くなき実験精神、遊戯精神には、脱帽するしかない。

講談社文庫に収められた際に、同社の文庫情報誌「IN★POCKET」八六年十二月号にエッセイ「奪われた仕掛けの物語」が掲載されているので、ご紹介しておこう。当然ながら、作品全体の趣向に触れているので、本文を未読の方はご注意ください。

『奪われた死の物語』は、雑誌に連載されたときは、『花の旅 夜の旅』というタイトルであった。一般に市販しない、『デリカ』という特殊な雑誌だった。（その後、講談社から単行本になった。）

一年間、十二回の連載でミステリーということなので、私は、雑誌連載でなければできない趣向をこらしたくなった。小説誌の読者とちがい、この雑誌の読者は、私の名はほとんど知らないだろう。そこで、次のような構成を考えた。

鏡直弘（おわかりのように、皆川博子のローマ字のアナグラムである。）という売れない作家が、雑誌連載の依頼を受ける。隔月刊の雑誌に、花をテーマにした連作短篇を、というのである。実際の掲載誌『デリカ』は月刊である。鏡直弘の名をそのまま作者名にし、彼の短篇と創作ノートを、交互に毎月のせる。

ところが、途中で、編集部から読者へのお知らせがのる。鏡直弘氏が急逝したので、来月からは、皆川博子氏が、ひきついで書く、というのである。で、皆川博子氏の連作短篇と創作ノートが、交互にのるようになる。

皆川博子氏は、鏡直弘氏の死に疑問を抱く。連載短篇を書きながら、犯人をつきとめてゆく。そうして、その短篇を武器にして犯人をあばきだしてしまうのである。わァ、かっこいい。

名案だと思ったのだが、編集長の許可が下りなかった。

仕方なく、次善の策として、鏡直弘が、皆川博子のペンネームで書く、ということにした。鏡直弘は中年男なので、花物語なんて、ペンネームでも使わなくては恥ずかしくって、というわけである。

連作短篇と創作ノートを交互にのせる、途中で鏡直弘が死ぬ、というのは当初の構想どおり。あとを、針ケ尾奈美子という作家がひきつぎ、鏡が使った皆川博子のペンネームを踏襲する。しかして、鏡直弘殺害の犯人をつきとめる。

ということにしたのだけれど、全然、効果はなかった。

雑誌に、『鏡直弘先生が急逝されましたので云々』と、本当めかして社告を出してくれなくちゃ、おもしろくないのだ。

小説の専門誌ではできない遊びなのだ。単行本でも、だめ。一度だけのチャンスだったのにな。

ミステリーを書くからには、読者をまるごとひっかけてしまうような仕掛けのあるものを、一度は試みたいのだが、その後、思いつけないでいる。絵描きさんと共同で、絵にも謎のあるものなんか、やってみたいな。


七九年といえば「幻影城」が休刊した年で、ここまで趣向に淫したようなミステリを書いていたのは、七六年に同誌でデビューした新鋭作家・泡坂妻夫くらいだっただろう。島田荘司『占星術殺人事件』が八一年、綾辻行人『十角館の殺人』が八七年と考えると、ミステリ作家としての皆川博子が、いかに早かったかが、よく分かる。

『聖女の島』はノベルス書下し長篇の十一作目にして最終作である。八八年八月に講談社ノベルスから刊行され、九四年十月に講談社文庫に収められた。〇一年八月に扶桑社文庫《昭和ミステリ秘宝》の『花の旅 夜の旅』に併収され、〇七年十月には講談社ノベルスの二十五周年を記念して綾辻行人、有栖川有栖両氏が選定に当たった復刊企画《綾辻・有栖川復刊セレクション》の一冊にも選ばれている。本書には、講談社文庫版に寄せられた綾辻行人氏の解説と、《綾辻・有栖川復刊セレクション》版に寄せられた恩田陸氏の解説を再録させていただいた。

初刊本の帯のコピーには「28人しかいないはずの非行少女が……／孤島の悪夢！」とある。カバー袖の「著者のことば」は、以下の通り（改行は原文のまま）。

外から加えられる危害の恐怖は、
正体が知れている。
見えないものが、一番怖い。
なかでも、とりわけ怖ろしいのは
……
神秘と、静寂と、マニエリスムと、
パラノイアにとり憑かれた作者が、
あなたに贈る物語。

これは《綾辻・有栖川復刊セレクション》版のカバー袖にも載っているが、後半の三行はカットされ

『聖女の島』
講談社ノベルス版カバー

『聖女の島』
講談社文庫版カバー

『聖女の島』
講談社ノベルス新装版カバー

て、冒頭の「外から加えられる危害」が「外から加えられている」に変更されている。

読み捨てに適した軽い内容を要求されるノベルスの書下しは、あまり乗り気になれなかったというが、そんな中で、編集者の反対を押し切って好きなことを書いたのが幻想ミステリの傑作『聖女の島』であった。インタビュー集『ホラーを書く！』（ビレッジセンター出版局）には、この作品について、以下のようなコメントがある（インタビュアーは、東雅夫氏）。

「『聖女の島』も売れなくてね。あれを書いたときの編集者には「書きたいことは書くな」といわれて。「皆川さんが、こんなつまらないことは書きたくないと思うようなことを書けば、読者は楽に読めます」って。そこを無理矢理、書きたいことを書いちゃった。

講談社の宇山（秀雄）さんがノベルズで新本格を出すようになるまでは、ノベルズというのは、新幹線の車中で二時間で読み捨てできるような、すっと軽く読めて、読み終えたときには忘れてるようなものを書け、と言われたもので。そして私はもう、「書くのをやめる」と泣きまして」

推理作家協会賞、直木賞を受賞した皆川博子にして、なお「読み捨て本」の執筆を強要されていたという事実には呆れるよりないが、そうした縛りから解放されて（というか縛りを無視して）自由に物語を紡いでいく著者の筆は、のびやかを通り越して悪魔的な喜びすら感じさせる。服部まゆみが「映像にはなりえない、まさに言葉だけで構築された妖かしの世界、独断ながら、皆川博子ベストワン」（集英社文庫版『愛と髑髏と』解説）と絶賛し、綾辻行人が「第一級の長編ミステリ」と言い切るのも大いにうなずける、超絶技巧の傑作である。

ここで扶桑社文庫版『花の旅 夜の旅』の「あとがき」を再録しておく。前掲「奪われた仕掛けの物語」と内容的に重複する部分はあるが、これはご容赦いただきたい。

> 『花の旅 夜の旅』は、最初、『デリカ』という月刊誌に連載したものです。手元に保存してないので、記憶が不正確ですが、小説誌ではなく、千趣会というところで会員に頒布する、市販していない小雑誌だったと思います。小説は添え物として一本だけでした。
>
> 私は小説誌に書くようになって間もないころでした。皆川博子という名は、読者にまるでなじみのないものです。それで、次のような仕掛けをしようと思いました。
>
> 作者の名を作中人物と同じ鏡直弘とし、彼が、短編とノートを交互に連載する。
>
> ところが、第三話『能登』が掲載された号の巻末に、作者が急死したという知らせが載る。次号から、皆川博子という作家が、鏡直弘の後を引き継ぐ。同じ形式で短編とノートが交互に連載され、最後に皆川博子が名探偵（！）として、すべての謎をとく。
>
> この案は、雑誌の編集者によって却下されました。

まったくかけだしの時期だからこそ、そうして、ミステリ専門誌でも小説誌でもない雑誌だからこそ、作者の訃報で読者を完全に騙せただろうにと、いささか残念でした。鏡直弘が皆川博子のペンネームで書き、針ケ尾奈美子がそれを継ぐという、あまり効果のない形で妥協しました。あの当時は、趣向を凝らすのは小説の邪道というトホホな風潮もありまして……。もっとも、この趣向は、単行本では、無意味です。

――後年、『死の泉』を書くに当たって、まず、ドイツの作家が書いたものを皆川博子が翻訳するという形にしたいと思ったのは、このときの発案の流れです。袋とじの解説をつけ、そこで、解説者に種明かしをしてもらおうと思ったのですが、これも、未知の外国作家の名では売れないと却下され、やむを得ず、現在の形になりました。それでも野上晶に肩代わりさせたから、いいか――。

『聖女の島』は、軍艦島の写真集と、西条八十の『トミノの地獄』と、ピラネージの銅版画『幻想の牢獄』から生まれた作品です。

この原稿を書いている今日、たまたま、久世光彦さんの『花筐』を読みました。『トミノの地獄』は久世さんもかねがね愛誦しておられる詩ですが、これを、ピラネージの牢獄にたぐえておられる文章に出会い、嬉しくなりました。久世さんは『聖女の島』はご存じないのですが、トミノを好きな人はピラネージを好きなのだ、ああ、この方とは言葉が通じるなあと、ほっとしたのです。

くちびるを指でおさえて生きてこられたのは、中井英夫さんでした。同じ言葉を私がつぶやくのはおこがましいのですが……。

『聖女の島』は、ひっそり世に出て、ひっそり消えたのですが、そのわずかな影をすばやくすくいあげて、好意のある言葉をまっさきに贈ってくださったのは、服部まゆみさんと綾辻行人さんでした。くちびるをおさえ、声を呑み込まなくても、ありのままの声で話しても、通じる方たちでした。

日下三蔵さんも、早くから、私の小さいつぶやきを聴き取って下さったお一人でした。再度人目に触れる形にしてくださった日下さんに、衷心からお礼を申し上げます。

付録として収めたインタビュー五本の初出は、以下の通り。「華麗で懐かしい怪異」は国書刊行会『幻想文学講義――「幻想文学」インタビュー集成』（12年8月）にも収録。「ジャーロ」は日本ミステリー文学大賞受賞記念の皆川博子特集号であった。「夜のアポロン」インタビューは〈朝宮運河のホラーワールド渉猟〉コーナーに掲載されたもの。

快く再録を許してくださった東雅夫、千街晶之、佐佐木定綱、朝宮運河の各氏および各出版社・新聞社に感謝いたします。

華麗で懐かしい怪異　「幻想文学」第41号（94年7月）　東雅夫
皆川博子インタビュー　「2013　本格ミステリ・ベスト10」（12年12月）　千街晶之
ロング・インタビュー　「ジャーロ」第47号（13年春号）　日下三蔵
ぶつかりインタビュー　定綱が訊く　「歌壇」19年4月号　佐佐木定綱
『夜のアポロン』インタビュー　「朝日新聞デジタル　好書好日」19年6月22日　朝宮運河

扶桑社文庫版の解説の結びを、ここでも繰り返しておこう。七〇年代を代表する『花の旅 夜の旅』と、八〇年代を代表する『聖女の島』、この二つの傑作を読まずに、皆川博子を語ることはできない。九〇年代の超傑作『死の泉』に衝撃を受けた人々にこそ、ぜひとも手にとっていただきたい一冊である。

底本

『昭和ミステリ秘宝　花の旅　夜の旅』（二〇〇一年・扶桑社文庫）

皆川博子長篇推理コレクション4

花の旅 夜の旅
聖女の島

二〇二〇年八月一〇日 第一刷発行

著　者　皆川博子
編　者　日下三蔵
発行者　富澤凡子
発行所　柏書房株式会社
東京都文京区本郷二-一五-一三（〒一一三-〇〇三三）
電話（〇三）三八三〇-一八九一［営業］
（〇三）三八三〇-一八九四［編集］

組　版　株式会社キャップス
印　刷　壮光舎印刷株式会社
製　本　株式会社ブックアート

ISBN978-4-7601-5231-5